KNAUR

Über den Autor:
Matt Brown arbeitete unter anderem als IT-Headhunter, bevor er sich dem Schreiben von Romanen widmete. Er lebt und arbeitet in London.

Matt Brown

Schmetterlinge im Februar

Roman

Aus dem Englischen
von Wolfgang Seidel

KNAUR

Die amerikanische Originalausgabe erschien 2013
unter dem Titel »A Day at the Office« bei Lake Union Publishing.

Besuchen Sie uns im Internet:
www.knaur.de

FSC
www.fsc.org
MIX
Papier aus verantwortungsvollen Quellen
FSC® C083411

Deutsche Erstausgabe Januar 2016
Knaur Taschenbuch

Redaktion: Melike Karamustafa
Illustration: Shutterstock/Aboard (Schmetterlinge);
Shutterstock/Ashley Miller Designs (Schal)
Umschlaggestaltung: bürosüd°, München
Umschlagabbildung: www.buerosued.de
Satz: Adobe InDesign im Verlag
Druck und Bindung: CPI books GmbH, Leck
ISBN 978-3-426-51816-8

2 4 5 3

Für mein Patenkind Anna Davison

Kapitel 1

Sophie Jones umklammerte mit der einen Hand ihre Oyster Card für die Untergrundbahn und Busse in London und rückte mit der anderen ihren Schal zurecht. Den Weg die Devonshire Road entlang bis zur U-Bahn-Station Harrow on the Hill im Nordwesten von London kannte sie in- und auswendig. Die tägliche Fahrt ins Büro nahm rund eine Dreiviertelstunde in Anspruch und war ihr längst so vertraut, dass sie meinte, den Weg auch mit geschlossenen Augen zurücklegen zu können. Genau das hatte sie schon einmal probiert, nachdem sie zusammen mit ihren Kolleginnen nach der Arbeit einen klitzekleinen Cocktail zu viel intus hatte. Das durchdringende Hupen eines Busses hatte sie, im Handumdrehen ernüchtert, zurück auf den Gehsteig gescheucht, nachdem sie ganz aus Versehen auf die Fahrbahn geraten war.

In der eisigen Luft an diesem kalten Februarmorgen bildete sich vor ihrem Mund ein Atemwölkchen, als sie sich einen kleinen Seufzer zur seelischen Erleichterung gönnte. Wieder stand ein Arbeitstag im Büro bevor. Bisher erfüllte ihr Job als Marketingassistentin noch nicht wirklich die hochfliegenden Erwartungen, die sie nach ihrer Prüfung gehabt hatte. Dabei war sie keineswegs so naiv zu glauben, mit einem Notenschnitt von zwei Komma zwei in BWL wäre es nur eine Frage der Zeit, bis sie sich auf einem Haufen Geld in der Drachenhöhle ausruhen konnte. Dennoch war sie ehrlich davon überzeugt, dass vieles oder vielleicht sogar alles möglich wäre, wenn sie sich nur anstrengte. Vielleicht arbeitete sie einfach noch nicht hart und zielstrebig genug.

Sophie betrat schwungvoll die U-Bahn-Station. Dank Sensor-Chip funktionierte die Oyster Card wie ein Sesam-öffnedich für Pendler: Das Drehkreuz bewegte sich schon bei der leichtesten Berührung und gab den Weg in den Untergrund frei. Als sie durch die Sperre ging, konnte sie sich mit dem Gedanken beruhigen, dass sie erst achtundzwanzig war. Sie musste nichts überstürzen. Die Welt stand ihr offen. Ihre Stimmung war allerdings nicht nur wegen ihres gebremsten Enthusiasmus im Hinblick auf ihre Karriere gedrückt. Seit sie nach London gezogen war, fühlte sie sich ein bisschen einsam. Nicht dass es ihr an Freunden gemangelt hätte. Die Kollegen und Kolleginnen im Büro waren alle sehr nett, und ihre Chefin Julie war vielleicht nicht gerade eine richtige Freundin, aber wenigstens freundlich. Was ihr fehlte, war ein fester Freund. Die Beziehung zu Darren, mit dem sie während ihrer Collegezeit zusammen gewesen war, war zwar im Großen und Ganzen okay gewesen, aber nicht das, was sie sich vom Leben erwartete. Deswegen hatte sie ihm auch den Laufpass gegeben, als sie von Eastbourne, dem alten Seebad an der Südküste, nach London gezogen war. Auch wenn sie vielleicht noch nicht so genau wusste, was sie eigentlich wollte, war sich Sophie auf jeden Fall ziemlich sicher, dass ihr Ziel nicht darin bestand, das Heimchen am Herd zu spielen, wie Darren sich das vorgestellt hatte. Nachdem sie vor zwei Jahren, gleich nach dem Studium, zu ihrer eigenen Überraschung bei der ersten Stelle, auf die sie sich beworben hatte, angenommen worden war, hatte sie ihm den Schlüssel zu ihrem gemeinsamen möblierten Zimmer (fast mit Meerblick) ausgehändigt und sich in einer Wohngemeinschaft in der Devonshire Road eingemietet. In den Stadtteil Harrow zu ziehen kam ihr beinahe exotisch vor, wie eine ganz andere Welt. Auf jeden Fall exotischer als die Costa Geriatrica, wie sich ihre Freunde gelegentlich über Eastbourne lustig machten. Harrow hingegen war ein Teil der Hauptstadt, wo eine gewisse multikulturelle Atmosphäre herrschte. Es gab eine gute U-Bahn-Anbindung ins Zentrum, und weil sich hier eine der berühmtesten Privatschulen Englands befand, die sogar von gewissen Prinzen des Königshauses besucht worden war, nahm Sophie an, die Gegend sei auch ein bisschen nobel. In Wirklichkeit war es für ihren Geschmack ein wenig zu laut, und die Fahrt ins Zentrum dauerte doch ziemlich lange. Außerdem war es viel stickiger im Vergleich mit der frischen Seeluft, die durch die Straße in Eastbourne geweht hatte, wo sie mit Darren gewohnt hatte. Nachdem kürzlich auf der Pinner Road ein Tesco Metro aufgemacht hatte, der rund um die Uhr geöffnet war, hatte sich ihre Lebensqualität allerdings schlagartig verbessert. Nun konnte sie jeden Abend auf dem Rückweg von der Arbeit durch die Regalreihen stöbern. Es war immer wieder spannend, welche Überraschungen in der Spezialabteilung mit den Sonderangeboten auf einen warteten. Trotzdem vermisste sie manchmal die Gelassenheit und verblichene Eleganz des alten Seebades.

Sophie geriet in den Strom der Pendler, die über Rolltreppen auf die Bahnsteige nach unten transportiert wurden, wobei die meisten noch rasch in ihre Handys quatschten, bevor sie im Untergrund kommunikationstechnisch von der Außenwelt abgeschnitten wurden. Andere fixierten mit ihrem Blick minutenlang die elektronischen Anzeigetafeln für die nächsten U-Bahnen, als könnten sie durch Zauberkraft bewirken, dass sie dadurch früher ankamen. Mit leichtem Schaudern musste Sophie mitten im Gedränge plötzlich feststellen, dass sie auch Darren manchmal vermisste.

Ihre Bahn fuhr ein. Die Hauptsorge beim Einsteigen bestand nicht darin, in die Lücke zwischen Tür und Bahnsteigkante zu fallen, sondern eine Lücke in dem vollgestopften Waggon zu finden. Obwohl die U-Bahn auf dieser Linie hier draußen in Harrow erst wenige Stationen zurückgelegt hatte, waren die Wagen bereits gut gefüllt, und die Chancen, einen Sitzplatz zu ergattern, in der Regel minimal. Aus irgendeinem Grund war es heute noch voller als sonst. Mit einem lauten »Darf ich mal?« und einem sarkastischen »Und vielen Dank auch«, als sich kein Mensch bewegte, quetschte sich Sophie zwischen eine junge Asiatin, die unglaublich flink eine SMS eingab – so schnell konnten die meisten Menschen nicht einmal sprechen –, und einen Mann in einem dunkelgrauen Businessanzug mit einem riesigen Rosenstrauß in der Hand. Dann lehnte sie sich gegen ein Fenster. Mit zusammengezogenen Augenbrauen starrte sie auf die dornigen Stiele der Rosen und fragte sich, wie man so bescheuert sein konnte, sich mit einem solchen Riesenstrauß während der morgendlichen Rushhour in die U-Bahn zu wagen. Die nächste und viel wichtigere Frage lautete, was er sich wohl hatte zuschulden kommen lassen, das mit solch extravagantem Aufwand kompensiert werden musste. Doch dann fiel es ihr wie Schuppen von den Augen. Heute war Valentinstag.

Sophie griff nach einer zerfledderten Ausgabe der Gratiszeitung *Metro*, von der jeden Tag Unmengen in den U-Bahn-Zügen herumlagen, um sich wegen des Datums zu vergewissern. Dann schaute sie sich bewusst in ihrem Waggon um. Tatsächlich schien jeder Dritte eine Blume dabeizuhaben. Das Spektrum reichte von der einzelnen roten Rose bis zu üppigen Sträußen aus ... na ja, sie hatte keine Ahnung, wie die hießen, aber sie sahen wunderschön aus. Eigentlich müsste man wohl dankbar sein, wenn es zur Abwechslung mal nicht nach Achselschweiß oder Knoblauch roch. Bei anderen Passagieren entdeckte sie Pralinenschachteln in Herzform oder in schönes Geschenkpapier verpackt. Einen Augenblick träumte sie davon, wie nett es wäre, wenn sie heute auch so eine kleine Aufmerksamkeit im Büro geschenkt bekäme. Doch die traurige Wirklichkeit holte sie schnell wieder ein, und sie seufzte dermaßen tief auf, dass die Frau neben ihr unwillkürlich von ihrem Telefon hochsah. Das Einzige, was der Postbote Sophie heute Morgen gebracht hatte, war ihre monatliche Kreditkartenabrechnung gewesen. Bei deren Anblick hatte ihr Herz in der Tat einen Hüpfer gemacht, aber nicht aus Freude, sondern weil ihre Shopping-Vergnügungen im Januar bereits fast den Kreditrahmen gesprengt hatten. Plötzlich war sie den Tränen nahe. Da lebte sie in einer Stadt mit rund sieben Millionen anderen Menschen, aber nicht einer davon hatte ihr eine Grußkarte zum Valentinstag geschickt. Nicht einmal Nathan Field, der etwas verträumte junge Systemmanager in ihrer Firma. Aber darüber musste sie sich eigentlich nicht wundern. In einer Stadt wie London gab es jede Menge junge Frauen, die hübscher waren als sie und sich ihm gegenüber wahrscheinlich nicht so zum Narren gemacht hatten. Bei der Erinnerung an ihre erste Arbeitswoche in der Firma schoss ihr noch heute die Röte ins Gesicht. Als sie damals Schwierigkeiten mit ihrem E-Mail-Account gehabt hatte, glaubte sie, ihren Augen nicht zu trauen, als dieser wie der halb nackte Gärtner in der Cola-Light-Reklame umwerfend aussehende junge Typ auftauchte, um ihr Computerproblem zu beheben. Auf der Stelle beschloss sie, mindestens einmal pro Woche technische Mängel zu reklamieren. Als er ihr erklärte, sie habe ein Problem mit ihrem Outlook, leckte sie ziemlich zweideutig über ihre Unterlippe und erwiderte – sie wusste nicht, was in sie gefahren war –, dass das aus ihrer Sicht nie und nimmer der Fall sein könne. Ein oder zwei Sekunden lang hatte sie den Eindruck, als hätte es zwischen ihnen gefunkt. Nur leider schienen Nathan die Signale entgangen zu sein, denn er murmelte nur völlig unzweideutig, dass er ihr System rebooten müsse. Daraufhin wäre Sophie am liebsten auf der Stelle im Boden versunken. Seitdem war es ihr viel zu peinlich, noch einmal die Unterstützung des Systemmanagements anzufordern. Stattdessen verließ sie sich auf die Auskünfte ihrer mittlerweile ziemlich zerfledderten Ausgabe von *Windows für Dummies*, die immer griffbereit in ihrer Schreibtischschublade lag und deren Titel sie im Übrigen auch völlig angemessen fand. Immerhin war ihre Mühe nicht umsonst. Seit einiger Zeit konnte sie dadurch »Erfahrung im Umgang mit Microsoft« guten Gewissens in ihren Lebenslauf aufnehmen. »Erfahrung im Umgang mit Nathan« wäre ihr allerdings lieber gewesen.

Sophie wandte den Blick und starrte durch die Fensterscheiben nach draußen, um die liebestolle Atmosphäre im Waggon nicht sehen zu müssen. Es war ihre eigene Schuld, dass sie Single war, da machte sie sich nichts vor. Es war ihre Entscheidung gewesen, mit Darren Schluss zu machen. Seitdem rechtfertigte sie ihr Defizit in Sachen Beziehung damit, dass ihre Karriere Vorrang hatte. Das Dumme war nur, dass es damit auch nicht so recht voranging. Nach zwei, gefühlt sehr langen, Jahren in London ertappte sich Sophie immer wieder dabei, dass ihr Verhalten manchmal Auswüchse ins Bizarre zeigte. So ging sie manchmal, natürlich ganz unauffällig, hinter gutaussehenden Jungs im Supermarkt her, spähte in ihren Einkaufskorb und versuchte abzuschätzen, ob sie auch nur für einen Einpersonenhaushalt einkauften, so wie sie selbst. Probehalber unterschrieb sie E-Mails gelegentlich mit dem Nachnamen von Männern, die sie kaum kannte, nur um das Gefühl auszuprobieren, verheiratet zu sein. Außerdem hatte sie immer eine Flasche Chardonnay im Kühlschrank. Natürlich nur für den »Fall der Fälle«, der allerdings meist schon dann eintrat, wenn sie nachts allein nach Hause kam. Neulich hatte sie sich überlegt, ob sie sich ein kleines Kätzchen anschaffen sollte. Dabei war es keineswegs so, dass sie sich für ein Mauerblümchen halten musste. Schließlich war sie nicht unattraktiv, man hatte ihr sogar schon gesagt, dass sie Kate Winslet ein wenig ähnlich sähe. Der Mann, dem sie die Bemerkung verdankte, erwähnte jedoch im gleichen Atemzug, dass er *Titanic* einfach kitschig gefunden habe, was sein Kompliment in Sophies Augen erheblich relativierte, denn schließlich zählte der Film zu ihren absoluten Lieblingsschmachtfetzen. Sie war eben ein bisschen wählerisch, und der Mann, der sie davon ablenken könnte, sich die Welt zu erobern, was seit dem Umzug nach London ihr Plan war, musste schon etwas Besonderes sein. Auch wenn sie auf ihrem Weg zur Welteroberung vorläufig nur in kleinen und kleinsten Schritten vorankam, mochte Sophie ihre Arbeit und ihren Arbeitsplatz ausgesprochen gerne. Bei dem Software-Unternehmen im trendigen Soho hatte sie sogar persönliche Visitenkarten bekommen, so dass es ihr erspart blieb, gegebenenfalls ihren Namen mit Kuli auf eine allgemeine Firmengeschäftskarte kritzeln zu müssen. Auch wenn sie noch keinen ganz klaren Durchblick hatte, wozu die Software ihrer Firma eigentlich gut war und wie sie funktionierte, wusste sie doch, dass sie in einem sehr innovativen Bereich arbeitete, der Speerspitze des technischen Fortschritts, nämlich bei einer

Suchmaschine. »Genauso wie Google!«, brüstete sich ihr Vater gelegentlich vor seinen Golffreunden. Das bekam sie bei ihren eher seltenen Wochenendbesuchen bei ihren Eltern manchmal mit. Sophie nickte dann und lächelte freundlich, aber wie sich Seek Software im Einzelnen zu Google abgrenzte, war ihr noch immer schleierhaft.

Von Soho war es nur ein Katzensprung zum turbulenten Theater- und Ausgehviertel im Londoner Westend. Für Sophie noch bei weitem anziehender war aber die ebenfalls fußläufig erreichbare Oxford Street mit ihren, dank der nicht unbeträchtlichen Länge, so zahlreichen Shopping-Attraktionen. Hier versenkte sie einen wiederum nicht unbeträchtlichen Teil ihres Gehalts in dem Versuch, mit den Rudeln von viel umworbenen Trendfrauen in den schicken Pubs und Bars Schritt zu halten, die sie auf dem Heimweg vom Büro immer etwas neidisch beäugte. Eigentlich würde sie auch lieber in angesagten Stadtteilen wie Clerkenwell, Islington oder selbst in Stoke Newington wohnen oder in sonst einem der Viertel, die in den Immobilienteilen der Wochenendausgaben der Zeitungen immer als der neueste Schrei angepriesen wurden, aber Harrow gehörte nun einmal auch zu London, und darauf kam es letztlich an. Dass sie dort gelandet war, war reiner Zufall gewesen. Die Anzeige hatte einfach sehr sympathisch geklungen. Meg, die junge Frau, mit der sie sich die Wohnung teilte, war in der Tat recht nett, auch wenn sie sie so gut wie nie sah; vor allem aber war die Miete billig. Egal, wo sie in London wohnte, für Sophie bedeutete die Stadt auf jeden Fall einen großen Schritt nach vorn und, falls man auch noch an das Bild von der Leiter dachte, nach oben. Es war ein ganz anderes Gefühl, in unmittelbarer Reichweite der Metropole zu leben, die in Sophies Augen das Zentrum der Welt war. Das war es wert, sich jeden

Morgen in den rasselnden Pendlerzug wie in eine Ölsardinenbüchse hineinzuquetschen und im Stop-and-go-Verfahren dem Herzen der Dinge entgegenzuschaukeln. Auch wenn sie die grandiose landschaftliche Schönheit der South Downs, das Meer, den Strand und den berühmten Pier von Eastbourne gegen eine noble Schule und einen Hügel eingetauscht hatte, hatte sich Sophie geschworen, die nahe ihrer Studentenstadt gelegenen weißen Kreidefelsen von Beachy Head nur aus einem einzigen Grund noch einmal zu betreten: falls sie sich dort von den Klippen ins Meer stürzen wollte.

Die U-Bahn hielt an der Station Baker Street, und wie durch ein Wunder wurde ganz in Sophies Nähe ein Sitzplatz frei. Fest entschlossen quetschte sie sich durch die umstehenden Passagiere und war kurz davor, sich mit einem Anflug von Triumph niederzulassen, als sich von der anderen Seite eine schwangere Frau in der gleichen Absicht näherte. Seufzend trat Sophie einen Schritt beiseite, und die Frau nahm dankbar Platz. Die Bahn ratterte wieder in den Tunnel hinein, und Sophie überlegte, dass diese Szene soeben gleichsam ein Sinnbild ihrer Existenz in London war. Ihr Flirtversuch mit Nathan war entweder schon im Ansatz gescheitert oder womöglich gar nicht wahrgenommen worden. Die Beförderung, die sie sich erhofft hatte, war nicht zustande gekommen, weil sie kurz vor Weihnachten erst einmal Julie als neue Chefin vorgesetzt bekommen hatte. Selbst die Gucci-Tasche, die sie sich bei Selfridges ausgesucht hatte, war ihr von irgendeiner jungen Chinesin mit spitzen Ellbogen direkt vor der Nase weggeschnappt worden. Und zu allem Überfluss fiel ihr jetzt auch noch ein, dass zum ersten Mal seit ihrer Trennung von Darren auch die übliche unsignierte Valentinskarte mit Poststempel Eastbourne in ihrem Briefkasten ausgeblieben war. Schon zum zweiten Mal an diesem Morgen fingen Sophies Lippen an zu zittern. Sie versuchte, die aufsteigenden Tränen zu unterdrücken, indem sie sich vorstellte, wie Nathan nachher in der Firma mit einer Pralinenschachtel in der Hand in ihr Büro kam. Doch dann erinnerte sie sich, dass die Wahrscheinlichkeit dafür ungefähr so groß war, wie dass Leonardo DiCaprio an der nächsten Station in die U-Bahn einstieg. Sie schniefte laut.

Ein dicker Mann, der ihr mit einem ziemlich angegriffen wirkenden Lilienstrauß gegenübersaß, sah ihr in die Augen. »Lassen Sie den Kopf nicht hängen, Mädchen.« Er lächelte ihr zu. »Vielleicht passiert es nie!«

Sophie starrte ihn entsetzt an. Er hatte den Finger in ihre schmerzvollste Wunde gelegt. Davor hatte sie in der Tat am meisten Angst. Normalerweise versetzte sie allein der Gedanke daran, allein zu sein, in eine depressive Stimmung, aber aus irgendeinem Grund fühlte sie sich heute, inmitten all dieser Symbole der Liebe, Hoffnung und Zuversicht, die bald ihrer Bestimmung übergeben und mit wärmster Dankbarkeit in Empfang genommen werden würden, wie unter Strom gesetzt. In diesem Jahr, diesen festen Vorsatz fasste sie hier und jetzt, würden sich die Dinge ändern. Die Welt stand ihr offen, sie musste die Gelegenheit nur am Kragen packen. Apropos Kragen ... Nathan Field hatte auf jeden Fall einen sehr attraktiven Nacken, geradezu eine Fleisch gewordene Aufforderung, ihn mit Küssen zu bedecken. Das hatte sie sehr wohl bemerkt, als er sich an jenem Tag über ihren Tisch beugte und sie einen Hauch von Aftershave wahrnahm, das sich auf geradezu berauschende Weise von Darrens Deospray unterschied. Bei der Erinnerung daran fasste Sophie einen Entschluss. Aufgeregt sprang sie in Charing Cross aus der U-Bahn, schlug aber nicht gleich den Weg zur Firma ein, sondern lief zielgerichtet durch die Ladenzeile im Zwischengeschoss, sicherte sich nach allen Seiten ab, dass sie von niemandem beobachtet wurde, der sie kannte, und verschwand dann diskret bei Smiths.

Auf der anderen Seite der Themse war Calum Irwin gerade damit beschäftigt, ein Hemd zu bügeln, wobei er sich des Kragens und der Manschetten ganz zum Schluss annahm. Den Tipp hatte er kürzlich dem Herrenmagazin GQ – *Gentlemen's Quarterly* entnommen, das er seit einiger Zeit abonniert hatte. So vermied man, dass sie wieder verknitterten, wenn man den Rest des Hemdes bügelte. Eigentlich war er sich ziemlich sicher, dass er sein Jackett heute Abend wohl nicht ablegen würde, ganz zu schweigen von anderen Teilen seiner Bekleidung. Daher reichte es, wie gewöhnlich nur den vorderen Teil des Hemdes zu glätten. Andererseits konnte man solche Dinge nie so genau vorhersagen. Um auf alle Eventualitäten vorbereitet zu sein, trug er sogar seine brandneuen Hipster-Shorts von Calvin Klein. Eine deutliche Abweichung von seiner üblichen Gewohnheit, diesen Bereich seines Körpers mit Fabrikaten aus der Fünf-Pfund-für-drei-Stück-Ecke des örtlichen Supermarkts zu bedecken. Auch die Calvins hatte er vor wenigen Minuten sorgfältig gebügelt. Als er sie über seine Hüften gestreift hatte, musste er enttäuscht feststellen, dass sie ihm nicht den gleichen Waschbrettbauch bescherten, wie er bei dem Model auf dem Bild vorn auf der Packung eindrucksvoll zu sehen war. Calum tröstete sich mit dem Gedanken, dass höchstwahrscheinlich der prominente und auf dem breiten Gummizug deutlich lesbare Markenname gnädig von dem Wulst darüber ablenken würde.

Er drapierte das Hemd sorgfältig über die Rückenlehne eines Stuhls, dann bückte er sich tief unter das Bett, um dort das Paar

Schuhe mit den höchsten Absätzen hervorzuziehen, das er besaß. Dann überlegte er, ob er auf dem Weg zur Arbeit noch ein paar Einlegesohlen kaufen sollte oder ob es genügen würde, seine dicksten Strümpfe anzuziehen. Emma erwartete einen Mann von über eins achtzig, Calum brachte es aber selbst in Socken nur auf eins siebenundsiebzig. Er musste lächeln, als er daran dachte. Genauso hatte er es in sein Profil geschrieben, als er sich bei LondonDate eingetragen hatte. Ziemlich umgehend erhielt er daraufhin rund ein Dutzend Antworten (zusammen mit sehr interessanten Fotos). Sie kamen alle von irgendwelchen Fetischisten, die seine Beschreibung als eine Art Code missverstanden hatten, dass er gerne Damenunterwäsche trug. Auf diese Art von Kontaktaufnahme war er aber lieber nicht eingegangen. Schon an Weihnachten hatte er sich vorgenommen, bis zum Valentinstag beziehungsmäßig endlich weiterzukommen. Er hatte definitiv nicht vor, noch ein Jahr allein zu verbringen. Nachdem er in der Firma schon öfter gehört hatte, wie Kollegen sich über diverse Dating-Foren im Internet lustig machten, hatte er beschlossen, seinem Single-Dasein den Kampf anzusagen und sich auf den Plattformen umzusehen. Allerdings waren seine Erfahrungen, bis Emma mit ihm in Kontakt getreten war, alles andere als lustig gewesen. Bis dahin hatte das mangelnde Interesse an seinem Profil eher dazu beigetragen, dass er sich noch miserabler fühlte als ohnehin schon. Doch heute war der Tag, an dem Calum das Gefühl hatte, dass sich endlich etwas ändern könnte.

Er überlegte, ob er noch ein Reservehemd bügeln sollte, das er ins Büro mitnehmen könnte, entschied sich dann aber schnell dagegen. Teils, weil er Bügeln hasste, hauptsächlich aber, weil er in seinem Job die Firma ohnehin selten verließ. Als Manager des Telefonmarketings einer Software-Firma mit der Zentrale mitten in London saß er den ganzen Tag im Büro. Und wenn er beim Essen und Trinken aufpasste, dass er sich nicht bekleckerte, konnte eigentlich nichts schiefgehen.

Calum liebte seinen Job, und er war gut darin. Es lag ihm einfach im Blut. Bei der Kaltakquise war er wirklich großartig, er verstand sich bestens auf die Pflege von Kundenbeziehungen, und vor allem schien er immer intuitiv zu wissen, was man sagen musste, wenn ein Deal kurz vor dem Abschluss stand. In seinem Fall lag die Ironie darin, dass er selbst sehr genau wusste, was für ein guter Verkäufer er war, aber wenn es darum ging, sich selbst zu verkaufen, war er völlig hilflos. Bei all den Verkaufstrainingsseminaren, die er im Laufe seines Berufslebens schon absolviert hatte, wurde immer wieder gepredigt, dass man an das Produkt glauben musste, das man an den Mann bringen wollte, und genau da lag sein Problem. Er war keineswegs restlos von sich selbst überzeugt. Wenn er anderen Leuten, womit in erster Linie Frauen gemeint waren, direkt gegenüberstand, fing er an zu schwitzen und manchmal sogar zu stottern. Das ganze Selbstvertrauen, das er so leicht am Telefon verströmte, war dann einfach futsch. Deswegen war er zu der Überzeugung gelangt, dass Internet-Dating die Lösung all seiner Probleme bedeutete. Hier lief alles über E-Mail oder Live-Chat, was sogar noch besser war als telefonieren, denn so bestand keine Gefahr, dass die Frauen, die er bequatschen wollte, den nervösen Unterton in seiner Stimme mitbekamen. Calum war sich immer bewusst gewesen, dass irgendwann der Zeitpunkt kommen würde, zu dem man sich Auge in Auge gegenübertreten musste und wo die Gefahr bestand, dass er wieder ins Schwitzen und Stottern geriet. Aber er hatte für sich entschieden, dass er sich dem stellen würde, aber erst, wenn er wirklich so weit war. Außerdem hatte er kaum eine andere Wahl. Speed-Dating kam für ihn aus offensichtlichen

Gründen überhaupt nicht in Frage. Er war die Art Mensch, bei dem man einige Zeit brauchte, um mit ihm warm zu werden, und drei Minuten waren dafür einfach nicht ausreichend. Mit mittlerweile neunundzwanzig Jahren war er reif genug, um eingesehen zu haben, dass jede Annäherung seinerseits an eine Frau in einer Bar oder in einem Club fast zwangsläufig in einem Desaster enden musste. Je länger er darüber nachgedacht hatte, desto eher war ihm Internet-Dating deswegen als Königsweg erschienen. Es bot die Chance, sich auf den virtuellen Marktplatz zu stellen, ohne, zumindest vorläufig, körperlich in Erscheinung treten zu müssen. Als Hunderte von Webseiten angezeigt wurden, nachdem er die Wörter »Internet« und »Dating« in die Suchmaschine von Seek eingegeben hatte, entschied er sich schnell und aus zwei ganz einfachen und naheliegenden Gründen für LondonDate: Er lebte in London und er wollte ein Date. Als Erstes hatte er sich unter einem Frauennamen eingeloggt, sozusagen zur Marktbeobachtung und um zu sehen, was die Konkurrenz trieb. Was er dabei zu Gesicht bekam, überraschte ihn sehr. Auf Männerseite waren fast ausschließlich attraktive, durchtrainierte Unterhosen-Models zu finden oder lässige, sonnengebräunte Surfertypen à la Brad Pitt (einer sah auf seinem Profil-Foto Brad Pitt sogar geradezu zum Verwechseln ähnlich). Für Calum verschlimmerte sich die Sache noch dadurch, dass die Typen haufenweise Fotos bestimmter Körperteile gepostet hatten, mit denen sie sich wohl von der Masse abheben wollten. Am verbreitetsten waren Waschbrettbäuche und mehrere Zentimeter darunter. Es waren genügend Bilder dabei, die die Grenzen dezenter Zurückhaltung sichtbar überschritten. Noch viel schlimmer und niederschmetternder waren jedoch die Selbstbeschreibungen. Wie konnte er sich jemals Hoffnungen machen, im Vergleich mit Bungee springenden und Ferrari fahrenden

Jungunternehmern einen Fuß in die Tür zu bekommen? Nach kurzer Überlegung hatte er beschlossen, gar nicht erst zu versuchen, mit ihnen zu konkurrieren. »Gib dich einfach so, wie du bist«, lautete der Ratschlag auf der Webseite von LondonDate, und Calum folgte ihm. In seinem Profil wollte er ehrlich sein und teilte jedermann beziehungsweise jeder Frau, die es lesen wollte, gleich von Anfang an mit, dass sie hier an der falschen Adresse waren, wenn sie sich Hoffnungen auf einen attraktiven Supermann oder Outdoor-Typen machten. Das Problem bestand allerdings darin, dass es für Calum als Calum bisher nur zu einer Reihe von Verabredungen mit Instant-Enttäuschung gereicht hatte. Und das, obwohl allen treuherzige Versicherungen in den Chats vorausgegangen waren, dass die »richtige Chemie« viel wichtiger sei als das Aussehen. Die bittere Lektion für Calum lautete allerdings, dass in der gelebten Realität die »Chemie« dann doch nur ein weniger bedeutendes Derivat des Aussehens war, und dafür waren seine Gesichtszüge nicht ganz markant genug. Es war keineswegs so, dass er hässlich war. Er sah einfach nur ganz normal und durchschnittlich aus, aber in der wettbewerbsintensiven Welt des Internets, wo nur die oberflächlichsten Eindrücke zählten, hatte jemand, der nicht mit irgendwelchen herausragenden Supereigenschaften glänzte, schlechte Karten. Also hatte Calum das Ruder herumgerissen und sich entschieden, von nun an der bessere Calum zu sein. Gut eins achtzig groß, athletischer Körperbau. Dank einiger Anstrengungen, die er in letzter Zeit in einem Fitness-Studio unternommen hatte, war dabei zwar eher ein Kugelstoßer herausgekommen als ein Hundertmeterläufer, aber wenigstens stimmte die Angabe »Software-Experte« mit der Wirklichkeit überein. Calum fand, dass das weit besser klang als Call-Center-Manager. Schließlich und endlich arbeitete Calum in einer Software-Firma, und neulich hatte jemand zu ihm gesagt, dass er auf seinem Gebiet wirklich über große Expertise und Professionalität verfüge. Was wollte man mehr? Er musste nur die beiden Begriffe »Software« und »Expertise« zusammenbringen. Die waren schließlich nicht gelogen. »Aktiver Erlebnissportler« war allerdings glatter Schwindel. Das abenteuerlichste Erlebnis, das Calum als Sportler je gehabt hatte, war eine Verfolgungsjagd gewesen, als er beim Joggen in der Nähe seiner Wohnung in Balham einmal falsch abgebogen und aus Versehen auf ein Gelände geraten war, wo sich eine Gang frühpubertärer Hoody-Träger, die beängstigend schnell laufen konnten, wie ein Wolfsrudel an seine Fersen geheftet hatte. Mit knapper Not war es ihm gelungen, ihnen mitsamt seines iPods zu entwischen. Er schüttelte den Kopf, als er jetzt wieder daran denken musste, während er sich die Schuhe zuschnürte. Gleichzeitig nahm er sich vor, in einer ruhigen Minute im Büro im Internet ein bisschen zum Thema Extremsport zu recherchieren. Nur für den Fall, dass Emma ihn mit Detailfragen über Bungee-Jumping oder Wildwasser-Rafting löcherte. Aber letztlich, dachte er, konnte er sich darauf verlassen, irgendetwas halbwegs Plausibles zusammenzufaseln, falls es wirklich zur Sprache kommen sollte. Sie schien ohnehin eher eine Vorliebe für ausgiebige Spaziergänge auf dem Land und die bekannte Fernsehreihe *Mad Men* zu haben, die in der glamourösen Welt der Werbeagenturen in den sechziger Jahren spielte. Außerdem mochte sie prasselndes Kaminfeuer und Hunde. Als er an dieser Stelle etwas nachgehakt hatte, stellte sich allerdings heraus, dass sie keineswegs auf dem Land lebte und weder einen Hund noch einen Kamin besaß. Deswegen ging er davon aus, dass sie in gewisser Weise quitt waren. Aber immerhin (und das war eine große Ausnahme unter all den Single-Frauen in seinem Alter, die er bis jetzt kennengelernt hatte) hatte Emma gesagt, dass sie Hunde lieber mochte als Katzen. Angesichts seiner ausgeprägten Katzenallergie kam Calum nicht umhin, das als positives Vorzeichen zu deuten. Er hatte Emma keine fünf Minuten nach der »Anpassung« seines Profils kennengelernt. Im Online-Sinn hieß das, sie hatten Kontakt miteinander aufgenommen. Aber das heutige Date war nicht virtuell, sondern eine Angelegenheit aus Fleisch und Blut. Insbesondere was das Fleisch anbelangte, hatte er einiges zu bieten. Ihm war es etwas eigenartig vorgekommen, als Emma darauf bestand, ihre erste richtige Verabredung auf den Valentinstag zu legen. Ihre Begründung lautete, wenn sie sich an diesem Abend zum Essen träfen, sei das der Beweis, dass er wirklich Single war. Offenbar war dies nicht bei allen Männern der Fall gewesen, die sie auf der Seite kennengelernt hatte. Zunächst hatte ihn der Gedanke, dass sie sich vor ihm bereits mit anderen Typen getroffen hatte, ganz unnötig und übertriebenerweise eifersüchtig gemacht. Aber nachdem er länger darüber nachgedacht hatte, war er zu dem Schluss gekommen, dass ihre vielen Kontakte bedeuten mussten, dass sie einfach ein echter Hingucker war. Diesen Aspekt hatte er bisher allerdings noch nicht verifizieren können, da es auf ihrem Profil kein Foto gab und sie sich auch nach ihrer Kontaktaufnahme geweigert hatte, ihm eins zu schicken. Als er sie nach dem Grund fragte, antwortete sie bloß, dass das Aussehen völlig unwichtig sei. Was zählte, seien die inneren Werte. Das konnte man so interpretieren, dass sie wahrscheinlich nicht gerade wie ein Fotomodell aussah. Viel mehr Sorgen bereitete ihm allerdings, dass sich diese Schlussfolgerung ebenso auf ihn selbst beziehen ließ. Andererseits musste berücksichtigt werden, dass sie es war, die den ersten Kontakt hergestellt hatte, und von ihm gab es sehr wohl ein Bild auf seinem Profil. Sogar ein sehr authentisches. Sie wusste also, wie er aussah, und er musste ihr irgendwie gefallen haben. Auch wenn Calum es selbst kaum glauben konnte.

Seit ungefähr zwei Wochen hatten sie regelmäßig über LondonDate Kontakt, an manchen Abenden und Nächten tauschten sie sich im Live-Chat bis in die frühen Morgenstunden aus wie alte Freunde – und Calum hatte manchmal das Gefühl, das wären sie tatsächlich längst. Dann hatte Emma ziemlich unvermittelt vorgeschlagen, sie sollten auch mal »richtig« zusammenkommen, und er hatte keine Sekunde gezögert, die Gelegenheit zu ergreifen. Sie weigerte sich weiterhin, ein Bild zu schicken, versicherte ihm aber gleichzeitig, er würde nicht enttäuscht sein. Vor lauter Aufregung, dass sie sich nun tatsächlich kennenlernen sollten, nahm Calum sie bedenkenlos beim Wort. Er bot an, die Tischreservierung zu übernehmen, und suchte das Old Amsterdam nicht weit von der Firma in der ziemlich belebten Charlotte Street aus, wo es jede Menge Bars und Restaurants gab. Er kannte es vom Vorbeigehen, auch wenn er nie zum Essen dort gewesen war. Außerdem hatte Emma vorgeschlagen, oder vielmehr darauf bestanden, dass jeder für sich selbst zahlte. »Wie die knauserigen Holländer«, hatte sie hinzugefügt. Er hatte ihre Bemerkung bei seiner Restaurant-Wahl aufgegriffen, und vielleicht war es ein willkommener Aufhänger, um ein bisschen Small Talk zu machen, das Eis zu brechen und dem Treffen am Anfang einen unbeschwerten Touch zu verleihen. Außerdem würde er damit auch gleich von einigen Ungereimtheiten in seinem Profil ablenken können.

Er schlüpfte vorsichtig in sein Hemd und schaute auf die Uhr. Bereits jetzt hatte er ein flaues Gefühl im Magen, obwohl bis zum verabredeten Zeitpunkt noch locker zehn Stunden Zeit waren. Trotz einer gewissen düsteren Vorahnung, die Calum nicht recht greifen konnte, konnte er ein Grinsen nicht unterdrücken. Endlich hatte er ein Date. Eine richtig echte reale Verabredung zum Abendessen mit einer Frau aus Fleisch und Blut, und das ausgerechnet noch am Valentinstag! Natürlich wäre es ihm lieber gewesen, nicht direkt von der Arbeit hinzumüssen, doch es war ihm kaum eine andere Wahl geblieben. Emma hatte von Anfang an darauf bestanden, dass sie sich um sechs Uhr abends auf neutralem Boden trafen, was nichts anderes bedeutete als im Zentrum von London, da sie selbst in Archway wohnte, also eher im Norden. Doch der Treffpunkt in der Stadt hatte auch seine Vorteile. Sollte sich herausstellen, dass sie gar nichts miteinander anfangen konnten, war das Risiko peinlicher Situationen, aus denen man sich ansonsten nur schwer wieder hätte herauswinden konnte, minimiert. Man konnte sich voneinander verabschieden, und jeder ging seines Wegs. Und das sogar noch, bevor sich die Straßen im Laufe des Abends mit verliebten Paaren füllten, die in enger Umarmung spazieren gingen. Dann würden sie beide längst wieder in trauter Einsamkeit zu Hause vor ihren Bildschirmen sitzen, jeder würde den anderen von seiner Favoritenliste löschen und sein Bestes tun, den misslungenen Abend zu vergessen. Calum hoffte natürlich keineswegs, dass es so enden würde. Er hatte es gründlich satt, keine Freundin zu haben, und selbst wenn seine schrecklichsten Befürchtungen eintreten sollten, so war es auf jeden Fall besser, dieses Date zu haben als gar keins. Als Single war der Valentinstag der schlimmste Tag des Jahres, der, an dem einem das Single-Dasein richtiggehend zur Hölle gemacht wurde. In den letzten Jahren war er immer zu der von seinem Kollegen Nathan Field organisierten Anti-Valentins-Party gegangen. Dieses Jahr stand ein gemeinsamer Ausflug zum Bowling auf dem Programm, wie er Nathans E-Mail an alle Kollegen entnommen hatte. Aber dieses

Jahr würde er erstmals stolz verkünden, dass er für den Abend bereits eine Verabredung hatte.

Calum zog sich fertig an, setzte seine Brille auf und marschierte nach einem letzten Blick in den Spiegel in die Küche. »Ich bin dann gleich weg.«

Seine Mutter schaute vom Küchentisch hoch, wo sie sich mit Leidensmiene durch eine große Schale Kellogg's Special K arbeitete. Calum warf einen kritischen Blick auf die halb leere Schachtel. Ganz egal zu welcher Uhrzeit er morgens in der Küche erschien, immer war sie über eine Schüssel Cornflakes gebeugt. Er hegte den starken Verdacht, dass sie sich keineswegs mit nur einer Portion Vollkornflakes pro Tag begnügte. Doch bisher hatte er sich nicht getraut, ihr zu sagen, dass dies offensichtlich der Grund dafür war, warum die Diät, die ihr der Hausarzt empfohlen hatte, bisher nicht anschlug. Entweder war das der Grund, oder sie mischte heimlich die übermäßig gesüßten Frosties in die Packung.

»Hast du dich gar nicht rasiert?«

»Ich rasiere mich erst im Büro. Dann bin ich später, na, du weißt schon …«

»Glatt wie ein Kinderpopo bei deiner heißen Verabredung?« Seine Mutter lachte gackernd. »Vielleicht solltest du dir überlegen, ob du dir einen Bart stehenlässt. Dein Vater hat einen getragen.«

»Tatsächlich?«

»Als wir uns kennenlernten, ja. Mit seinen leuchtend roten Haaren war er ein sehr ungewöhnlicher Anblick, das kann ich dir sagen. Das wäre bei dir genauso.«

»Mum, kein Mensch trägt heutzutage noch einen Bart. Jedenfalls niemand in meinem Alter. Und zum tausendsten Mal, ich habe keine roten Haare. Sie sind …«

»Erdbeerblond, ich weiß. Aber unabhängig davon, wie du die Farbe nennst, du siehst heute sehr schick aus.«

Calum lief rot an. »Danke.«

»Komm, verabschiede dich heute mal mit einer Umarmung.«

»Mum, ich bin jetzt neunundzwanzig …«

»Ich weiß, aber vielleicht sehen wir uns heute Abend gar nicht mehr.«

»Das ist unser erstes Date. Wir werden schon nicht gleich miteinander durchbrennen.«

»Wie auch immer. Mein kleiner Junge geht aus dem Haus, und wenn er zurückkommt, ist er vielleicht …«, sie legte den Löffel beiseite und sah ihn feierlich an, »ein Mann.«

»Mum, *bitte!*«

»Dein Vater wäre stolz auf dich gewesen, weißt du das?«

»Weswegen?«

»So, wie du dich all die Jahre um mich gekümmert hast, statt dir die Hörner abzustoßen.«

Calum verdrehte die Augen. »Schön wär's gewesen.«

Sie klopfte auf die Sitzfläche des Stuhls neben ihr, und Calum nahm gehorsam Platz. »Nun, ich weiß natürlich, dass du noch zu jung warst, als dass dein Vater mit dir noch hätte Männergespräche führen können. Wenn es also irgendetwas gibt, worüber du mit mir sprechen möchtest …«

»Worüber sollte ich mit dir sprechen wollen?«

Sie senkte ihre Stimme und buchstabierte: »S, e, x.«

Calum kippte fast vom Stuhl. »Mum!«

»Ich meine doch nur … Ich möchte nicht, dass du dir irgendwelchen Ärger einhandelst. Oder dass du ein armes unschuldiges Mädchen in Schwierigkeiten bringst.«

»Emma scheint alles andere als ein armes unschuldiges

Mädchen zu sein.« Nun musste er sogar grinsen. »Wenigstens will ich hoffen, dass dem so ist.«

»Nun ja, solange wenigstens einer von euch beiden weiß, was zu tun ist.« Sie hob den Arm, streichelte ihm kurz über die Wange und sah ihn prüfend an.

Calum fühlte sich zurückversetzt in die Zeit, als er zehn Jahre alt gewesen war und sie ihn mit der gleichen Geste und diesem Blick eines Morgens geweckt hatte, um ihm mitzuteilen, dass sein Vater bei einem Autounfall ums Leben gekommen war.

»Warte noch einen Moment«, sagte sie und kramte in ihrer Handtasche herum, die schräg über der Rückenlehne ihres Küchenstuhls hing. Sie zog eine kleine, als Geschenk verpackte Schachtel daraus hervor. »Ich hab noch was für dich.«

»Das wäre doch nicht nötig gewesen.« Calum nahm das Päckchen entgegen und riss das Papier auf. »Ehrlich, das war ganz …«, fing er an, bevor er ungläubig auf die Packung Kondome in seiner Hand schaute und hörte, wie seine Mutter schallend lachte.

»Wenn du das für peinlich hältst, dann stell dir einmal vor, wie es für mich war, die zu kaufen. In meinem Alter.«

Calum hatte schwer damit zu kämpfen, nicht schon wieder rot anzulaufen. Er sah auf die Küchenuhr und überlegte, ob es sich lohnte, noch auf den Postboten zu warten. Aber wozu? Emma hatte ihm sicher keine Grußkarte zum Valentinstag geschickt. Sie hatten beide keine Adresse auf ihrem Profil hinterlegt, so, wie es LondonDate empfahl. Und entsprechend den Nicht-Ereignissen aus den Vorjahren war auch von sonst niemandem eine zu erwarten. Da er nicht undankbar erscheinen wollte, steckte er das Valentinstags-Geschenk seiner Mutter in die innere Brusttasche seines Jacketts und griff nach dem

Schlüssel auf dem Küchentisch. »Vergiss nicht, deine Tabletten zu nehmen«, sagte er und schob ihr die allgegenwärtige Pillenschachtel hin.

»Ja, mein Junge.«

»Ruf mich jederzeit an, wenn du irgendetwas brauchst.«

»Mach ich.«

»Und bleib nicht auf und warte auf mich.«

»Mach ich nicht. Und dir viel Spaß! Hörst du?« Seine Mutter grinste. »Tu nichts, was ich nicht auch tun würde.«

»Mum!«

»Ich meine doch nur«, sagte sie und wandte ihre volle Aufmerksamkeit dann wieder ihrem Frühstück zu.

Calum musste lächeln, als er die Küchentür hinter sich zumachte. Als er sich im Flur noch einmal im Spiegel betrachtete, fürchtete er, er könnte mit seiner winterlichen Blässe wie ein Vampir aus einem der *Twilight*-Filme wirken. Vielleicht sollte er, wenn er im Lauf des Tages genug Zeit hatte, eine kleine Sonnenbank-Session in seinem Fitness-Studio einlegen. Andererseits war es eben Februar, und da sollte er vielleicht lieber nicht mit künstlicher Bräune auftauchen. Mit gewölbter Hand überprüfte er, ob er Mundgeruch hatte, dann klopfte er sich gegen die Brust, um sich zu vergewissern, dass sein Portemonnaie im Jackett steckte. Die in Folie eingewickelte rote Rose, die er am Abend zuvor auf dem Heimweg gekauft hatte, lag neben seiner Aktenmappe bereit. Nachdem er im Kopf noch einmal durchgegangen war, ob er auch nichts vergessen hatte, griff er nach seiner Sporttasche mit den Sachen fürs Fitness-Studio, die auf ihrem gewohnten Platz neben der Wohnungstür stand. Dann verließ er das Haus und machte sich aufgeregt auf den Weg zur Bushaltestelle.

Etwa zur gleichen Zeit pulte Nathan Field in der Küche seiner Wohnung in Bayswater nahe Kensington Park den Cartoon des Tages von seinem Dilbert-Kalender. Den hatte er im Büro beim weihnachtlichen Geschenketausch bekommen. Zur Sicherheit verglich er das Datum mit dem auf seinem iPhone. Dann knüllte er das Blatt, ohne den Cartoon gelesen zu haben, zusammen und warf es in den Mülleimer. Um der Wahrheit die Ehre zu geben, fand Nathan die Dilbert-Comics normalerweise ziemlich lustig, aber für ihn hatte der Valentinstag rein gar nichts Komisches an sich. Dabei hatte er gegen die Grundidee überhaupt nichts einzuwenden. Nathan war immer dafür, die Liebe zu zelebrieren. Aber er hatte absolut keine Lust darauf, den Tag zu feiern, an dem Ellie ihn in die Wüste geschickt hatte. Und der heutige vierzehnte Februar war der dritte Jahrestag seiner Schmach. Nathan schauderte immer noch bei dem Gedanken an jenen schicksalhaften Abend. Schlimmer konnte man kaum den Laufpass ausgestellt bekommen. Trotz des sehr unpassenden Datums wäre er noch irgendwie damit fertiggeworden. Aber das Drama hatte sich auch noch in aller Öffentlichkeit abgespielt, inmitten lauter verliebter Paare und ausgerechnet bei Ellies Lieblingsitaliener in Notting Hill. Es war das Ende einer zwei Jahre, fünf Monate und vierzehn Tage andauernden Beziehung. Und das war noch nicht alles. Das Schrecklichste war, dass sie ihn so weit gebracht hatte, dass er ihr unmittelbar vor dem Desaster einen Heiratsantrag gemacht hatte. Der Ring, der einmal seiner Großmutter gehört hatte, steckte nun in seiner Unterwäscheschublade in einem mit Rentiermuster verzierten Paar ungetragener Socken. Ein weiteres Überbleibsel aus dem firmeninternen Weihnachtsgeschenketausch, allerdings aus dem Vorjahr. Nathan hegte ernste Zweifel, dass er diesen Ring jemals wieder für einen Antrag verwenden würde. An dem unschuldigen kleinen Ding gab es zwar gar nichts auszusetzen, aber nach Ellies Totalverweigerung war er irgendwie befleckt. Damals hatte er sich in seiner Verzweiflung für ein paar kurze Augenblicke an den Gedanken geklammert, dass sie die etwas altmodische Kombination aus Silberband und Diamant nicht mochte. Bis ihm nach ein paar Sekunden die Erkenntnis gekommen war, die noch weit schwieriger zu verdauen gewesen war als die Austern, die er unbedacht als Vorspeise bestellt hatte: Sie mochte *ihn* nicht. Und kurz nachdem sich der anfängliche Schockzustand zuerst in ungläubiges Staunen, anschließend in Zorn und danach in Tränen verwandelt hatte, beichtete ihm Ellie, dass sie schon seit Wochen plante, sich von ihm zu trennen. Dieses Eingeständnis war zwar als Trost gemeint, bewirkte aber eher das Gegenteil. Warum sie ausgerechnet am Valentinstag damit hatte herausrücken müssen, war ihm noch immer genauso schleierhaft wie die Tatsache, dass sie zwischen den Dates mit ihm die Zeit gefunden hatte, sich mit dem ominösen »anderen« zu treffen, um dessentwillen sie ihn sitzenließ.

Bis zum heutigen Tag verstand Nathan nicht, was zwischen ihnen eigentlich schiefgelaufen war. Zugegeben, sein Job war nicht gerade aufregend. Ellie hingegen arbeitete in der Glitzerwelt der PR. Es verging kaum eine Woche, in der sie nicht mit dem Launch irgendeines neuen, angesagten Nachtclubs, der Eröffnung eines schicken Restaurants oder einer Nobelbar beschäftigt war, die sie promoten musste. Hingegen wäre glamourös das letzte Wort, das einem einfiele, wenn man an seine Jobbeschreibung dachte. Jeder war offensichtlich der Meinung, dass es sich bei den Leuten, die als Systemmanager die Computeranlagen in Firmen installierten und warteten, quasi zwangsläufig um introvertierte, langweilige Computerfuzzis handelte, die noch bei Mutti wohnten und ihre Abende mit Computerspielen oder auf Facebook verbrachten, wo sie nur virtuelle Freunde hatten, aber niemals mit echten Menschen kommunizierten, weil sie dazu zu verklemmt waren. Vielleicht hatte sich Ellie wegen ihm geschämt. Vielleicht war ihr die Aussicht, den Leuten für den Rest ihres Lebens erklären zu müssen, ihr Ehemann verstünde was von Technik, zu peinlich erschienen. Dabei entsprach Nathan nicht im mindesten diesem Stereotyp. Er war groß und schlank, hatte keine fettigen, sondern sehr gepflegte Haare, und die einzigen Brillen, die er jemals aufsetzte, waren original Ray-Ban-Pilotensonnenbrillen. Er ging zweimal in der Woche Fußball spielen – auf dem Platz, nicht als Championship Manager auf seiner Xbox. Er besaß seine eigene Wohnung in Bayswater, was schon ziemlich dicht an Notting Hill lag, fuhr eine Vespa und wurde von seinem Freund und Kollegen Mark Webster als »ziemlich cooler Typ« bezeichnet. Da Mark bei Seek in der Finanzabteilung arbeitete, wusste Nathan dieses Kompliment allerdings mit der gebotenen Vorsicht zur Kenntnis zu nehmen. Er kannte sich einfach gut mit Computern aus, und es machte ihm Spaß, damit zu arbeiten. Das hatte er schon in der Schulzeit gemerkt, und als es danach um die Berufswahl ging, lag es auf der Hand, diesen Weg einzuschlagen. Außerdem verdiente er ordentliches Geld, insbesondere seit er in der Firma vom Systemverwalter zum Systemmanager befördert worden war. Was allerdings mehr als Ehrentitel zu betrachten war, da er bei Seek praktisch eine Einmannabteilung bildete und sich nach wie vor selbst um alles kümmern musste. Außerdem war Nathan in seiner Gutmütigkeit von Natur aus gerne anderen behilflich. Nur war seine Menschenkenntnis bei weitem nicht so hervorragend ausgebildet wie sein Computerwissen. Auch für die allerneueste Hard- oder

Software hatte er stets sofort ein intuitives Verständnis, wie sie funktionierte, aber wie Menschen tickten, war ihm schleierhaft beziehungsweise ein großes Rätsel. In seinem Leben gab es kaum etwas, das ihn je so verblüfft hatte wie Ellie. Er konnte die vertracktesten technischen Probleme lösen, mühelos fast jedes Gerät reparieren und schreckte nicht einmal davor zurück, sich in die Küche zu stellen – vorausgesetzt er verfügte über ein Rezept, an das er sich halten konnte. Aber Ellies kaum hörbar hingehauchtes »Nein« an jenem Abend im Restaurant hatte sein Verständnis für das andere Geschlecht vollends pulverisiert. Seither war jeder Valentinstag für ihn ein Tag des Grauens.

Er wusste durchaus, wie er auf Nummer sicher gehen konnte, wenn er wollte. Er könnte sich den Tag freinehmen und komplett zu Hause verbringen. Ein paar geistlose Martial-Arts-Filme runterladen, Essen bestellen, sich mit seinem Lieblingsbier, einem mexikanischen Lager, betrinken und auf diese Weise den vierzehnten Februar ignorieren, ihn einfach streichen. Genauso wie er vorhin das Kalenderblatt zerknüllt und in den Müll geworfen hatte. Aber solche kindischen Trotzreaktionen lagen ihm normalerweise nicht, und er wusste, dass die Kollegen in der Firma sich auch heute auf ihn verließen, und zwar nicht nur in Hinsicht darauf, das Computersystem am Laufen zu halten. Nathan musste bei dem Gedanken daran grinsen. Als er seine Idee zu einer Anti-Valentins-Party zum ersten Mal lanciert und ziemlich spontan einen gemeinsamen Abend für alle Singles im Büro vorgeschlagen hatte, reagierten lediglich zwei seiner Kollegen, nämlich Calum Irwin und Mark Webster auf seine E-Mail in die Runde. Aber seither war die Veranstaltung erstaunlich populär geworden. Im vergangenen Jahr hatte sich die Teilnehmerzahl bereits verdoppelt, und für den heutigen Abend waren ein knappes Dutzend Zusagen gekommen. Ihn eingeschlossen, waren fast die Hälfte der sechsundzwanzig Beschäftigten bei Seek Singles. Nathan fand diese Zahl beruhigend und beunruhigend zugleich. Dabei konnte es durchaus sein, dass einige heute Abend nur deswegen mitgingen, weil sie sich eine kleine Chance ausrechneten, mit einer ähnlich frustrierten, gefühlsmäßig angeschlagenen, einsamen (oder einfach nur betrunkenen) Seele etwas einfädeln zu können, aber für die anderen würde es immer noch ein Riesenspaß werden, wenn man die Veranstaltungen der vergangenen Jahre als Maßstab anlegte. Der Umstand, dass er den Bowlingbahnbetreiber hatte überreden können, einen Begrüßungscocktail für alle auszugeben, würde sicherlich dazu beitragen, dass sie schnell in einen Zustand gehobener Stimmung gerieten. (Angesichts der Tatsache, dass an einem solchen Abend jeder Mann, der halbwegs bei Verstand war, sein romantisches Date bestimmt nicht in eine Bowlinghalle ausführen würde, war ihm die Überzeugungsarbeit allerdings auch nicht besonders schwergefallen.) Zweifellos würde auch er selbst sich heute Abend sicherlich königlich amüsieren, sofern niemand das Wort »Liebe« in den Mund nahm oder auf Candlelight-Dinners in überteuerten Restaurants und teure Blumenbouquets zu sprechen kam, die von der Sekunde an, in der sie überreicht wurden, auch schon zu welken begannen – so vergänglich wie Nathans Träume und Hoffnungen auf eine gemeinsame Zukunft mit Ellie, trotz der vielen Sträuße, die er ihr mitgebracht hatte. Aber ganz davon abgesehen, waren die Anti-Valentins-Partys mittlerweile zu einer netten kleinen Tradition geworden. Dieses Jahr hatten die Kollegen schon fast unmittelbar im Anschluss an die Weihnachtsfeier in der Firma bei ihm nachgefragt, wie es damit aussah. Nathan hatte daraufhin sogar ein wenig Erwartungsdruck verspürt, die Party vom Vorjahr zu toppen, was grundsätzlich nicht schlecht war. Damit ließ sich leichter der ursprüngliche Grund, weswegen er das Ganze einmal angefangen hatte, gut verdrängen. Jedenfalls für eine Weile.

Er checkte die App, mit der er die Einladungen für den heutigen Abend versandt hatte, auf seinem brandneuen iPhone. Das gesamte Managementteam von Seek hatte sie erst letzte Woche bekommen. Er scrollte die Liste mit den Zusagen herunter. Vom vergangenen Jahr waren die meisten wieder mit dabei, und es gab auch etliche neue Namen, wahrscheinlich die Opfer von Trennungen oder Scheidungen aus der letzten Zeit, die keine Lust darauf hatten, noch einen Abend allein vor dem Fernseher zu verbringen. Kein Wunder, dachte er und überflog das Menü auf seinem Handy auf der Suche nach dem TV-Programm für den Abend. Wie nicht anders zu erwarten gewesen war, liefen praktisch auf allen Kanälen Liebesfilme beziehungsweise Liebesfarcen, um genau zu sein. Für einen Single war es wirklich alles andere als witzig oder unterhaltsam, am Valentinsabend allein zu Hause zu sitzen und im Fernsehen dabei zuzusehen, wie sich andere Paare verliebten.

Im Eingangsfach seiner E-Mails erschien eine neue Nachricht. Paul aus der Rechtsabteilung fragte, ob etwas dagegen einzuwenden sei, wenn er Passfotos von seiner Ex auf die Bowlingkegel klebte. Nathan musste lachen und antwortete: »Sicher nicht«, während er überlegte, ob er nicht das Gleiche machen sollte. Dann fiel ihm ein, dass er sämtliche Fotos von Ellie gelöscht hatte, als endgültig klar gewesen war, dass sie nie wieder zusammenkommen würden, und nachdem sich herausgestellt hatte, dass sie mit dem großen Unbekannten schon seit Monaten hinter Nathans Rücken eine Affäre gehabt hatte. Er war ihr auf die Schliche gekommen, indem er sich in ihren Facebook-

Account gehackt hatte. Er hatte gehofft, anhand der Korrespondenz verstehen zu können, warum sie ihn nicht wollte. Nachdem er als Statusmeldung »Ellie Robertson hat ihren Freund betrogen« eingetragen und ein neues Passwort angelegt hatte, so dass sie den Eintrag nicht mehr ändern konnte, hatte ihn das zunächst belustigt und befriedigt, aber mittlerweile schämte er sich ein wenig dafür. Das verzeichnete er bei sich selbst immerhin als Fortschritt. Dem einzigen seither. Mittlerweile waren drei Jahre vergangen, und Nathan war sich durchaus bewusst, dass er es eigentlich mal wieder mit anderen Frauen versuchen sollte. Aber bisher war ihm einfach nicht danach. Er redete sich ein, dass dies vor allem daran lag, dass er noch keine Frau getroffen hatte, die dem Vergleich mit Ellie standhielt. Aber in Wirklichkeit hatte er sich einfach nicht darum gekümmert, andere Frauen kennenzulernen. Eines Tages würde er in den sauren Apfel beißen müssen und damit anfangen, sich wieder mehr für das andere Geschlecht zu interessieren. Es war so ähnlich wie als Kind im Schwimmbad, wo man immer durch das Fußbad waten musste, bevor man ins große Becken springen konnte: Es war unerfreulich, aber unausweichlich, wenn er die Zehen wieder ins Wasser tauchen oder gar ein paar Bahnen schwimmen wollte. Aber wann es so weit sein würde, das konnte Nathan noch nicht sagen. Jetzt musste er erst mal den heutigen Tag und anschließend auch noch einen voraussichtlich sehr langen Abend hinter sich bringen. Seufzend schob er sein iPhone in die Tasche, nahm den Helm von der Konsole im Flur, schlang seine Tasche über die Schulter und ging runter auf die Straße.

Am entgegengesetzten Ende der Innenstadt schaute Mark Webster blinzelnd aus dem Fenster seiner Wohnung im Stadtteil Bermondsey nahe dem Südufer der Themse, aber ihm fiel nicht auf, wie ungewöhnlich hell und sonnig es für einen Februartag war. Der eindrucksvolle Anblick der Skyline der City ließ ihn heute kalt, und er beschäftigte sich auch noch nicht mit der Frage, was er sich auf dem Weg zur Arbeit in der »original französischen« Boulangerie in der Borough High Street zum Frühstück gönnen sollte. Seine Gedanken waren, wie so oft in letzter Zeit, bei der Marketingmanagerin von Seek, Julie Marshall. Er hätte zu gern gewusst, was sie gerade machte. Vielleicht war sie dabei, unter die Dusche zu gehen, um sich den Schweiß nach ihrem Jogginglauf am frühen Morgen abzuwaschen. Wahrscheinlich atmete sie immer noch heftig, während sie sich aus der hautengen Sportbekleidung schälte ... Mit einem heftigen Kopfschütteln versuchte er, die reizende Vorstellung aus seinem Kopf zu verbannen, und trank noch einen Schluck Orangensaft.

Mark war bis über beide Ohren in Julie verliebt. Das ging schon seit einigen Monaten so, und seit sie sich auf der Rückfahrt von der letzten Weihnachtsparty ein Taxi geteilt und darin geküsst hatten, war er vollends Feuer und Flamme für sie. Allerdings handelte es sich um keine Liebesbeziehung, sondern eine ziemlich einseitige Angelegenheit seinerseits, anscheinend ohne Aussicht auf Erwiderung von ihrer Seite. Soweit er es beurteilen konnte, hatte Julie nicht mehr die geringste Erinnerung an ihren Kuss. Jedenfalls war sie am nächsten Tag mit keiner Silbe darauf zu sprechen gekommen. Mark verstand das nicht gerade als Ermutigung, doch Julie ließ durchblicken, dass sie sich an so gut wie nichts im Zusammenhang mit der Feier am Vorabend erinnerte. Auch das sehr unterhaltsame Luftballon-Spiel, das im Pub für Stimmung gesorgt hatte, erwähnte sie mit keinem Wort. Dabei war Mark davon ausgegangen, dass das der Auslöser für die spätere Intimität im Taxi gewesen war.

Merkwürdigerweise hatte sie vergleichsweise nüchtern auf ihn gewirkt, als sie den Ballon zwischen sich balancierten. Er erinnerte sich dagegen noch sehr lebhaft an die warme und weiche, überaus prickelnde Berührung ihrer Lippen und an einen bestimmten Geschmack. Hauptsächlich den von Cranberrysaft, dank des halben Dutzends Cosmopolitan-Cocktails, die sie angeblich an dem Abend getrunken hatte. Diesen nachhaltigen Eindruck hätte er zu gerne bei der nächsten sich bietenden Gelegenheit erneuert. Doch leider ergab sich die Gelegenheit nie, und Mark war einfach zu feige, eine entsprechende Gelegenheit zu arrangieren. Manchmal beschlich ihn sogar der Gedanke, dass sie nur deshalb vorgab, sich an nichts zu erinnern, weil sie Rücksicht auf seine Gefühle nehmen wollte. Was die ganze Geschichte anbelangte, mauerte sie so stark, dass Mark gelegentlich Zweifel hegte, ob das mit dem Kuss tatsächlich stattgefunden hatte. Seine eigene Erinnerung an die kleine Taxi-Episode war mittlerweile so erschüttert, dass er sie von sich aus nie zur Sprache gebracht und nicht einmal seinem besten Freund in der Firma, Nathan Field, anvertraut hatte. Aber das sollte sich nun grundlegend ändern. Heute war der Tag, an dem er seine Karten auf den Tisch legen und Julie daran erinnern wollte, was (hoffentlich) zwischen ihnen vorgefallen war, um sie anschließend zum Essen einzuladen. Das jedenfalls war der Plan. Er konnte nur hoffen, dass sie nicht vor Entsetzen davonlief oder ihm sexuelle Belästigung unterstellte. Mark fürchtete, dass sein Vorhaben, ihr seine Gefühle zu offenbaren, erhebliche Risiken barg. Schließlich mussten sie in der Firma zusammenarbeiten, und falls Julie ihn zurückwies … Nun ja, dann musste er eben damit leben. Die Alternative war, dass er für den Rest seiner Tage im Ungewissen leben und sich stets fragen oder vorstellen würde, was gewesen wäre, wenn. Außerdem galt für ihn der Grundsatz, dass man nie etwas erreichte, wenn man den Stier nicht bei den Hörnern packte. Und nochmals außerdem wollte er sich später nicht zum Vorwurf machen, es nicht wenigstens versucht zu haben, und irgendwann mit ansehen müssen, wie sie jemand anders kennenlernte, in den sie sich womöglich auch noch verliebte. Und welcher Tag war besser für derartige Klärungen geeignet als der Valentinstag. Er musste allein schon deshalb endlich die Initiative ergreifen, weil die vergangenen sieben Wochen, in denen er sich immer wieder gefragt hatte, warum Julie überhaupt nichts zu dem Abend sagte, eine einzige Qual gewesen waren. Er glaubte nicht, dass sie fest mit einem anderen liiert war (und schon gar nicht mit einer anderen; das hielt er nach der Vehemenz, mit der sie in jener Nacht auf dem Rücksitz des Taxis über ihn hergefallen war, für ausgeschlossen). Aber letzte Gewissheit in diesem Punkt hatte er natürlich nicht. In der Firma gab sich Julie immer sehr zurückhaltend. Sie beteiligte sich kaum am allgemeinen Small Talk. Das Einzige, was er wirklich über sie wusste, war ihr Alter (das hatte er auf der Gehaltsliste gecheckt und festgestellt, dass sie drei Jahre älter war als er) und ihre Adresse. Schließlich kannte er das traditionelle Reihenhaus aus Ziegelstein im südöstlichen Stadtteil Chiswick schon, weil das Taxi sie dort abgesetzt und er die Location seither schon ein paarmal mittels Google Street View aufgesucht hatte. Und weil er ihr einmal ganz »zufällig« am Eingang des Nike-Stores in der Oxford Street begegnet war, den sie gerade mit einem frisch erworbenen Paar Air Pegasus verließ, wusste er außerdem, dass sie für den nächsten London-Marathon trainierte. Das war möglicherweise nicht genug Wissen, um eine Liebesbeziehung aufzubauen. Aber all die Mysterien, die sie umgaben, machten sie nur umso verlockender.

Bereits zum hundertsten Mal an diesem Morgen sah Mark in seiner Aktenmappe nach, ob die Valentinskarte, die er für sie besorgt hatte, immer noch an Ort und Stelle lag. Als ob sich jemand in seine Wohnung geschlichen und sie gestohlen haben könnte, während er sich im Bad rasierte. Am vergangenen Samstag hatte er eine Ewigkeit gebraucht, um sich für eine zu entscheiden. Er hatte sich so lange in dem auf Grußkarten spezialisierten Laden herumgetrieben, dass es dem Personal aufgefallen war. Eine Verkäuferin, etwa im Alter seiner Mutter, hatte ihn angesprochen, ob sie ihm irgendwie helfen könne, und Mark war rot angelaufen. Dann hatte er ihr die ganze Geschichte erzählt, angefangen beim Luftballon-Spiel bis zu dem Vorfall im Taxi. Zu guter Letzt hatte er ihr zu verstehen gegeben, dass er eine Karte suchte, die auf keinen Fall als Liebesbotschaft missverstanden werden durfte, sondern quasi als die unmittelbare Vorstufe dazu. Die Verkäuferin schüttelte den Kopf und sah ihn an, als hätte sie einen Verrückten vor sich, dann ließ sie ihn in Ruhe. Schließlich war er doch wieder bei W. H. Smith gelandet, der landesweiten Kette für Zeitschriften und Schreibwaren, wo die Angelegenheit aber auch nicht unbedingt klarer wurde. Auf fast allen Karten stand etwas im Sinne hochfliegender Gelöbnisse und ewiger Treueschwüre, aber dafür war es in Anbetracht der Gesamtumstände, zumindest aus Julies Sicht, vielleicht noch etwas zu früh. Und natürlich gab es jede Menge »witziger« Cartoons und rührselige Teddybären. Nichts, was Mark für angemessen gehalten hätte, denn er wollte Julie auf keinen Fall den Eindruck vermitteln, dass er es nicht ernst meinte oder sich emotional auf dem Niveau eines Zwölfjährigen befand. Schließlich rang er sich zu einer mit einer roten Rose klassisch gestalteten Karte ohne beschrifteten Innenteil, dafür mit umso mehr Platz »für Ihre persönlichen

Worte«, durch. Wie diese genau lauten sollten, das war das nächste Problem. Für ihn stand bereits fest, dass er nicht mit seinem Namen unterschreiben würde, und er musste sich auch alle Anspielungen auf den Kuss verkneifen. Falls Julie sich nicht daran erinnerte oder, noch schlimmer, versuchte, die Episode zu verdrängen. Daher wollte er es so einfach wie möglich formulieren, wobei er zum Glück den Namen ihrer Firma, Seek Software, sehr geschickt und witzig nutzen konnte. Je länger er darüber nachdachte, desto mehr erschien ihm die Formulierung »Von einem di-seek-reten Verehrer« wie ein Geniestreich. Das brachte zum Ausdruck, dass die Karte von jemandem aus der Firma stammte, und es hatte einen etwas mysteriösen Touch, der das Ganze spannend machte. Allerdings war der Versuch, den Satz mit der linken Hand zu schreiben, um seine Handschrift unkenntlich zu machen, derart misslungen, dass er die Zeile zunächst mit Tipp-Ex überpinseln musste, was wiederum so aussah, als hätte er eine alte Karte wiederverwendet. Es war ihm also nichts anderes übriggeblieben, als in den Laden zurückzugehen und noch einmal zwei Pfund fünfundvierzig für eine neue zu bezahlen. Das machte ihm nichts aus, die kleine Zusatzausgabe für Julie war es auf jeden Fall wert, aber diesmal verwendete er seine normale Schreibhand. Und wenn sie seine Handschrift erkannte? Aber irgendwie war ja der Sinn der Aktion, dass die Karte nur so »anonym« gestaltet war, dass der Empfänger den Absender am Ende erraten und nun seinerseits handeln konnte. Sonst hätte er ihr das Geld dafür auch gleich auf den Schreibtisch legen können. Mark überlegte, ob er doch noch einen kleinen verschlüsselten Hinweis einbauen sollte, eine Anspielung auf die Taxifahrt nach Chiswick oder ihr großzügiges Trinkgeld für den Fahrer, um ihrem Gedächtnis auf die Sprünge zu helfen. Doch auch das verwarf er wieder. Jede Erwähnung ihres Wohnortes hätte den Verdacht aufkommen lassen können, er sei eine Art Stalker, und irgendwas mit »großzügiger Belohnung« konnte ebenso leicht falsch aufgefasst werden. Ihm war klar, dass er sich unbedingt eine Rückzugsoption offenhalten und notfalls glaubhaft seine Urheberschaft verleugnen musste, falls sie das Ganze missverstand oder (noch schlimmer) missverstehen wollte. »Belastbare Verleugnung« lautete der juristische Fachausdruck im Amerikanischen dafür. Aber angesichts des hohen Grades seiner Besessenheit von ihr, war sich Mark keineswegs sicher, wie glaubwürdig er das Unschuldslamm verkörpern könnte, wenn sie ihm Vorwürfe machte, er habe ihre Wehrlosigkeit im Zustand der Trunkenheit schamlos ausgenutzt. Er selbst war an jenem Abend so gut wie nüchtern oder bestenfalls leicht angeheitert gewesen. Jedenfalls keineswegs so hinüber, dass er sich nicht an jedes kleine Detail des Kusses erinnern könnte oder daran, wo Julie wohnte, oder daran, wie sie ihn als Gentleman bezeichnet hatte, als er ihr den Vortritt lassen wollte, als das Taxi neben ihnen hielt. Und als sie ihm vorschlug, ihn unterwegs abzusetzen, bestand er darauf, sie zuerst sicher nach Hause zu bringen. In diesem Moment glaubte er, ein gewisses Aufblitzen in ihren Augen wahrgenommen zu haben. Er hatte sich keinerlei Hoffnungen gemacht, dass sie ihn in Chiswick noch »auf einen Kaffee« mit in ihre Wohnung bitten würde, was vollkommen in Ordnung war. Aber der Gutenachtkuss, mit dem sie sich verabschiedete, puschte ihn mehr als die stärksten Espressos, und bevor er seine Sinne wieder beisammenhatte, drückte sie ihm etliche Scheine für die Fahrt nach Chiswick in die Hand und sprang durch den Regen aus dem Taxi auf ihre Haustür zu. Erst die Frage des Taxifahrers: »Wo soll's jetzt hingehen, Meister?«, katapultierte ihn geradewegs in die Wirklichkeit zurück. Als ebenso real stellte sich dann die Tatsache heraus, dass er gar nicht genug Bargeld bei sich hatte, um die gesamte Weiterfahrt bis zu ihm nach Hause zu bezahlen. Also ließ er sich in Soho absetzen. Der anschließende fünf Kilometer lange Heimweg im Regen bis zu seiner Wohnung ruinierte zwar seinen Anzug, aber keineswegs seine Laune.

Allerdings hatte Julies Reaktion am nächsten Tag, beziehungsweise das vollkommene Ausbleiben derselben, jeden Tag seitdem ruiniert. Zunächst hatte er angenommen, sie spiele die Supercoole, aber mittlerweile war ihre Temperatur offenbar auf dem Gefrierpunkt angelangt. Mark konnte sich nicht erklären, warum. Er wusste, dass er gut küssen konnte, und ihre Reaktion auf dem Rücksitz des Taxis war auch nicht gerade lahm gewesen, was nur einmal mehr ein Beweis für sein Talent war. Vielleicht war sie also einfach doch zu betrunken gewesen? Aber Mark glaubte an die alte Weisheit, dass Trunkenheit das wahre Ich eines Menschen zum Vorschein bringt, und wenn dem so war und sie ihn unbedingt hatte küssen wollen, würde er das jetzt als Ermutigung verstehen. Wenn es eine todsichere Gelegenheit gab, um diese Theorie dem Praxistest zu unterziehen, dann war es die Anti-Valentins-Party inklusive Freigetränken heute Abend.

Er trank den Rest seines Orangensafts und stand, zu allem entschlossen, auf. Falls Julie ihm zu verstehen gab, dass sie sich prinzipiell nicht mit einem Kollegen in der Firma einlassen wollte, dann musste er sich eben damit abfinden. Oder kündigen. Damit würde er ihr zeigen, wie ernst er es meinte. Oder wie verrückt er war. Leicht belustigt über sich selbst hielt Mark das Glas kurz unter den Wasserhahn und stellte es anschließend in die Spülmaschine. Zum allerletzten Mal an diesem Morgen sah er nach, ob die Karte für Julie in seiner Aktenmappe steckte. Dann verließ er die Wohnung, schloss die Tür hinter sich ab, vergewisserte sich noch einmal, dass er den Schlüssel zweimal umgedreht hatte, und machte sich auf den Weg zur U-Bahn.

In Chiswick hatte Julie Marshall gerade geduscht und betrachtete sich jetzt kritisch im Badezimmerspiegel. Seit sie im vergangenen September die magische Schwelle zum dritten Lebensjahrzehnt überschritten hatte, war ihr das zur Gewohnheit geworden. Für ihr Alter war sie wirklich gut in Form, keine Frage. An ihrem Körper gab es keine Stellen, die schlaff herunterhingen, unnötig aufgepolstert waren oder, soweit sie das im Morgenlicht beurteilen konnte, ins Graue changierten. Angesichts der Gesamtumstände war sie dafür äußerst dankbar.

Ein Klappern verriet ihr, dass der Postbote etwas durch den Briefschlitz geworfen hatte. Barfuß ging sie in den Flur und hob die Umschläge vom Fußboden auf. Die monatliche Kreditkartenabrechnung und ein aktueller Modekatalog. Von einer Grußkarte zum Valentinstag weit und breit keine Spur. Nicht wirklich eine Überraschung für Julie. Ihre morgendliche Joggingrunde hatte sie bereits hinter sich. Daran führte kein Weg vorbei, wenn sie beim London Marathon in zwei Monaten mithalten wollte. Angesichts der Strecke, die sie bislang bewältigen konnte, war ihr klar, dass sie zwischendurch Pausen einlegen musste. Aber das konsequente Training tat ihr auf jeden Fall gut. Seit sie vor einem halben Jahr damit angefangen hatte, hatte sie bereits über drei Kilo verloren. Wenn sie sich nach der Dusche auf die Waage stellte, war das die beste Belohnung dafür, sich morgens um halb sieben aus dem Bett gequält zu haben. Andererseits gab es auch keinen Grund, länger liegen zu bleiben, und außerdem war es ihr recht, einen Vorwand zu haben, einige Zeit außer Haus zu verbringen. Und später am Vormittag konnte sie sich ganz ohne Schuldgefühle ein Croissant oder ein Brioche aus der französischen Edelbäckerei gegenüber den Büros von Seek Software gönnen. Mittlerweile glaubte Julie, diesen Anspruch auf den einen oder anderen kleinen Genuss ohne Reue zu haben.

Erst war sie heute Morgen verwundert gewesen, dass auf ihrer gewohnten Laufstrecke einiges anders zu sein schien als sonst. Eigentlich war es ein typischer Februartag mit Temperaturen nahe dem Gefrierpunkt, so dass das tiefe Einatmen beim Laufen beinahe schmerzte. Zunächst hatte sie sich wie üblich darauf konzentriert, sorgfältig einen Fuß vor den anderen zu setzen und nirgendwo hineinzutreten, doch dann war ihr aufgefallen, dass die Straßen in Chiswick bereits ungewöhnlich belebt waren. Aber erst nachdem sie zum dritten Mal von einem Fahrer eines Interflora-Lieferwagens angehupt und mit anzüglichen Blicken bedacht worden war, war ihr eingefallen, was es mit all der Hektik zu dieser frühen Stunde auf sich hatte. Angesichts des ganzen Getues hätte sie sich königlich amüsieren können. Am liebsten hätte sie den Leuten unterwegs erklärt, was für eine gigantische Zeit- und Geldverschwendung dieser Valentinstag-Rummel eigentlich darstellte. Rein jahreszeitlich gesehen hatte dieser Tag in der Regel überhaupt nichts Romantisches, sondern es handelte sich lediglich um einen geschickt eingefädelten und erfolgreich propagierten Marketing-Bluff, der nur Floristen, Pralinenhersteller, Grußkartenverleger und Restaurantbesitzer wirklich glücklich machte. Da sie selbst im Marketing arbeitete, war sich Julie darüber im Klaren, dass sie die Sache vielleicht nicht ganz so nüchtern sehen sollte, wie ihr Beruf nun einmal war. Dennoch ärgerte sie sich darüber, wie künstlich ein Mythos erzeugt wurde, der es so aussehen ließ, als könnten Männer mit einer konventionellen, halbherzigen Geste alle Taktlosigkeiten und Unaufmerksamkeiten der übrigen Tage des Jahres kompensieren. Als ob ein auf dem Heimweg schnell noch an der Tankstelle um die Ecke gekaufter und halb verwelkter Nelkenstrauß alle übrigen Nachlässigkeiten, die sich im Lauf der Zeit so ansammelten, entschuldigen könnte. All die vergessenen Geburtstage, Jahrestage oder einfach die ganz alltägliche Rücksichtslosigkeit und Unhöflichkeit der Partnerin gegenüber. In ihren Augen gab es nur noch sehr wenige unaufdringliche, aber dennoch aufmerksame und rücksichtsvolle, kurz, galante Männer. Doch dazu gehörte Mark Webster.

Die letzte Weihnachtsfeier in der Firma war ihr noch gut in Erinnerung. Zuerst hatte sie gar nicht hingehen wollen, aber ihre bereits leicht angeheiterte Assistentin Sophie Jones hatte sie überredet, doch mitzumachen. Sophie hatte schon am Nachmittag den ein oder anderen Drink gekippt, als sie mit dem von ihrer Design-Agentur übersandten Champagner angestoßen hatten. Sophie hatte sie gefragt, ob sie für den Abend bereits etwas Besseres vorhabe, und Julie musste nach kurzem Nachdenken ehrlicherweise mit »Nein« antworten. Sie war keinesfalls stockbetrunken gewesen. Natürlich hatte sie ein paar Cosmopolitans intus gehabt, aber da sie schottischer Abstammung war, konnte sie schließlich auch einiges vertragen. Und dann hatte irgendjemand aus der Runde dieses alberne Luftballon-Spiel vorgeschlagen … Bei dem Gedanken daran schüttelte sie heute noch lächelnd den Kopf. Was für Sachen erwachsene Menschen sich manchmal ausdachten, wenn sie ein bisschen zu viel Alkohol getrunken hatten. Einen Luftballon von einem zum anderen weiterzugeben, ohne dabei die Hände zu benutzen, das war wohl mehr was für einen Kindergeburtstag. Aber Julie war neu in der Firma und wollte nicht abseits stehen bleiben. Als sie an die Reihe kam, machte sie den Blödsinn also mit und transportierte den Ballon, der mittlerweile zwischen den Schenkeln von Aisleen aus der Personalabteilung steckte, irgendwie weiter. Ihr blieb nichts anderes übrig, als sich hinzuknien, um den Ballon, begleitet vom Wiehern und Brüllen der anderen, irgendwie zwischen Kinn und Brust zu klemmen. Nachdem ihr das gelungen war und sie sich erleichtert und beinahe triumphierend erhob und umsah, wem sie ihn weitergeben könnte, stand Mark Webster am nächsten. Sie blickten einander für einen kurzen Moment sehr tief in die Augen, dann trat er auf sie zu. Bei der Erinnerung daran, wie er den Kopf langsam herunterbeugte, bis sein Mund auf Höhe ihrer Brust war, lief ihr immer noch ein Schauder über den Rücken. Dann nahm er ganz sanft den Knoten des Ballons zwischen seine Zähne und sah ihr dabei unverwandt weiter in die Augen. Wie er das machte, fand Julie unglaublich aufregend und prickelnd, und ihr war plötzlich klar, dass sie sich eines Tages küssen würden. Aber natürlich nicht in Gegenwart der anderen. Mark sollte den Ballon anschließend an Mary aus der Verwaltung weitergeben, aber als die ihn in Empfang nahm, platzte er. »Zerstochen von Marys Stoppeln«, wie jemand aus dem Hintergrund gemeinerweise etwas zu laut kommentierte. Wobei man zugeben musste, dass sie ihren Spitznamen Hairy Mary nicht ganz grundlos trug. Mary rannte daraufhin flennend aus dem Pub, und das Spiel war beendet. Und in dem Augenblick, als der Ballon zerplatzt war, hatten sich sämtliche Phantasien Julies hinsichtlich eines Kusses mit Mark in Luft aufgelöst. Erst am Ende des Abends trafen sie zufällig wieder aufeinander, als sie im Regen auf ein Taxi warteten und er darauf bestand, dass sie das nächste nehmen solle, und sie ihrerseits darauf beharrte, dass sie sich das Taxi teilten, obwohl sie ziemlich weit außerhalb in Chiswick wohnte und er … Nun ja, irgendwie schien es weder für ihn noch für sie wichtig zu sein, wo er wohnte. Julie war sich zwar sicher, dass sie eines der üblichen schwarzen Londoner Taxis herangewinkt hatten, aber der Fahrer schien seinen Wagen nichtsdestotrotz für ein Rennauto zu halten. Vielleicht wollte er nach der Fahrt auch nur möglichst schnell wieder ins Stadtzentrum zurück. Die Zeit der Weihnachtsfeiern war für Taxifahrer besonders lukrativ. Wie auch immer, bei einem rasanten Abbiegemanöver am Marble Arch wäre sie fast auf Marks Schoß gelandet, und dann war es einfach passiert. Ein typischer erster Kuss. Zaghaft zunächst, dann aber mit einer Intensität, die sicher noch viel Steigerungspotenzial geboten hätte, wenn es die ganze Nacht so weitergegangen wäre. Doch kaum hatte es richtig angefangen, bereute Julie die Sache auch schon. Das allein hätte sie allerdings noch nicht dazu veranlasst aufzuhören, aber als sie ungefähr auf der Höhe von Shepherd's Bush Luft holen mussten, wirkte Mark vollkommen fassungslos. Und von da an hielt sie es für besser, sich in Zurückhaltung zu üben und die Betrunkene zu spielen. Dabei war es gar nicht so leicht, seinen erneuten Versuchen, sie zu küssen, zu widerstehen. Aber sie war sich darüber im Klaren, dass es ein Fehler gewesen wäre, dem nachzugeben. Das erste Mal konnte man noch als Zufall oder Versehen abtun, aber wenn es noch einmal passierte? Dann ließ sich die Absicht nicht mehr verleugnen. Als sie wieder halbwegs bei Sinnen war, durch das beschlagene Fenster nach draußen in das nächtliche London starrte und sich angestrengt bemühte, so zu tun, als hätte es den Kuss gar nicht gegeben, musste sie regelrecht die Hände zusammenballen, um die Finger von Mark zu lassen. Sie liebte Küssen, und es gab nicht viele Männer, die es wirklich gut konnten. Für die meisten war es so eine Art Vorspiel-Routine, die sie möglichst rasch hinter sich bringen wollten und der sie wenig abgewinnen konnten. Aber Mark hatte es überhaupt nicht eilig gehabt. Als das Taxi vor ihrer Haustür hielt, hätte sie dem Fahrer am liebsten gesagt, er solle zu Marks Wohnung weiterfahren, aber im letzten Moment kniff sie. Schließlich war sie kein leichtsinniges dummes Ding mehr – jedenfalls wollte sie das nicht sein. Also gab sie Mark einen flüchtigen Gutenachtkuss und musste sich dabei zwingen, den verführerischen Duft seiner Haut und seine prickelnden männlichen Bartstoppeln zu ignorieren. Sie stopfte ihm ihren Anteil an den Taxikosten, ein paar wahllos aus der Handtasche gegriffene Pfundnoten, in die Hand und rannte zur Haustür. Es regnete stark, aber ihr kam der wohltuend kühle Schauer sehr recht. Am nächsten Tag war sie mit sehr zwiespältigen Gefühlen ins Büro gegangen. Da ihr die ganze Sache ziemlich peinlich war, hatte sie beschlossen, sich cool zu geben. Schließlich kannte sie Mark so gut wie gar nicht. Als sie sich das nächste Mal ganz »zufällig« im Kopierraum über den Weg liefen, fragte er sie ein bisschen verlegen, ob sie sich denn am Abend vorher auch wirklich amüsiert habe, worauf sie erwiderte, sie hätte zu viel getrunken und könne sich an so gut wie nichts mehr erinnern. Sie musste ihm zugestehen, dass es ihm gut gelang, Haltung zu bewahren, aber sie spürte natürlich, dass er geknickt war, und er tat ihr unendlich leid. Sie hätte ihm gern gesagt, dass er toll küsste und dass sie unter anderen Umständen gerne damit weitergemacht hätte. Wenn er es darauf angelegt und sie zum Essen eingeladen hätte, hätte sie bestimmt nicht nein gesagt, um herauszufinden, ob er auch in anderer Hinsicht so gut war wie »darin«. Nach der Party hatte sie die halbe Nacht wach gelegen und sich genau das vorgestellt. Aber seit dem

Abend hatte Mark nichts mehr in dieser Richtung unternommen. Soweit Julie wusste, hatte er den »Zwischenfall« niemandem gegenüber erwähnt, was sie ihm hoch anrechnete. Das Letzte, was sie brauchte, war ein diesbezüglich zweifelhafter Ruf in der Firma.

Und vor allem wollte sie sich auch nicht nachsagen lassen, unpünktlich zu sein. Deswegen musste sie innerhalb der nächsten zehn Minuten das Haus verlassen, sonst verpasste sie ihre übliche U-Bahn. Also zog sie sich rasch an, legte die Armbanduhr um und zog leise die Wohnungstür zu, um Philip, ihren Mann, nicht zu wecken, der im Zimmer nebenan noch leise schnarchte. Dann machte sie sich auf den Weg zur U-Bahn-Station Gunnersbury.

Kapitel 2

Sophie Jones lief eilig die Frith Street in Soho entlang. Sie umklammerte schützend ihre Tasche, aber nicht aus Angst vor Handtaschenräubern, sondern wegen des wertvollen ideellen Inhaltes: der Valentinskarte für Nathan. Die Zeiten, in denen Londons Westend, und insbesondere Soho, ein berüchtigtes Viertel voller Diebe und schlimmeren Gesindels gewesen war, gehörten längst der Vergangenheit an. Heute war diese Gegend im Zentrum nahe Piccadilly absolut trendig, und Sophie liebte es, hier zu arbeiten. Von der Frith Street bog Sophie an der Ecke mit einem Pub in die Bateman Street ein, wo Seek Software in einem dreistöckigen grauen Gebäude seinen Firmensitz hatte. Für die insgesamt sechsundzwanzig Mitarbeiter war es inzwischen ein wenig beengt, und an den ein oder zwei Tagen im Jahr, an denen man auch in London von Sommertemperaturen reden konnte, hielt die Klimaanlage nicht ganz mit, aber ansonsten konnte sich niemand über die Location beschweren. Und selbstverständlich tat das auch keiner. Alle waren froh, mitten in der Stadt zu arbeiten. Sophie zog ihre elektronische Türöffnerkarte aus dem Portemonnaie, trat ein und ging langsam ein paar Stufen hinunter ins Souterrain, wo das Systemmanagement untergebracht war. Von Nathan war weit und breit nichts zu sehen. Vielleicht musste er sich noch um die Vorbereitung seiner Anti-Valentins-Party kümmern. Nach einigem Hin-und-her-Überlegen hatte sich Sophie dann doch nicht auf der Teilnehmerliste eingetragen, hauptsächlich um in der Firma nicht den Eindruck zu erwecken, sie hätte es irgendwie nötig. Im ersten Augenblick war sie ein bisschen enttäuscht, dass er noch nicht da war, aber vielleicht war es auch besser so. Damit hatte sie noch Zeit, sich etwas Witziges auszudenken, das sie auf die Karte schreiben konnte. Einerseits erschien es ihr zwar absurd, einen Valentins-Gruß an jemanden zu schicken, der eine Gegenveranstaltung zum dem ganzen Zirkus auf die Beine stellte. Andererseits war seine Party der beste Beweis dafür, dass auch er Single war und seine Abende anscheinend nicht gerne allein verbrachte. In dem Fall wäre Sophie durchaus bereit, für Abhilfe zu sorgen. Bei dem Gedanken daran errötete sie ein bisschen und beschloss, so etwas auf keinen Fall explizit auf die Karte zu schreiben. Außerdem sollte sie besser keine Anspielungen auf seine Arbeit machen, jedenfalls nicht durch die Verwendung der Begriffe »Hardware« und »Software«. Durch ihren Job im Marketing hatte sie durchaus eine gewisse Routine, wenn es darum ging, sich ein paar knackige Sätze oder Slogans für die Verkaufsunterlagen auszudenken, aber die Stichworte, die ihr beim Thema Computer in den Sinn kamen, waren alle ziemlich technischer Natur und ließen sich nur schwer mit romantischen Gedanken in einen Zusammenhang bringen. Aber vielleicht fand Nathan es sogar ganz witzig, wenn sie einen Vers erfand, in dem sich »Megabite« auf »Gelegenheit« oder »USB« auf »tut nicht weh« reimte. Leider fiel Sophie im Moment partout nichts ein, was nicht entweder sehr, sehr lahm oder zu anzüglich geklungen hätte. Vor allem Wortspiele mit »Klick« oder »-anz« waren einfach viel zu gefährlich.

Als sie hörte, wie die Eingangstür hinter ihr geöffnet wurde, sprintete sie die Treppe hinauf, stellte oben aber erleichtert fest, dass es nur Mia-Rose Andrews war, die Empfangssekretärin von Seek. Mit einem Starbucks-Becher in der einen und einem fetten Donut in der anderen Hand watschelte sie durch den Vorraum.

»Morgen, Sophie«, gab sie kauend von sich.

»Hallo, Mia.« Sophie warf einen Blick auf die halb geöffnete Donut-Tüte. »Keine Zeit mehr gehabt fürs Frühstück?«

»Nein. Warum auch?« Mia-Rose stellte den Kaffeebecher auf ihrem Schreibtisch ab. »An die Dinger zum Frühstück könnte ich mich echt gewöhnen. Schmecken einfach köstlich.« Wenn Mia-Rose anfing, über beide Backen zu grinsen, konnte man einfach nicht anders, als sie gern zu haben. Sie war eine auffallend schöne Nigerianerin mit einem ansteckenden Lachen und der denkbar größten Unbefangenheit, was ihre Korpulenz betraf. Etwas, das den meisten anderen jungen Frauen in der Firma abging, inklusive Sophie. Sie mochte Mia sehr.

»Nimm dir einen, wenn du willst«, sagte Mia-Rose und hielt Sophie die Tüte hin.

»Danke. Lieber nicht.«

»Du achtest auf deine Figur, was?«

»Wie man's nimmt. Ich meine nur …«

»Gewisse andere sollten darauf achten?«

Sophie wurde rot und suchte nach einer schlagfertigen Antwort. Doch zum Glück kam gerade der Paketdienst. Daher begnügte sie sich mit einem Lächeln und verschwand aus dem Rezeptionsbereich. Nach und nach trafen auch die anderen Kollegen ein, aber Sophie brauchte unbedingt etwas Ruhe, um sich mit Nathans Karte befassen zu können. Auf dem Weg in den ersten Stock nahm sie zwei Stufen auf einmal. In ihrem Büro legte sie ihre Sachen ab, griff sich einen Stift von ihrem Schreibtisch und verschwand mit der Karte Richtung Damenklo.

Im Slalom navigierte Nathan Field seine Vespa die Oxford Street entlang. In der eisigen Luft, die einem die Nasenspitze abfror, biss er fest die Zähne zusammen. Auf dem Motorroller war er den Elementen zwar stärker ausgesetzt, andererseits konnte er locker jeden Verkehrsstau umfahren und musste sich nicht mit Millionen anderen Pendlern in die U-Bahn quetschen. Auf seinem Roller war er der König der Straße. Mit dem schmalen Flitzer konnte er eine Lücke nach der nächsten nutzen, um haltende Taxis herumkurven, die den ganzen übrigen Verkehr blockierten, und selbst Busse über... Unmittelbar vor einem wartenden Bus schoss eine Gestalt auf die Fahrbahn, so dass er mit quietschenden Reifen gerade noch eine Notbremsung hinbekam, die ihn beinahe über den Lenker schleuderte. »Verdammte Unverschämtheit«, fluchte er vor sich hin. Warum konnten die Leute nicht besser aufpassen, wenn sie über die Straße gingen? Er hupte wild und deutete mit zwei Fingern auf seine Augen, um der unmöglichen Spaziergängerin zu bedeuten, darauf zu achten, wohin sie latschte. Bei näherem Hinsehen entpuppte sich die unmögliche Person allerdings als Julie Marshall, und Nathan verwandelte die Geste so schnell es ging in einen freundlich winkenden Gruß. »Wunderschönen guten Morgen«, sagte er betont fröhlich und wuchtete den Roller auf den Gehsteig, wo sie stehen geblieben war.

Julie trank einen Schluck aus dem Starbucks-Becher in ihrer Hand. »Was ist daran so schön?«, erwiderte sie.

»Ähm ...« Nathan zuckte die Achseln.

Sie lächelte ihn betreten an. »Entschuldigung«, sagte sie dann und trat einen Schritt zurück, um einen Boten vorbeizulassen, der mit einem riesigen Rosenstrauß die Straße überquert hatte. »Es ist nur dieser … Sie wissen schon …«

Nathan verdrehte die Augen. Er wusste genau, was sie meinte. »Sehen wir uns heute Abend?«

»Heute Abend?«

»Bei der Anti-Valentins-Party.«

Julie runzelte die Stirn. »Was soll das sein?«

»Entschuldigung, ich habe nicht daran gedacht, dass Sie noch ziemlich neu bei uns sind.« Er grinste. »Das ist seit drei Jahren sozusagen eine feste Institution bei uns in der Firma. Wir gehen an diesem Abend gemeinsam aus. Jeder, der Lust hat, kann mitkommen.«

»Und was genau ist mit ›ausgehen‹ gemeint?«

Nathan deutete mit dem Kopf auf ein über und über mit herzförmigen Luftballons dekoriertes Schaufenster hinter ihm. »Wir gehen irgendwohin, wo man von diesem ganzen Zirkus nichts mitbekommt.«

Julie wandte sich um, warf einen kurzen Blick auf die kitschige Deko und schüttelte den Kopf. »Ich weiß nicht so recht. Wie sieht denn das konkrete Programm aus?«

»Wir gehen zum Bowling.«

»Bowling?« Sie legte übertrieben dramatisch eine Hand an die Stirn. »Das hat mir gerade noch gefehlt.«

»Übrigens gibt's auch ein paar Cocktails umsonst. Wenn ich mich recht entsinne, haben Sie auf der Weihnachtsparty durchaus eine gewisse Schwäche dafür an den Tag gelegt.«

Julie musste sich zusammenreißen, um nicht verlegen wegzusehen. Sie konnte nur hoffen, dass Nathan nichts von ihren weiteren Schwächen an jenem Abend mitbekommen hatte. Zu ihrer eigenen Überraschung fragte sie sich unwillkürlich, ob Mark heute Abend mit von der Partie war. Sie konnte sich aber gerade noch zurückhalten, das auch laut auszusprechen. »Ich weiß noch nicht so recht …«

»Na los«, sagte Nathan. »Da gibt's bestimmt was zum Lachen.«

Julie linste noch einmal zu der Schaufensterdekoration hinüber und überlegte, welche Alternativen sie hatte. Wenn sie zu Hause blieb, würde sie den ganzen Abend damit verbringen, Philips übertriebene Bemühungen zu ignorieren, sie zu ignorieren. So gesehen wäre es in der Tat eine nette Abwechslung, auch mal was zum Lachen zu haben. »Okay, Sie haben mich überredet.«

»Großartig.« Nathan grinste und bugsierte das Vorderrad seiner Vespa wieder auf die Straße. »Ich schicke Ihnen nachher eine Mail mit allen Details«, rief er und gab kurz vor einem herannahenden Taxi Vollgas, bevor sie es sich noch einmal anders überlegen konnte.

Während Nathan Richtung Oxford Circus weiterbrummte, beobachtete er Julie noch eine Weile im Rückspiegel. Er fragte sich, warum sie immer so abwehrend reagierte. Vielleicht hatte er sie einfach überrumpelt. Allerdings vermutete er eher, dass dieser Tag für sie, wie für so viele andere auch, nicht so begonnen hatte, wie sie sich das vielleicht gewünscht hätte. Aber bei Julie Marshall blickte man nie so richtig durch. Sie war noch ein ziemlich unbeschriebenes Blatt, keiner in der Firma wusste wirklich etwas über sie, obwohl sie inzwischen schon seit einigen Monaten bei Seek war. Das einzige Gerücht über sie war, dass sie sich nach der Weihnachtsparty mit einem Kollegen eingelassen hatte. Wobei Nathan ziemlich sicher war, dass es sich dabei um Mark gehandelt hatte. Obwohl es ihn ein wenig stutzig machte, dass Mark ihm gegenüber niemals die leiseste Andeutung in dieser Richtung gemacht hatte. Und er und Julie ignorierten sich, Nathans Beobachtungen zufolge, gegenseitig komplett. Was nicht unbedingt etwas heißen muss, überlegte Nathan, als er endlich auf den rechteckigen, baumbestandenen Soho Square einbog. Vielleicht war gerade das der beste Beweis – ex contrario sozusagen. Sie wirkte immer sehr fit, das musste er ihr lassen. Ein- oder zweimal hatte er mitbekommen, wie sie gleich nach der Arbeit vom Büro aus zum Laufen losgesprintet war. Er hätte wahrscheinlich ziemliche Mühe, mit ihr mitzuhalten. Vermutlich lief sie sogar schneller als sein Roller. Im Büro hatte er einmal gehört, wie sich einige der Kolleginnen darüber unterhielten, dass sie bei einem Marathon mitmachen wolle. Zum Glück schien sie aber nicht zu denjenigen zu gehören, die jedem gleich ein Überweisungsformular für das Sponsoring irgendeiner obskuren Wohltätigkeitsorganisation unter die Nase hielten, womit sie dann in Wirklichkeit ihre Urlaubskasse auffüllten; oder einem Links zu irgendwelchen Fundraising-Seiten im Internet schickten, die mit Fotos von halb verhungerten Tieren Mitleid erregen wollten. Im Gegenteil, es sah eher so aus, als ob sie das nur für sich tat, und Nathans Ansicht nach sagte allein diese Tatsache schon eine Menge über sie aus.

Er schob seine Vespa auf einen Parkplatz und bockte sie auf den Ständer. Dann sicherte er das Schloss besonders sorgfältig für den Fall, dass er den Roller über Nacht stehen ließ. Er wollte später gerne ein Glas trinken, und je nachdem, ob und wann das Thema Ellie angesprochen wurde, könnte vielleicht noch der ein oder andere Drink dazukommen. Nathan hielt nichts davon, zu fahren, wenn er Alkohol intus hatte. Das Risiko einzugehen war absoluter Schwachsinn. Er war sowieso nicht der Typ, der sich auf etwas einlassen würde, bei dem die Gefahr bestand, die Kontrolle zu verlieren. Jedenfalls inzwischen nicht mehr. Er schlenderte die Greek Street entlang und betrat wie jeden Morgen auf dem Weg zur Arbeit das polnische Café an der Straßenecke. Dort bestellte er bei der hübschen jungen Bedienung hinter der Theke einen Caffè Latte zum Mitnehmen. Während er darauf wartete, ging er die Mails auf seinem iPhone durch. Er überlegte, ob er Mark eine Nachricht schicken sollte, dass Julie heute Abend auch mit von der Partie sein würde. Aber dann entschied er, die delikate Neuigkeit lieber persönlich zu überbringen.

»Bitte särr.« Die mit schwerem Akzent ausgesprochenen Worte bedeuteten, dass sein Kaffee fertig war.

»Danke«, erwiderte Nathan etwas geistesabwesend, den Blick immer noch auf das Display geheftet.

Die junge Frau stellte seinen Becher auf die Theke. Bevor sie den Deckel daraufstülpte, bemerkte er, dass sie ein Herz in den Milchschaum gezeichnet hatte.

Als Nathan überrascht aufschaute, sahen sie einander in die Augen. Unwillkürlich wandte er den Blick wieder ab. Warum bekam er in solchen Situationen immer noch Schuldgefühle? Dabei kannte er die Antwort. Hätte Ellie damals ja gesagt, wäre er jetzt verheiratet und ein derartiges Verhalten zwar nicht illegal, aber mit Sicherheit nicht gerade angebracht. Da Ellie aber nicht gewollt hatte, stand es ihm doch frei, anzulächeln, wen immer er wollte, oder etwa nicht? Er könnte sogar flirten, mit wem er wollte. Sich mit ihr verabreden, wenn ihm der Sinn danach stand. Und man müsste schon blind sein, wenn man … Kasia, genau, so hieß sie, nicht attraktiv fand. Er hatte ihren Namen von anderen Stammgästen aufgeschnappt und sich vorgenommen, ihn sich zu merken. Kasia, die Kassiererin. Okay, sie war nicht nur fürs Kassieren zuständig, aber Nathan konnte sich Namen nur sehr schwer merken. Jemand hatte ihm mal den Tipp gegeben, sie mit dem Beruf der Leute in Verbindung zu bringen. Deswegen Kasia, die Kassiererin. Zu seiner eigenen Überraschung spielte er für einen Moment mit dem Gedanken, sie für heute Abend einzuladen. Vielleicht hatte sie noch nichts vor? Sie könnte ohne weiteres zu der Anti-Valentins-Party mitkommen und … Er rief sich zur Räson. Eine junge, gutaussehende Frau wie sie hatte bestimmt einen Freund, und selbst wenn nicht, war es sicherlich nicht die beste Idee, sie bei der ersten Verabredung gleich zu so einer Party mitzuschleppen. Außerdem kannte er gerade mal ihren Namen und hatte mitbekommen, dass sie aus Polen kam und hier arbeitete. Außer vielleicht einer gemeinsamen Vorliebe für Kaffee wusste er gar nichts von ihr. Vielleicht passten sie überhaupt nicht zusammen. Aus leidvoller Erfahrung war Nathan bewusst, dass es darauf im Zweifelsfall ankam. Schließlich war er drei Jahre lang mit Ellie zusammen gewesen, bevor er die alles entscheidende Frage gestellt hatte. Er hatte immer geglaubt, sie in- und auswendig zu kennen, von ihren Lieblingssongs bis zum Namen ihres ersten Haustiers in der Kindheit, ihr Facebook-Passwort (zu seinem Glück waren die letzten beiden identisch) und ihre Lieblingsstellung im Bett – auch wenn sich dann herausgestellt hatte, dass sie die lieber unter einem anderen Typen einnahm. Das Wesen eines Menschen setzte sich aus so vielen verschiedenen Elementen zusammen, es gab so vieles, was man erst nach und nach über den anderen in Erfahrung brachte. Und selbst wenn man glaubte, jemanden gut zu kennen, nützte einem das unter Umständen am Ende gar nichts. Auch deswegen tat sich Nathan mit einem Neustart so schwer.

Seufzend bezahlte er, gab ein gemurmeltes »Danke« von sich und trat mit seinem Kaffee nach draußen.

Auf seinem Fensterplatz im Bus starrte Calum Irwin ziemlich beunruhigt immer wieder auf sein Handy und wusste nicht, was er machen sollte. Er hatte einfach keine Ahnung, ob und wie er in angemessener Weise einer Person, die er noch gar nicht richtig kannte, Grüße zum Valentinstag schicken sollte. Er warf einen Blick in seine Aktentasche, um nachzusehen, ob die Rose in dem Gedränge beim Umsteigen in Clapham Common nicht in Mitleidenschaft gezogen worden war. Er hoffte sehr, dass Emma seine Geste richtig einzuordnen wusste. Sie mit einem großen Strauß zu beglücken, hielt er für übertrieben, und beim Kauf einer Schachtel Pralinen hätte angesichts seiner Nervosität die Gefahr bestanden, dass er selbst im Lauf des Tages die Hälfte aufgegessen hätte. Ansonsten war Calum nichts eingefallen, was er ihr hätte schenken können. Natürlich verfolgte Calum mit seiner bisher nicht verwirklichten Grußbotschaft zum Valentinstag auch noch ein weiteres Ziel. Er wollte checken, ob Emma vorhatte, auch wirklich zu der Verabredung am Abend zu erscheinen. Er hatte ihre E-Mail-Adresse, ihren Kontakt bei LondonDate und ihre Mobilnummer, die sie ihm gestern Abend noch für den Fall geschickt hatte, dass er sich verspätete. Allerdings hatte Calum ihr gegenüber definitiv ausgeschlossen, dass es dazu kommen könnte. Am liebsten hätte er alle drei Kommunikationswege gleichzeitig genutzt, aber es sollte natürlich auch nicht so aussehen, als sei er völlig verunsichert. Aber genau das war natürlich der Fall. Er fing an, einen Text einzugeben, löschte ihn aber gleich wieder und ermahnte sich selbst, cool zu bleiben. Er sollte ihr nachher lieber eine E-Mail vom Büro aus schicken. Außerdem war es Zeit, sich daran zu erinnern, dass die ganze Sache von ihr ausgegangen war. Sie hatte den Vorschlag gemacht, sich heute zum Abendessen zu treffen, also sollte *sie* sich lieber Gedanken darüber machen, ob *er* die Verabredung einhielt. Calum kicherte vor sich hin, als ihm die Worte »Jawohl« und »So rum wird ein Schuh draus« dazu in den Sinn kamen. Als die Frau auf dem Nebensitz etwas von ihm abrückte, murmelte er eine Entschuldigung.

Dieses ganze Internet-Dating war schon eine merkwürdige Angelegenheit, überlegte er. Dass man mit jemandem ins Gespräch kommen, sich sogar nächtelang unterhalten und austauschen und dadurch näher kennenlernen konnte, bevor man sich jemals wirklich begegnete. Es lief genau umgekehrt zur Anmache in einem Pub oder in einem Club. Dort zählte vor allem das Äußere, und Alkohol war praktisch immer im Spiel. Beides bedeutete ein Handicap für Calum, vor allem die Drinks. Weil er absolut nichts vertrug, verwandelte er sich schon nach wenigen Gläsern in ein lallendes Wrack. Er hatte sich bereits fest vorgenommen, heute Abend nichts zu trinken. Alkohol war mit eine der Ursachen für alle seine Date-Probleme in der Vergangenheit gewesen. Da er meist schon lange vor dem verabredeten Zeitpunkt aufgetaucht war, hatte er oft, allein schon wegen seiner Nervosität, ein, zwei Gläser vorab getrunken. Und da sein Selbstbewusstsein wirklich zu wünschen übrig ließ, waren es zur Stärkung durchaus auch mal drei bis vier Gläser geworden. Damit war bei ihm die Grenze zur Trunkenheit überschritten und wegen des daraus folgenden Kontrollverlusts das erste Date meist auch das letzte gewesen. Gegenüber Emma hatte er sich bis jetzt aber noch keine Blöße gegeben, nicht auf LondonDate. Im Chat fiel es ihm leicht, Konversation zu betreiben. Man hatte ihn sogar schon als schlagfertig bezeichnet. Aber vielleicht verdankte er das auch nur seinen guten Grammatikkenntnissen und der Tatsache, dass er das Zehn-Finger-Schreibsystem beherrschte. Damit ließen sich die Antworten viel schneller und besser auf den Punkt bringen, als wenn er sich im Pub-Aufmerksamkeitswettbewerb gegen selbstbewusste Schnellsprecher und allzeit gut gelaunte Komiker behaupten musste. Die neuen Medien spielten ihm beim Knüpfen zarter Bande mit dem anderen Geschlecht also durchaus in die Hände. Auch wenn Live-Chat in seinen Ohren zunächst ziemlich anrüchig geklungen hatte, so wie die 0900er-Nummern, die an jedem Laternenpfahl in Soho klebten und einem vormachten, am anderen Ende der Leitung warteten die dort abgebildeten vollbusigen Phantasiegestalten stöhnend nur »auf deinen Anruf«. Live-Tippen wäre die treffendere Bezeichnung, weil man sozusagen mit den Fingern sprach.

Er wischte das Kondenswasser von der Fensterscheibe im Bus und schaute nach draußen. Wegen der nicht ganz korrekten Angaben zu seiner Körpergröße plagten ihn Schuldgefühle. Er war zwar kein Gartenzwerg, aber für die meisten Frauen schien ein Meter achtzig das Mindestmaß zu sein. Er hatte nie verstanden, was an dieser magischen Marke eigentlich dran war. Seiner Erfahrung nach waren die meisten Frauen im Schnitt einen Meter sechzig groß. Selbst in Schuhen mit hohen Absätzen reichten sie ihm oft nur bis zur Schulter. Machte das Küssen überhaupt Spaß, wenn man dabei einen steifen Hals bekam, oder meinten die Frauen das damit, wenn sie sagten, sie wollten zu einem Mann aufschauen? Calum war es ein Rätsel. Dabei war ihm schon der Gedanke durch den Kopf gegangen, dass Emma vielleicht eventuell eine Art Riesin sein könnte. Das hätte ihm gerade noch gefehlt. Aber selbst wenn es so war, dann könnte er immer noch argumentieren, dass die Menschen im Liegen im Grunde alle gleich groß waren … Oder vielleicht auch lieber nicht. Das wäre doch ein bisschen zu direkt. Er hatte bisher nicht den Eindruck gehabt, dass Emma der Typ war, der kein Blatt vor den Mund nahm. Sie könnte so eine Bemerkung durchaus in den falschen Hals bekommen. Er hatte sich auch auf Facebook nach ihr umgesehen, aber da er ihren Nachnamen nicht kannte, wusste er nicht, welche der dreiundsiebzig Emmas in London in Frage kam, falls sie überhaupt darunter war. Vierundzwanzig von ihnen hatten private Profile, so dass er sie sich nicht ansehen konnte, ohne mit ihnen über das Netzwerk befreundet zu sein. Mehrere Abende hatte er damit verbracht, die Fotos der übrigen neunundvierzig (und einige Bilder der jeweiligen Freunde) durchzusehen und nach verräterischen Hinweisen wie Hunden, Kaminfeuern und der unschlagbaren Superkombi aus Hunden vor einem prasselnden Kaminfeuer gesucht. Aber er hatte nichts gefunden, was ihn wirklich auf ihre Spur gebracht hätte. Immerhin wirkte keine der Emmas besonders groß auf ihn, aber selbst in dieser Hinsicht konnte er nicht sicher sein. Vielleicht hatten sie allesamt Freunde, die ganz besonders riesig waren. Calum hatte sich trotzdem nicht entmutigen lassen und seine Forschungsarbeiten weiter vorangetrieben, sich sogar Notizen gemacht. Einmal war er zufällig über eine Reihe von Urlaubsfotos einer sehr knackigen Emma gestolpert, die irgendwo im Norden von London lebte und zusammen mit ihren Freundinnen einen Urlaub auf Ibiza verbracht hatte. Auf den Bildern war sie im Bikini zu sehen. Das hatte ihn in höchste Aufregung versetzt, und er hatte es kaum erwarten können, bei der nächsten Gelegenheit das Thema Ibiza-Urlaub geschickt in den Chat mit einzuflechten. Aber »seine« Emma war offenbar noch nie auf der Insel gewesen. Es sei denn, sie war mit ihren Antworten sehr vorsichtig.

Er konnte sich gut vorstellen, dass Emma ihrerseits versucht hatte, sich im Netzt über ihn schlauzumachen. Wenn er daran dachte, wie sich vor allem die jüngeren Frauen im Büro oft gackernd und schnatternd rund um den Computerbildschirm einer Kollegin versammelten, lag der Gedanke nicht allzu fern. Schnell hatte er gemerkt, dass vor allem Frauen ganz versessen aufs Googeln zu sein schienen, insbesondere wenn als Suchbegriff ein Angehöriger des anderen Geschlechts eingegeben wurde. Daraufhin hatte Calum sein eigenes Profil umgehend von allem gesäubert, was unvorteilhaft erscheinen könnte. In erster Linie hatte er viele Fotos gelöscht. Und seitdem ließ er auch selbst von dem kindischen Such-Quatsch die Finger. Irgendwie war die Grenze zwischen vertretbarer »Hintergrundrecherche« und Stalking im Internet einfach zu fließend. Außerdem gehörte der Überraschungseffekt letztendlich zu diesem Spiel dazu. Das machte die Sache spannender. Er probierte lieber vor dem Spiegel, wie man ein gutes Pokerface mimte, wenn man bei der Oscar-Verleihung nicht der Gewinner war. Er wollte einfach nicht zu offen enttäuscht wirken, falls Emma sich in puncto Attraktivität als eine Herausforderung entpuppen sollte. Calum beschloss, die Verabredung heute Abend ganz entspannt anzugehen und auch unter ungünstigen Voraussetzungen bis zum Ende durchzustehen. Er wollte für sich, und selbstverständlich auch für Emma, einfach das Beste daraus machen. Egal wie sie aussah beziehungsweise ob sie ihm gefiel oder nicht.

Während er zum Fenster hinausschaute, fielen ihm die letzten beiden Dates ein, die er dem Internet verdankte. Die Verabredung mit einer gewissen Clare hatte sich aus seiner Sicht ganz gut angelassen. Obwohl ihr die Enttäuschung sofort anzumerken war, ließ sie sich von ihm zu einem Drink einladen. Nachdem sie das Glas innerhalb von zehn Sekunden ausgetrunken und wieder vor sich auf den Tisch gestellt hatte, glaubte er zunächst, sie sei vielleicht genauso nervös wie er. Er wartete eine kleine Weile ab, ob sie ihn nun ihrerseits zu einem

Getränk einladen wollte. Als nichts dergleichen geschah, saß er ein wenig verlegen am Tisch, nippte an seinem Glas und überlegte, was er als Nächstes tun sollte. Dann fragte er sie, ob sie noch ein Bier wollte. Sie lehnte dankend ab und meinte, sie müsste mal aufs Klo gehen. Fünf, zehn, fünfzehn Minuten lang saß Calum da und trommelte zunehmend intensiver mit den Fingern auf den Tisch. Dann war er sich sicher, dass eingetreten war, was er bei ihrem plötzlichen Toiletten-Gang befürchtet hatte. Sie würde nicht wieder aufkreuzen. Vielleicht hätte er es sich gleich denken können, denn sie hatte die ganze Zeit über den Mantel anbehalten, obwohl es in dem Pub ziemlich warm war. Dennoch hatte er nicht erwartet, dass sie sich heimlich, still und leise aus dem Staub machen würde. Das war dann doch sehr unhöflich. Das Schlimmste kam allerdings erst hinterher, als er Clare von zu Hause aus eine E-Mail schicken wollte, um sicherzugehen, dass sie gut heimgekommen war. Ihre Antwort kam umgehend – sie hatte ihn bereits geblockt. Das war ein echter Schlag für ihn gewesen, und Calum hatte mehrere Wochen gebraucht, um darüber hinwegzukommen. Er konnte kaum fassen, wie man dermaßen taktlos sein konnte. So weit würde er nie gehen. Doch schließlich dachte er sich, war es vielleicht ganz gut so, denn wer wollte schon auf die Dauer mit einer Frau wie ihr zu tun haben? Also loggte er sich irgendwann erneut bei LondonDate ein und fing einen Chat mit Annie an, weil er es sympathisch fand, dass sie aus derselben Ecke von Irland kam wie er. Doch als sie daraufhin lediglich erwiderte, sie sei nicht nach London gekommen, um hier »noch so ein Landei« kennenzulernen, wusste er nicht so recht, was er davon halten sollte. Also blockte er sie lieber gleich. Er fand es zwar kindisch, aber irgendwie fühlte er sich danach besser. Anschließend weitete er seine Suchkriterien auf die Altersgruppe dreißig bis neununddreißig aus und erhielt umgehend eine Nachricht von einer Frau namens Ruth. Altersmäßig befand sie sich zwar am oberen Limit, aber auf ihrem Foto sah sie recht attraktiv aus, so dass Calum sich auf ein paar Live-Chats mit ihr einließ. Als sie ein Date vorschlug, ging er begeistert darauf ein. Doch als sie sich gegenübersaßen, hatte er den Eindruck, dass nicht nur der Altersunterschied zwischen ihm und ihr zehn Jahre betrug, sondern auch der zwischen Ruth und ihrem Foto. Er sprach zwar nicht aus, dass sie fast seine Mutter sein könnte, ließ aber doch durchblicken, was er von ihrer Lüge hielt. Zu seinem Erstaunen war sie keineswegs peinlich berührt. Sie zog ihn sogar noch damit auf, dass er doch wohl keine älteren Menschen diskriminieren wolle. Darauf entschuldigte er sich bei ihr, bestand aber darauf, dass das mindeste, was er von einer Frau erwartete, Ehrlichkeit war. Woraufhin Ruth laut lachte und schließlich herausbrachte: »Na dann, viel Glück damit.« Da sie ihm irgendwie ein bisschen leidtat, entschloss er sich, sie wenigstens auf einen Drink einzuladen, und überlegte, wie er einen für beide Seiten gesichtswahrenden Abgang gestalten könnte. Als er sich zu der kühnen Aussage »Später hätte ich gerne mal Kinder« hinreißen ließ, lachte sie wieder nur und erwiderte, er könnte gerne ihre haben, am besten gleich alle fünf. Calum fand das nicht besonders witzig. Auf sein anschließendes »Ich glaube nicht, dass wir beide wirklich kompatibel sind« antwortete Ruth nur spitzfindig, Männer und Frauen würden generell nicht gut zueinander passen. Sie müsse es wissen, schließlich sei sie bereits zweimal geschieden. Schließlich fand Ruth selbst den wahren oder angeblichen Vorwand, sich zu verabschieden, indem sie sagte, sie müsse allmählich nach Hause, weil die Babysitterin nicht so lange bleiben konnte. Calum war ziemlich erleichtert. Bis zu dem

Moment, als sie ihm einen Abschiedskuss gab. Keineswegs einen freundschaftlichen auf die Wange, sondern vielmehr eine Art Last-minute-Demonstration ihrer Leidenschaft. Vielleicht meinte sie, der Zungenkontakt würde sein Verlangen anstacheln, doch das einzige dringende Bedürfnis, das er nach dieser stark nikotinhaltigen Intimbehandlung seiner Mundhöhle verspürte, war das nach einem Kotzbeutel. Als es ihm endlich gelang, zu Atem zu kommen, war er sich sicher, dass sich so das Alien-Opfer im Film gefühlt haben musste, als sich das extraterrestrische Horrorwesen auf sein Gesicht gesetzt und weiß der Himmel wie sich seine Kehle hinabgewürgt hatte. Zu Hause verbrauchte er zuerst eine halbe Flasche Mundwasser und setzte dann die Alterssuchkriterien bei LondonDate wieder auf die ursprüngliche Einstellung zurück. Nach dieser Begegnung dämmerte ihm allmählich, dass Internet-Dating keineswegs ein Schlaraffenland der Lüste war, wie er es sich anfangs vorgestellt hatte, sondern eher ein Minenfeld, auf dem man sich mit dem Blindenstock vorantasten musste. Statt in einer endlosen Folge verheißungsvoller Nächte körperlichen Sinnesfreuden zu frönen, bis er schließlich die Frau fürs Leben fand, vergeudete er wertvolle Zeit mit angebrochenen Abenden, die in mehr oder weniger abrupten Fluchtmanövern endeten, noch bevor das gemeinsame Bett überhaupt erreicht war. Es kam allenfalls zu netten virtuellen Chats und bestenfalls zu einem mehr oder weniger peinlichen realen Plausch in einem Pub, bei dem in der Regel er die Rechnung bezahlte. Deswegen erschien ihm der heutige Abend mit Emma so aussichtsreich. Sie waren über die Small-Talk-Phase bereits hinweg, und er hatte es nunmehr in der Hand, das Beste daraus zu machen.

Während sein Bus im Stop-and-go-Verkehr die Oxford Street entlangfuhr, starrte Calum wieder wie gebannt auf sein

Smartphone. Plötzlich hatte er eine Eingebung, tippte rasch einen Text ein und drückte schnell auf »Senden«, bevor er wieder die Nerven verlor: »Ich freue mich auf später.«

Mark Webster wünschte Mia-Rose im Vorbeigehen einen Guten Morgen. Sie erwiderte den Gruß und fuhr fort, den riesigen Gummibaum im Empfangsbereich zu gießen. In seinem Büro setzte er sich an den Schreibtisch und schaltete mit einem lauten Seufzer seinen Laptop ein. Seit sieben Wochen beschäftigte ihn nun hauptsächlich der Gedanke, wie er auf einigermaßen unverfängliche und originelle Weise das Eis zwischen ihm und Julie brechen könnte. Seine letzte Idee, sie mit einer anonym abgeschickten Grußkarte zum Valentinstag zu beglücken, hatte er heute Morgen auf der Fahrt in der U-Bahn doch wieder verworfen. Das würde sowieso nichts bringen. Vor allem befürchtete er, dass es ihn noch nervöser machen würde, als es ohnehin schon der Fall war. Er stellte sich seit jener Kussnacht im Taxi in ihrer Gegenwart ohnehin schon wie ein einsilbiger Idiot an. Vielleicht könnte er es mit einem Seiteneinstieg versuchen, indem er mit ihr über irgendein neutrales Thema im Zusammenhang mit der Arbeit redete, dann beiläufig den Valentinstag erwähnte und dabei einen schlauen Dreh fand, bei dem es nur um sie beide ging. Aber worüber sollte er mit ihr sprechen? Mark war der Finanzmanager von Seek für Großbritannien, Julie fürs Marketing verantwortlich. Der einzige gemeinsame Nenner, den er heute an den Haaren herbeiziehen könnte, wäre eine Spesenabrechnung, die sie vergangene Woche eingereicht hatte. Sonst stand wirklich nichts auf ihrer gemeinsamen Agenda. Aber man müsste schon ein Konversationsgenie sein, wenn man die Quittung für ein Dutzend Krispy-Kreme-Donuts für die letzte Vertreterkonferenz in einen Vorschlag zu einem gemeinsamen Abendessen umbiegen wollte.

Er öffnete seine Aktentasche und starrte auf den leuchtend roten Umschlag. Wenn er sich doch dafür entschied, ihr die Karte zu schicken, müsste er sie möglichst schnell auf dem Schreibtisch in ihrem kleinen Büro deponieren, damit sie ihn direkt beim Hereinkommen bemerkte. Ansonsten bestand nur die Möglichkeit, im Laufe des Vormittags eine günstige Gelegenheit abzupassen, wenn sie, wie üblich, kurz mal zu Pret A Manger auf der anderen Straßenseite hinüberging, um sich einen Muffin zu holen. Aber anscheinend war Julie bis jetzt noch nicht im Haus, vielleicht wäre es besser, es jetzt gleich zu tun. Auch wenn dann das Risiko bestand, dass ihre Assistentin Sophie etwas davon mitbekam. Das Letzte, was er wollte, war, dass irgendwelche Gerüchte über sie beide im Haus kursierten. Vor allem wenn außer den Gerüchten nichts dabei herauskam.

Mark bemerkte, wie eine Gestalt im Türrahmen auftauchte. Hastig klappte er die Aktenmappe zu und tat, als könnte er auf dem Bildschirm nur schwer etwas entziffern.

»Hey«, sagte Nathan.

Mark seufzte erleichtert. »Was für eine Überraschung. Du schon hier, so früh am Morgen?«

»Hä?«

»Ich dachte, du würdest kaum über den Riesenhaufen Valentinskarten vor deiner Haustür klettern können.«

»Haha, sehr witzig«, erwiderte Nathan in sarkastischem Ton. Mark und er waren Kollegen, aber auch so gut befreundet, dass Nathan ihm den ganzen Schlamassel mit Ellie anvertraut hatte. Und eines Abends, kurz vor Weihnachten, hatte er Mark so weit abgefüllt, dass dieser ihm gestanden hatte, dass er in Julie verliebt war. Allerdings hatte Mark ihn anschließend mit der Drohung, im Verräterfall keine einzige seiner Ausgaben- und Spesenabrechnungen mehr abzuzeichnen, zu absolutem Stillschweigen verdonnert. In erster Linie ihr gegenüber.

Nathan zog sein Smartphone aus der Jacketttasche und wischte darüber, um es einzuschalten. »Wollte mich nur noch mal vergewissern, ob du heute Abend mit von der Partie bist?«

Mark nickte. »Denke schon.«

»Das hört sich ja nicht besonders begeistert an.«

»Entschuldigung. Es ist nur … Ich nehme nicht an, dass sie auch dabei ist, oder?«

»Wen meinst du?« Nathan gab sich größte Mühe, unbeteiligt zu klingen. Mark lief rot an. »Du weißt genau, wen ich meine.«

Nathan tat so, als müsste er erst ausgiebig die Teilnehmerliste auf und ab scrollen. »Als ich die Liste gestern Abend noch mal durchgegangen bin, stand sie nicht darauf«, sagte er, woraufhin Mark ein langes Gesicht machte. »Aber zum Glück habe ich sie heute Morgen zufällig auf dem Weg zur Arbeit getroffen und kurz mit ihr gesprochen.«

»Weiß sie, dass ich auch da sein werde?«

Nathan zuckte mit den Achseln. »Das habe ich ihr nicht ausdrücklich gesagt. Aber das erinnert mich daran …« Er fing an, etwas in sein Handy einzutippen.

Mark beobachtete ihn nervös. »Was machst du da?«

»Bleib cool, Mann. Ich schicke ihr nur eine Mail, wo und wann wir uns heute treffen.«

»Oh. In Ordnung.«

»Gesendet.« Nathan steckte das Handy wieder in die Tasche. »Hast du inzwischen schon mit ihr gesprochen?«

»Bist du verrückt?«

»So wie ich, als ich sie heute Morgen angesprochen habe?«

»Nein, so meinte ich das nicht«, erwiderte Mark. »Sorry.« Er dämpfte seine Stimme und sprach im Flüsterton. »Allerdings habe ich eine Valentinskarte für sie vorbereitet.«

Nathans Augenbrauen schnellten nach oben. »Gut gemacht!«

Mark klopfte mit dem Schuh gegen die Aktentasche zu seinen Füßen. »Ich dachte mir …«

»Was ist mit der Tasche?«

»Da ist die Karte drin.«

»Und ist Julie auch dadrin? Denn sonst müsstest du ihr die Karte schon noch geben. Willst du das selbst machen oder lieber jemanden schicken?«

»Natürlich will ich sie ihr geben. Ich warte nur den geeigneten Augenblick ab.«

»Wenn wir davon ausgehen, dass sie innerhalb der nächsten fünf Minuten aufkreuzen müsste, dann solltest du dich besser beeilen.«

»Wie bitte?« Mark sprang panisch vom Stuhl auf. »Aber …«

»Cool, Mann.« Nathan legte seinem Freund die Hand auf die Schulter. »Ich muss eh gleich bei ihrem Büro vorbei. Wenn du willst, leg ich sie ihr auf den Schreibtisch.«

»Echt?«

»Echt.«

»Wenn du wirklich meinst.« Mark griff in die Aktentasche und warf sicherheitshalber noch einmal einen Blick nach draußen, ob gerade jemand an der offenen Bürotür vorbeiging. Wenn ein Kollege gesehen hätte, wie er Nathan eine Valentinskarte überreichte, würde das unweigerlich eine Kette wildester Gerüchte auslösen, die sie beide nicht gebrauchen konnten. Dann zog er den Briefumschlag heraus und drückte ihn Mark in die Hand. »Danke.«

»Kein Problem.« Nathan zog eine Ausgabe von *Computer Weekly* aus seiner Tasche und steckte die Karte zwischen die Seiten des Magazins. »Also noch mal zu heute Abend. Wir treffen uns um halb sechs im SuperBowl am Queensway.«

Mark streckte ihm den erhobenen Daumen entgegen. »Da wird ein Date draus.«

Nathan klopfte ihm auf die Schulter. »Dafür musst du dann sorgen.« Mit diesen Worten machte er sich auf den Weg zum Treppenhaus.

Sophie stand gerade tief über den Drucker gebückt und zerrte wild an einem Papierstau in dem Gerät, als sie ein dezentes Räuspern von der Tür zu ihrem Büro hörte. Beim unverhofften Anblick von Nathan Field setzte ihr Herzschlag für einen Moment aus. Ihm auf diese leicht unvorteilhafte Weise ihre Rückseite zu präsentieren, die leider dem Vergleich mit der von Kylie Minogue nicht ganz standhielt, war kein besonders gelungener Auftakt für ihre Valentinstag-Kampagne.

»Morgen!«, sagte er mit einem schiefen Grinsen im Gesicht.

Sophie richtete sich blitzschnell auf und fragte sich, was er wohl von ihr wollen könnte. Soweit sie informiert war, gab es im Augenblick keine technischen Probleme mit ihrem Laptop oder dem von Julie, die eine Inspektion seitens des Systemmanagements erforderlich gemacht hätten. Falls Nathan also nicht doch heimlich beobachtet hatte, wie sie ihre Karte auf seinem Schreibtisch deponiert hatte, oder aufgrund ihrer witzigen Anspielungen bereits dahintergekommen war, wer der Absender war, gab es eigentlich keinen Grund, warum er ihr seine Aufwartung machen sollte. »Morgen.« Sophie zerrte verärgert an dem eingeklemmten Druckerpapier. »Elendes Miststück! Was ist dein Problem?«

»Wie bitte?«

»Was? Nein, Sie habe ich nicht gemeint. Ich habe mit dem Drucker geredet.«

»Sie sprechen mit dem Drucker?«

»Ja. Ich wollte wissen, was für ein Problem er hat.« Sie wurde verlegen. »Ich habe natürlich nicht wirklich erwartet, dass er mir darauf eine Antwort gibt. Aber in der Bedienungsanleitung versteht man vor lauter Fachbegriffen auch rein gar nichts. Wie heißen ...«

»Nathan.«

Sie kicherte verlegen. »Dass Sie Nathan heißen, weiß ich natürlich. Äh, na ja, so natürlich ist das auch wieder nicht ...« Sophie hielt inne. Sie war drauf und dran, sich um Kopf und Kragen zu reden. Wenn sie jetzt offen zugab, dass sie genau wusste, wie er hieß, könnte er Rückschlüsse ziehen, von wem die Karte auf seinem Schreibtisch stammte. Aber war es nicht Sinn und Zweck der ganzen Aktion, dass sie ihn auf sich aufmerksam machte? Doch in diesem Moment war sie sich nicht mehr so sicher, ob die ganze Sache eine gute Idee war. Was hatte sie sich nur dabei gedacht? Hier stand er vor ihr, ein umwerfender Typ mit einer tollen Ausstrahlung, sportlich durchtrainiert, charmant, trendy gekleidet, sicher sehr intelligent. Und dagegen sie selbst ... Auf einmal war sie sich gar nicht mehr sicher, ob auch nur irgendeines dieser Attribute auch auf sie zutraf. Wenn sie sich nur eins hätte aussuchen können, dann würde sie sich wohl für »umwerfend« entscheiden.

Er deutete mit dem Kopf auf den Drucker. »Gibt's noch ein Problem?«

Mit einem letzten verzweifelten Ruck gelang es Sophie, das zerknitterte Papier den Klauen der Maschine zu entreißen, und sie hielt es mit triumphierendem Blick in die Höhe. »Jetzt nicht mehr.«

»Na großartig.«

Sie warf einen erzürnten Blick auf den Apparat, der leblos auf dem Tisch stand, und gab ihm einen Klaps auf das Gehäuse, als wollte sie ihm eine leichte Ohrfeige verpassen. »Na, mach schon«, flüsterte sie.

»Sicher, dass alles in Ordnung ist?«

»Ich warte schon die ganze Zeit darauf, dass er endlich kommt …« Kaum hatte sie den Satz ausgesprochen, fiel ihr auf, wie leicht er missverstanden werden konnte. Sie wurde wieder rot. Ausgerechnet heute. »Ich meine natürlich, dass er endlich meine Dokumente ausdruckt.«

Nathan trat vor, griff um sie herum und drückte auf eine Taste. Schon fing das Gerät wieder an zu summen. »Sie müssen das Ding ganz einfach, na ja …«

»Einfach zum Laufen bringen?« Sophie, holte tief Luft und musste aufpassen, dass ihr vom herben Moschusduft seines Aftershaves nicht schwindlig wurde.

»Genau.« Er trat einen Schritt beiseite. »Ist Ihre Chefin schon da?«

»Julie?« So lässig wie möglich versuchte Sophie, sich auf die Schreibtischkante zu setzen, gab nach dem dritten Versuch allerdings auf, weil er einfach zu hoch für sie war. Leider musste es für ihn so ausgesehen haben, als wollte sie ihren Hintern an dem Büromöbel kratzen, wie es Bären manchmal an einem Baum tun. »Nein … äh … Julie … Ich habe sie noch nicht gesehen.«

»Bestens.« Nathan blinzelte ihr verschwörerisch zu.

Sophies Knie wurden weich wie Butter. »Soll ich irgendwas für Sie … Kann ich, äh …« Sophie hätte sich selbst ohrfeigen können. Von all den Dingen, die man zum Leben brauchte, hatte sie immer geglaubt, dass es die Kommunikation mit anderen Menschen war, die sie am besten beherrschte. Nur offensichtlich nicht dann, wenn sie es am nötigsten brauchte, nämlich in der Gegenwart von Nathan. Sie räusperte sich. »Kann ich etwas für Sie ausrichten?«

»Ist schon in Ordnung.« Nathan lächelte wieder und tätschelte kurz beruhigend ihren Oberarm. Sophie musste sich zusammenreißen, um nicht die Hand auf die Stelle zu legen, wo er sie berührt hatte. »Ich wollte nur was bei ihr vorbeibringen. Wahrscheinlich ist es das Beste für alle Beteiligten, wenn ich es mache, solange sie noch nicht da ist.« Er zog einen leuchtend roten Briefumschlag zwischen den Seiten der Zeitschrift in seiner Hand hervor.

Sophie glaubte, vor Glück platzen zu müssen. So früh am Morgen war es nach menschlichem Ermessen ausgeschlossen, dass Nathan bereits Zeit genug gehabt hatte, ihre Karte zu lesen, die richtigen Rückschlüsse auf die Absenderin zu ziehen und noch einmal die Firma zu verlassen, um eine entsprechende Grußkarte zu besorgen. Falls er nicht einen ganzen Stapel davon auf Vorrat in seiner Schublade hatte – was natürlich nicht ganz auszuschließen war –, mussten sich seine Gedanken und Gefühle schon vorher in dieselbe Richtung bewegt haben wie ihre, und demzufolge hatte er bereits geplant, ihr auch eine Valentinskarte zu geben. Sophie hätte am liebsten die Fäuste in der Luft geballt und so laut sie konnte »Yes!« geschrien. Jetzt war sie sich sicher, dass der heutige Tag ihnen beiden gehörte. Aber sie beherrschte sich gerade noch rechtzeitig, zwang sich, cool zu bleiben und ihn den nächsten Schritt machen zu lassen.

Während sie erwartungsvoll und angespannt den Atem anhielt, machte er in der Tat einen Schritt – an ihr vorbei auf Julies

Schreibtisch zu, wo er den Umschlag auf die Unterlage klatschte. Ihre Kinnlade daran zu hindern, völlig nach unten zu klappen, war die einzige kontrollierte Bewegung, zu der Sophie in diesem Moment noch fähig war. Bereits zum dritten Mal an diesem Vormittag stand sie kurz davor, in Tränen auszubrechen. Wie konnte er ihr das nur antun? Vor allem angesichts der Tatsache, dass ihre Karte bereits auf seinem Schreibtisch ... Mit einem Mal fiel ihr auf, dass Nathan immer noch seinen Mantel anhatte und seine Tasche über die Schulter geschlungen trug. Folglich dürfte er wohl noch gar nicht in seinem Büro gewesen sein. Und wenn dem so war, dann hatte er auch ihre Karte noch gar nicht gesehen. Am liebsten wäre sie Hals über Kopf nach unten gerast, um sie wieder an sich zu nehmen, aber wahrscheinlich wimmelte es dort inzwischen von Kollegen, und sie hätte sich eine wirklich gute Erklärung einfallen lassen müssen, um sich nicht komplett zu blamieren. Und wäre das nicht auch ziemlich unbedacht und wenig selbstbewusst gewesen? Nur weil Nathan eine Karte für Julie vorbeibrachte, musste das noch lange nicht heißen, dass er für andere nicht empfänglich war. Da Julie noch nicht im Büro angekommen war, konnte er wenigstens nicht auf den Gedanken kommen, die Karte, die er gleich vorfinden würde, stamme von ihr. Dann wüsste er auf jeden Fall, dass es noch eine weitere Aspirantin auf ihn in der Firma gab. Außerdem, ermahnte sich Sophie energisch selbst, wenn Julie ihre Rivalin war, dann konnte sie sich dieser Herausforderung durchaus stellen. Vor allem nachdem sie mitbekommen hatte, was sich da höchstwahrscheinlich am Ende der Weihnachtsfeier zwischen ihrer Chefin und Mark Webster abgespielt hatte.

Sie bemerkte, dass Nathan sie etwas verwundert musterte. Wahrscheinlic, weil sie vollkommen unfokussiert und mit träumerischer Miene vor sich hin starrte. Sie riss sich zusammen und lächelte ihn strahlend an. »Entschuldigung. Ich war gerade in Gedanken ganz woanders.«

Nathan deutete noch einmal kurz auf die Karte und sagte dann: »Ich sollte mich jetzt aus dem Staub machen. Man möchte ja nicht in flagranti ertappt werden.«

»Wie Sie Julie die rote Karte zeigen?«

»Die rote Karte?«

»Na, wie beim Fußball. Die Karte steckt in einem roten Umschlag.«

»Ach so!« Nathan bedachte sie mit einem breiten Grinsen, das seine blitzweißen Zähne zeigte. »Netter kleiner Scherz.«

»Danke.«

»Eins noch, Soph.«

Soph. Normalerweise hasste es Sophie, wenn man ihren Namen abkürzte, aber aus Nathans Mund und mit seinem Akzent klang es … okay, »sexy« wäre vielleicht doch ein bisschen zu übertrieben. Aber es hörte sich zumindest ein bisschen prickelnd an. »Und das wäre?«

»Tun Sie mir einen Gefallen. Das muss alles strikt unter uns bleiben.«

Sophie nickte eifrig. Auch wenn sie im Moment ein bisschen enttäuscht war, wusste sie doch, dass sie Nathan so ziemlich jeden Wunsch erfüllt hätte.

Julie Marshall nickte Mia-Rose beim Betreten der Rezeption kurz zu und zog die Augenbrauen in die Höhe, als Nathan Field wie ein Wahnsinniger an ihr vorbei zur Treppe zu seinem Technikraum im Untergeschoss raste. Dann stieg sie die Treppe zu ihrem Büro im ersten Stock hinauf. Auf dem Weg kam sie unweigerlich an Marks Zimmer vorbei. Normalerweise warf sie immer einen Blick hinein und grüßte freundlich im Vorbeigehen, aber heute hielt sie die Augen starr auf den Fußboden gerichtet. In der letzten Zeit war es ihr so vorgekommen, als würde er lieber so tun, als ob er sie nicht sah. Angesichts ihres eigenen distanzierten Verhaltens konnte sie ihm das kaum verübeln. Sie hasste sich selbst für die Art und Weise, wie sie mit ihm umging, aber sie hatte ihre guten Gründe dafür. Die Alternative wäre gewesen, sich auf Plaudereien mit ihm einzulassen, worauf sie nicht wirklich Lust hatte, oder ihm irgendwelche Hoffnungen zu machen, die sie nicht erfüllen konnte. Keine dieser Optionen hätte ihnen beiden weitergeholfen. Eine Scheidung stand nicht zur Debatte, also musste sie das Spiel konsequent weiter betreiben. Unwillkürlich blickte Julie auf ihre linke Hand. Als sie damals den Ehering abgenommen hatte, kam ihr das wie der Anfang vom Ende vor. Dabei hatte dieses Ende eigentlich schon viel früher begonnen. Sie und Philip hatten den größten Teil des vergangenen Jahres keinen Sex mehr gehabt. Was insofern nicht ganz korrekt war, als er sehr wohl Sex gehabt hatte, nur nicht mit Julie. Das hatte die ganze Geschichte ins Rollen gebracht. Allerdings fragte sie sich, ob sie noch zusammen wären, wenn er damals nicht während der Buchmesse eine Affäre mit dieser Frau angefangen hätte. Auch diesbezüglich hatte sie ihre Zweifel. Kopfschüttelnd stieg sie weiter die Treppen hoch. Warum hatte sie ausgerechnet einen Schriftsteller heiraten müssen? Halt, die Frage musste sie zurückziehen. Sie hatte keineswegs einen Schriftsteller geheiratet, sondern einen Anwalt. Erst vor ungefähr zwei Jahren war er in eine Midlife-Krise geraten, wollte »alles« hinter sich lassen und hatte beschlossen, so eine Art zweiter John Grisham zu werden. Seitdem war alles anders geworden. Während der ersten anderthalb Jahre lebten sie von ihrem damaligen Gehalt, dann musste sie sich einen neuen, besser bezahlten Job suchen, damit sie sich die Hypothek für die Wohnung im vornehmen Chiswick weiter leisten konnten. Ihre Wohnung, aus der er sich weigerte auszuziehen, auch nachdem sie ihn wegen seiner Affäre zur Rede gestellt hatte. Aber das hatte teilweise seine Berechtigung, wie sie der Fairness halber zugeben musste. Schließlich hatte er zu Anfang den größten Teil der Anzahlung geleistet, und sie waren beide als Eigentümer eingetragen. Wohin hätte er außerdem gehen sollen? Er konnte sich gar keine eigene Wohnung leisten. Immerhin war er inzwischen ins Gästezimmer umgezogen. Die Radikalalternative wäre gewesen, dass sie beide auszogen. Aber so, wie es auf dem Immobilienmarkt im Augenblick zuging, war es sicherlich nicht die beste Idee, gerade jetzt zu verkaufen. Sicherlich hätten sie für die Wohnung einen guten Preis erzielen können, aber anschließend hätte sich keiner von ihnen etwas adäquates Neues leisten oder den anderen ausbezahlen können. Alles, was sie bisher investiert hatten – in die Immobilie, in die Ehe –, wäre umsonst gewesen. Julie wusste nicht, ob sie lieber lachen oder weinen sollte. Angesichts dieser Situation war ihre Stimmung schon seit längerem ziemlich gedrückt, ganz im Gegenteil zu den Preisen am Immobilienmarkt. Sie kam in ihrem Leben einfach nicht weiter, weil Philip in seinem feststeckte. Vor längerer Zeit hatte sie in einige seiner Manuskripte hineingelesen. Scin Stil war irgendwie … Nun ja, sie hatte den Eindruck, es selbst besser machen zu können. Und trotz der – wie viele waren es mittlerweile? – siebenundzwanzig Ablehnungen von praktisch allen bekannten Verlagen und Literaturagenturen in England, weigerte sich Philip nach wie vor standhaft, einzusehen, dass seine Texte einfach nicht gut genug waren. Genauso wie er sich weigerte, einzusehen, dass sein Verhalten ihre Ehe kaputt gemacht hatte. Das war es, was für Julie das Fass zum Überlaufen gebracht hatte. Sie hatte zwar immer schon gespürt, dass er ein bisschen eigensinnig und egozentrisch war (heutzutage würde sie natürlich eher den Ausdruck verbohrt gebrauchen), aber wie ausgeprägt sein Egoismus tatsächlich war, wurde ihr erst klar, als er ihr vorwarf, sie sei eigensüchtig, weil sie ihn nicht mehr dabei unterstützen wollte, seinen Traum zu verwirklichen. Er hatte ihr am Ende sogar gesagt, sie habe ihn regelrecht in die Arme jener Frau getrieben, mit der er sich eingelassen hatte. Hätte sie ihn etwa zur Buchmesse begleiten und auf ihn aufpassen sollen? Als sie hinter seine Affäre gekommen war und darauf bestand, dass sie definitiv Abstand voneinander brauchten, war er regelrecht durch die Decke gegangen und hatte behauptet, sie würde ihre Ehe in Frage stellen. Julie hatte darauf nur geantwortet, dass es im Leben eben manchmal Situationen gab, wo man etwas in Frage stellen musste, und damit hatte sie auch seine Schreiberei gemeint. Doch er wollte weder von dem einen noch von dem anderen etwas hören. Die ständigen Ablehnungsschreiben der Verlage hatten sein Selbstbewusstsein anscheinend nur wenig erschüttern können, aber die Zurückweisung durch Julie hatte tatsächlich eine Negativspirale bei ihm in Gang gesetzt. Was unter anderem dazu geführt hatte, dass er mittlerweile kaum noch sein Zimmer verließ und anscheinend nicht mehr ohne seinen Laptop leben konnte. Aber da Julie ihrerseits mit dem anstrengenden neuen Job zurechtkommen musste und sich zudem das Marathontraining aufgeladen hatte, war es ihr ganz recht, sich nicht auch noch jeden Abend mit seinen Problemen auseinandersetzen zu müssen. Dafür hatte sie einfach keine Kraft mehr übrig. Mit diesem Arrangement war sie die letzten Monate ganz gut zurechtgekommen – bis zu jener Weihnachtsfeier. Liebend gern hätte sie Mark eingeladen, mit zu ihr nach oben zu kommen. Liebend gern hätte sie den Taxifahrer nach Hause geschickt und Zeit mit einem Mann verbracht, der sich wirklich für sie und nicht bloß für sein MacBook zu interessieren schien.

Sie sah die Treppe hinunter auf Marks fest verschlossene Bürotür und hegte die Befürchtung, dass sie es sich mit ihm inzwischen endgültig verdorben hatte. Seufzend goss sie sich ein Glas aus dem Wasserspender am Treppenabsatz ein. Auf den letzten Schritten bis zu ihrem Büro setzte sie ein gezwungenes Lächeln auf und trat ein. »Morgen.«

»Hallo-oh«, erwiderte Sophie betont fröhlich.

Julie ließ ihre Tasche von der Schulter auf den Boden gleiten und betrachtete Sophie mit etwas skeptischem Blick. Normalerweise bekam man den ganzen Vormittag über nur ein schläfriges Grunzen von ihr zu hören. »Ist irgendwas passiert?«, fragte Julie, während sie den Mantel abstreifte.

»Das würde ich gern von Ihnen wissen«, flötete Sophie und warf einen bedeutungsvollen Blick auf Julies Schreibtisch, wo sie nach Nathans Abgang noch schnell den Umschlag gegen das Telefon gelehnt hatte, um sicherzugehen, dass Julie ihn auf keinen Fall übersah.

»Was ist das?«

Sophie zuckte die Schultern. »Tja, es könnten natürlich die Formulierungsvorschläge sein, die wir für die Broschüre angefordert haben und die die Agentur in etwas ungewöhnlicher Art und Weise präsentieren will. Ich würde aber eher sagen, es handelt sich um eine Karte zum Valentinstag.«

»Tatsächlich? So viel Mühe hätten Sie sich wirklich nicht machen müssen.«

»Wie bitte? Die ist gar nicht von …«

»Ich habe mir einen Scherz erlaubt, Sophie.« Julie hängte den Mantel an den Kleiderständer in der Ecke auf und betrachtete die Karte von dort aus mit reichlich Sicherheitsabstand. Es widerstrebte ihr, sie überhaupt in die Hand zu nehmen. Als ob sie damit gegenüber dem Absender – wer immer das war – irgendeine Verpflichtung eingehen könnte. Schließlich griff sie aber doch danach und hielt den Umschlag gegen das Fenster.

Sophie prustete los. »Wenn sie wissen wollen, wer ihnen einen Brief geschickt hat, machen die meisten Leute einfach den Umschlag auf.«

»Der war wohl schon hier, bevor Sie ankamen, oder?«

»Dazu kann ich nichts sagen«, erwiderte Sophie in möglichst unschuldigem Ton.

»Verstehe.« Nach kurzem Zögern schlitzte Julie den Umschlag mit dem Fingernagel auf und zog absichtlich umständlich die Karte hervor.

Sophie bemerkte, dass sie den brennenden Wunsch hatte, sie möge nicht unterschrieben sein. Das Letzte, was sie wollte, war, dass Julie jetzt schon erfuhr, dass Nathan in sie verknallt war. Sie war sich ziemlich sicher, dass sie im Lauf des Vormittags Gelegenheit haben würde, es herauszufinden, wenn Julie ihren üblichen Gang zu Pret A Manger antrat. Doch als ihre Chefin nur einen kurzen Blick auf den Text warf und gleich die Karte wieder in den Umschlag steckte, den sie in der Schreibtischschublade verschwinden ließ, konnte Sophie nicht mehr an sich halten. »Na?«

Nach kurzem Zögern zog Julie sie wieder hervor und drückte sie Sophie in die Hand. »Das klingt doch ganz nett, meine ich.«

»Und, haben Sie schon eine Ahnung, um wen es sich bei dem di-seek-reten Verehrer handelt?« Die Eifersucht ätzte ihre Stimme, als sie die ausgefallene Formulierung wiederholte. Warum war ihr nicht so was Tolles eingefallen?

Julie machte ein nachdenkliches Gesicht, aber Sophie konnte keine eindeutigen Schlüsse daraus ziehen. »Vielleicht.«

»Ja, und?«

»Ja, und, haben wir heute Morgen nichts zu tun?« Julie nahm die Karte wieder an sich, und Sophie salutierte ironisch.

»Jawohl, Boss. Entschuldigung, Boss. Habe verstanden.«

Julie lächelte vor sich hin, als sie die Karte wieder in der Schublade verschwinden ließ und darüber nachdachte, wie sie darauf reagieren sollte. Sie war sich ziemlich sicher, dass sie von Mark stammte, was immerhin kein schlechtes Zeichen war. Anscheinend hatte sie ihn nicht völlig vergrault. Aber wie sie damit umgehen sollte, wusste sie noch nicht genau. Sie setzte sich vor ihren Computer und scrollte durch ihren Posteingang. In der Mail, die Nathan ihr bezüglich der Party heute Abend geschickt hatte, fand sie auch Mark auf der Teilnehmerliste. »Sagen Sie mal, Sophie, gehen Sie heute Abend auch zu diesem … dieser Party, die Nathan organisiert hat?«

Sophie war ruckartig hellwach. Sie hatte auch schon hin und her überlegt, wäre hauptsächlich wegen Nathan hingegangen, aber angesichts ihrer Kreditkartenabrechnung, die sie heute Morgen erhalten hatte, und der Tatsache, dass es bis zur nächsten Gehaltszahlung noch zwei Wochen waren, hatte sie eigentlich entschieden, dass sie sich den Abend nicht leisten konnte. »Die Anti-Valentins-Party. Ich habe schon daran gedacht, hinzugehen. Warum?«

»Mhm.« Julie dachte kurz nach. »Ich denke, ich werde wohl auch kommen.«

Und während Julie die Mail mit ihrer Zusage tippte, klickte Sophie rasch auf ihr Outlook-Icon, öffnete die Rund-Mail, die Nathan geschickt hatte, und tat genau das Gleiche.

Kapitel 3

Calum saß nun fast schon eine geschlagene Stunde wie gelähmt an seinem Schreibtisch und schaute gebannt abwechselnd auf sein Handy und den Bildschirm, wo er den Posteingang seines Hotmail-Accounts geöffnet hatte. Er hatte schon ein paarmal »Aktualisieren« angeklickt, obwohl er natürlich wusste, dass neue Nachrichten schnell automatisch angezeigt wurden und er damit nichts beschleunigen konnte. Mittlerweile war es fast zehn Uhr, und angesichts der Tatsache, dass er bis jetzt noch keine Nachricht von Emma erhalten hatte, überlegte er bereits, ob sein Smartphone einen Defekt haben könnte oder ob vielleicht das ganz Internet zusammengebrochen war. Vielleicht fand sie seinen Text zu flapsig oder nicht gefühlsbetont genug. Mittlerweile fragte er sich, ob es vielleicht eine große Dummheit gewesen war, das erste Date ausgerechnet auf ein Datum zu legen, das extra starken Romantikdruck erzeugte. Er wünschte sich, er hätte auf einen anderen Tag bestanden. Andererseits war der Terminvorschlag von Emma gekommen, und Calum wollte ihr keinen Vorwand liefern, es sich noch einmal anders zu überlegen. Er seufzte laut und versuchte, sich mit dem Gedanken zu beruhigen, dass es bisher nur eine unverbindliche Verabredung zum Abendessen war. Aber immerhin doch irgendwie auch schon ein Date, was bedeutete, dass er heute Abend nicht zum dritten Mal hintereinander zur Anti-Valentins-Party gehen musste. Eigentlich war er ein großer Bowling-Fan. Eine der wenigen »Sportarten«, in denen er richtig gut war. Aber Calum wollte gegenüber den Kollegen lieber nicht als Stammgast der Veranstaltung gelten. Dabei fiel ihm ein …

Er stand auf und ging die Treppe nach unten. Mia-Rose kämpfte am Empfangstisch gerade mit dem üblichen ersten Ansturm von Telefonaten zu Beginn der Bürozeit, während sie gleichzeitig damit beschäftigt war, die Post zu verteilen. Als er an ihrem Tisch vorbeiging, rollte sie übertrieben mit den Augen, und er lächelte sie schüchtern an. Er konnte Mia-Rose wirklich gut leiden, aber seit sie im vergangenen September bei Seek angefangen hatte, war es ihm mit seiner zurückhaltenden Art noch nicht gelungen, mehr als das übliche Hallo oder auf Wiedersehen zu ihr zu sagen. Er hatte sogar schon mehrmals bei Pret A Manger hinter ihr in der Schlange gestanden und seinen ganzen Mut zusammengenommen, um ein Gespräch anzufangen, aber es war jedes Mal bei dem guten Vorsatz geblieben.

»Schöner Anzug«, formulierte Mia-Rose stumm mit den Lippen, während sie gleichzeitig den Hörer ans Ohr presste.

Ihr Kompliment machte ihn verlegen, aber immerhin brachte er ein lautloses »Danke« hervor, bevor er seinen Weg ins Souterrain fortsetzte und beim Systemmanagement den Kopf durch den Türrahmen streckte. Der Herr aller Drähte und Geräte war gerade am Telefon, daher wartete Calum, bis er das übliche »Haben Sie schon dran gedacht, das Gerät erst mal auszuschalten und dann wieder anzumachen?« hörte, gefolgt von einem »Keine Ursache«. Dann räusperte er sich. »Morgen.«

Nathan schaute zu ihm hoch, runzelte kurz die Stirn und warf einen demonstrativen Blick auf die Uhr. »Das ist ja mal 'ne echte Überraschung, dass die Verkaufsabteilung schon so früh am Vormittag auf den Beinen ist.« Er legte das Telefon beiseite. »Und dann auch noch im Anzug. Wie ein richtiger Erwachsener.«

Calum grinste ihn an. »Einer muss ja schließlich das Geld für die Firma verdienen.«

»Das mit dem Anzug ist neu. Hast du nachher einen Gerichtstermin?«

»Nein!«

»Was dann? Ein Vorstellungsgespräch?«

»So was in der Art«, sagte Calum verlegen.

»Na ja, mir egal. Solange du bis halb sechs wieder vor Ort bist. Habe nämlich nicht die geringste Lust, mich heute Abend allein zu besaufen.«

»Ich … äh … Darüber wollte ich gerade mit dir sprechen.«

»Ach ja?«

»Ich habe schon was anderes vor.« Calum spürte, wie seine Brust vor Stolz anschwoll. »Heute Abend.«

Nathan hob die Augenbrauen. »Sieh einer an. Und jetzt sag bloß noch, du hast ein echtes Valentinstag-Date?«

»Äh … doch. Ja.«

»Das ist ja der Hammer!«

»Vielen Dank.«

Nathan setzte eine schuldbewusste Miene auf. »Entschuldige, Kumpel. So war das nicht gemeint.«

»Schon okay. Allerdings bin ich mir noch nicht so sicher, ob es auch wirklich ein Knaller wird. Ich meine …« Calum hielt inne, weil er an Nathans Gesichtsausdruck ablesen konnte, dass er sich näher erklären musste. Er trat weiter in das Zimmer hinein und schloss die Tür hinter sich. »Wir haben uns online kennengelernt.«

»Ehrlich? Davon hast du mir bis jetzt überhaupt nichts erzählt.« Nathan lehnte sich auf seinem Bürostuhl zurück und verschränkte die Arme. »Und, wer ist die geheimnisvolle Schöne?«

»Sie heißt Emma.«

»Das ist doch ein ganz netter Name. Passt er auch zum Rest?«

Calum hockte sich mit einer Pohälfte auf den nebenstehenden Tisch. »Na ja, bis jetzt haben wir uns noch nicht richtig, du weißt schon ...«

»Und heute soll die Post abgehen? Die Nacht der Nächte?«

Calum nickte. »Könnte man so sagen.«

»Wo wollt ihr hingehen? Zu dir oder zu ihr? In ein Hotel?«

»Nee, ich meinte, dass wir uns noch gar nicht richtig kennengelernt haben. Zumindest nicht persönlich, nur virtuell.«

Nathan schüttelte den Kopf. »Sieh einer an. Du schlauer alter Fuchs. Warum hast du bis jetzt noch nichts davon erzählt?«

»Du weißt schon. Diese Sachen mit dem Internet-Dating ... das ist schwierig.«

»Calum, ich weiß nicht, ob du es schon bemerkt hast, aber dein Arbeitgeber ist eine aufstrebende Internetfirma. Heutzutage erledigen die Menschen alles online. Man muss sich nicht schämen, wenn man eine Frau im Netz kennenlernt.«

»Das stimmt schon, aber ...« Calum deutete mit einem Finger nach oben. »Ich wollte einfach nicht, dass die anderen hier mitkriegen, dass ich ... noch auf der Suche bin. Nach einer Ehefrau ... ich meine, nach einer Frau.«

»Stell dich nicht so an. Ich bin mir sicher, andere hier suchen noch nach ganz anderen Sachen. Glaub mir. Ich kann sehen, was sie sich so auf die Festplatten runterladen.«

»Kann sein.« Calum seufzte. »Aber wenn man einen Partner nicht auf die traditionelle Weise findet, wird man doch immer irgendwie als merkwürdig abgestempelt, oder?«

Nathan zuckte die Achseln. »Warum denn, um Himmels willen? Es gibt immer noch 'ne Menge Buchläden, und trotzdem ist es keineswegs so, dass du ausgelacht wirst, wenn du dir was bei Amazon bestellst. Ist das nicht in etwa das Gleiche?«

»Na ja, nicht ganz …«

»Trotzdem. Wovor hast du eigentlich Schiss?«

»Ach …« Calum seufzte. »Ich habe bis jetzt keine Ahnung, wie sie überhaupt aussieht. Und ich habe zum Beispiel ziemliche Angst, dass sie wesentlich attraktiver ist als ich. Wenn das so ist …« Er hielt inne.

Nathan hatte ein Stoppschild mit drei Ausrufezeichen aufgestellt, indem er beide Augenbrauen bis zum Haaransatz hochgezogen und beide Handflächen abwehrend von sich gestreckt hatte. »Du weißt nicht mal, wie sie aussieht?«

»Nein, keine Ahnung. Sie hat Kontakt zu mir aufgenommen, und es gibt kein Foto auf ihrem Profil. Aber wir haben angefangen zu chatten, und dabei hat sich herausgestellt, dass wir viel gemeinsam haben. Und heute Abend soll …«

Nathan schüttelte ungläubig den Kopf. »Tut mir leid. Du weißt wirklich nicht, wie sie aussieht?«

»Äh, nee.«

»Und du bist entschlossen, dich mit ihr zu treffen?«

»Es geht doch nicht immer nur ums Aussehen, verstehst du?«

Nathan öffnete den Mund, als wollte er etwas sagen, schloss ihn aber gleich wieder.

»Und außerdem«, fuhr Calum fort, »hat von mir bisher auch noch niemand behauptet …«

»Was?«

»Dass ich aussähe wie der Zwillingsbruder von Brad Pitt.«

Nathan musste lachen. »Aber du bist auch nicht gerade Mr. Bean. Ich nehme an, du hast ein Foto bei der Plattform eingestellt?«

»Ja.«

»Auf dem du selbst zu sehen bist?«

»Selbstverständlich.«

»Ein Farbfoto?«

»Warum denn nicht, um Himmels willen?«

Nathan grinste. »Weil du rothaarig bist und deswegen …«

»Nathan, zum hunderttausendsten Mal, meine Haare sind …«

»Erdbeerblond. Das ist allgemein bekannt. Ich habe doch nur Spaß gemacht. Also was glaubst du denn, was du noch zu befürchten hast?«

»Dass sie irgendwie in einer anderen Liga spielt als ich und mich deswegen gar nicht haben will.«

Nathan zuckte wieder die Achseln. »Aber warum denn nicht? Es hört sich doch bis jetzt danach an, als ob sie was an dir findet. Sonst hätte sie dir gar nicht erst den Vorschlag gemacht, sich zu treffen. Am Valentinstag!«

»Kann sein.« Calum blickte sich nervös um. »Aber da ist noch was …«

»Spuck's aus.«

»Ich habe meine«, er hustete verlegen, »Längenangaben leicht nach oben korrigiert.«

»Meine Güte, Calum. Was für eine versaute Dating-Plattform ist denn das?«

»Nicht *die* Länge. Ich meine die Körpergröße.«

»Wie hoch ist die Abweichung? Bitte zentimetergenau.«

Calum hielt die Hand ein Stück über den Kopf. »Ungefähr so viel.«

»Aber warum?«

»Das gehört zu den Pflichtfeldern, die man in seinem Profil ausfüllen muss. Und für Frauen müssen alle Männer über eins achtzig groß sein.«

Nathan verdrehte die Augen. »Das ist das Internet, Mann. Kein Vergnügungspark, bei dem man eine Mindestgröße haben muss, um in der Achterbahn mitfahren zu dürfen.«

»Du würdest Augen machen, was da gefordert wird. Anscheinend verbringen alle diese Typen jedes Wochenende mit Wasserskifahren und Bungee-Jumping. Und wenn ich dann noch nicht mal so groß ...«

»Kann schon sein«, erwiderte Nathan. »Die reden wahrscheinlich viel daher und plustern sich auf, aber in Wirklichkeit sind sie alle ziemlich durchschnittliche Loser, die immer noch zu Hause bei ihrer Mutter leben. Also würde ich dem nicht ... Was ist los?«

»Ich lebe auch noch mit meiner Mutter zusammen«, sagte Calum leise.

»Wie bitte?«

»Seit dem Tod meines Vaters. Es geht ihr gesundheitlich nicht gut, und sie hat sonst niemanden und ...« Er schaute verlegen auf den Boden. »Vielen Dank auch, Nathan. Ich muss zugeben, in dieser Hinsicht bin ich nicht ganz ehrlich dir gegenüber gewesen. Jetzt fühle ich mich noch schlechter als vorher.«

»Aber das ist doch was ganz anderes. So, wie du es mir gerade geschildert hast, kümmerst du dich um deine Mutter und nicht umgekehrt. Das ist doch eine völlig ehrenwerte Sache.«

»Meinst du?«

Nathan lächelte ihn aufmunternd an. »Ich würde mir erst mal überhaupt nicht so viele Gedanken machen. Sie hat sich auf dieser Dating-Webseite angemeldet, also ist sie auch auf der Suche. Und da sie nicht mal ein Foto von sich reingestellt hat, sind ein paar kleine Korrekturen oder Auslassungen von deiner Seite durchaus erlaubt, finde ich.« Nathans Computer signalisierte mit einem »Ping« das Eintreffen einer neuen E-Mail. Er warf einen kurzen Blick darauf und klickte dann auf »Minimieren«. »Was ist denn deiner Meinung nach der Grund dafür, dass sie kein Foto von sich gepostet hat?«

»Keine Ahnung. Dass sie extrem schüchtern ist?«

»Glaube ich nicht. Schließlich hat *sie* dich kontaktiert.«

»Vielleicht ist sie …?«

»Behindert oder grottenhässlich? Vielleicht hat sie auch nur ein Bein.«

Calum lachte kurz auf. »Ich hätte eher auf berühmt getippt, aber deine Vermutungen kommen mir wahrscheinlicher vor. Andererseits hat sie mir auch geschrieben, ich könnte sicher sein, nicht enttäuscht zu werden, wenn wir uns kennenlernen.«

»Okay. Das bedeutet auf jeden Fall schon mal, dass sie ganz gut aussieht. Trotzdem zeigt sie kein Foto von sich. Das kann nur eins bedeuten.«

»Nämlich?«

»Dass du sie schon kennst. Beziehungsweise dass sie weiß, wer du bist.«

»Ich kenne keine einzige Frau, die Emma heißt. Ich kenne überhaupt keine Frauen. Punkt. Das ist ja das Problem.«

»Vielleicht stalkt sie dich.«

»Das ist nicht besonders witzig. Und auch wenig wahrscheinlich.«

»Man kann nie wissen.« Nathan grinste. »Also, wo wollt ihr euch heute Abend treffen?«

»Im Old Amsterdam. Um sechs.«

Nathan nickte beifällig. »Tja, wir werden dich bei unserer Party sehr vermissen. Falls es zwischen euch nicht funkt, dann kannst du hinterher immer noch zu uns rüberkommen. Und wenn es läuft, natürlich auch. Dann bringst du sie einfach mit. Das wäre für uns die beste Gelegenheit, sie gleich mal abzuchecken.«

»Ja, du hast recht.«

Nathan wandte sich wieder seinem Computer zu.

Calum ließ sich von der Tischkante gleiten und verließ das Souterrain. Wenn am heutigen Abend alles so lief, wie er sich das vorstellte und wünschte – und er würde sich dafür alle Mühe geben –, dann wäre Emma mit seinem gutaussehenden Freund bekannt zu machen sicherlich das Letzte, was er tun würde. Dafür würden sich später sicher noch reichlich andere Gelegenheiten ergeben. Beispielsweise bei ihrer Hochzeit … Er grinste vor sich hin, als er auf dem Weg nach oben zwei Stufen auf einmal nahm. Seine Hochzeit! Er sollte sich da besser nicht so sehr reinsteigern. Obwohl Emma Irwin eigentlich ganz gut klang. Etwas außer Atem ließ sich Calum wieder vor seinem Bildschirm nieder. Er hatte zwar vor, sich endlich auf die Arbeit zu konzentrieren und Handy und E-Mail-Postfach zu ignorieren. Aber kaum dass seine Anzugshose mit dem Stoffbezug des Bürosessels in Berührung gekommen war, hatte er seine guten Vorsätze schon wieder vergessen.

Während der vergangenen halben Stunde hatte Sophie so getan, als ob sie arbeiten würde, aber in Wirklichkeit hatte sie die meiste Zeit damit verbracht, über ihren Bildschirm hinweg Julie zu betrachten. Und zwar in dem ganzen neuen Licht, das für sie heute Morgen aufgegangen war. Teilweise konnte sie durchaus nachvollziehen, dass Nathan etwas an ihr fand. Julie war zweifellos eine attraktive Frau, und sie verfügte rein körperlich über jene beneidenswerte Kombination aus großen Brüsten und schmaler Taille. Jedenfalls beneidete Sophie sie darum, wenn sie an ihre eigenen, etwas üppigeren Formen dachte. Aber mal abgesehen von solchen äußerlichen Dingen konnte Julie doch wohl nicht im Ernst Nathans Typ sein? Dazu war er viel zu extrovertiert und immer zu Scherzen aufgelegt. Sophie hatte bei der Weihnachtsfeier genau beobachtet, wie sehr sich Julie überwinden musste, um an dem Spiel mit der Weitergabe des Luftballons teilzunehmen. Man konnte sich kaum vorstellen, dass jemand Sprödes wie sie zum Unterhaltungsmittelpunkt der ganzen Firma taugte. Sie kamen ganz gut miteinander aus, vermutete Sophie, so, wie sie in ihrer Zwei-Frau-Marketingabteilung gut mit ihr zurechtkam. Julie hatte sich niemals besonders kumpelhaft oder freundschaftlich verhalten, aber schließlich war sie auch ihre Chefin, und wer ist mit seinem Vorgesetzten schon eng befreundet? Andererseits gab es keinen Grund, warum sich das nicht ändern sollte. Und zwar schnell, beschloss Sophie. Sie musste ihre Rivalin näher kennenlernen beziehungsweise herausfinden, ob Julie eine echte Konkurrenz war. Was wiederum bedeutete, dass sie als Erstes wissen musste, ob Julie ihrerseits Interesse an Nathan hatte. Schließlich kam ihr eine Idee. Sie lehnte sich auf ihrem Bürostuhl zurück, streckte demonstrativ die Glieder und erhob sich dann. »Wie wär's mit einem Kaffee?«

Julie blickte leicht verwirrt von dem Bericht auf, den sie gerade ausarbeitete. »Was?«

»Ich dachte, ich geh schnell mal raus und besorge uns einen Kaffee. Ich meine den richtigen von Pret. Nicht dieses labberige Instant-Zeug aus der Teeküche.« Sophie merkte, dass sie wieder geschwätzig wurde. »Falls Sie auch einen möchten?«

Julie warf einen Blick auf ihre Armbanduhr und hob kurz die Schultern. »Sicher, gern. Vielen Dank. Ich nehme einen Caffè Latte, bitte. Ach, und einen ...«

»Schokoladenmuffin?«

»Sie haben mich also durchschaut?«

»Na ja, durchschaut würde ich nicht gerade sagen ...« Sophie suchte nach dem passenden Ausdruck. »Du bist ein ausgesprochenes Gewohnheitstier«, wäre vielleicht nicht die allerfreundlichste Beschreibung für Julies auffallend hohe Anzahl an Alltagsroutinen. »In solchen kleinen Dingen ...«

Julie warf ihr einen durchdringenden Blick zu und griff nach ihrer Handtasche. »Ich gebe Ihnen etwas Geld mit.«

»Ist schon okay«, sagte Sophie mit zuckersüßem Lächeln, »ich gebe einen aus.«

Sie machte sich gleich auf den Weg. Im Treppenhaus widerstand sie der Versuchung, noch weiter bis zu Nathan nach unten zu gehen, um nachzuschauen, ob er ihre Karte auf dem Schreibtisch liegen hatte. Stattdessen verließ sie das Bürogebäude und lief über die Straße, von wo sie nach fünf Minuten (und um fast zehn Pfund erleichtert, wie sie zu ihrem leichten Entsetzen feststellen musste) ins Büro zurückkehrte. »Da wären wir«, sagte sie, als sie Milchkaffee und Muffin auf Julies Schreibtisch abstellte. »Soso, der Valentinstag ...«

Julie setzte eine etwas überdrüssige Miene auf, als sie den Deckel vom Kaffeebecher hob. »Hab ich auch schon mitbekommen.«

Einen Moment lang zögerte Sophie, weil sie sich nicht sicher war, ob Julie sich auf eine Plauderei einlassen wollte. Sie war wirklich nicht leicht zu durchschauen. Sophie entschied sich lieber für ein theatralisches Augenrollen, um so etwas wie stillschweigendes Einverständnis »von Frau zu Frau« zu signalisieren. Sie neigte sich über die Tischkante. »Freuen Sie sich schon auf heute Abend?«, fragte sie und schüttete den Inhalt eines Zuckertütchens in ihren Cappuccino.

»Diese Bowling-Party? Meine Begeisterung hält sich in Grenzen.« Julie pustete auf ihren Kaffee und probierte vorsichtig, ob er noch zu heiß war. »Und Sie?«

Sophie runzelte die Stirn. Ihre Verhörmethoden schienen nicht zu greifen. »Was ist denn gegen Bowling einzuwenden?«

»Außer dass man genötigt wird, ein Paar Schuhe anzuziehen, die schon tausend Leute vorher angehabt haben?«

»Das ist natürlich kein Pluspunkt.« Sophie lächelte, rührte dann ihren Kaffee um und überlegte, was sie als Nächstes sagen sollte. Nach einer kurzen verlegenen Stille war das Einzige, was ihr einfiel: »Irgendwie komisch.«

»Was meinen Sie damit?«

»Nathan.«

»Was ist mit ihm?«

»Dass ausgerechnet er diese Anti-Valentins-Party organisiert.«

»Meinen Sie damit komisch wie ›hahaha‹ oder komisch im Sinne von ›merkwürdig‹?«, fragte Julie und brach ihren Muffin in der Mitte auseinander. Die eine Hälfte bot sie Sophie an, doch die winkte dankend ab.

»Komisch-merkwürdig«, sagte Sophie. »Dass er Single ist. Ein gutaussehender Typ wie er.«

»Finden Sie?«

Als Julie herzhaft in ihren Muffin biss, lief Sophie das Wasser im Mund zusammen, doch sie gab sich Mühe, nicht gierig zu wirken. Dieses Gespräch entpuppte sich als vertrackte Angelegenheit. Wollte Julie mit ihrer Rückfrage herausfinden, ob Sophie Nathan tatsächlich so gutaussehend fand? Oder versuchte sie, ihr mitzuteilen, dass es ihr merkwürdig erschien, dass er Single war? »Ich finde es manchmal schon ein bisschen eigenartig«, fuhr sie fort. »Da arbeitet man mit Leuten in der gleichen Firma, man sieht sich jeden Tag, aber man weiß so gut wie nichts über sie und ihre Situation.« Sie nahm einen Schluck Cappuccino, bemerkte aber zu spät, dass er immer noch brühend heiß war, und musste wie ein Hund hecheln, um ihren Mund zu kühlen, nachdem sie den Kaffee hinuntergeschluckt hatte.

»Vielleicht ist er ja schwul.«

Sophie hätte angesichts Julies unverhoffter These den nächsten Schluck superheißen Kaffee um ein Haar wieder ausgespuckt. »Nathan? Garantiert nicht!«

»Warum nicht?«

Sophie wollte auf keinen Fall antworten: »Weil er dann nicht an dir interessiert wäre.« »Er ist … Nein, also das glaube ich einfach nicht. Ich denke, man kann das schon beurteilen.«

Julie zog eine Augenbraue in die Höhe. »Kann man das? Nach den Erfahrungen, die ich gemacht habe, ist das manchmal ziemlich schwierig.«

»Ich denke schon, dass er sich für Frauen interessiert.«

»Weshalb?«

»Ich habe, äh … so die eine oder andere Beobachtung gemacht.«

Julie schluckte einen weiteren Bissen Muffin hinunter. »Was für Beobachtungen?«, fragte sie und leckte sich ein paar Schokokrümel von den Fingerspitzen.

»Beobachtungen, aus denen ich schließe, dass er auf der Suche nach einer Freundin ist.«

»Ich bringe es nur schwer unter einen Hut, dass er eine Anti-Valentins-Party organisiert, wenn er gleichzeitig nach einer Freundin Ausschau hält.«

»Vielleicht soll es so eine Art Bluff sein.« Sophie tippte sich mit dem Finger an die Nase und stellte erschrocken fest, dass dort ein Schokoladenflöckchen klebte.

Julie reichte ihr ein Kleenex aus der Box auf ihrem Tisch. »Schon möglich.«

»Sie meinen also ernsthaft, dass er schwul ist?«, fuhr Sophie fort, wischte sich die Nase ab und warf das Kleenex in den Papierkorb.

Julie dachte einen Moment lang nach, bevor sie antwortete. »Wie ich schon sagte, das ist oft schwierig zu beurteilen.« Dann trank sie einen Schluck Kaffee. »Aber nein, so richtig glaube ich es auch nicht.«

»Ich auch nicht.« Im ersten Augenblick fühlte sich Sophie bestätigt, aber dann wurde ihr doch wieder etwas mulmig, wenn sie daran dachte, wie sie Julie fragen sollte, woher sie ihre plötzliche Gewissheit hatte. Wusste sie es etwa aus eigener Erfahrung? Vielleicht hatte sie sich an jenem Abend bei der Weihnachtsfeier getäuscht und Julie gar nicht mit Mark im Taxi wegfahren sehen, sondern mit Nathan. Dann wäre seine Karte heute Morgen eine Art Beweis dafür. Aber sie biss sich auf die Zunge. Sie hatte das Gefühl, vielleicht eine Grenze zu überschreiten, wenn sie jetzt weiter in der Sache herumstocherte. »Und was könnte dann Ihrer Meinung nach Nathans Problem sein?«

Julie runzelte die Stirn. »Was für ein Problem?«

»Dass er keine Freundin hat. Wenn Sie so genau wissen, dass er nicht …«, sie räusperte sich, »schwul ist.«

Julie stellte den Kaffeebecher ab und verschlang das letzte Stückchen Muffin. »Keine Ahnung«, erwiderte sie kauend.

»Vielleicht gibt's da irgendeine Geschichte von früher, die blöd gelaufen ist. Oder er hat schon ein Auge auf jemanden geworfen, kommt aber nicht zum Zug.«

»So was wie unerwiderte Liebe?«, seufzte Julie. »Wie romantisch.« Die Worte kamen aus ihrem Mund, bevor sie sich darüber klar wurde, dass ihr Job heute Abend deutlich schwieriger werden würde, wenn das Objekt seiner emotionalen Verstrickungen genau die Frau war, die ihr gerade gegenübersaß.

Julie lächelte und schüttelte langsam den Kopf. »Wie auch immer, Julie, ich würde mir jetzt erst mal nicht weiter den Kopf darüber zerbrechen. Wahrscheinlich kommt sowieso nichts dabei raus.«

»Nein?« Sophie fragte sich, warum Julie das Thema so abtat. »Warum nicht?«

Julie trank einen großen Schluck. »Weil solche Beziehungen bisweilen kompliziert sind«, murmelte sie mysteriös.

Sophie bemerkte, dass ihre Chefin ihren Kaffee schon fast ausgetrunken hatte. Die Gelegenheit für eine kleine persönliche Plauderei ergab sich vielleicht so schnell nicht wieder, deshalb entschloss sie sich, den Stier bei den Hörnern zu packen. »Wie würden Sie denn reagieren, wenn sich herausstellte, dass er Ihnen diese Valentinskarte geschickt hat?« Nun war es heraus. Zwar hoffte sie natürlich, dass Julie ihre Frage als hypothetisch gemeint verstand, aber sie wollte unbedingt ihre ehrliche Antwort hören.

»Nathan? Hm …« Julie schob nachdenklich die Unterlippe vor. »Es stimmt natürlich, dass er sehr gut aussieht. Aber solche Büro-Romanzen … gehen die jemals gut aus?« Sie sah Sophie ein paar Sekunden direkt in die Augen, dann wandte sie sich wieder ihrem Bildschirm zu und fuhr fort, an ihrem Bericht zu arbeiten.

Es war klar, dass das Gespräch damit beendet war. Sophie fühlte sich ein wenig ermutigt. Selbst wenn es so wäre, dass Nathan auf Julie stand, hörte es sich so an, als würde sich ihre Chefin nicht darauf einlassen. Damit hätte Sophie freie Bahn, ihn sich zu schnappen. Doch als sie sich die Unterhaltung mit Julie einige Zeit später noch einmal in Ruhe durch den Kopf gehen ließ, verpuffte Sophies Triumphgefühl schnell wieder. Obwohl sich Julie nicht richtig festnageln und in die Karten schauen ließ, klang ihre letzte Bemerkung im Nachhinein doch eher wie eine Frage als wie eine Feststellung.

Nathan wartete, bis Calum wieder nach oben verschwunden war, dann zog er seine Schreibtischschublade auf und betrachtete den Umschlag. Er konnte sich schon denken, was darin steckte. Ihn einfach nicht zu öffnen würde ihn allerdings auch nicht zum Verschwinden bringen. Trotzdem konnte er sich einfach nicht dazu überwinden. Komischerweise hatte er es irgendwie aufregend und witzig gefunden, für Mark den Boten für dessen Valentinskarte zu spielen, aber da er nun selbst Adressat einer solchen postalischen Maßnahme war, fand er das Ganze nicht mehr so lustig. Im Gegenteil fühlte er sich eher betroffen als geschmeichelt. Eine der Frauen in der Firma hatte ein Auge auf ihn geworfen, eigentlich kein Drama. Nur dass es für ihn trotzdem eines war. Schnell ging er im Geist sämtliche Single-Frauen durch, die bei Seek arbeiteten, und überlegte, welche von ihnen in Frage käme. Am Ende kam er allerdings zu dem Schluss, dass es letztlich jede sein könnte. Nicht weil er so eingebildet war, sondern weil er schlicht nicht imstande war, wahrzunehmen, wenn jemand mit ihm flirtete. Wegen dieser ganzen Sache mit Ellie war er einfach unfähig (vielleicht sollte man besser sagen: unwillig), die entsprechenden Zeichen und Signale zu erkennen. Also hatte er sich in allen emotionalen Belangen einfach selbst aus dem Verkehr gezogen. Es war einfacher so. Dabei war er sich durchaus darüber im Klaren, worin der Kern des Problems bestand. Wie immer man es anstellte, man konnte sich seiner Sache nie sicher sein. Es war alles so sinnlos. Drei Jahre lang war er mit Ellie zusammen gewesen. Er hatte wirklich alles für sie getan und ehrlich versucht, sie in- und auswendig zu kennen. Trotzdem hatte sich herausgestellt, dass er letztlich so gut wie gar nichts von ihr wusste. Nathan glaubte, dass er wenigstens im Moment nicht die Energie aufbringen würde, es noch mal mit einer neuen Beziehung zu probieren. Vor allem wenn die Aussicht bestand, dass sie in einem ähnlichen Desaster endete. Es war keineswegs so, dass er nicht unter seiner Einsamkeit litt. Natürlich wollte er eine feste Freundin haben, irgendwann vielleicht sogar eine Ehefrau. Oder wenigstens eine lockere Beziehung und natürlich Sex. Aber auf irgendwelche One-Night-Stands hatte er sich in den vergangenen Jahren lieber nicht eingelassen. Immerhin hatte er geglaubt, die perfekte Frau fürs Leben gefunden zu haben, nur um dann dahinterzukommen, dass er sich in ihr getäuscht hatte. Und wenn Nathan mit seinem Urteil nach zweieinhalb Jahren Beziehung falschlag, wie sollte er dann nach fünf Minuten über eine Frau entscheiden? Obwohl er dem Thema aufgrund seiner Erfahrungen sehr skeptisch gegenüberstand, war Nathan gerührt, wie aufgeregt und erwartungsfroh Calum seinem Date heute Abend entgegensah. So ging es ihm auch bei Mark, der im Hinblick auf Julie nervös und unsicher war. Und trotzdem hätte er sie am liebsten beide gewarnt, mit solchen romantischen Anwandlungen keine Zeit und Energie zu vergeuden. Auch wenn er auf der anderen Seite natürlich wusste, dass die Liebe nur so eine Chance hatte. Indem man Zeit mit jemandem verbrachte, der bereit war, dasselbe zu tun. Selbst umging er lieber jede Situation, die schmerzvolle Erinnerungen an Ellie hervorrief, indem er erst gar nicht daran dachte, sich auf eine neue Beziehung einzulassen. Auch wenn er wusste, dass dieses Verhalten gegebenenfalls etwas kurzsichtig war. Fast schon krankhaft. Selbst Calum, der bestimmt am Boden zerstört wäre, wenn es für ihn heute Abend nicht so lief, wie er sich das vorstellte, und sicherlich auf das Schlimmste – Abweisung und öffentliche Demütigung eingeschlossen – gefasst war, ging das Wagnis ein. Er suchte in dieser Nacht der Nächte sein Glück. Gerade sein letzter Gedanke machte Nathan ehrlich betroffen. Zu seiner eigenen Überraschung, aber möglicherweise angespornt von der Zuversicht, die er bei Calum und Mark so hautnah beobachtet hatte, fasste Nathan mit einem Mal einen glasklaren Beschluss. Er musste sich endlich zusammenreißen und seine Sentimentalität in Bezug auf Ellie hinter sich lassen. Sonst würde er ihren Schatten womöglich nie los. Es war genauso wie damals, als er auf der Vespa von einem Taxi umgefahren worden war. Ihm war sofort klar gewesen, wenn er nicht gleich weitermachte und sich wieder auf den verbeulten Roller schwang, würde er es sich möglicherweise nie wieder trauen. Natürlich wusste Nathan, dass man einen Wiedereinstieg nach drei Jahren Beziehungsabstinenz nicht als »gleich weitermachen« bezeichnen konnte, aber heute war die beste Gelegenheit, damit anzufangen, und die musste er beim Schopf packen. Er holte tief Luft, zog den Umschlag aus der Schublade und riss ihn auf.

Im Stockwerk über ihm betrachtete Mark Webster intensiv die Excel-Tabellen auf seinem Bildschirm. Normalerweise konnte er Zahlenkolonnen so mühelos lesen wie ein Kinderbuch, aber heute verschwamm ihm irgendwie alles vor den Augen. Natürlich war er sich darüber im Klaren, dass die Konzentrationsschwäche auch auf die ständigen Unterbrechungen zurückzuführen war, an denen er selbst schuld war. Bis jetzt hatten sie außerdem zu keinem Ergebnis geführt. Obwohl er heute Vormittag schon fünfmal in der Teeküche aufgekreuzt war, um sich einen Kaffee zu machen, den er gar nicht trinken wollte, hatte er sie nie »zufällig« angetroffen. Im Kopierraum hin und wieder das Papier aufzufüllen hatte auch nichts gebracht. Genauso wenig wie mehrere Gänge zum Wasserspender im Treppenhaus und zur Toilette. Alles umsonst. Selbst ihr üblicher Lunch bei Pret A Manger, nach dem man üblicherweise die Uhr stellen konnte, war heute anscheinend ausgefallen. Somit war auch sein Plan, sie dort bei Gelegenheit ganz beiläufig zu fragen, ob sie irgendwelche Grüße zum Valentinstag erhalten hätte, hinfällig geworden. Eigentlich hätte er sich so etwas denken können. Was hatte er erwartet? Dass sie seine verschlüsselte Botschaft sofort entzifferte, schnurstracks in sein Büro runterkam und seinen Schreibtisch mit den Worten »Nimm mich« leerfegte?

Er lehnte sich in seinem Bürostuhl zurück und rieb sich die brennenden Augen, dann stand er auf und tigerte im Zimmer auf und ab. Warum um alles in der Welt hatte er die Karte nicht mit seinem Namen unterschrieben wie jeder normale erwachsene Mensch? Dann wüsste er jetzt wenigstens, woran er war. Diese elende Hängepartie hätte er sich wirklich sparen können. Das ging jetzt schon seit zwei Stunden so. Eine andere Option wäre natürlich, einfach direkt auf die schicksalhafte Fahrt im Taxi zu sprechen zu kommen. Aber er vermutete, dass sie dann wieder so tun würde, als könnte sie sich an nichts erinnern. Also auch kein wirklich zielführender Plan. Vielleicht hatte er den ganzen Zirkus rund um den Valentinstag sowieso falsch verstanden und er war eher für Paare gedacht, die schon länger zusammen waren, und nicht für solche, die versuchten, ihrer Angebeteten den Hof zu machen. Er fragte sich langsam, ob seine ganze Aktion nicht völlig dämlich und überflüssig war. Sie war einfach besoffen gewesen, hatte sich im Taxi mitnehmen lassen, und auf der Fahrt hatten sie geknutscht. Nüchtern betrachtet nicht gerade eine hochromantische Geschichte. Vielleicht war die beste Taktik für heute Abend also, dieselbe Situation noch einmal herbeizuführen. Er könnte es so arrangieren, dass er neben ihr saß, ihr Tipps beim Bowling gab und sie immer genug zu trinken im Glas hatte. Aber selbst wenn es ihm danach gelang, sie zu küssen, musste er damit rechnen, dass er morgen genauso weit war wie heute, wenn sie ihn anschließend wieder ignorierte. Nur dass er dann um eine weitere frustrierende Erfahrung reicher wäre. Nein, wenn er bei ihr etwas erreichen wollte, dann musste er es auf die romantische Tour angehen. Es musste ihm im Lauf des Tages gelingen, Julie entweder dazu zu bringen, in ihm mehr als nur den Kollegen zu sehen, oder sie an die Weihnachtsfeier erinnern. Dadurch wäre sie sozusagen vorgewarnt, und falls er tatsächlich den Mut aufbrachte, sie zu einem Rendezvous einzuladen, käme das nicht völlig überraschend für sie. Aber wie sollte er das anstellen? Keine von Marks Unternehmungen seit Weihnachten, näher an sie heranzukommen, hatte bis jetzt gefruchtet. Weder dass er in der Hoffnung vor der Firma herumhing, dass sie auf dem Weg zum Mittagessen die gleiche Richtung einschlugen. Noch dass er eine ziemlich aufgeblasene Spesenabrechnung von ihrer Teilnahme an einem Verkaufstrainingsseminar, ohne mit der Wimper zu zucken, abgezeichnet hatte. Außer einem beiläufigen Nicken oder einem kurzen »Danke schön« war nichts für ihn herausgesprungen. Allmählich gingen ihm die Ideen aus. Mark war sich darüber im Klaren, dass er sich kindisch verhielt. Er war siebenundzwanzig Jahre alt und wie ein Teenager in eine Frau verknallt, die anscheinend nicht den blassesten Schimmer hatte, was er für sie empfand. So konnte man sich als vernünftiger Erwachsener nicht benehmen, und schließlich war vernünftiges Auftreten sozusagen das Markenzeichen von Managern einer Finanzabteilung. Vielleicht hatte Julie doch ein klitzekleines bisschen Interesse an ihm, wollte die Sache mit dem Kuss aber aus irgendeinem Grund lieber vergessen. Oder sie schämte sich, weil sie ihn in Wirklichkeit gar nicht leiden konnte, was natürlich tatsächlich schlimm wäre. Aber das bezweifelte Mark. Er hatte genau gespürt, wie es zwischen ihnen beiden gefunkt hatte. Er hatte ein tiefes Verlangen in ihrem Kuss gespürt, als ob sie seit längerem etwas entbehrte.

Wenigstens in einer Hinsicht war er sich seiner Sache vollkommen sicher, er wollte diesen Schwebezustand nicht mehr sehr viel länger ertragen. Die vergangenen sieben Wochen waren die Hölle gewesen, und das hatte auch Auswirkungen auf seine Situation in der Firma. Er hatte die Befürchtung, dass durch die Art, wie er sie ansah und sich ihr gegenüber verhielt, alle anderen mitbekamen, dass zwischen ihnen irgendwas gelaufen war. Außerdem hatte er den Verdacht, dass Nathan ihn für einen Jammerlappen hielt. Er hatte ihm gegenüber nur deshalb so offen zugegeben, sich in Julie verliebt zu haben, weil er gehofft hatte, sein Kollege könnte ihm wenigstens einen Rat geben. Auch wenn Nathan vielleicht nicht die allerbeste Adresse war, wenn es um Herzens- oder Beziehungsangelegenheiten ging, hatte er ein offenes Ohr gehabt. Und sich jetzt sogar noch als »Briefträger« nützlich gemacht. Aber sein Ratschlag damals hatte gerade mal aus einem Schulterzucken und der Frage bestanden: »Wer weiß schon, was Frauen wirklich wollen?« Anschließend hatte er das Thema gewechselt. Aber das war in Ordnung. Mark konnte sich halbwegs denken, was Frauen wollten. Umworben werden zum Beispiel, am besten so, als ob immer Valentinstag wäre. Man verwöhnte sie mit Aufmerksamkeiten wie Schokolade, Blumen, kleinen Geschenken und vielleicht sogar ein bisschen Geheimniskrämerei. Da er inzwischen davon ausgehen musste, dass sein anonymer Verehrer-Vorstoß nicht auf ihn schließen ließ, musste er es vielleicht doch etwas weniger mysteriös angehen.

Auf der Suche nach einer Inspiration sah er sich in seinem Büro um. In einer Ecke stand der Schrank, in dem das Büromaterial aufbewahrt wurde. Das brachte ihn auf eine Idee. Er hatte erst gestern die Bestände geprüft. Das war zwar nicht besonders aufregend gewesen, aber bei der Gelegenheit hatte er ein paar Sachen entdeckt, die auf mysteriöse Weise nach der Weihnachtsparty ihren Weg dorthinein gefunden hatten. Damit er gar nicht erst darauf kam, es sich anders zu überlegen, zog er umgehend einen größeren braunen Umschlag aus seiner Schreibtischschublade, schrieb Julies Namen in Druckbuchstaben darauf und ging damit zum Schrank hinüber. Grinsend nahm er die gesuchten Gegenstände heraus und steckte sie in den Umschlag. Als er sich sicher war, dass die Luft rein war, sprang er die Treppe hoch und deponierte den Umschlag in ihrem Postfach.

Julie Marshall steckte in einer Zwickmühle. Auf der einen Seite hätte sie gerne definitiv gewusst, von wem die Karte stammte, andererseits wollte sie auf keinen Fall falsche Erwartungen wecken. Weder bei ihm noch bei sich selbst. Wie sie es gegenüber Julie beinahe offen zugegeben hätte, war ihre Lage kompliziert, und sich auf irgendeine Weise mit Mark einzulassen hätte die Dinge nicht einfacher gemacht. Außerdem hatte sie keinen Schimmer, worüber sie mit ihm reden sollte. Sie war sich durchaus darüber im Klaren, dass sie ihm noch eine Erklärung für ihr Verhalten seit der Weihnachtsfeier schuldete. Gleichzeitig war Mark jedoch der Letzte, den sie über ihre häuslichen Verhältnisse ins Bild setzen wollte. Trotz der ungewöhnlichen Umstände und der getrennten Ehebetten war sie immer noch eine verheiratete Frau, die einen anderen Mann geküsst hatte. Was sollte Mark von ihr denken, wenn sie ihm davon erzählte? Julie wollte ihn nicht anlügen, doch gleichzeitig fürchtete sie, ihn durch allzu große Offenheit zu verlieren. Aber sie freute sich trotzdem auf den heutigen Abend. Es war eine Ewigkeit her, dass sie ausgegangen war, und ihr gefiel die Vorstellung, mit Mark und einigen anderen Kollegen aus der Firma etwas trinken zu gehen. Vor allem angesichts der Alternative eines Abends im üblichen Stimmungstief mit dem mürrischen Philip, der auf seiner Hälfte des Wohnzimmersofas bestand. Sie durfte sich aber auf keinen Fall so betrinken, dass sie noch einmal auf Marks Schoß landete. Dabei hätte sie ein paar handfeste Drinks durchaus gebrauchen können. Ein Bedürfnis, das sie in letzter Zeit immer stärker verspürte, was angesichts ihrer häuslich-ehelichen Lage vielleicht durchaus verständlich, aber wohl nicht besonders gesund war.

Als Julie von ihrem Laptop aufblickte, bemerkte sie, wie Sophie sie anstarrte. Sie stand auf und trat ans Fenster. Unten auf der Straße lungerten schon um diese Tageszeit die Raucher vor dem Pub. Als einer von ihnen, ein älterer, zahnloser Mann, zu ihr hochgrinste, trat sie schnell beiseite, ging in den Flur hinaus und griff geistesabwesend nach einem braunen Umschlag, der in ihrem Postfach steckte. Sie ging damit ins Büro zurück.

»Ist das noch eine?«

»Wie bitte?«

»Das da.« Sophie deutete mit dem Kopf auf den Umschlag. »Noch eine Valentinskarte?«

»Hm.« Julie folgte Sophies Blick, erst dann verstand sie, was sie meinte. Die Handschrift auf der Vorderseite kam ihr irgendwie bekannt vor, aber es fühlte sich nicht nach einer Karte an. »Nein. Das ist ...« Julie riss den Umschlag auf und linste hinein. Im ersten Moment dachte sie, sie treffe der Schlag, aber bei näherem Hinsehen wurde ihr klar, dass es sich nicht um eine Sammlung bunter Kondome handelte (die hätten auch für ziemlich ungewöhnlich geformte Penisse herhalten müssen), sondern um verschiedenfarbige Luftballons. Julie lächelte, wobei ihr sehr bewusst war, dass Sophie am anderen Ende des Raumes genau beobachtete, wie sie reagierte. Falls der Inhalt des Umschlags nicht von Dave, dem Scherzkeks aus der Personalabteilung, kam – was sie bezweifelte, da sie vor kurzem Daves *festen* Freund kennengelernt hatte –, konnten sie eigentlich nur von Mark stammen. Seine Anspielung an jenen Vorweihnachtsabend war deutlich genug. Sie überlegte, ihm eine E-Mail zu schicken, in der sie zugab, dass sie sich an alles erinnerte, aber dann entschied sie sich abzuwarten, was Mark als Nächstes tun würde. Sie musste zugeben, dass sie sich von so viel Aufmerksamkeit geschmeichelt fühlte. Es war schon ziemlich lange her, dass jemand sich so sehr um sie bemüht hatte und ihr so nette kleine Überraschungen zukommen ließ. Für den Augenblick, entschied Julie, musste sie sich wegen ihrer speziellen Situation zu Hause keine Vorwürfe machen. Mark würde es vielleicht sogar verstehen. Wahrscheinlich gab es Tausende ähnlich problematische Ehe-Konstellationen im ganzen Land, in denen die Leute aus irgendwelchen Gründen nicht imstande waren, einen endgültigen Schlussstrich zu ziehen, damit jeder seiner Wege gehen konnte. Philip und sie lebten inzwischen eigene Leben. Auch wenn sie noch verheiratet waren, war sich Julie sicher, dass es bis zu einer offiziellen Scheidung nur noch eine Frage der Zeit war. Aber da sie längst ihren Ring abgenommen hatte, mit niemandem in der Firma über ihre privaten Angelegenheiten sprach und nun auch noch Mark geküsst hatte … Nun ja, sie könnte verstehen, wenn jemand das doch als doppeltes Spiel auslegte. Sie zog die Klarsichthülle mit den Luftballons aus dem Umschlag. Sophies Lachen brachte sie in die Gegenwart zurück. »Was ist daran so komisch?«

»Nichts. Es sind eben einfach nur Luftballons.«

Julie lächelte. »Etwas verrückte Idee, oder? Aber irgendwie charmant.«

»Wissen Sie, von wem sie kommen?«

»Ich habe so eine Art konkrete Ahnung.«

»Und?«

»Und was?«

»Entschuldigung.« Sophie wandte den Blick wieder ihrem Computerbildschirm zu. »Ich verstehe natürlich, wenn Sie es für sich behalten wollen.«

»Nein, darum geht es nicht. Es ist nur … Es könnte alles … ein bisschen zu kompliziert werden«, erwiderte Julie, wobei ihr auffiel, dass sie dieses Wort heute schon ziemlich inflationär verwendet hatte. »Und was ist mit Ihnen, Sophie? Haben Sie auch schon Grüße zum Valentinstag bekommen?«

»Keine Ahnung.« Während Sophie weiter konzentriert auf den Bildschirm starrte und eine E-Mail tippte, sprach sie jene Lüge aus, die sie schon den ganzen Vormittag über geprobt hatte: »Ich habe heute Morgen das Haus verlassen, bevor der Postbote da war.«

»Haben Sie selbst eine losgeschickt?«

Sophies Finger erstarrten über der Tastatur. »Nur eine.«
»Und, hat sie Nathan gefallen?«
Sophie wurde über und über rot. »Woher wissen Sie …?«
»Einfach drauflosgeraten. Allerdings aufgrund der empirischen Beobachtung, dass Ihre Zunge jedes Mal fast am Boden schleift, wenn er in der Nähe ist.«
»Ist es dermaßen offensichtlich?«
»Für mich ja. Für ihn? Schwer zu sagen. Aber …«
Sophie sah ehrlich erschrocken hoch. »Was?«
»Sind Sie sich sicher, dass er nicht schwul ist?«
»Ja, bin ich«, erwiderte Sophie leicht empört, obwohl ihr einziger vermeintlicher Beweis dafür die Tatsache war, dass er heute früh die Karte für Julie vorbeigebracht hatte. Aber diese Information würde sie mit Sicherheit nicht preisgeben.
»Wie Sie meinen«, gab Julie zurück. »Allerdings …«
»Allerdings was?«
»Ich muss zugeben, dass Nathan sehr gut aussieht, aber hat er irgendwann schon mal eine Beziehung oder eine Partnerin erwähnt?«
Sophie fragte sich, ob Julie sich darüber im Klaren war, dass sich viele Leute dieselbe Frage in Bezug auf sie stellten. »Das nicht, aber …«
»Vielleicht sollten Sie sich besser in diesem Punkt etwas mehr Klarheit verschaffen, bevor Sie sich …«
»Bevor ich mich zum Narren mache?«
»In Liebeserklärungen ergehen, wollte ich sagen. Aber auch wenn er nicht schwul ist, könnte er natürlich kein Interesse haben.«
»Okay.« Sophie stieß sich mit den Füßen vom Boden ab und rollte ihren Bürostuhl vor den Tisch ihrer Chefin. »Wie gehe ich also weiter vor?«

»Sie könnten ihn einfach fragen.«

»Ich glaube nicht, dass mir dieser Vorschlag gefällt.«

»Na gut.« Julie lächelte. »Ich könnte ihn an Ihrer Stelle fragen.«

Sophie schüttelte rasch den Kopf. Wenn Nathan spezielle Sympathien für Julie hegte, dann war ein kleines intimes Tête-à-tête zwischen den beiden das Letzte, wozu Sophie Vorschub leisten wollte, selbst wenn es dabei vordergründig um sie ging. »Das wäre doch ein bisschen sehr direkt, finden Sie nicht? Und wie würden Sie das überhaupt anstellen?«

Julie überlegte einen Moment. »Gute Frage.«

Sophie schoss in die Höhe, ihr war eine Idee gekommen. »Sie könnten Mark Webster fragen.«

»Mark Webster?«

Sophie nickte eifrig. »Er und Nathan sind befreundet. Er müsste es wissen.«

»Aha.«

»Wie? Aha?«

»Das könnte sich als ein wenig ...« Julie hielt inne. Sie wollte um keinen Preis, dass Sophie irgendetwas über sie und Mark erfuhr, aber das war natürlich ein guter Vorwand, um sich mit ihm unterhalten zu können. »Nein, das ist gar keine so schlechte Idee«, sagte sie und erhob sich. »Ich kann es ja mal versuchen.«

»Sie wollen ihn jetzt gleich fragen?« Sophie wirkte nervös.

»Schon allein deswegen, weil Sie heute bei Ihrer Arbeit nichts mehr zustande bringen, wenn ich es nicht tue.«

Julie griff nach der Rückenlehne von Sophies Stuhl und rollte sie wie eine Kranke zurück an ihren Schreibtisch. Dann verließ sie zielstrebig ihr Büro. Das war der optimale Vorwand, Mark gegenüber das Thema Valentinstag zur Sprache zu bringen und ihn dazu zu bringen, zuzugeben, dass Karte und Ballons von ihm stammten. Wenn sie das schaffte, bestand vielleicht endlich eine Aussicht darauf, mit der ganzen Geschichte auf eine etwas vernünftigere und erwachsenere Weise umzugehen. Vielleicht.

Sie ging kurz in die Toilette, um ihr Make-up im Spiegel zu überprüfen. Dann nahm sie die Treppe ins Erdgeschoss, holte tief Luft und klopfte an Marks Bürotür.

Kapitel 4

Calum war aufs äußerste angespannt. Es war bald Mittag, und bis jetzt hatte Emma überhaupt noch nicht reagiert. Das verunsicherte ihn wahnsinnig. Vielleicht wollte sie ihn nur ein bisschen zappeln lassen, aber die wahrscheinlichere Variante war, dass sie kalte Füße bekommen hatte. Und er wollte natürlich auf keinen Fall ausgerechnet am Valentinstag allein in einem Restaurant herumsitzen und völlig vergebens warten. Vielleicht hatte sie von Anfang an nur ein Spiel mit ihm getrieben. Es war ja durchaus denkbar, dass sie auf der Dating-Webseite ganze Kohorten von Kerlen kontaktiert und mit einem halben Dutzend von ihnen ein Date für heute Abend vereinbart hatte. Möglicherweise wollte sie sich erst im Lauf des Tages für den aus ihrer Sicht aussichtsreichsten Kandidaten entscheiden und die übrigen einfach versetzen. Falls dieses Szenario stimmte, gehörte Calum zur Gruppe der durchgefallenen Kandidaten, dessen war er sich sicher. Außerdem war sein Vorschlag, sich in einem Lokal im mittleren Preissegment mit niederländischer Küche zu treffen, vielleicht auch nicht gerade der Knaller gewesen. Womöglich hatte Emma Verehrer mit dicker Brieftasche, die sie in eines der angesagten Lokale der Stadt einluden, über die häufig in Hochglanzmagazinen wie

Gentlemen's Quarterly berichtet wurde. Zum Beispiel The Ivy, Nobu oder jenes In-Lokal, wo der Küchenchef regelmäßig die Gäste beschimpfte. Schließlich kam ihm noch die Idee, dass sie vielleicht krank geworden war oder einen Unfall gehabt hatte. Vielleicht sollte er bei den Krankenhäusern in der Innenstadt anrufen und nach ihr fragen. Da er aber noch nicht mal ihren Nachnamen kannte, würde sich das eventuell ein bisschen schwierig gestalten. Natürlich könnte er seinen ganzen Spekulationen ein Ende bereiten, wenn er sie einfach anrief. Zum x-ten Mal griff Calum zu seinem Handy und scrollte im Adressbuch bis zu der Stelle, wo er ihre Nummer einprogrammiert hatte, um es dann zum x-ten Mal beiseitezulegen, ohne auf »Wählen« gedrückt zu haben. Er stand auf, ging ein paar Schritte auf und ab, atmete tief durch und versuchte, sich zu entspannen. Er musste sich eingestehen, wenn er jetzt schon so zittrig und unsicher war, dann wäre er bis zum Abend mit den Nerven völlig am Ende. In diesem Licht betrachtet, erschien Nathans Anti-Valentins-Party auf einmal wieder sehr verlockend.

Calum verließ sein Büro und schlängelte sich durch das Wirrwarr von Schreibtischen der Verwaltung Richtung Teeküche. Kurz überlegte er, vielleicht besser auf seine übliche Tasse schwarzen Kaffee am späten Vormittag zu verzichten, um nicht die blütenweiße Reinheit seines Hemdes aufs Spiel zu setzen. Doch bevor er eine Entscheidung treffen konnte, lief ihm Sophie über den Weg. Unter anderen Umständen hätte Calum längst ein Auge auf sie geworfen und sicherlich schon einmal versucht, sie auf einen Drink oder zum Essen einzuladen. Wenn sie nicht in der gleichen Firma arbeiten würden und vor allem, wenn er ein paar Kilo weniger auf den Hüften hätte und damit deutlich mehr Selbstvertrauen.

»Hallo, Calum«, sagte Sophie freundlich. »Du siehst ja heute richtig schick aus.«

Calum wurde rot. »Vielen Dank. Du aber auch. Was nicht heißen soll, dass du sonst nicht schick angezogen bist. Wobei ›schick‹ vielleicht nicht ganz das treffende Wort ist …«

Sophie bemerkte, wie Calum zu schwitzen begann. Um ihm aus seiner Verlegenheit herauszuhelfen, wechselte sie rasch das Thema. »Sehen wir uns heute Abend?«

»Ich hoffe nicht«, erwiderte er und bekam sofort Schuldgefühle, weil er so wenig Vertrauen in Emma hatte. »Äh, ich wollte sagen, ich hab schon was vor.«

»Aha, ein richtiges Valentinstag-Date?«

Calum wurde schon wieder verlegen. »Tja … na ja … so was in der Art.«

Sophie bekam große Augen. »Das ist ja toll. Wie schön für dich. Davon hast du noch gar nichts erzählt.«

»Wir haben uns erst vor kurzem kennengelernt und …« Calum dämpfte seine Stimme. »Um ganz ehrlich zu sein, Sophie, ich könnte ganz gut einen weiblichen Rat gebrauchen. Hättest du gerade einen Moment Zeit?«

Sophie linste durchs Treppenhaus hinunter und sah, dass Marks Tür verschlossen war, also musste Julie immer noch bei ihm sein. Sie war sich natürlich darüber im Klaren, dass sie die leicht scherzhaft hingeworfene Bemerkung ihrer Chefin, sie sei heute noch nicht richtig zum Arbeiten gekommen, besser ernst nehmen sollte. Aber die paar Minuten für Calum waren auf jeden Fall noch drin. »Sicher«, sagte sie und ließ sich auf dem Sofa vor dem Fenster nieder. Dann klopfte sie auf den Platz neben sich.

Calum sah sich ängstlich in dem Großraumbüro um. Der mittlere Teil des ersten Stocks war eine größere offene Fläche, und er wollte nicht, dass eine von den Tratschtanten aus der Verwaltung oder jemand wie Mia-Rose, die gerade in der Küche aufkreuzte, etwas mitbekam. »Nicht hier«, flüsterte er und ging Sophie durch die Doppeltür voran ins Treppenhaus und hinauf auf die Dachterrasse, die hauptsächlich dem circa halben Dutzend Rauchern bei Seek als Zufluchtsort diente, an dem sie ihrem Laster an der frischen Luft frönen konnten.

»Also, es ist so …«, Calum schloss fest die Tür hinter ihnen, »dass wir uns online kennengelernt haben und seit ein paar Wochen chatten. Heute Abend treffen wir uns das erste Mal.«

»Euer erstes richtiges Date?« Sophie gab sich alle Mühe, ihr Entsetzen zu verbergen. »Ausgerechnet am Valentinstag?«

»Ich weiß, ich weiß. Sag mal, was ist einer Frau am wichtigsten an einem Mann?«

Sophie blies die Backen auf und beschloss, ihre Antwort nicht an Nathan-Kriterien auszurichten, der ihr natürlich als Erster eingefallen war. »Oh Mann, Calum, du kannst Fragen stellen! Natürlich muss ein Mann attraktiv sein, aber man möchte natürlich auch einen Menschen um sich haben, der freundlich und witzig ist, der einen zum Lachen bringt. Er sollte unbedingt ehrlich sein …«

»Ehrlich?« Calum atmete schwer ein und aus. Warum hatte er Emma nicht von Anfang an erzählt, dass er mit seiner Mutter zusammenlebte? »Okay. Aber nicht jeder Mann kann wie ein Film- oder Rockstar aussehen. Ich meine, was ist, wenn jemand ein ganz durchschnittlicher Typ ist. Und wenn man sich gut versteht, aber es fehlt das gewisse Etwas.«

»Hm.« Sophie lehnte sich gegen das Metallgeländer, von wo aus man in den Innenhof hinunterschauen konnte. Das Metall war jedoch so kalt, dass sie gleich wieder zurückzuckte. »Also, was mich anbelangt, braucht es schon so ein gewisses Etwas. Meinst du nicht?«

»Ja, wahrscheinlich.«

»Ist es das, was dich beunruhigt? Dass dir bei dieser … Wie hieß sie gleich? Dass dir bei ihr das gewisse Etwas fehlt?«

»Ihr Name ist Emma. Nein, nein, das nicht. Ich bin sicher, sie ist einzigartig. Ich fürchte nur ein bisschen, ihr könnte es so mit mir ergehen.«

Sophie legte eine Hand auf Calums Arm. Er musste sich Mühe geben, ihn nicht wegzuziehen, so ungewohnt war es für ihn, wenn ihn eine Frau anfasste. »Calum, warum sollte dir das gewisse Etwas fehlen? Sie hat sich bereit erklärt, mit dir auszugehen, und das sogar am Valentinstag. Sie würde es bestimmt nicht nur aus reiner Langeweile tun oder weil nichts Vernünftiges im Fernsehen läuft.«

»Kann sein. Oder sie will heute Abend einfach nicht allein sein.«

»Das kann ich mir nur schwer vorstellen. Glaub's mir, wir Frauen bleiben im Zweifel lieber zu Hause, als mit dem falschen Typen unterwegs zu sein. Wenn sie also ausgerechnet heute, am Tag der Liebenden, unbedingt Gesellschaft haben möchte, dann bestimmt, weil sie dich für jemand Besonderen hält. Schon allein deswegen, weil du sie eingeladen hast.«

Er hüstelte verlegen. »Sie hat … äh … den Vorschlag gemacht, sich zu treffen.«

»Das ist doch toll, was willst du denn noch. Sie scheint regelrecht hinter dir her zu sein.«

»Aber warum hat sie mich dann heute Morgen noch nicht kontaktiert?«

Wie aufs Stichwort setzte der Klingelton seines Handys ein. Calum hatte es so eilig, das Telefon aus der Jacketttasche zu ziehen, dass es ihm beinahe aus den Händen geglitten und vom Dach gefallen wäre. Er setzte eine entschuldigende Miene auf und blickte dann zitternd auf das Display.

»Und?«

»Eine SMS«, sagte er. »Von Emma.«

»Na bitte!« Sophie lächelte ihn aufmunternd an. »Willst du sie nicht lesen?«

Er schaute wieder auf das Gerät. Fast wollte er lieber gar nicht wissen, wie die Nachricht lautete, da er inzwischen fürchtete, wenn überhaupt noch was von ihr kam, dann konnte es nur eine Absage sein. Und selbst nachdem er den Text gelesen hatte – »Ich auch« mit einem Smiley –, fühlte er sich nicht viel besser. Das klang nicht gerade nach überschäumender Vorfreude. Emma hatte ihm zwar gesagt, dass sie an ihrem Arbeitsplatz kaum Gelegenheit hatte, SMS zu verschicken, trotzdem war er ziemlich enttäuscht. Und das Smiley war sicherlich auch das banalste von allen Emoticons. Calum gab sich Mühe, nicht in komplett depressive Stimmung zu verfallen. Auf der Haben-Seite konnte er immerhin verbuchen, dass es keine Absage war. Außerdem war das klassische Smiley immer noch netter als das mit den herabhängenden Mundwinkeln. Und sowieso besser als nichts. Erneut betrachtete er die SMS, als könnte er dadurch die Bedeutung hinter den wenigen Zeichen hervorlocken. Natürlich hoffte er, dass heute Abend alles glattlief und damit das Ende seiner Dating-Phase im Internet besiegelt war. Das Ganze war wirklich kein Spaß gewesen, aber irgendwelche unbekannten Frauen in Pubs auf einen Drink einzuladen und sich dabei eine Abfuhr zu holen war eben auch nicht lustig. Genauso wenig prickelnd wie die entsetzt aufgerissenen Augen der jungen Frauen in der U-Bahn, die, wenn sich zufällig ein Blickkontakt ergab, zu befürchten schienen, er sei direkt aus der Irrenanstalt entlaufen. Auch nicht besonders erbaulich waren die Reaktionen der einen oder anderen attraktiven Sportlerin gewesen, neben die er sich im Fitness-Studio auf dem Trimm-Bike plaziert hatte. Fast umgehend verließen sie ihr Gerät, bevor ihm einfiel, dass er morgens nicht daran gedacht hatte, Deo zu benutzen. Und wenn es ihm schon mal gelungen war, auf der geschäftigen Tottenham Court Road Augenkontakt mit einer Frau aufzunehmen, dann prallte er prompt mit irgendeinem anderen Passanten zusammen.

Aber mit Emma war alles anders. Mit ihr hatte er im Lauf der Zeit mehr und mehr das Gefühl gewonnen, dass endlich das Ende seines Elends nahte. Eine Verabredung wie heute Abend hatte er sich seit so langer Zeit herbeigesehnt, dass nun nichts mehr schiefgehen durfte. Calum überlegte noch einmal, was er alles von Emma wusste. Sie waren praktisch gleich alt. Jedenfalls behauptete sie das. Da er gerade diesbezüglich aber schon einmal richtig gelinkt worden war, hatte Calum versucht, das zu überprüfen. Der Nachweis war quasi indirekt gelungen, weil es so aussah, als hätten sie die gleichen Vorlieben, was Film, Fernsehen, Musik, Zeitschriften, kurz, die ganze Medienwelt anbelangte. Sie mochte *The Office* und *Coldplay*, aber das galt ja für sehr viele Leute. Eindeutiger war da schon, dass sie wusste, wer Lana Del Rey war, und *The Inbetweeners* witzig fand. Sie las *Heat* und mochte *The X Factor*. Nur ein einziges Mal hatte es ein Missverständnis gegeben, als sie gesagt hatte, dass sie Curry gernhatte, bis sich herausstellte, dass sie die TV-Serie *Coronation Street*, kurz *Corrie*, meinte. Sie hatten wirklich viel gemeinsam. Er hoffte nur, nicht den Eindruck bei ihr erweckt zu haben, dass er sehr dringend partnerschaftlichen Anschluss suchte. Er selbst merkte manchmal, dass sein Verhalten an jene Sandwich-Männer erinnerte, die mit Werbetafeln vor der Brust und auf dem Rücken für Golfausrüstung oder sonst was auf der Oxford Street unterwegs waren. Nur dass auf seiner Werbetafel in Großbuchstaben »Freundin gesucht« stehen würde. Möglicherweise war Emmas knappe Antwort eine Reaktion darauf. Um ihn ein bisschen auf den Boden der Tatsachen zurückzuholen und seine Erwartungen runterzuschrauben. Bei dem Gedanken an Sandwich wurde er ein bisschen hungrig, also versuchte er, an etwas anderes zu denken. Er vernahm ein lautes Räuspern, und als er aufsah, trippelte Sophie von einem Fuß auf den anderen.

»Calum, hier draußen ist es eiskalt ...«

»Oh, entschuldige.« Er war so in Gedanken versunken gewesen, dass er alles um sich herum vergessen hatte. »Was meinst du, was das zu bedeuten hat?«, sagte er zu ihr und drückte ihr das Smartphone in die Hand.

Sophie las die Zeile. »Das hängt davon ab, was du ihr vorher geschrieben hast.«

»Das hier.« Calum scrollte, und Sophie las stirnrunzelnd seine Nachricht. »Auch wenn ich keine große Expertin in Psychologie bin, würde ich sagen, dass sie sich auch freut, dich heute Abend kennenzulernen.«

»Ja, aber ...« Er blickte sie hilflos an. »Es bedeutet doch sicher auch noch etwas anderes, oder?«

Sophie lächelte ihn an. »Calum, normalerweise grübeln wir Frauen über jedes kleine Detail in solchen E-Mails oder Textnachrichten nach, nicht die Männer. Nimm es einfach beim Wort und damit basta.« Sie stupste ihn am Arm. »Smiley ist Smiley.«

»Na hör mal, Sophie, du arbeitest im Marketing. Da weißt du doch ganz genau, dass dieses ganze Internet-Dating auf nichts anderes hinausläuft, als sich in ein virtuelles Schaufenster zu stellen. Allerdings mit dem Unterschied, dass es von jedem nur ein Exemplar gibt. Mit anderen Worten, wenn du etwas haben willst, dann kannst du dir nicht sicher sein, dass du es bekommst, bis du nicht wirklich die Hand drauflegen kannst …«

»Im wahrsten Sinne des Wortes.«

»Du verstehst schon, was ich sagen will. Kann sein, dass ich dieser Sache mit Emma zu viel Bedeutung beimesse, aber sie scheint von allen Frauen, die ich bisher kennengelernt habe, die erste zu sein, die sich für mich um meiner selbst willen interessiert.«

Sophie lächelte. »Ich finde, es sieht alles in allem ganz gut für dich aus.«

»Ein einziges halbwegs seriös erscheinendes Date innerhalb von sechs Wochen. Und selbst da habe ich noch bei meiner Größe schummeln müssen, damit es überhaupt so weit kam.«

»Du hast geschummelt? Warum denn?«

»Weil alle anderen es auch tun«, sagte Calum, obwohl er wusste, dass sich die Ausrede genauso lahm anhörte wie die von Sportlern, die irgendwelche Doping-Mittel mit der Begründung schluckten, dass sie sich in diesem Umfeld behaupten müssten. »Na ja, ich habe nur ein bisschen nach oben aufgerundet. Aber was soll's? Denk mal daran, wie es in einer Bar oder in einem Club zugeht. Da holen die Frauen doch auch nicht das Zentimetermaß raus, oder?«

Sophie nickte.

»Was ich sagen will, wenn man eine Frau übers Internet kennenlernen möchte, dann muss man irgendeinen Brocken hinwerfen, den sie garantiert toll findet. Wenn du als ganz normaler Mensch ganz normal über dich selbst sprichst, dann wird das nie was. So läuft es bei mir im Verkauf auch. Man muss persönlich mit den Kunden sprechen, ihnen in die Augen sehen, Versprechungen machen. Aber bitte erklär mir trotzdem mal, warum um alles in der Welt es so wichtig ist, mindestens eins achtzig groß zu sein?«

Sophie wollte gerade antworten, als ihr bereits zum zweiten Mal im Laufe der Unterhaltung Nathan in den Sinn kam. »Ich denke nicht, dass eine bestimmte Größe irgendeine ausschlaggebende Rolle spielt, solange du nicht kleiner bist als sie.«

»Aber warum? Wir leben doch nicht mehr in der Steinzeit, wo sich Höhlenmenschen um ihren Vorteil prügeln.«

»Wirklich nicht?«, fragte Sophie und musste unwillkürlich an die erste und einzige Gelegenheit denken, bei der sie einmal an einem Speed-Dating teilgenommen hatte. Da hatten in der Tat ein paar Höhlenbewohner teilgenommen, nicht gerade die angenehmste Sorte Mann. »Calum, es geht nicht um eine Art Gegenüberstellung, bei der sich die Frauen den Größten raussuchen, und außerdem bist du doch gar nicht so klein. Was macht dir denn in Wirklichkeit zu schaffen?«

»Dass sie mich vielleicht versetzt.«

»Dieser SMS nach zu schließen, wird sie bestimmt kommen.«

»Und was ist, wenn sie nur einen einzigen Blick auf mich wirft und sich dann auf dem Absatz umdreht?«

»Warum um alles in der Welt sollte sie so etwas tun? Ihr beiden habt in den letzten Wochen so viel Zeit damit verbracht, euch auszutauschen. Sie wäre schon sehr dämlich, wenn sie euch nicht die Chance auf ein persönliches Kennenlernen gäbe. Selbst wenn du nicht hundertprozentig dem Bild entsprichst, das sie sich von dir gemacht hat.«

»Meinst du wirklich?«

»Klar. Und außerdem kannst du dir sicher sein, dass sie dich nicht nur ausgesucht hat, weil ihr dein Daumennagel gefallen hat.«

Calum blickte verwirrt auf seine Hände. »Mein Daumennagel?«

»Das war ein Witz, Calum. Ich meine dein Profilfoto.«

»Oh. Ach so. Na ja, könnte sein.«

»Lass es mich mal sehen.«

»Wozu?«

»Ich meine, die einzig denkbare gravierende Enttäuschung heute Abend könnte sein, wenn du nicht so aussiehst wie auf dem Bild. Also zeig's mir mal. Dann kann ich dir sagen, worauf du dich gefasst machen musst.«

Calum zuckte die Achseln. »Meinetwegen.« Er öffnete die Foto-App auf seinem Mobiltelefon und suchte das Bild heraus, das er für sein Profil verwendet hatte. Es war dasselbe, das sich auch auf der Webseite von Seek befand. Es war ihm nicht schwergefallen, es auszuwählen, da er nicht besonders fotogen war. Die meisten anderen Bilder, die es von ihm gab, wirkten eher so, als stammten sie aus einer Verbrecherkartei.

»Okay.« Sophie hielt das Gerät in die Höhe und betrachtete erst ausgiebig das Foto, dann musterte sie Calum. »Ich würde sagen, es gibt keine auffälligen Abweichungen.«

»Echt? Du findest also nicht, dass es ein McDonald's-Foto ist?«

»Was meinst du denn damit?«

»Na ja, die Enttäuschung, wenn dein Burger kommt und nicht so aussieht wie auf dem Bild über der Theke.«

Sophie lächelte und gab ihm das Handy zurück. »Aber du isst ihn dann trotzdem, oder? Und was dich und dein Foto betrifft, würde ich sagen: DBDWDS.«

Calum sah sie verständnislos an. »Was ist Debede…?«

Sophie lachte. »Du bekommst das, was du siehst. Das ist jedenfalls meine Meinung. Warum sollte sie also enttäuscht sein?«

»Meinst du das ehrlich?«

»Ehrlich.«

Calum atmete erleichtert aus. »Danke, Sophie.«

»Nicht der Rede wert.« Sie lächelte ihn aufmunternd an. »Und vergiss nicht, immer positiv denken. Es sei denn, es geht um einen Schwangerschaftstest.« Calum lachte befreit, und Sophie gab ihm einen Klaps auf die Schulter. »Das ist die richtige Einstellung! Aber jetzt lass uns wieder reingehen, sonst friere ich mich noch zu Tode.«

Calum nickte und folgte ihr nach drinnen. Er konnte nur hoffen, dass Sophie recht hatte. Obwohl er im tiefsten Innern das Gefühl, dass Emma enttäuscht auf ihn reagieren würde, immer noch nicht losgeworden war. Und zwar hauptsächlich deswegen, weil es ihm bisher mit jeder Frau so ergangen war.

Mark Webster war sehr zufrieden. Nach einer kurzen Internetrecherche (selbstverständlich mit Hilfe der firmeneigenen Software) hatte er ein Spezialgeschäft für Süßigkeiten im benachbarten Stadtteil Covent Garden ausfindig gemacht, wo sie die berühmten Pralinen *Chocolate Kisses* von Hershey's vorrätig hatten. Auf seine umgehende telefonische Veranlassung hin und nach einer nicht ganz unerheblichen Belastung seines Kreditkartenkontos war nun gewährleistet, dass Julie noch im Lauf des Vormittags eine Geschenkpackung zugestellt würde. Außer hoffentlich der Bezahlung der gemeinsamen Taxifahrt nach der Bowling-Party zu ihm nach Hause gab es ansonsten nicht mehr viel, was er noch hätte tun können. Mark hoffte, dass die Kombination aus Luftballons, seiner Karte und den Pralinen ausreichend Überzeugungskraft entfaltete. Nachdem Nathan ihm eröffnet hatte, dass Julie auch an dem Abend teilnehmen würde, war er mehr als begeistert gewesen. Damit durfte sich reichlich Gelegenheit ergeben, seinen Charme spielen zu lassen. Falls es sich als nötig erweisen sollte, dieser Offensive durch eine Anzahl von Cocktails Nachdruck zu verleihen, so würde er auch die ausgeben, aber das kam nur zur Not in Frage. Diesmal wollte er, dass Julie den Abend in Erinnerung behielt. Prädikat: unvergesslich.

Nun war es allerdings Zeit, sich wieder um die tägliche Arbeit zu kümmern, und er holte sich die Jahresbilanz vom abgelaufenen Jahr auf den Bildschirm. Als er kurz danach Julies Stimme vor seiner Tür hörte, wäre er fast vom Stuhl gefallen.

»Mark?«

»Hallo-oh!«, rief er laut und wiederholte das Wort Sekunden später mit normaler Stimme und ohne gedehntes »o« am Ende. Selbst in ihrem grauen Business-Kostüm, das sie selbst sicherlich für völlig schlicht und unauffällig hielt, wirkte sie in Marks Augen umwerfend sexy.

»Hättest du einen Moment Zeit?«

Mark nickte und verkniff sich gerade noch die Antwort »Für dich den Rest meines Lebens«, die ihm unwillkürlich in den Sinn gekommen war. Während Julie die Tür hinter sich schloss, rutschte er unruhig auf seinem Platz hin und her. »Was kann ich für dich tun?«

Sie rollte einen Bürostuhl aus einer Ecke neben seinen Schreibtisch und nahm Platz. »Die Sache ist ein bisschen delikat.«

»Oh«, erwiderte Mark, fügte aber lediglich im Stillen noch ein »nein« hinzu. Wollte Julie ihn wegen der Valentinskarte zur Rede stellen oder ihm sogar sexuelle Belästigung vorwerfen? Was hatte er sich nur dabei gedacht, den Umschlag mit den Luftballons in ihr Fach zu legen. Seine Absicht, sie im Lauf des heutigen Tages in Entzücken zu versetzen, mochte vielleicht aus seiner Sicht gut gemeint gewesen sein, doch wenn er es sich recht überlegte, war die Grenze zwischen romantischen Beteuerungen und Stalking doch ziemlich fließend. »Schieß los«, sagte er und versuchte dabei unauffällig, die Hershey-Quittung von seinem Schreibtisch verschwinden zu lassen. Ob es nach dem Gespräch bereits zu spät war, die Bestellung zu canceln?

»Es ist so ...« Julie holte tief Luft, und Mark machte sich auf alles gefasst. »Offensichtlich hat sich jemand in der Firma ziemlich in eine andere Person aus dem Büro verknallt.«

»Aha.«

»Aber falls diese Person, nicht diejenige, die eine Valentinskarte verschickt hat, sondern die Empfängerperson, gleichgeschlechtlich veranlagt ist, dann wäre das Ganze ja eine ziemliche Zeitverschwendung, oder?«

Mark sah Julie mit unbewegter Miene an, aber in seinem Kopf jagten sich die Gedanken. Wollte ihm Julie damit zu verstehen geben, dass sie lesbisch war? Das wäre immerhin eine Erklärung dafür, warum sie ihn nach dem Kuss im Taxi konsequent auf Abstand gehalten hatte. Aber warum hätte sie ihn dann überhaupt küssen sollen? Es sei denn, sie war nach der Weihnachtsparty dermaßen benebelt gewesen, dass sie einfach mal ausprobieren wollte, wie es war, einen Mann zu knutschen. Vielleicht hatte sie Zweifel hinsichtlich ihrer sexuellen Orientierung und wollte die Gelegenheit nutzen, sich selbst zu testen. Sollte er sich nun geschmeichelt fühlen, dass sie sich für diesen »Test« ausgerechnet ihn ausgesucht hatte? Dann müsste er sich auch eingestehen, dass er offensichtlich nicht gut genug gewesen war, um sie von seinen männlichen Vorzügen zu überzeugen. Beim Gedanken daran, dass er womöglich alles in den falschen Hals bekommen hatte, hätte Mark sich ohrfeigen können. Die ganze Zeit war er sich so sicher gewesen, dass es zwischen ihnen beiden wirklich gefunkt hatte. Aber inzwischen konnte er sich wegen gar nichts mehr sicher sein. Soweit ihm bekannt war, hatte Julie nie mit jemandem bei Seek über ihre persönlichen Verhältnisse gesprochen. Die Firma lag um die Ecke zur Old Compton Street, die immerhin das Zentrum des Schwulenviertels Londons war. Mark war daher immer davon ausgegangen, dass die Leute in der Firma locker damit umgingen. Aber vielleicht hatte Julie früher einmal schlechte Erfahrungen mit Diskriminierung oder dämlichen Anspielungen gemacht. Oder sie hatte schon öfter unerwünschte Avancen abwehren müssen. Wie seine zum Beispiel. Eine dritte Möglichkeit wäre, dass sie nur bluffte, um ihn abzuwimmeln, ohne seine Gefühle zu verletzen.

»Verstehe«, antwortete er, während Julie ihn gespannt anschaute.

»Also, was meinst du?«

»Na ja, das geht schon in Ordnung. Was soll man da machen? Vielleicht ist es für die Person, die sich mit der Karte exponiert hat, ein bisschen schade. Aber so ist die Welt nun mal, und diese Art von ... Vielfalt ist doch recht begrüßenswert, statt immer nur ...« Julie runzelte die Stirn, und Mark hörte auf zu brabbeln.

»Heißt das jetzt ja oder nein?«

»Wie bitte?«

»Es tut mir leid, wenn ich dich damit in Verlegenheit bringe, Mark, aber du bist schließlich ein guter Freund von ihm. Dann weißt du doch sicherlich Bescheid?«

»Wessen Freund?«

»Nathans.«

»Was hat Nathan denn damit zu tun?«

»Na ja, er ist derjenige, welcher …« Julie malte mit den Fingern Anführungszeichen in die Luft. »Die ›Person‹, die die Karte erhalten hat.«

Mark blieb der Mund offen stehen. Hatte Julie Nathan etwas zum Valentinstag geschickt? Aber warum um alles in der Welt sollte sie das tun, wenn sie lesbisch war? Und falls sie das nicht war, und er war … Er kratzte sich am Kopf und fragte sich, wie um alles in der Welt hier noch mal die Zusammenhänge aussahen. »Tut mir leid, Julie, aber ich fürchte, ich komme da nicht mehr mit.«

»Die Frage lautet: Ist Nathan schwul?«

»Nathan?« Mark lachte laut auf. »Warum denn das, um Himmels willen?«

Julie lehnte sich über den Schreibtisch näher zu ihm hin und dämpfte die Stimme, wobei Mark sich zusammenreißen musste, ihr nicht direkt in den Ausschnitt zu starren. »Ganz unter uns, es gibt jemanden in der Firma, der sich ziemlich in ihn verschossen hat.«

»Aha. Und nur, damit das klar ist, diese Person ist ihrerseits weder schwul noch lesbisch?«

Julie richtete sich kerzengerade auf und verschränkte die Arme zu seinem großen Bedauern vor der Brust. »Wie um alles in der Welt kommst du denn darauf?«

»Entschuldigung. Das war dumm von mir. Aber selbst wenn es so wäre, hätte ich ja nichts dagegen einzuwenden. Also«, Mark versagte beinahe die Stimme, »diese Person hat Nathan eine Valentinskarte zukommen lassen?«

Julie nickte. »Genau. Und im Zweifel möchte sie natürlich nicht Zeit und Energie am untauglichen Objekt verschwenden. Wie gesagt, falls er …«

»Schwul …«

»Falls er schwul sein sollte. Genau das ist der Punkt.«

Mark sah sie verwundert an, immer noch damit beschäftigt, zwei und zwei richtig zusammenzuzählen. Punkt eins schien jetzt klar zu sein. Julie war nicht bei ihm aufgetaucht, um ihn der sexuellen Belästigung zu beschuldigen. Punkt zwei, sie war selbst nicht lesbisch. So weit also durchaus erfreuliche Neuigkeiten. Weniger erfreulich für ihn war, dass sie sich anscheinend für Nathan und nicht für ihn interessierte. Und damit konnte er seine ganzen Bemühungen streichen. Er zog die Stirn in Falten und kratzte sich verlegen am Kopf. Diesen Schlag musste er erst mal verdauen. Er könnte natürlich einfach doch noch ihren absurden Verdacht, Nathan sei schwul, bestätigen. Damit hätte er Julie mit Sicherheit von ihrem Vorhaben abbringen können. Aber das wären unlautere Mittel, und Mark spielte immer fair. »Können wir es noch einmal vollkommen klar aussprechen, für mich zum Mitschreiben sozusagen. Die Frage lautete: Ist Nathan schwul?«

»Jawohl.«

»Gemeint ist Nathan vom Systemmanagement?«

»Stimmt.«

»Nathan Field?«

»Arbeitet noch jemand anders in unserer Firma, der Nathan heißt?«

»Na ja, das nicht …« Mark schüttelte den Kopf. »Aber kannst du dir jemanden vorstellen, der weniger schwul ist als er?«

Julie zuckte die Achseln. »Das kann man oft nicht so ohne weiteres sagen. Es ist ja nicht so, dass den Menschen ein Etikett auf der Stirn klebt, das Auskunft über ihre sexuelle Orientierung gibt.«

Mark war erneut vollkommen verwirrt. Sprach Julie jetzt wieder von sich selbst? »Und du fragst mich das, weil …«

Julie seufzte auf. »Weil ihm jemand heute Morgen eine Karte zum Valentinstag hat zukommen lassen. Und sie möchte einfach wissen, ob das reine Zeitverschwendung war.«

Bereits zum wiederholten Mal innerhalb weniger Minuten wusste Mark nicht, was er antworten sollte. Angesichts des momentan halb depressiven Gemütszustandes von Nathan hatte niemand eine Chance bei ihm, und in der Tat wäre jeder Annäherungsversuch verlorene Liebesmühe. Auch wenn er sich nicht befugt fühlte, Nathans vertrackte Situation zu offenbaren, wollte er andererseits zu gern wissen, ob Julie an ihm interessiert war. Auch wenn er sich keine Sorgen machen musste, dass Nathan etwas mit Julie anfangen würde. Abgesehen von seinem derzeitigen allgemeinen Desinteresse an Frauen auch aus Loyalität ihm gegenüber. Andererseits hatte Mark auch keine Lust, nur Julies Trostpflaster zu spielen. Oder vielleicht doch? Falls er Julie die Wahrheit sagte, dass Nathan momentan überhaupt nicht zur Disposition stand, dann gab sie sich vielleicht mit ihm zufrieden. Auch wenn das nicht gerade der schönste Weg zu seinem Ziel war, würde er es wenigstens vielleicht doch noch erreichen. Aber irgendwie fühlte sich das nicht richtig an. Schon gar nicht, wenn es um die Frau ging, die er aufrichtig liebte. »Nein«, verkündete er. »Nathan ist definitiv nicht schwul.«

»Na großartig«, sagte Julie. Sie sah ihn über den Tisch hinweg ein paar Sekunden lang aufmerksam an und öffnete den Mund, als ob sie noch etwas hinzufügen wollte. Aber dann erhob sie sich abrupt und ging zur Tür.

»War noch was?«

Julie blieb noch einmal stehen und schüttelte den Kopf. »Ich war nur wegen dieser Nathan-Sache überrascht. Aber ich find's natürlich gut, dass er … na, du weißt schon.« Sie kicherte nervös. »Dass er nicht so ist.«

Mark nickte und blickte ihr hinterher, als sie sein Büro verließ. Aus höchst eigennützigen Gründen wünschte er sich im Moment nichts sehnlicher, als dass es sich mit Nathan genau andersherum verhielt.

Sophie begleitete Calum zurück bis zu seinem Büro und lehnte sich für einige Augenblicke gegen den Heizkörper im Flur, um sich wieder etwas aufzuwärmen. Es war rührend gewesen, zu beobachten, wie aufgeregt er wegen seiner Verabredung heute Abend war und wie viele Sorgen und Gedanken er sich deswegen machte. Andererseits hatte es sie selbst ein wenig traurig gestimmt, weil sie sich schon gar nicht mehr erinnern konnte, wann sie sich zuletzt in so einem Vorstadium von Liebeskrankheit befunden hatte. Sie und Darren waren die gesamte Collegezeit zusammen gewesen, die Folge einer ziemlich alkoholisierten Nacht bei einer Studentenparty, aber seitdem ... Der letzte wirklich aufregende Moment in ihrem Leben, an den sie sich gerade erinnern konnte, war der Sprint gewesen, den sie neulich nachts eingelegt hatte, um die letzte U-Bahn nach Hause zu erwischen. Aber sie war sich sicher, dass es auch für sie wieder andere Phasen im Leben mit prickelnden Momenten geben würde. Von solchen Kleinigkeiten wie einer Valentinskarte von Nathan an Julie würde sie sich weder entmutigen noch abschrecken lassen. Calum hatte durchaus recht, dass man solche Dinge nicht im Internet erledigen konnte, sondern nur persönlich und von Angesicht zu Angesicht. Mit anderen Worten, je öfter sie Nathan zu Gesicht bekam, desto besser. Sie verschwand kurz in der Toilette, um in den Spiegel zu schauen. Dann ging sie durchs Treppenhaus hinunter ins Souterrain und klopfte an den Rahmen neben Nathans offener Tür.

»Hey, Soph!« Er schaute von seinem Laptop auf und lächelte sie kurz an, woraufhin Sophies Knie gleich so weich wurden, dass sie sich setzen musste.

»Sind Sie sehr beschäftigt?«

»Warten Sie einen Moment. Ich habe hier gerade ein PICNIC.«

»Wie bitte?«

»Das ist Computer-Slang für ›problem in chair, not in computer‹. Das heißt, dass die Person, die den Computer bedient, das Problem ist, nicht der PC selbst.« Er grinste, bearbeitete noch ein paar Sekunden lang die Tastatur und wandte ihr dann seine volle Aufmerksamkeit zu. »Was kann ich für Sie tun?«

»Ach, ich wollte nur noch mal wegen heute Abend fragen.« Während sie sprach, schaute sie auf seinen Schreibtisch, ob dort ihre Karte lag. Als sie sie nirgendwo entdecken konnte, versuchte sie trotz ihrer Enttäuschung, die Fassung zu wahren. »Haben Sie meine E-Mail bekommen, ob ich mich noch anschließen kann?«

»Sicher«, antwortete Nathan. »Je mehr Leute dabei sind, desto besser.«

»Super.«

»Haben Sie denn heute Abend nichts anderes vor?«

Sophie konnte nur hoffen, dass ihr nicht die Röte ins Gesicht schoss. »Ach, na ja … was soll ich sagen? Johnny Depp hat zwar angerufen, aber ich habe ihn abblitzen lassen und gesagt, dass ich lieber mit den Kollegen zum Bowling gehe.«

Nathan lachte. »Prima Entscheidung.«

»Und was ist mit Ihnen? Ich bin ein bisschen überrascht … Ich meine, wie sind Sie darauf gekommen, so einen Abend zu organisieren?«, fragte Sophie, bedauerte ihren Vorstoß allerdings sofort, als sein Lächeln verschwand. »Verzeihung, ich wollte nicht neugierig sein.«

»Oh, kein Problem. Es war nur so … Ich weiß einfach, dass dieser Abend mit dem ganzen Valentinstag-Zirkus vielen Leuten ziemlich zu schaffen macht.«

Sophie dachte, er würde sich weiter erklären, doch als sich das Schweigen zwischen ihnen zog, bis es fast schon peinlich wurde, sagte sie. »Wie soll ich das verstehen?«

»Denjenigen, die an dem Abend allein sind, weil sie niemanden haben, mit dem sie zusammen sein können.«

»Aber wieso gleich eine Anti-Valentins-Party?«

Nathan verzog das Gesicht. »Für viele ist es wirklich nicht der schönste Tag im Jahr.«

»Was ist daran so schlimm?«

»Na, hören Sie mal, Sophie.« Nathan zuckte die Achseln. »Schon allein die Enttäuschung, wenn jemand nicht mal eine Grußkarte zum Valentinstag bekommt.«

»Da haben Sie sicher recht«, sagte Sophie, ohne eine Andeutung fallenzulassen, dass *er* sich über einen solchen Mangel heute sicher nicht beklagen konnte. »Aber jeder kann doch welche abschicken. Das kann doch auch ganz aufregend sein.«

»Mit dem Ergebnis, dass man sich damit einen Korb einhandelt?« Nathans Aufmerksamkeit wurde offenbar gerade von etwas auf seinem Bildschirm in Anspruch genommen. »Und es gibt noch eine Menge anderer Gründe.«

»Aber genauso viele, sich auf den Valentinstag zu freuen.«

»Als da wären?«

»Beispielsweise die Vorfreude auf eine neue Beziehung.«

Nathans Miene verdüsterte sich, und er öffnete den Mund, als ob er ihr widersprechen wollte, dann schien er es sich jedoch anders überlegt zu haben. »Da haben Sie durchaus recht, Soph«, sagte er mit einem etwas gezwungenen Lächeln. »Wer weiß? Vielleicht ist der heutige Abend der Beginn von etwas ganz Besonderem.«

Sophie war bereits drauf und dran zu fragen, zwischen wem sich dieses ganz Besondere ereignen könnte, als von der Treppe her ein lautes Klackern auf dem Boden zu hören war, gefolgt von einem verärgerten Ausruf. Sie rannte zur Tür, Nathan dicht hinter ihr her, und sie sahen gerade noch, wie Sophies Chefin am oberen Treppenabsatz vor Marks Bürotür ihr Telefon vom Boden aufhob.

»Entschuldigung, wenn ich euch erschreckt habe«, rief Julie nach unten.

»Alles okay?«

Julie nickte. »Meinem Phone geht's gut.«

»Ich dachte, es heißt iPhone«, sagte Sophie in dem verzweifelten Versuch, mit einer witzig gemeinten Bemerkung Nathans Aufmerksamkeit wieder auf sich zu ziehen.

Julie bedachte sie mit einem schrägen Blick. »Wie bitte?«

»Das, äh, ›i‹ ist in dem Fall kein stummes ›i‹, wissen Sie.« In dem Moment merkte Sophie, dass sie lieber den Mund gehalten hätte. Julie verschwand auf der Treppe nach oben, und als sich Sophie umdrehte, stand Nathan unmittelbar vor ihr. Er ging zurück in sein Büro. Anscheinend konnte er ihr nicht in die Augen sehen. »Wie viele Leute werden denn heute Abend kommen?«, fragte sie, um die peinliche Situation zu überspielen, und folgte ihm.

»Sie und mich eingeschlossen …«, Sophies Herz machte einen Freudensprung, als er sie beide in einem Atemzug nannte, »sind es zwölf Leute. Das ist der augenblickliche Stand der Dinge. Ihre Chefin kommt anscheinend auch, oder?«

»Julie?« Das Herz rutschte ihr sofort wieder in die Hose. »Mir hat sie gesagt, dass sie es sich noch überlegen will.«

»Sie scheint ja eine echte Valentinstag-Hasserin zu sein.«

Sophie war völlig verblüfft. »Ach, ehrlich?«

»So kam's mir jedenfalls heute Morgen vor, als ich ihr zufällig über den Weg gelaufen bin.«

»Und warum?«

Bevor er darauf antworten konnte, ertönte ein Ping vom E-Mail-Eingang seines Computers, und er warf einen Blick auf den Bildschirm. »Entschuldigung, Soph. Darauf muss ich sofort antworten.« Er lächelte sie noch einmal kurz an. »Wir sehen uns heute Abend. Um halb sechs geht's los.«

Sophie nickte. »Okay. Wir sehen uns dort. Ich meine, dann. Und nicht nur wir beide ...« Sie ärgerte sich über ihren Mangel an Schlagfertigkeit und beließ es lieber dabei. Außerdem war Nathan mittlerweile vollauf damit beschäftigt, eine E-Mail zu tippen. Langsam entfernte sie sich Richtung Tür. Auf der Treppe wäre sie um ein Haar gestolpert. Wenn Nathan sich so sicher war, dass Julie nichts mit dem Valentinstag am Hut hatte – und er selbst schien ja auch nicht besonders scharf darauf zu sein –, dann stellte sich natürlich die Frage, warum um alles in der Welt er sie mit einer Karte beglückt hatte? Also könnte es durchaus sein, dass er die Karte für jemand anderen abgegeben hatte. Oder er hatte in Wirklichkeit gar nichts gegen den Valentinstag, die Karte war für sie bestimmt gewesen, und er hatte sie nur deswegen Julie hingelegt, weil Sophie bereits im Büro gewesen war. Auch wenn sich das alles ein bisschen weit hergeholt anhörte, gab es immerhin einen erfreulichen Aspekt, den beide Szenarien gemeinsam hatten. Nämlich dass er es keineswegs auf Julie abgesehen hatte. Und wenn dem so war, dann gab es absolut keinen Grund, warum er sich nicht für sie interessieren sollte.

Nathan schielte über seinen Bildschirmrand und sah zu, wie Sophie den Rückzug antrat. Er schüttelte den Kopf und fragte sich, was mit ihm wohl nicht stimmte. Dieses Mädchen war eigentlich ganz attraktiv und nett, halbwegs clever und Single. Lauter sehr gefragte Eigenschaften, wenn man auf der Suche nach einer Frau war. Aber sobald es im Gespräch mit ihr nicht mehr um irgendwas Geschäftsmäßiges ging, wünschte er sich regelmäßig, er wäre weit weg von ihr. Als sie ihn neulich wegen eines Problems mit ihrem E-Mail-Account zu sich ins Büro gebeten und angefangen hatte, mit ihm zu flirten, war ihm das wesentlich peinlicher gewesen als ihr. Um ehrlich zu sein, wunderte er sich darüber, dass sie sich überhaupt noch mit ihm unterhielt. Und auch jetzt, als sie ihn ein bisschen in die Zange zu nehmen versucht hatte, war ihm bewusst geworden, dass er noch keineswegs über die Sache mit Ellie hinweg war. Wie kam es, dass er immer noch glaubte, ihr irgendetwas schuldig zu sein? Sogar noch das Gefühl hatte, ihr gegenüber untreu zu werden, wenn er eine andere Frau auch nur näher ansah? Wahrscheinlich weil er sich einbildete, irgendwo gäbe es doch noch einen Hoffnungsschimmer für sie beide. Dabei hatte Ellie niemals eine Andeutung in dieser Hinsicht gemacht. Allerdings hätten sie sich dazu überhaupt erst mal miteinander unterhalten müssen. Aber seit sie sich getrennt hatten, war er nur ein paarmal an dem Gebäude vorbeigefahren, in dem sie arbeitete, wenn er sich besonders einsam fühlte. Näher war er ihr seit ihrer Trennung nicht mehr gekommen.

Nathan schrieb seine Mail fertig, dann stemmte er sich aus seinem Bürostuhl und ging die Treppe hinauf zu Marks Büro. Der war völlig in seinen Bildschirm vertieft, daher näherte sich Nathan auf Zehenspitzen und lehnte sich mit auf dem Rücken verschränkten Händen unauffällig über den Schreibtisch. »Gibt's was Neues?«

»Mein Gott, Nathan!« Mark blickte erschrocken hoch. »Schon mal was von anklopfen gehört?«

»Viel los bei dir?«

»Viel los?« Mark hielt seine Hand auf Höhe seines Kopfes. »Bin bis hier oben zu. Die Jahresbilanz muss gemacht werden, und ich sollte mich heute auch noch um unsere Mehrwertsteuer-Rückerstattung kümmern.«

»Leb deinen Traum, mein Freund, leb deinen Traum.« Nathan grinste leicht süffisant. »Kann es sein, dass ich vorhin Julie gesehen habe, wie sie aus deinem Büro gekommen ist?«

»Kann sein.«

»Ja und?«

Mark blies die Backen auf. »Nichts und. Wir hatten ein etwas merkwürdiges Gespräch über … Egal, nicht so wichtig, worum es ging. Aber dich wollte ich auch was fragen. Hat dir jemand eine Karte zukommen lassen?«

»Wann?«

»Oh Mann! Weihnachten fünfundneunzig.« Mark schüttelte den Kopf. »Heute natürlich.«

»Ach ja, jetzt, wo du es erwähnst.«

Mark sah ihn durchdringend an. »Hast du eine Ahnung, wer der Absender ist, oder vielmehr die Absenderin?« Er hoffte inständig, jetzt nicht »Julie« zu hören.

Nathan schob die Unterlippe vor und schüttelte den Kopf. »Keine Ahnung. Es standen nur ein paar Verse darauf, in denen sich ›Windows acht‹ auf ›Himmelsmacht‹ reimte. Ganz witzig.«

»Ist doch super«, erwiderte Mark, obwohl er keinen Durchblick hatte, wovon die Rede war. »Aber sonst keine Hinweise, von wem sie kam?«

»Hinten war ein Aufkleber von W. H. Smith drauf, der großen Zeitschriften- und Papierkram-Kette. Kennst du ja. Ich nehme an von da.«

»Das meinte ich nicht.«

Mark hatte den letzten Satz ziemlich laut gesagt, so dass Nathan beide Handflächen hob, um ihn zu beruhigen. »Bleib auf dem Teppich. Das war nur ein Scherz. Was ist denn mit dir los?«

»Entschuldige.« Mark stand auf und lief nervös im Zimmer auf und ab. »Du meinst nicht, dass sie von …«, er räusperte sich, »Julie stammen könnte?«

»Julie? *Deiner* Julie?«

»Sie dürfte wohl kaum … Ja. Von *meiner* Julie.«

»Wie kommst du denn darauf?«

»Keine Ahnung«, erwiderte Mark. Er wollte lieber nicht zugeben, dass Julie selbst ihm das mehr oder weniger zu verstehen gegeben hatte. »War nur so eine Vermutung.«

»Denkst du das, weil sie nichts zu deiner Karte gesagt hat?«

»Nein. Es ist eher …«

»Hat sie oder hat sie nicht?«

»Mann! Nein, hat sie nicht, wenn du es genau wissen willst. Bist du dir sicher, dass du sie auch richtig abgeliefert hast?«

»Wie hätte ich sie denn bitte unrichtig abliefern können?« Nathan verdrehte die Augen. »Ich habe sie mitten auf ihren Schreibtisch gelegt.«

»Auf Julies Schreibtisch?«

»Nein, mein Lieber, natürlich nicht. Auf den Schreibtisch von der dicken Mary aus der Verwaltung. Natürlich auf Julies. Mach dir keine Gedanken. Und die Karte an mich kam übrigens auch nicht von ihr.«

»Woher willst du das so genau wissen?«

»Weil sie schon da war, als ich heute Morgen reinkam. Und Julie war noch nicht im Haus.«

»Aha. Dann ist ja gut.« Mark blieb endlich stehen und setzte sich wieder an seinen Schreibtisch. »Entschuldige. Also ...«

»Was also?«

»Wie läuft es heute sonst so?«

Nathan verzog das Gesicht. »Ich gebe mir Mühe, nicht dran zu denken, was für ein Datum heute ist. Erweist sich allerdings als ein bisschen schwierig. Vor allem wegen dieser Valentinskarte.«

Mark lächelte mitleidig. »Na, hör mal, Nathan. Wie lange ist das jetzt her, drei Jahre?«

»Auf den Tag genau. Damit ich mich stets daran erinnern kann«, erklärte Nathan und sah nicht so aus, als ob er das besonders witzig finden würde. »Du bist natürlich der Ansicht, man müsste das alles im Lauf der Zeit nicht mehr so schwernehmen?«

Mark nickte heftig. »Ja.«

»Funktioniert aber nicht.« Nathan ließ sich auf den Bürostuhl fallen, auf dem eben noch Julie gesessen hatte, und drehte sich damit im Kreis herum. »Und weißt du, warum?«

»Weil du dich seitdem emotional eingeigelt und nicht weiterentwickelt hast, wie ich dir schon hundert Mal erklärt habe.«

»Was soll ich denn machen?«

»Du könntest endlich aufhören, dir einzureden, dass sie zu dir zurückkehrt. Das wäre der erste Schritt. Und als Nächstes könntest du dir eine andere Frau suchen.«

Nathan hielt abrupt auf dem Drehstuhl inne. »Und was ist, wenn sie doch zurückkommt und ich dann eine andere habe?«

Mark musste grinsen. »Und was ist, wenn sie nicht wiederkommt? Wie lange willst du noch solo bleiben? Dann jammere mir auch nichts vor.«

Nathan beugte sich vor und setzte das Newton-Pendel auf Marks Schreibtisch in Bewegung. Anscheinend vollkommen teilnahmslos verfolgte er, wie die Kugeln aneinanderstießen. »Mark, wenn du *es* noch nie gemacht hast, dann kannst du es nicht verstehen.«

»Was willst du denn damit sagen?«

»*Das* meinte ich nicht. Hast du jemals einer Frau einen Heiratsantrag gemacht?«

»Meine Güte, nein. Jedenfalls bis jetzt noch nicht«, sagte Mark und versuchte gleichzeitig auszublenden, dass er das *andere* gerne mit Julie machen würde. »Ich war bisher noch nie in der glücklichen Lage, eine Frau zu kennen, bei der ich das gern gemacht hätte. Bis jetzt jedenfalls.«

Nathan streckte seine Hand aus und hielt das Pendel an. »Und genau darum geht's. Um das Gefühl. Mit Ellie war ich sehr glücklich. Und niemand ist zweimal im Leben so glücklich.«

»Oder dermaßen unglücklich.«

Nathan sah ihn scharf an. »Was willst du damit sagen?«

Mark räusperte sich. »Sie hat dich nach Strich und Faden hintergangen, stimmt's? Wenn man es also so herum betrachtet, dann war es ein Unglück für dich, dass du dich Hals über Kopf in eine Frau verliebt hast, die dir das angetan hat.«

»Nein, ich war glücklich …«

»Das einzige Quentchen Glück für dich bei der ganzen Sache bestand darin, dass du dahintergekommen bist, bevor du sie geheiratet hast. Und du müsstest wirklich sehr viel Pech haben, wenn dir so etwas noch einmal passiert.«

»So kann man es natürlich auch sehen«, sagte Nathan, wobei er im Stillen hinzufügte, dass dies aber eben nicht seine Betrachtungsweise war.

Mark seufzte. »Also, wie lange willst du noch die gesamte Menschheit ignorieren, jedenfalls deren attraktiveren Teil, sobald er dir über den Weg läuft?«

Nathan lächelte schief. So gesehen klang sein Verhalten tatsächlich ein wenig übertrieben. »Bis ich mir selbst wieder trauen kann, was Frauen anbelangt.«

»Meinst du nicht, dass du ein bisschen streng mit dir bist?«

»Kann sein. Aber zumindest schützt mich das vor weiteren Verletzungen.«

Das Telefon auf Marks Schreibtisch klingelte, und er legte eine Hand auf den Hörer. »Pass auf«, sagte er zu Nathan, »ich lade dich nachher zum Mittagessen ein. Dann reden wir weiter.«

»Ich weiß noch nicht«, antwortete Nathan zögernd.

»Was hast du sonst vor? Willst du auf deinem Roller wieder an Ellies Büro vorbeifahren in der Hoffnung, einen Blick auf sie durchs Fenster zu erhaschen?«

»Das ist ein Jahr her.«

»Und vor zwei Jahren war es genauso. Hol mich lieber um eins ab. Sonst wird noch eine schlechte Gewohnheit draus.«

Als Mark abhob, sah Nathan seinen Freund an und nickte resigniert.

Auf dem Weg zurück in ihr Büro ließ Julie die Akkuabdeckung ihres Handys wieder einschnappen. Ihre Hände zitterten immer noch ein wenig. Zum ersten Mal seit jener fatalen Nacht im Taxi hatte sie sich unter vier Augen mit Mark Webster unterhalten, und es war ihr nicht leichtgefallen, eine gewisse Distanz zu wahren. Wenigstens hatte er nicht gesehen, wie ihr das Telefon wie einem nervösen Schulmädchen aus der Hand gefallen war, kaum dass sie sein Zimmer verlassen hatte. Ihre

Nachfrage wegen Sophies Valentinskarte an Nathan war ein willkommener Vorwand für die Unterredung mit Mark gewesen. Ihr persönliches Interesse bezog sich natürlich vor allem auf die Karte und die Luftballons, die *sie* erhalten hatte. Sie hegte den starken Verdacht, dass beides von ihm stammte, und hatte gehofft, er würde vielleicht eine Andeutung machen, oder sie würde zumindest einen eindeutigen Hinweis erhalten. Aber in dem Gespräch kam es ihr eher so vor, als würde er absichtlich nicht darauf eingehen wollen. Im Nachhinein musste sie sich eingestehen, dass diese ganze umständliche Unterhaltung über die sexuelle Orientierung seines Freundes wirklich nicht die beste Herangehensweise gewesen war, um herauszufinden, was sie eigentlich interessierte. Und wie hätte er ihr außerdem einen Hinweis geben sollen, außer indem er direkt fragte, ob ihr die Karte und die Idee mit den Ballons gefallen hatten? Da Mark nach jener Nacht außer mit der sehr unbestimmten Frage »Hast du dich gestern Abend gut amüsiert?« am Morgen danach nie mehr auf die Situation im Taxi zu sprechen gekommen war, nahm Julie an, dass er eher zu den Typen gehörte, die heikle Themen mieden. Zwar hatte sie sich für diesen Fall vorgenommen, den Abend direkt anzusprechen, aber als der richtige Moment dafür gekommen zu sein schien, hatte sie sich nicht getraut. Aber auch wenn Mark nicht wirklich mit der Sprache herausgerückt war, so hatte sie doch jetzt wenigstens gute Neuigkeiten für Sophie in Bezug auf Nathan.

Bevor sie in ihr Büro ging, schaute sie noch schnell in der Teeküche vorbei, um sich eine Tasse Kaffee zu holen. Beinahe wäre sie mit der dicken Mary aus der Verwaltung zusammengestoßen, die gerade ihren *I ♥ cats*-Becher mit heißem Wasser füllte.

»Ist Ihnen der Kaffee ausgegangen?«, fragte Julie mit einem Blick auf die blasse Flüssigkeit in der Henkeltasse.

»Ich trinke immer nur heißes Wasser mit ein bisschen Zitrone«, antwortete Mary. Sie holte eine kleine Plastiktüte mit einem Etikett mit der Aufschrift »Eigentum von Mary – Finger weg« aus dem Kühlschrank und entnahm ihr einen Zitronenschnitz, den sie in die Tasse gab. »Das hilft auch beim Abnehmen.«

Wobei? Julie gab sich größte Mühe, nicht allzu überrascht zu wirken. Marys Körperumfang dürfte in etwa ihrer Körpergröße entsprechen. Sie musste annähernd zwei Zentner wiegen.

Während Julie ihren Kaffee aufgoss, unterhielt sie Mary mit den neuesten Schreckensnachrichten aus der Verwaltungsabteilung. Diese betrafen vor allem Benedict, den neuen Praktikanten, der leider nicht so ein »heißer Typ« war wie sein Vorgänger. Dann schlenderten sie gemeinsam durch das Großraumbüro. Mary plapperte weiter, während sie sich an ihrem Schreibtisch niederließ, auf dem eine riesige Karte prangte, die so groß war, dass selbst der Computermonitor daneben wie eine Miniaturausgabe wirkte. Auf der Vorderseite war eine Katze zu sehen, die sich gemütlich auf einem großen herzförmigen Kissen zusammengerollt hatte. »Und wie sieht es heute Abend aus, Julie? Gehen Sie mit zum Bowling?«

»Na ja, ich dachte, dass ich … Hat Ihnen jemand eine Valentinskarte geschickt?«, fragte Julie und bemühte sich, nicht so überrascht zu klingen, wie sie tatsächlich war.

Mary strahlte sie an. »Vielleicht.«

»Darf ich?«

Mary nickte.

Julie nahm die Karte und las die Grußzeilen. »Und wer ist Mister Whiskers?«

»Das ist mein Kater.«

Julie versuchte, keine Miene zu verziehen. Sie hatte den Spitznamen, den Mary in der Firma hatte, schon gehört, doch sie hatte immer angenommen, Mister Whiskers sei der Kosename von Hairy Mary für ihren Ehemann und nicht für ihre Hauskatze.

»Dann hat Ihnen also der Kater die Karte geschickt?«

»Aber ja. Wir tauschen jedes Jahr Grüße zum Valentinstag aus.«

»Sie machen das gegenseitig ... Wie nett!« Julie kniff die Lippen zusammen, um nicht vor Lachen loszuprusten. »Und was ist mit ...« Julie überlegte, wie sie es am besten formulieren sollte. »Ich meine ... von Ihrem Mann bekommen Sie keine?«

Mary verzog das Gesicht. »Wie kommen Sie darauf, dass ich verheiratet bin?«

»Na weil ...« Julie dachte daran, wie oft Mary schon gegen Feierabend beiläufig erwähnt hatte, sie ginge jetzt zu ihrem Mann nach Hause, oder deutlich auf den Ring an ihrer linken Hand hingewiesen hatte. Wenn sich nun herausstellte, dass es sich dabei auch um ein Geschenk von Mister Whiskers handelte, dann konnte Julie nicht dafür garantieren, dass sie nicht gleich vor Lachen platzte. »Ich dachte nur ...«

»Ach nein«, antwortete Mary unaufgefordert. »Wer braucht schon einen Mann, wenn er jemanden wie Mister Whiskers zu Hause hat?«

»Tja, wenn Sie es so sehen ...«

»Männer sind wahnsinnig unzuverlässig«, fuhr Mary fort. »Und sie sind frech und rücksichtslos. Und egoistisch. So war es jedenfalls bei meinem Ex. Katzen sind ganz anders, immer lieb.« Mary starrte voller Bewunderung auf das gerahmte Foto einer dreifarbigen Schildpatt-Katze hinter ihrer Tastatur. »Sie sollten sich auch eine zulegen. Es sei denn, Sie haben schon jemanden.«

Julie lächelte höflich. Wenn ihr Leben darauf hinauslief, dann gute Nacht.

»Also«, Mary lehnte sich in einer vertraulichen Geste näher zu Julie, wodurch die diversen Gewächse auf ihrem Kinn, denen sie ihren Spitznamen verdankte, überdeutlich sichtbar wurden, »Sie haben meine Frage noch nicht beantwortet.«

»Welche Frage?«, erwiderte Julie besorgt, weil sie keine Lust hatte, ihre häusliche Situation ausgerechnet der größten Tratschtante in der Firma zu erläutern.

»Ob Sie heute Abend dabei sind.« Sie stupste Julie verschwörerisch in die Seite. »Obwohl, nach allem, was ich höre, ist Nathans Party ...«

»Auf jeden Fall«, antwortete Julie schnell. »Ich mache mit. Ich denke schon, dass es ...«, sie hätte nur zu gern das Wort »lustig« verwendet, aber bei der Aussicht auf Bowling war das unmöglich, »nett wird.«

»Zu Hause wartet niemand auf Sie?«

Julie hätte am liebsten geantwortet, das ginge Mary gar nichts an, aber dann musste sie daran denken, wie empfindlich die Kollegin reagieren würde. Andererseits, wenn sie »nein« gesagt hätte, wäre das so gut wie nicht gelogen gewesen. Sie war sich ziemlich sicher, dass Philip sie heute Abend nicht vermissen würde, wenn sie nicht nach Hause kam. Julie trank einen großen Schluck Kaffee. »So jemand wie Mister Whiskers jedenfalls nicht.«

»Dann schaffen Sie sich am besten einen an«, sagte Mary.

Julie seufzte. Wenn die Lösung all ihrer Probleme doch nur so einfach wäre. »Ich werde es mir überlegen«, sagte sie.

Mary strahlte sie an. »Aber es ist wirklich ein Jammer wegen Nathan.«

Julie zog beide Augenbrauen in die Höhe. »Was meinen Sie damit?«

»Wissen Sie das denn nicht?«

Julie fragte sich, ob Mary auch eine Schwulen-Theorie hatte. Trotz Marks vehementem Dementi würde sie Sophie damit vielleicht aller Illusionen berauben. »Was sollte ich wissen?«

»Nun ja, ich möchte keine Dinge verbreiten, die ich nur vom Hörensagen kenne.«

Julie glaubte, sich verhört zu haben. Wenn es etwas gab, bei dem Mary aufblühte, dann war das gewiss nicht ihre Arbeit, sondern der Bürotratsch. »Aber?«

»Sagen wir mal so. Es gibt einen bestimmten Grund, warum Nathan diese Party veranstaltet.«

»Was Sie nicht sagen.«

»Irgendwas in seiner Vergangenheit.« Mary legte kurz einen Zeigefinger an die Lippen. »Ein dunkles Geheimnis. Genau wie bei diesem Mark Webster.«

Julie war wie elektrisiert. »Was ist mit ihm?«

Mary nickte und setzte eine vielsagende Miene auf, während Julie schlagartig nervös wurde. »Man munkelt so einiges ...« Sie verstummte, als Paul aus der Rechtsabteilung in Hörweite vorbeiging. Er war allerdings so sehr auf eine Notiz in seiner Hand konzentriert, dass man meinen konnte, darauf stünden die Gewinnzahlen der nächsten Lotto-Ziehung.

»Und weiter?«

»Sie haben noch nichts davon gehört?« Die Vorfreude auf die Weitergabe vertraulicher Informationen stand Mary förmlich ins Gesicht geschrieben. »Sie wissen doch, wie er sich normalerweise verhält, so ... Wie sagt man noch mal schnell?«

Julie wagte nicht, mit einem Formulierungsvorschlag irgendetwas preiszugeben. »Keine Ahnung.«

»Geschäftsmäßig. Das wollte ich sagen. Und dann, am Ende der Weihnachtsfeier, hat man beobachtet, wie er mit jemandem zusammen die Party verließ.«

Julie gab sich Mühe, möglichst neutral zu klingen. »Und weiter?«

»Gemeinsam mit einer anderen Person.« Mary hob und senkte mehrmals hintereinander die Augenbrauen wie die Puppe eines Bauchredners. »Und dabei ist er der Finanzmanager!«

Julie fragte sich, was das eine mit dem anderen zu tun hatte. »Und hat jemand gesehen … Ich meine, weiß man, wer die Person war?«

Mary zuckte die Achseln. »Dafür war es draußen zu dunkel. Leider.« Sie deutete mit dem Kopf in Richtung der Aktenschränke, wo sich eine der jüngeren Angestellten an den Ordnern zu schaffen machte. »Aisleen hat ihn auf jeden Fall erkannt. Beziehungsweise hat sie gesehen, dass er mit einer Frau nach Hause gefahren ist.«

»Was Sie nicht sagen?« Julie erinnerte sich jetzt wieder, dass Aisleen an dem Abend so sturzbetrunken gewesen war, dass sie zu späterer Stunde kaum noch von ihrem Platz hatte aufstehen können. Bekanntermaßen ließ auch ihre Arbeitseffizienz zu wünschen übrig, weil sie sich weigerte, eine Brille zu tragen, »um nicht wie ein Nerd auszusehen«. Daher überraschte es Julie sehr, dass sie Mark überhaupt hatte erkennen können.

Mary musterte sie argwöhnisch. »Sind Sie nicht auch zu der Zeit gegangen?«

Julie verschlug es beinahe die Sprache. »Äh, daran kann ich mich nicht mehr erinnern. Sie wissen ja, wie es bei solchen

Partys zugeht. Man hat schnell ein paar Cocktails zu viel intus …«

»Demnach haben Sie auch nichts weiter bemerkt?«

Julie schüttelte den Kopf, und Mary wirkte enttäuscht. Sich an Büroklatsch zu beteiligen war gar nicht Julies Ding, und seitdem Mary angefangen hatte, sich über ihre persönlichen Verhältnisse und Mister Whiskers auszulassen, hatte sie das Gefühl, keinen sicheren Boden mehr unter den Füßen zu haben. Aber das Entscheidende war, dass offensichtlich niemand sie für die Person hielt, mit der Mark an dem Abend ein Taxi geteilt hatte. Und auch wenn Julie nicht besonders stolz darauf war, so wollte sie doch die Gelegenheit nutzen, noch weiter von sich abzulenken. »Sind Sie sich denn sicher, dass es nicht Aisleen selbst war, die mit Mark weggefahren ist? Sie könnte ja behaupten, es sei jemand anders gewesen, um zu vertuschen, dass sie es war.«

Mary bekam große Augen. »Meinen Sie?«

Julie zuckte die Achseln. »Wie gesagt, mir ist gar nichts aufgefallen. Aber man weiß ja nie.«

Mary überlegte einen Moment. »Aber sie ist verheiratet.«

Julie hoffte, dass Mary nicht bemerkt hatte, wie sie zusammengezuckt war. »Mark allerdings nicht, oder?«

Mary dachte wieder nach. »Soweit ich weiß, nein.«

»Aber gibt es denn einen Beweis, dass er …«, sie räusperte sich, »mit der Frau was angefangen hat? Wer auch immer sie war.«

Mary blickte sie an, als wäre Julie völlig begriffsstutzig. »Na hör'n Sie mal. Er ist ein Mann. Sie hatten beide etwas getrunken, auf der Weihnachtsfeier war einiges los. Man muss kein Hellseher sein, um zu ahnen, was danach passiert ist.«

»Warum?«

»Es geht schließlich um Mark Webster. Ich hätte ihn jedenfalls nicht von der Bettkante gestoßen. Sie etwa?«

»Ich würde sagen, er ist ein markanter Typ, ziemlich sportlich«, sagte Julie und schüttelte sich innerlich bei der Vorstellung eines sexuellen Intermezzos zwischen Mark und Mary. »Und was ist mit Ihnen, Mary«, fuhr sie fort in der Absicht, vom Thema Mark wegzukommen. »Haben Sie für heute Abend schon ein Auge auf jemanden geworfen?«

Mary wurde rot im Gesicht. »Aber nein. Das ist doch nichts für mich.«

Julie fragte sich, ob Mister Whiskers der Grund für ihre Enthaltsamkeit war. »Und warum nicht?«

Mary warf einen Seitenblick auf Aisleen und starrte dann demonstrativ auf ihren Bildschirm. »Ich würde nie meinen guten Ruf in Gefahr bringen«, erwiderte sie in pikiertem Ton und gab damit zu verstehen, dass die Unterhaltung beendet war.

Julie trank ihren Kaffee aus und stellte die Tasse schnell wieder in der Küche ab. Auf dem Weg in ihr Büro ließ sie sich die letzten Worte von Mary noch einmal durch den Kopf gehen. Sie war sich vollkommen im Klaren darüber, dass Tratsch genau der Grund war, warum sie mit Mark nur auf beruflicher Ebene verkehren sollte. Für Männer sah die Sache immer ganz anders aus. Wenn sie sich innerhalb der Firma auf eine Affäre einließen, gefährdete das meistens nicht ihre Position oder den Respekt, den man ihnen in beruflichen Dingen entgegenbrachte. Aber wenn die lieben Mitarbeiter erst einmal anfingen, sich über eine Frau das Maul zu zerreißen … Sie kannte Kolleginnen in anderen Firmen, in denen sie bereits gearbeitet hatte, die durch bösartigen Klatsch regelrecht vom Hof gejagt worden waren. Und sie wollte auf keinen Fall solch ein Opfer werden. Wer weiß, was für Geschichten über sie bereits im Umlauf waren. Soweit sie es beurteilen konnte, hatte Mark kein Sterbenswörtchen über das, was im Taxi geschehen war, verlauten lassen. Was hoffentlich nicht hieß, dass er es nur nicht für wert befunden hatte, darüber zu sprechen. Außerdem musste man vorausdenken. Wie sollte es weitergehen, wenn sie zwar eine Zeitlang eine Affäre hatten, die Sache aber irgendwann schiefging. Die Firma war zu klein, als dass man sich aus dem Weg gehen könnte.

Die Realität war, dass ihre Ehe in die Brüche gegangen war. Wer gab ihr eine Garantie, dass es nicht wieder passierte? Gleichzeitig wusste Julie, dass man manchmal auch ein Risiko eingehen musste. Sonst würde man vermutlich sein Leben lang Härchen an unmöglichen Stellen im Gesicht ignorieren und sich selbst mit Valentinskarten beglücken, die von der eigenen Hauskatze »unterschrieben« waren. Wenn das die einzige Alternative war, dann ertrug sie lieber, dass man hinter ihrem Rücken über sie flüsterte. Aber sie musste sich sicher sein. Mark ein zweites Mal heißzumachen, um ihn anschließend erneut fallen zu lassen, war ausgeschlossen. Und wie würde Philip reagieren, wenn sie ausgerechnet heute Abend erst sehr, sehr spät nach Hause käme? Vielleicht gar nicht. Allerdings war das auch alles ein bisschen überheblich von ihrer Seite, darüber war sie sich durchaus im Klaren. Es gab bisher immer noch keinen eindeutigen Beweis, dass die Karte und die Ballons von Mark kamen, und sie musste zugeben, dass er sie seit Weihnachten nicht gerade wie ein eifersüchtiger Racheengel verfolgt hatte. Aber eine Frau spürte, wenn ein Mann wirkliches Interesse hatte. Julie hatte sich ihrerseits seit langem nicht mehr so für einen Mann begeistert, und trotzdem hatte sie Angst, sich bloß aus Enttäuschung über ihre Ehe mit Mark einzulassen. Er hatte es nicht verdient, dass sie ihn missbrauchte, um ihre Probleme mit Philip zu bewältigen. Wie nannte man das? Sorbet-Beziehung. Im Grunde nur ein Übergang zwischen zwei Hauptgängen. Wenn sie sich für etwas Neues entschied, dann voll und ganz. Aber sie sollte ihre Chance ergreifen, immerhin hatte sie das Gefühl, dass es mit Mark wirklich was Besonderes und nicht nur ein Zwischengang war. Die Chemie stimmte, der Funke sprang über, das war in jener Nacht mit Händen zu greifen gewesen. Schon als sie bei Seek angefangen hatte, war ihr aufgefallen, dass er ziemlich gut aussah, aber sie hatte nicht weiter darüber nachgedacht. Damals steckte sie noch viel zu tief in der Krise mit Philip und hätte sich niemals vorstellen können, wie sich körperliche Nähe zwischen ihnen beiden anfühlen könnte. Bis zu jenem Kuss.

Sie nahm sich ein paar Sekunden, um sich zusammenzureißen, dann betrat sie zügig ihr Büro. Als Sophie sie erwartungsvoll von ihrem Schreibtisch aus ansah, lächelte sie beruhigend. »Kein Grund zur Sorge!«

»Tatsächlich nicht?«

»Nathan ist nicht schwul.«

»Na wunderbar! Danke!« Sophie fiel ein Stein vom Herzen, und sie atmete erleichtert auf. Doch dann verdüsterte sich ihre Miene.

»Was ist denn?«

»Warum hat er dann nicht auf meine Karte reagiert?«

»Weiß er denn, dass sie von Ihnen kam?«

»Vielleicht nicht. Kann sein.«

Julie verschränkte die Arme vor der Brust. »Das ist so, als würden wir Werbebroschüren verschicken, auf denen die Angaben zur Firma fehlen und die Kontaktdaten vergessen wurden. Wie sollten die Kunden darauf antworten?«

»Das stimmt.«

»Und bei jemandem wie Nathan kann man sich durchaus vorstellen, dass er heute nicht nur eine Karte bekommen hat, oder?«

Das wollte sich Sophie lieber nicht konkret ausmalen. Aber die Vorstellung ließ sich nicht verdrängen. »Kann sein«, sagte sie in düsterem Ton.

»Die erste Regel im Marketing, Sophie!«

Sophie starrte ihre Chefin an und hoffte, dass dieser Satz nicht als Frage gemeint war. »Ja?«

Zum Glück wohl nicht. »A wie Aufmerksamkeit. Die Aufmerksamkeit des Kunden erlangen.«

Sobald sich Julie wieder an ihren Schreibtisch gesetzt und vorläufig jeden weiteren Gedanken an Mark Webster verbannt hatte, begann Sophie intensiv über die erste Marketing-Regel nachzudenken.

Kapitel 5

Statt sich wie üblich während ihrer Mittagspause vor dem Meal-Deal-Regal im Boots-Markt eine Viertelstunde lang damit zu beschäftigen, wie sie die kalorienärmste Kombi aus Sandwich und Getränk hinbekam, die auch noch eine gewisse Menge Schokolade erlaubte, hatte sich Sophie in eine U-Bahn der Central Line gesetzt. Sie hätte sich ohrfeigen können, dass sie heute früh so dämlich gewesen war, die abgetragenste Marks-&-Spencer-Unterwäsche anzuziehen, die sie im Kleiderschrank hatte. Wenn sich am Abend alles nach Plan entwickelte, woran sie im Grunde nicht zweifelte, dann wollte sie auf keinen Fall, dass Nathan ebendiese Teile zu sehen bekam. Sie waren so ausgeleiert, dass man die ursprüngliche Größenbezeichnung S nur noch als Witz des Jahrhunderts bezeichnen konnte. Und nachdem Julie das Schlagwort »Aufmerksamkeit« ins Spiel gebracht hatte, hatte Sophie gewusst, welche Marketingmaßnahmen zu ergreifen waren. Welches bessere Mittel, um seinen Blick auf sich zu ziehen, gab es wohl, als den Anblick seidig glänzender Spitze, wenn sie sich herunterbeugte, um die schwere Bowlingkugel aufzunehmen?

In der Hoffnung, etwas dem Anlass Entsprechendes zu angemessenen Preisen zu finden, betrat sie die Topshop-Filiale am

Oxford Circus. Die einzigen dort vorrätigen BHs mit ein bisschen Sexappeal hätten aber allenfalls einer flachbrüstigen Schwester von Kate Moss gepasst. Sophie musste sich also rasch nach einem Shop für etwas größere Größen umsehen. Eine andere Kundin im Umkleideraum empfahl ihr die Dessous von Hanky Panky bei Selfridges. Allerdings schien Sophies Kreditkarte schon bei der Erwähnung des noblen Kaufhauses einen Rückwärtssalto in ihrer Handtasche zu machen. Sie verließ die U-Bahn an der Haltestelle Bond Street und drängte sich durch das Gewühl der Leute, die wie sie zur Lunchzeit ihre Einkäufe erledigten. Schon beim Überqueren der Straße verspürte sie die prickelnde Vorfreude, die sie stets beim Anblick von Selfridges befiel. Für Sophie war es ein Teil des Paradieses. Diese Institution war der Inbegriff ihres Wunsches, in London zu leben. Stylish, cool, très chic und wahnsinnig teuer. Also all das, was sie selbst gern wäre. Samstags fuhr sie meistens in die Stadt, um in dem Kaufhaus herumzubummeln, Kleider anzuprobieren, die sie sich niemals würde leisten können, oder sich in der Beauty-Abteilung von den unglaublich angemalten Mädels von MAC oder Bobbi Brown oder einem anderen Kosmetik-Label umsonst Make-up auflegen zu lassen. Bevor sie nach London gezogen war, hatte sie all das nur aus Frauenzeitschriften gekannt. Während sie mit der Rolltreppe in den ersten Stock fuhr, ließ sie das geschmackvolle, in Dunkelbraun und Creme gehaltene Raumdekor auf sich wirken und bewunderte die Unmengen Designer-Labels im Erdgeschoss. »So many things, so little time«, dachte sie dabei, so vieles, was man kaufen könnte, aber so wenig Zeit, beziehungsweise so wenig Geld, um ihr spezifisches Hauptproblem nicht zu vergessen. Oben angekommen, suchte Sophie nach der Dessous-Abteilung, die heute Mittag von auffallend vielen Männern besucht wurde, die noch auf der Suche nach einem Last-Minute-Geschenk zum Valentinstag waren. Sie stellte sich vor, wie Nathan im nächsten Jahr unter ihnen war. Dann verschaffte sie sich rasch einen Überblick über die angebotenen Marken. Einer der bekannteren Namen, den sie sogar korrekt aussprechen konnte, hieß Triumph. Wenn das kein Omen dafür war, was sie bei Nathan heute Abend erreichen wollte. Obwohl »kleine Sauereien« auch keine schlechte Bezeichnung für das wäre, was diese Nacht passieren könnte, wenn sie ihren Willen bekam. An den Verkaufsständern von Spanx ging sie vorbei, ohne sie auch nur eines Blickes zu würdigen. Dann griff sie nach einem Hauch von Höschen von Ell-&-Cee und fummelte nervös nach dem Preisschild. Zweiundvierzig Pfund! So viel hatte noch nicht einmal das Zara-Kostüm gekostet, das sie heute trug. Und dann dieses dünne Gewebe, das so gut wie nicht vorhanden war. Sie hätte sich gerne von einer Verkäuferin beraten lassen und sah sich in der Abteilung um, aber die hatten bereits alle Hände voll zu tun. Deshalb nahm sie das Höschen von der Stange, ging damit zum nächstgelegenen Spiegel hinüber und hielt es probehalber an ihre Hüften. Wenn sie nur das anhätte, wäre sie praktisch nackt. Sie entdeckte einen der bei Selfridges einheitlich in schwarze Anzüge gekleideten Verkaufsassistenten hinter sich und gab ihm ein Zeichen.

Der junge Mann sah sie überrascht an und deutete fragend auf seine Brust.

Sophie nickte. »Könnten Sie mir helfen?«

Der Verkäufer schaute nach rechts und links, zögerte einen Moment und ging dann zu ihr. »Gerne«, sagte er. »Was darf ich Ihnen zeigen?«

»Ich würde gerne wissen, was das kostet.«

Der junge Mann schaute auf das Etikett. »Zweiundvierzig Pfund.«

»Obwohl es sich nur um ein Höschen handelt?«

»So würde ich es nicht sagen.«

»Wie meinen Sie das?«

»Ich denke, es ist sehr hübsch.«

»Aber sehen Sie sich es doch mal an. Das ist doch keine richtige Hose. Dieses Material ist ein Hauch von nichts.« Sie hielt das Höschen gegen das Licht. Dadurch wurde noch deutlicher, dass die Wäsche praktisch transparent war. »Meinen Sie nicht auch?«

Der Verkäufer lächelte. »Na ja, weniger ist mehr. So sagt man doch.«

»Damit könnten Sie recht haben.« Sophie quittierte seinen Scherz mit einem höflichen Lächeln. »Und finden Sie es …« Beinahe hätte sie »sexy« gesagt. Aber sie wollte doch lieber nicht riskieren, dass sich ein x-beliebiger Verkäufer in seiner Phantasie vorstellte, wie sie darin aussah. Allerdings wünschte sie sich dafür umso mehr, dass eine gewisser anderer Mann, den sie eigentlich auch kaum kannte, sie später darin bewundern und das Höschen vielleicht sogar mit den Zähnen von ihrem Körper streifen würde. »Was halten Sie davon?«, fragte sie. »Aus männlicher Sicht, meine ich.«

»Sie wirken sehr sexy«, antwortete er, als ob er ihre Gedanken lesen könnte. »Warum?«

»Ich bin mir nicht sicher, ob es zu mir passt.«

Der Verkäufer starrte erst auf das Höschen, dann musterte er sie von oben bis unten. »Suchen Sie denn nach etwas Bestimmtem?«

»Hanky Panky«, erwiderte Sophie und fing an zu kichern, weil das doch etwas anrüchig klang. »Ich wollte sagen, ich war noch auf der Suche nach den Ständern mit den Sachen von Hanky Panky.« Mit diesen Worten hängte sie den Bügel mit seiner kostbaren Ware wieder am Ell-&-Cee-Regal auf. »Ich brauche was für …«

»Heute Abend?«

Sophie nickte.

»Darf ich fragen, in welchem Stadium sich die Beziehung befindet?«

Sophie öffnete den Mund, dann schloss sie ihn wieder. Sie überlegte. »Äh, noch sind wir nicht so weit. Wir sind heute Abend miteinander verabredet und …«

»Das erste Date?« Der Verkäufer zog eine Augenbraue hoch, und Sophie wurde rot.

»Na ja, streng genommen gehen wir nicht zu zweit aus, sondern … äh, mit ein paar anderen gemeinsam. Da dachte ich mir … Ich meine, es ist nichts geplant, verstehen Sie? Ich wollte nur schon mal vorsorglich …«

»Sie wollten vorbereitet sein für den Fall, dass unterwegs was passiert, ein Taxiunfall oder so. Und wenn Sie dann ins Krankenhaus müssten, sollte die Unterwäsche natürlich präsentabel sein.« Der Mann lächelte. »So lautet schließlich der Rat, den unsere Mütter uns immer gegeben haben.«

Sophie musste lachen. »Ja, genau! Das heißt, meine Mutter …«

»Sagen Sie nichts weiter.« Der Verkaufsassistent musterte sie noch einmal von oben bis unten. »Ich schätze, Ihnen müsste ein … C-Körbchen passen?«

Sophie nickte. Sie war beeindruckt, ein echter Fachmann. Er kannte sich aus. »Dafür haben Sie einen guten Blick.«

»Danke sehr. Also schauen wir mal …« Er trat an das nächstgelegene Regal, schob ein paar Bügel beiseite und zog eine Spitzenkombination in Schwarz hervor. »Was halten Sie davon?«

»Ich weiß nicht so recht. Ist Schwarz nicht ein bisschen …«

»Zu verwegen?«

Sophie nickte. »So was in der Richtung«, sagte sie, auch wenn ihre Pläne, Nathan heute Abend kurze, aber atemberaubende Einblicke zu gewähren, wohl nicht gerade als sittenstreng durchgingen.

Der Verkäufer zuckte die Achseln. »Man müsste es mal angezogen sehen«, sagte er und deutete in Richtung der Umkleiden.

»Hätten Sie vielleicht nicht auch etwas, das weniger … Ich wollte sagen, etwas, das mehr zu mir passt«, fragte Sophie. »Und nach Möglichkeit ein bisschen billiger? Ich meine, ich möchte natürlich selbst nicht billig …«

»Einen Moment.« Der Verkäufer sah sich in der Dessous-Abteilung um und führte sie dann in einen anderen Bereich. »Wie wäre es denn damit?«, sagte er und reichte ihr ein rotes Bustier.

Sophie nahm den Bügel in die Hand, hielt es sich an die Brust und betrachtete sich im Spiegel. »Aber Rot ist schon ein bisschen …«

»Aufreizend?« Der Verkäufer nickte eifrig. »Ich dachte, so etwas würde Ihnen vorschweben.«

»Irgendwie schon, aber nicht ganz so …«

»Gewagt?«

»Genau.«

»Aber ein gewisser sexy Effekt darf schon sein. Wir Männer sind da nicht so subtil.«

»Trotzdem. Ich würde das gerne mit einem anderen Teil vergleichen.«

»Wie Sie wünschen«, sagte der junge Mann. »Wenn Sie mir folgen wollen.«

Gemeinsam durchstreiften sie die gesamte Dessous-Abteilung von Selfridges. Als Sophie sich mit einem Arm voll Sachen auf den Weg zur Anprobe machte, folgte ihr der Verkäufer. Einen Moment lang hatte sie den Eindruck, als wolle er sie auch noch in die Kabine begleiten. »Haben Sie vielen Dank für Ihre Hilfe«, sagte sie und blieb vor dem Vorhang stehen.

Der Mann zuckte die Achseln. »Gern geschehen. Falls Sie noch eine Meinung aus männlicher Perspektive hören wollen, lassen Sie es mich gerne wissen.«

Sophie wurde schon wieder rot. »Danke. Ich glaube, ich komme jetzt ganz gut allein zurecht.«

Nachdem sie den Vorhang hinter sich zugezogen und sichergestellt hatte, dass man nicht an den Seiten hineinschauen konnte, schlüpfte sie aus ihrem Kostüm. Selbst unter der gnadenlosen Beleuchtung in der Umkleidekabine musste sie mit ihrer Figur nicht unzufrieden sein. Sie konnte nur hoffen, dass Nathan es heute Abend genauso sah. Sie nahm das schwarze Ensemble vom Bügel, versuchte, vorläufig nicht an den Preis zu denken, und probierte die Sachen über der Wäsche an, die sie trug. Wie erwartet, erinnerte sie der Anblick doch eher an ein Werbeplakat für einen Pornofilm, obwohl das Höschen dann zweifellos noch viel knapper geschnitten wäre als dieses hier. Sie zog die Sachen wieder aus und probierte die übrigen Teile, die sie in die Kabine mitgenommen hatte, war aber zunehmend enttäuscht. Nur das rote Bustier machte seinem Namen alle Ehre, indem es ihr Dekolleté gut zur Geltung brachte. Außerdem stellte Sophie fest, dass es etwas ihren Bauch verdeckte, der nicht ganz so flach war wie bei all den Models, deren Fotos sie jeden Monat in diversen Zeitschriften regelrecht verschlang. Als Nächstes checkte sie das Preisetikett – einhundertdreißig Pfund – und anschließend die Kreditkartenabrechnung in ihrer Handtasche. Erleichtert stellte Sophie fest, dass der Betrag gerade noch von ihrem Limit gedeckt wurde. Sie betrachtete sich noch einmal im Spiegel und entschied, dass sie es sich leisten musste. Es war gewagt, da hatte der Verkäufer durchaus recht, aber die Wirkung war sexy. Daran war nichts zu rütteln. So etwas ließ sich nicht mit Geld bezahlen, dachte Sophie, und trotzdem hatte es seinen Preis. Um genau zu sein: einhundertdreißig Pfund.

»Kommen Sie zurecht?«, drang eine Stimme von außerhalb der Kabine zu ihr herein.

»Alles in Ordnung«, sagte sie und beobachtete etwas nervös den Vorhang.

»Denken Sie bitte daran, falls Sie noch eine Entscheidungshilfe benötigen …«

»Ich komme schon zurecht«, antwortete Sophie rasch und streckte dann den Kopf durch den Vorhang. »Allerdings wollte ich noch fragen, ob Sie etwas Ähnliches haben, das …«, sie musste schwer schlucken, »vielleicht nicht ganz so teuer ist.«

»Welches meinen Sie denn?«

Sophie überlegte nur kurz. Mit Sicherheit waren die Verkäufer in dieser Abteilung allesamt schwul, alles andere wäre ja geradezu pervers. »Dieses hier«, sagte sie und entschied, ihrem Instinkt zu folgen und den Vorhang zur Seite zu ziehen, um dem Verkäufer zu zeigen, was sie anhatte.

»Wow!«

Ungefähr zum zehnten Mal heute wurde Sophie rot im Gesicht. »Vielen Dank. Also, haben Sie was in der Richtung?«

»Was soll ich haben?«

»Etwas, das so aussieht, aber ein bisschen günstiger ist.«

Der Verkaufsassistent zuckte die Schultern. »Da müssen Sie einen Kollegen fragen, der für diese Abteilung zuständig ist.«

Sophie war sprachlos. »Aber …«

»Ich arbeite unten im Hi-Fi-Bereich. Ich war nur auf dem Weg in die Kantine.«

»Wie bitte?« Sophie riss an dem Vorhang, wickelte ihn um ihren Körper und funkelte ihn böse an. »Sind Sie hier der Spanner vom Dienst?«

»Sie hatten mich darum gebeten, Ihnen behilflich zu sein.«

»Sie hätten gleich sagen können, dass Sie nicht hier arbeiten.«

»Aber das tue ich«, versuchte der Mann sich grinsend herauszuwinden, »nur eben nicht *genau* hier.«

»Wie auch immer.« Sie blickte sich verärgert auf der Verkaufsfläche um, konnte aber keinen freien Mitarbeiter entdecken. »Könnten Sie sich dann wenigstens kurz umschauen, ob einer Ihrer Kollegen weiterhelfen kann?«

Der Mann zuckte die Achseln. »Selbstverständlich. Falls Sie jemanden zu sehen wünschen, der Ihnen das teuerste Stück im Laden andreht. Oder Sie begnügen sich mit mir, der Ihnen ehrlich sagt, was Ihnen wirklich gut steht.«

»Na ja …«

»Was darf es sein?«

Sophie verdrehte die Augen. »Das hier, denke ich.«

»Okay.« Er lächelte. »Gut, das Rot steht Ihnen sehr gut, und es sitzt perfekt. Für wen auch immer es gedacht ist, der Mann kann sich glücklich schätzen.« Er schaute auf seine Armbanduhr. »Falls Sie mich jetzt nicht mehr benötigen …«

»Nein danke.« Sophie funkelte ihn immer noch an, aber diesmal mischte sich auch ein kleines Lächeln darunter.

»Gern geschehen.«

Kann ich mir denken, dachte Sophie. Nachdem sich der Verkäufer entfernt hatte, betrachtete sie sich noch ein letztes Mal im Spiegel. Auch wenn sein Verhalten etwas grenzwertig gewesen war, musste sie zugeben, dass er recht hatte. Das Bustier saß perfekt. Bisher hätte sie sich nie auf diese Weise aufgedonnert, aber bis vor kurzem hätte sie auch nie daran gedacht, dass sie mit einem Typ wie Nathan zusammen sein könnte. Die Dinge änderten sich eben manchmal. Vorsichtig öffnete sie sämtliche Haken und Ösen, die das Bustier zusammenhielten, hängte es wieder über den Bügel und zog sich an. Der Preis war der Hammer. Aber wenn es seinen Zweck erfüllte, dann war es vielleicht die beste Investition, die sie je getätigt hatte. Sophie trat aus der Kabine und stellte sich an der Kasse in die Schlange. Vor ihr stand ein etwas zwielichtig wirkender älterer Mann, der gerade zwei identische Sets in unterschiedlichen Größen bezahlte. So stellte man sich einen Drogendealer vor. Als sie an der Reihe war, reichte sie das Bustier der Kassiererin über die Theke.

»Eine gute Wahl.«

»Vielen Dank.«

»Ich darf Sie noch darauf aufmerksam machen«, sagte die junge Frau freundlich, als sie das Teil in Seidenpapier einschlug und es vorsichtig in eine Selfridges-Einkaufstüte schob, »dass Unterwäsche vom Umtausch ausgeschlossen ist, wenn sie getragen wurde. Das sollten Sie wissen.«

»Das wird nicht nötig sein«, entgegnete Sophie. Wenn es hoffentlich so weit kam, dass Nathan sie voll und ganz darin bewunderte, dann gab es sowieso kein Zurück mehr.

»Das macht dann einhundertdreißig Pfund«, sagte die Kassiererin, und Sophie fügte sich ins Unvermeidliche.

»Bitte sehr«, sagte sie und reichte ihr die Kreditkarte. Dann gab sie auf der Tastatur die PIN-Nummer ein und hoffte inständig, dass die Zahlung nicht zurückgewiesen wurde. Beinahe hätte sie laut gelacht. Genauso inständig hoffte sie, dass ihr das heute Abend nicht selbst widerfuhr.

Während Sophie ihre Kreditkarte bei Selfridges glühen ließ, marschierte Calum am anderen Ende der Oxford Street mit seiner über die Schulter geschlungenen Sporttasche ins Fitness-Studio. Ihm war zwar bewusst, dass ein schnelles Work-out in der Mittagspause seine Chancen bei Emma sicher nicht signifikant verbessern würde, aber es konnte auch nicht schaden. Der Big Mac hingegen, von dem er bereits seit einer Stunde träumte, würde sie mit Sicherheit verschlechtern. Nachdem er das Drehkreuz passiert und eine trockene Stelle in der Umkleide gefunden hatte, wechselte er mit den üblichen Schamgefühlen rasch in seine Sportsachen. Während er seinen Anzug sorgfältig über einen Bügel hängte und im Spind plazierte, entschied er sich für eine lockere, nicht zu anstrengende Trainingsrunde. Er wollte sich nicht zu sehr verausgaben. Möglicherweise musste er ja heute Abend noch in Topform sein. Unvorsichtigerweise hatte er an einem Abend beim Live-Chat mit Emma erwähnt, dass er gerade beim Work-out gewesen war. In derselben Sekunde bedauerte er auch schon, es preisgegeben zu haben. So bestand natürlich die Gefahr, dass sie sich einen sportgestählten Modellathleten vorstellte. Dabei waren die paar jämmerlichen Gewichte, die Calum mit Mühe in die Höhe wuchtete, nichts im Vergleich zu dem, was eine Bohnenstange wie dieser Mr. Muscle aus der Fernsehwerbung stemmte. Er hatte sogar erwähnt, in welchem Studio er Mitglied war. Nachdem Emma geantwortet hatte, dass sie den Laden kenne, war Calum eine Woche lang nicht mehr hingegangen, weil er fürchtete, sie könnte auch dort trainieren und sehen, wie unfit er in Wirklichkeit war. Erst nach der Verfolgungsjagd durch die Hoody-Typen im Stadtpark hatte er entschieden, dass es doch sicherer war, wieder im Studio zu trainieren.

Er schlenderte auf die Trainingsfläche, grüßte ziemlich verlegen die unglaublich durchtrainierte junge Frau an der Rezeption und suchte sich dann ein freies Trimm-Bike gegenüber den TV-Bildschirmen. Calum sah für sein Leben gern fern. Er konnte sich nicht oft genug über die Ironie wundern, die darin lag, dass sich bei dieser Art von Fitnesstraining diejenige Beschäftigung, die er am meisten hasste, mit derjenigen, die er am meisten liebte, nahtlos kombinieren ließ. Korrekterweise musste er zugeben, dass es sein zweiter Favorit war. Am allerliebsten war ihm die Kombination aus Fernsehen, Mums Bratkartoffeln mit Speck und Zwiebeln und einer Dose Bier. Der Himmel auf Erden! Aber im Moment war er unterwegs in einen anderen Himmel, ermahnte er sich, als er den Sattel justierte, sich umständlich daraufschwang und die Pedalriemen festzog. Nach einem letzten Check, ob er es sich auf dem Folterinstrument so bequem wie möglich gemacht hatte, stellte er den Timer auf zwanzig Minuten ein, den Widerstand auf sechs hinunter, und begann, in die Pedale zu treten. Calum hasste es zwar, ins Studio zu gehen, aber noch mehr graute ihm vor dem Gedanken, für immer Single zu bleiben. Allein aus diesem Grund raffte er sich seit ungefähr sechs Wochen dazu auf, irgendeine Art von Sport zu treiben. Manchmal reichte es nur für einen kurzen Dauerlauf über den Clapham Common, die ausgedehnte Grünflache in seinem Wohnviertel, gleich nach Feierabend. Dann stellte er jedes Mal den Soundtrack von *Rocky* auf seinem iPod Shuffle auf »Repeat« und trabte mit zusammengebissenen Zähnen los. Das war für ihn die einzige Möglichkeit, sich wirklich zu motivieren. Und meistens schwitzte er schon, bevor er das Ende der Straße erreicht hatte. Zunächst hatte er versucht, sich vor zu anstrengendem Sport zu drücken. Aber nachdem ihm bei der morgendlichen Fahrt zur Arbeit im Bus ein Artikel in der Gratiszeitung *Metro* aufgefallen war, hatte er sich ein Paar sogenannte minimalistische Laufschuhe der dort angepriesenen Massai Barfuß-Technologie zugelegt. Kaum war er an dem Tag in der Firma angekommen, hatte er sofort »Massai« gegoogelt, und auf dem Bildschirm erschienen Fotos von sehr großen, sehr schlanken Männern. Die Erfüllung seiner Träume lag tatsächlich nur ein paar Schuhe entfernt. In der Mittagspause war er gleich in den nächsten Sportladen gegangen. Hundertneunundzwanzig Pfund waren ein stolzer Preis, aber der monatliche Mitgliedsbeitrag in einem Fitness-Studio kostete auch vierzig. So gesehen hatten sich die Schuhe schon bezahlt gemacht, wenn er sich drei Monate nur aufs Laufen konzentrierte. Falls das nicht funktionierte, konnte er immer noch Mitglied in einem Studio werden, hatte er sich gedacht, und dann brauchte er sich dafür nicht einmal extra Sportschuhe anschaffen. Nachdem er sie ein paar Wochen lang getragen und keine anderen Schuhe mehr angezogen hatte, konnte er allerdings keine nennenswerte Reduzierung seines Gewichts feststellen. Daraufhin kam Calum der Verdacht, dass er etwas falsch gemacht haben musste. Der einzige Effekt, den sie zu haben schienen, war, dass er wegen der besonders dicken, halb runden Sohle ein paar Zentimeter größer war. Aber sie wirkten auch etwas klobig, wie orthopädische Schuhe für Menschen mit einem verkürzten Bein, nur dass er sie an beiden Füßen trug. Wegen der leicht schlingernden Bewegung beim Gehen wurde er manchmal fast seekrank, abgesehen davon, dass es ziemlich lächerlich aussah, wenn er wie ein Betrunkener durch die Straßen torkelte. Nach einer weiteren Woche, in der sich nichts besserte, stellte er sie in die Ecke. Im Nachhinein erkannte er, dass es blöd gewesen war, einen solchen Batzen Geld für Schuhe auszugeben, die Barfußgehen simulierten, statt gleich mit nackten Füßen herumzulaufen. Das konnte man schließlich umsonst haben. Allerdings erfüllte ihn die Aussicht auf eine

Barfuß-Expedition über den Clapham Common, wo man auf Schritt und Tritt mit Hundehaufen oder Bierflaschenscherben rechnen musste, auch nicht gerade mit Enthusiasmus. Da würde er die meiste Zeit drum herumhüpfen müssen. Was ihn wiederum auf die grundsätzliche Fehlannahme in Bezug auf diese eigenartige Schuhkonstruktion brachte. Auf den Massai-Videos, die er sich im Internet angesehen hatte, sah es so aus, als ob die Menschen den halben Tag damit verbrachten, immer wieder in die Höhe zu springen. Wahrscheinlich war das der Grund, und nicht etwa endloses Barfußlaufen, warum sie so schlank waren. Ihre Größe war sicher bloß eine optische Täuschung, die durch die Auf-und-ab-Hüpferei hervorgerufen wurde. In der Hoffnung, wenigstens noch ein bisschen Geld dafür zu bekommen, hatte er die MBT-Schuhe bei eBay eingestellt und war überrascht gewesen, was für ein Bieterwettstreit darüber entbrannte. Als die Auktion beendet war, war er sie für sage und schreibe beinahe hundert Pfund wieder losgeworden. Was witzigerweise genau dem Preis für normale Sportschuhe entsprach, die er dann fürs Fitness-Studio anschaffen musste. Insgesamt war Calum also zufrieden, keine größeren Verluste erlitten zu haben. Den einzigen wirklichen Kratzer hatte sein Stolz abbekommen, als sich im Bus eine Gruppe Punkmädchen über ihn lustig gemacht hatte.

Es war ihm also nichts anderes übriggeblieben, als seine annähernd neunzig Kilo Lebendgewicht in Richtung des Plaza-Shopping-Centers in der Oxford Street zu bewegen, wo er im Virgin-Active-Fitness-Club Mitglied wurde. Als männliche Jungfrau, wenn auch noch nicht besonders aktiv, schien er bei Virgin genau richtig zu sein. Am Anfang hatte er noch gehofft, er könnte dort vielleicht eine Freundin finden, aber schon nach den ersten Trainingstagen hatte er entsetzt feststellen müssen, dass es in dem Club von extrem schlanken, jungen Frauen mit Model-Figur nur so wimmelte. Für ihn hatten sie lediglich despektierliche Blicke übrig, wenn er wieder einmal vergessen hatte, den Schweiß von dem Gerät abzuwischen, das er gerade benutzt hatte, oder wenn er auf dem Laufband dermaßen ins Keuchen geriet, dass man befürchten musste, er würde gleich umkippen. Auch der Blick auf die Konkurrenz war nicht gerade ermutigend. In dem Studio trainierten offenbar fast ausnahmslos Olympia-Anwärter, wobei das Training hauptsächlich darin zu bestehen schien, zehn Minuten lang die Geräte zu blockieren, während sie auf ihrem iPod nach der passenden Musik suchten. Oder sie stolzierten in ihren enganliegenden Tanktops, unter denen sich die gut definierte Brustmuskulatur abzeichnete, durch die Übungsräume und checkten ihre Sixpacks im Spiegel. Falls es hier junge Frauen gab, die nach einem Mann Ausschau hielten, müsste sich Calum ganz hinten anstellen. Wenn er überhaupt für diese Reihe in Betracht kam.

Nach einer Weile löste er seinen Blick von dem Fernseher über ihm, wo er die ganze Zeit fasziniert ein Rap-Video verfolgt hatte, das eher an einen Pornofilm erinnerte, und schaute auf das Display des Bikes. Die Zeit war schneller vergangen, als er gedacht hatte. Die Übungseinheit näherte sich bereits dem Ende. Zweihundert Kalorien hatte er dabei verbrannt, immerhin ein neuer Rekord. Das war ein echter Fortschritt. Schon heute Morgen war ihm aufgefallen, dass er aufrecht stehend seine Zehen erkennen konnte. Und auch seine Hosen saßen am Bund inzwischen ein wenig lockerer. Vielleicht sollte er sich anschließend mit einem Big Mac belohnen. Angenehm überrascht wollte er gerade das Tempo verlangsamen, um von dem Trainings-Bike abzusteigen und noch ein leichtes Stretching anzuschließen, als die junge Frau von der Rezeption neben ihm auftauchte.

»Hallo-oh«, flötete sie. »Ich bin Debbie.«

Calum trat langsamer in die Pedale, aber Debbie schüttelte den Kopf. »Wegen mir brauchen Sie nicht aufhören«, sagte sie, also stampfte er tapfer weiter.

»Calum«, erwiderte er keuchend und schaltete den Widerstand deutlich nach unten.

»Ich weiß«, antwortete sie, woraufhin er vor Überraschung fast vom Fahrrad fiel. Vielleicht wurde er von der Damenwelt hier doch mehr wahrgenommen, als er für möglich gehalten hätte.

»Tatsächlich?«

Debbie nickte. »Immer wenn die Leute durchs Drehkreuz gehen und ihre Karte durchziehen, erscheinen die persönlichen Daten mit Bild auf unserem Display an der Rezeption.«

»Ah.« Calum machte ein enttäuschtes Gesicht. »Verstehe.«

»Dabei ist mir aufgefallen, dass Sie unser Angebot eines Work-outs mit einem Personal Trainer noch gar nicht wahrgenommen haben.«

Debbie lächelte ihn an, und Calum bekam zusätzliche Schweißausbrüche. »Ist das Pflicht?«

»Nein, es ist ein Gratisangebot. Ein Entgegenkommen für neue Mitglieder.«

Calum blickte flüchtig auf seinen Rettungsring hinunter. Falls Debbie den sah, wäre sie vielleicht nicht mehr so entgegenkommend. »Und was heißt das jetzt genau?«

»Oh, Sie müssen sich keine Sorgen machen! Wir wollten Sie nur daran erinnern, dass das Training jedem neuen Mitglied zusteht.« Debbie legte ihm beruhigend eine Hand auf die Schulter. »Es wird bestimmt nicht zu anstrengend. Ich stelle

Ihnen nur ein paar Fragen zu den Zielen, die Sie erreichen wollen, und nach Ihren Wünschen, und dann arbeite ich rasch einen Trainingsplan für Sie aus.«

Calum schaute sie verblüfft an. Der einzige Wunsch, den er hatte, war, ein paar Zentimeter größer zu sein. Und das, wenn möglich, bis heute Abend. »Und wann soll das Ganze stattfinden?«

»Wenn es Ihnen recht ist, jetzt gleich«, sagte Debbie.

»Jetzt gleich? Aber ich habe doch gerade …«

»Keine Sorge. Es dauert nicht lange.«

Noch bevor Calum es sich überlegen konnte, flitzte sie zurück an die Rezeption und kam gleich darauf mit einem Clipboard und einem Stift in der Hand zurück. »Na dann los«, sagte sie. »Welche Ziele möchten Sie erreichen?«

Calum dachte kurz nach. »Na ja, das Übliche, denke ich.«

»Und das wäre?«

Er wiegte nachdenklich den Kopf hin und her. Ein Tropfen Schweiß flog von seiner Brille auf Debbies Clipboard. »Weniger Gewicht. Bessere Kondition. Vielleicht ein bisschen mehr Muskeln.«

»Schön, dann sind Sie hier genau richtig«, antwortete sie, beugte sich vor und warf einen Blick auf das Display am Trainingsfahrrad. »Sehr gut, Sie sind gerade bestens aufgewärmt. Dann kommen Sie doch mal mit.«

»Aufgewärmt? Mehr hatte ich heute gar nicht vor«, protestierte Calum, aber Debbie hörte ihm anscheinend gar nicht zu.

»Folgen Sie mir einfach«, sagte sie stattdessen nur und ging hinüber in den Freihantelbereich, wo die stahlglänzenden Folterinstrumente auf Ständern aufgereiht lagen.

Mit einem schweren Seufzer stieg Calum widerstrebend vom Fahrrad, wischte es flüchtig mit seinem Handtuch ab und tat, wie ihm befohlen.

In seinem Büro bei Seek schaute sich Mark Webster im Internet die Seite »Zehn Tipps & Tricks fürs Bowling« an, um Julie Marshall später mit seinem Wissen beeindrucken zu können. Soweit er es bisher verstanden hatte, ging es beim Bowling vor allem darum, die Kugel richtig zu halten und gleichzeitig im Handgelenk locker zu bleiben. Allerdings stellte sich die Frage, wie er ihr das später vermitteln sollte, ohne sich auf verbales Glatteis zu begeben. Vielleicht kannte sie sich ja viel besser aus als er selbst. Es bot aber auf jeden Fall eine gute Gelegenheit, das Terrain zu sondieren. Er stand auf, rückte den Stuhl beiseite und fing an, den Schwung zu üben. Ein kurzes Klopfen an der Tür ließ ihn aufschrecken. Als er sich umdrehte, stand Nathan grinsend vor ihm.

»Ich sage nichts dazu!«

»Ach, du bist's nur.«

»Auch schön, dich zu sehen«, sagte Nathan.

»Entschuldige. Ich hatte gehofft, es sei jemand … du weißt schon … anders.«

»Immer noch nichts?«

Mark schüttelte den Kopf. »Nein.«

»Vielleicht wartet sie bis heute Abend.«

»Es sei denn, ich habe sie irgendwie brüskiert.«

Nathan schüttelte den Kopf. »Das bezweifle ich. Wenn es ihr zu unangenehm wäre, den Abend mit dir im gleichen Raum zu verbringen, hätte sie nicht zugesagt.«

Mark seufzte. »Kann schon sein. Allerdings weiß ich immer noch nicht, wie ich es anpacken soll.«

»Jetzt stell dich nicht so an«, erwiderte Nathan. »Du lädst mich jetzt zum Mittagessen ein, schließlich hast du mir auch etwas Aufmunterung versprochen, und im Gegenzug helfe ich dir, eine Eroberungsstrategie für später auszuarbeiten.«

Mark schaute auf seine Armbanduhr. »Und du meinst, das hilft?«

Nathan lachte. »Vielleicht keinem von uns beiden. Aber ich bin am Verhungern. Dagegen hilft essen auf jeden Fall.«

»In Ordnung.« Mark schaute zum Fenster hinaus, wo sich der Himmel dunkelgrau bezogen hatte. »Wollen wir nicht doch lieber abwarten, bis der Typ mit den Sandwiches vorbeikommt?«

»Warum?«

»Wir hatten schon bessere Tage.«

»Sei nicht so streng mit dir selbst.«

»Ich meinte das Wetter drau...« Mark sah Nathan an. »Sehr witzig.«

»Na komm schon.« Nathan klopfte ihm auf die Schulter. »Wo ist dein Humor abgeblieben?«

»Der hat sich einen Tag freigenommen. Langsam wünschte ich, ich hätte das auch getan.« Mark nahm seinen Mantel, und zusammen gingen sie an der Rezeption vorbei. »Wir gehen zum Lunch«, sagte Mark zu Mia-Rose.

Nathan hielt ihm die Tür auf.

»Hast du was Spezielles im Sinn?«, fragte Mark, während die sie Bateman Street entlangschlenderten. »Wie wär's mit Pret?«

»Nicht wenn du zahlst«, antwortete Nathan. »Lass dir was anderes einfallen.«

Sie bogen um die Ecke und gingen weiter die Frith Street entlang. Nathan entdeckte einen freien Tisch vor der kleinen Bar Italia. »Wie wäre es dort?«

»Willst du draußen sitzen?«

»Warum nicht?«

»Zum einen haben wir Februar.« Mark sah hinauf in den Himmel. »Und zweitens sieht es nach Regen aus.«

»Sie haben Heizstrahler, du Weichei. Und eine Markise.«

»Okay.« Mark knöpfte seinen Mantel bis oben hin zu und setzte sich hin. »Aber wenn ich mir jetzt eine Erkältung hole, ruiniert mir das heute Abend jede Chance.«

Nathan griff nach den Speisekarten und drückte Mark eine davon in die Hand. »Die einzige Abkühlung, die du heute befürchten musst, ist Julies kalte Schulter, wenn du nicht aufpasst.«

»Kommt mir so vor, als hätte sie mir die schon gezeigt.«

Nathan bedachte Mark mit einem Seitenblick und widmete sich dann der Speisekarte. »Du wirst sie schon nicht vergrault haben. Ich habe dir doch schon gesagt, dass ihre Zusage steht. Und sie weiß, dass du auch da bist. Eine Frau, die verärgert ist, verhält sich anders.«

»Kann schon sein. Aber wenn ich hinter ihr herrenne wie ein läufiger Kater, macht das auch nicht gerade den besten Eindruck.«

Nathan lächelte. »Was willst du eigentlich?«

Mark verdrehte die Augen. »Keine Ahnung. Endlich mal eine ganz normale Verabredung unter vier Augen wäre doch schon mal ein schöner Anfang. Gemeinsam zum Essen ausgehen wie andere Paare auch. Damit wir uns endlich auch mal außerhalb der Firma unterhalten und kennenlernen können. Ist das zu viel verlangt?«

»Sorry, ich meinte, was du zum Essen haben willst?«

Nathan grinste den attraktiven Kellner mit den gezupften Augenbrauen an, der mit deutlichem Hüftschwung Sekunden zuvor am Tisch erschienen war. »Er sprach gerade von einer Kollegin in unserer Firma, nicht etwa …«, Nathan fuchtelte mit dem Zeigefinger zwischen sich und Mark hin und her, »über uns.«

»Kein Problem, Boys«, sagte der Kellner mit tonnenschwerem italienischen Akzent. »Sind wir hier in Soho nicht alle gleich?«

Mark musste grinsen, als er die Speisekarte überflog. »Für mich nur ein Panino. Mit Schinken und Käse. Und ein paar extra Chips. Und einen Cappuccino.« Er sah hoch und merkte, dass Nathan ihn missbilligend anschaute. »Was ist?«

»Dein Körper ist ein Tempel.«

»Wie bitte?«

»Der Verdammnis«, ergänzte Nathan und zuckte mit den Achseln. »Was soll's.« Dann wandte er sich an den Kellner. »Für mich das Gleiche.«

Der Kellner lächelte sie an. »Wie romantisch.« Dann schwang er seine Hüften zurück in die Bar.

»Also«, fuhr Mark fort, nachdem er verschwunden war, »was schlägst du vor?«

Nathan blies seine Backen auf. »Du musst meinen Rat natürlich nicht unbedingt befolgen, aber hast du schon mal darüber nachgedacht, sie einfach nur auf einen Kaffee einzuladen und ihr zu sagen, wie gut du sie … äh, leiden kannst?«

»Das ist mir auch schon eingefallen. Aber was soll ich machen, wenn ich damit schon zu weit gehe? Die Zuneigung muss ja nicht unbedingt auf Gegenseitigkeit beruhen.«

»Ich bin mir sicher, dass sie es dir in dem Fall schonend beibringen würde. Julie ist eine gutaussehende Frau. Sie wird bestimmt andauernd von Männern angemacht und wissen, wie man ihnen vermittelt, wo es langgeht.«

»Vielen Dank, Nathan. Das ist mir wirklich eine große Hilfe.« Mark schüttelte den Kopf. »Wenn sie also so großartig und attraktiv ist, warum hat sie dann offenbar niemanden, mit dem sie heute Abend ausgeht?«

»Bist du dir denn sicher, dass das so ist?«

»Ziemlich.«

»Warum?«

»Es gibt da was, das ich dir bisher nicht gesagt habe.«

»Und das wäre?«

»Die Weihnachtsfeier. Wir sind anschließend zusammen … im Taxi nach Hause gefahren.«

»Aber du wohnst doch gar nicht bei ihr in der Nähe.«

Mark grinste ertappt. »Habe ich das behauptet?«

»Du gerissener Hund!«

»Und dann, auf der Fahrt …«

»Warte mal einen Moment«, unterbrach ihn Nathan. »Möchte ich das wirklich während des Mittagessens hören?«

Mark lehnte sich nahe zu Nathan über den Tisch und sagte leise: »Wir haben uns geküsst.«

Nathan riss die Augen auf. »Was meinst du mit geküsst? Küsschen rechts, Küsschen links oder das volle Programm?«

»Äh … Letzteres. Sie war ein bisschen angetrunken. Und ist sozusagen über mich hergefallen.«

»Schön für dich.«

Mark lehnte sich wieder zurück, als der Kellner mit ihrer Bestellung kam. »Verstehst du jetzt?«, fuhr er fort und wärmte sich die Hände an der Kaffeetasse. »Das macht die Sache nicht gerade leichter. Erst küsst sie mich wie wild, und dann reagiert sie nicht auf die Valentinskarte. Daraus muss ich doch den Schluss ziehen, dass sie kein weiteres Interesse hat.«

»Wie gesagt, ich will mich nicht als Experte aufspielen, aber wenn sie dir im Taxi quasi auf den Schoß gesprungen ist, dann hört sich das für mich so an, als ob sie sehr wohl was von dir will.«

»In dem Moment dachte ich das auch. Aber seitdem herrscht Funkstille.«

Nathan biss ein Stück von seinem Panino ab und kaute genüsslich. »Und was ist deiner Meinung nach der Grund dafür?«, fragte er mit vollem Mund.

Mark zuckte die Achseln. »Keine Ahnung. Vielleicht war sie einfach zu betrunken.«

»Schon möglich. Aber dann geht man doch hinterher trotzdem noch mal in irgendeiner Weise darauf ein.«

»Wie würdest du reagieren? Unsere Firma ist sehr überschaubar, und sie ist noch neu. Vielleicht geht es ihr um ihren guten Ruf.« Mark musterte sein Panino so sorgfältig, als müsste er herausfinden, an welcher Stelle er am besten zuerst reinbiss.

»Warum hast du sie nicht darauf angesprochen?«

»Habe ich versucht. Indirekt sozusagen.«

»Wie indirekt?«

»Am nächsten Tag habe ich sie gefragt, ob sie sich am Abend vorher gut amüsiert hat.«

Nathan hätte beinahe die Chips, die er sich gerade in den Mund schieben wollte, aus der Hand fallen lassen. »Was um alles in der Welt hätte sie denn deiner Meinung nach darauf antworten sollen? ›Ja, war super, und am besten hat mir unsere anschließende Knutscherei im Taxi gefallen‹?«

»Also …«

Nathan lachte. »Du musst doch selbst zugeben, dass deine Frage ziemlich anzüglich für sie geklungen haben muss.«

Mark hob verteidigend die Hände. »Was hätte ich denn sonst sagen sollen?«

»Keine Ahnung. Vielleicht hättest du es etwas lockerer angehen können. Indem du dich zum Beispiel dafür entschuldigst, dass du sie ungefragt geküsst hast oder so was in der Art.«

»Aber sie war es doch, die damit angefangen hat!«

»Und du hast nie daran gedacht, dass ihr das im Nachhinein vielleicht ein bisschen peinlich gewesen sein könnte.«

»Das ist mir nicht in den Sinn …«

Nathan verdrehte die Augen. »Ach, komm schon, Mann. Sie ist mehr oder weniger beschwipst auf dem Rücksitz eines Taxis über dich hergefallen. Nicht besonders ladylike. Immerhin warst du Manns genug, dich nicht lange bitten zu lassen, wenn sich schon mal die Gelegenheit bietet. Unser Hüftschwinger hier hätte sich mit Händen und Füßen gegen so eine Halbvergewaltigung gewehrt, da kannst du Gift drauf nehmen. Aber woher soll sie wissen, wie du zu der Sache stehst? Deshalb ist ihr ihr Verhalten im Zweifel sicher peinlich. Und statt ihr aus der Klemme zu helfen, fragst du nur, ob sie sich gut amüsiert hat. Und je nachdem, wie betrunken sie wirklich war, kann sie sich eventuell noch nicht einmal erinnern, wie weit die Sache ging.«

»Bis nach Chiswick.«

Nathan trank seine halbe Tasse Kaffee in einem Schluck. »Das habe ich nicht gemeint.«

»Oh.« Mark sah verlegen aus. »Daran habe ich gar nicht gedacht.«

»Tja, und genau deswegen solltest du mal anfangen zu versuchen, es aus ihrer Warte zu sehen. Denn so, wie du ihr gegenüber auf den Abend anspielst, scheinst du sie eher zu vergraulen.«

Mark sah ihn an, riss eine Ecke von seinem Panino und stopfte es sich in den Mund. »Also, was soll ich machen?«, fragte er, nachdem er den Bissen hinuntergeschluckt hatte.

»Meiner Meinung nach gibt es zwei Optionen.«

»Nämlich?«

»Ihr ganz offen und ehrlich zu sagen, wie sehr du sie magst, und sie anschließend zum Essen einzuladen.«

»Und mir damit eine massive Abfuhr einzuhandeln. Inklusive unabsehbarer Folgen für die Zusammenarbeit in der Firma, zumindest in der nächsten Zeit?«

»Oder«, Nathan lächelte vergnügt vor sich hin, »du versuchst, noch einmal die gleiche Situation wie im Anschluss an die Weihnachtsparty zu arrangieren, und wartest ab, ob sich das Ganze wiederholt.«

»Ich kann mir nur schwer vorstellen, dass sie noch einmal Lust hat, das Luftballon-Spiel zu spielen.«

»Soll das irgendeine Art Metapher sein?«

»Ja, verdammt noch mal!«

»So genau wollte ich es gar nicht wissen. Spendier ihr ein paar Drinks. Und wenn ich du wäre, würde ich mir auch gleich ein paar genehmigen. Wenn alle gehen, kannst du ihr wieder anbieten, gemeinsam ein Taxi zu nehmen. Oder ihr fahrt zusammen mit der U-Bahn. Oder du begleitest sie wenigstens bis zur Haltestelle. Irgendwas, was nach leicht alkoholgesättigter Gemeinsamkeit auf dem Nachhauseweg aussieht. Und dann …«

»Mal sehen«, sagte Mark ein wenig unsicher.

»Und wenn du heute Abend irgendwann nahe dran bist, die Nerven zu verlieren und den Schwanz einzuziehen …«

»Ja?«

Nathan trank den Rest von seinem Kaffee. »Dann denk immer daran, was für ein Horror die letzten sieben Wochen für dich waren.«

Mark nickte langsam. »Das ist wahrscheinlich kein schlechter Rat.« Er aß noch ein Stück von dem Sandwich und trank einen Schluck. »Und?«

»Was und?«

»Wie wirst du es heute Abend anstellen?«

Nathan sah seinen Freund und Kollegen erstaunt an. Das war eine gute Frage. »Nun ja, ich formuliere mal ins Blaue hinein. Bis jetzt habe ich noch nicht so viel darüber nachgedacht.«

»Nicht so viel, aber alle fünf Minuten?«

»So schlimm ist es auch wieder nicht«, sagte Nathan. Wenigstens solange er etwas zu tun hatte oder sich mit etwas beschäftigte, fügte er in Gedanken hinzu. »Nur wenn ich zu viel Zeit habe oder mich irgendwas konkret an den Valentinstag erinnert, so wie diese Karte mit unbekanntem Absender von heute Morgen. Dann denke ich noch an Ellie.«

»Ach ja richtig, die Karte.«

»Was ist damit?«

»Das frage ich dich. Was willst du damit anfangen?«

»Anfangen? Angesichts der Tatsache, dass ich nicht die leiseste Ahnung habe, wer sie mir geschickt hat, werde ich überhaupt nichts damit anfangen.« Er seufzte. »Ehrlich gesagt interessiert es mich auch nicht sonderlich.«

»Der anonyme Absender oder das Thema im Allgemeinen?«

Nathan zuckte die Achseln. »Das Thema im Allgemeinen, denke ich. Jedenfalls nicht im Moment.«

»Nathan …«

»Ich weiß, ich weiß. Vielleicht, wenn mir eine über den Weg läuft, die wirklich was Besonderes ist …«

»Was Besonderes oder besonders gutaussehend?«

»Weiß nicht so recht.«

Mark trank seine Tasse aus und deutete mit dem Kopf zu einem Tisch im Café nebenan, wo zwei attraktive junge Frauen Kaffee tranken, Zigaretten rauchten und sich kichernd unterhielten. »Was ist mit den beiden?«

»Raucherinnen!«

»Scharf beobachtet.«

»Nein, ehrlich, du siehst doch, wie sie qualmen. Ellie hat das nie gemacht. Ich könnte nichts mit einer Frau anfangen, die raucht.«

»Und was ist mit der da?« Mark zeigte unauffällig auf eine langbeinige Frau in gefährlich kurzem Rock, die auf dem Gehsteig auf sie zukam.

Als Nathan aufsah, trafen sich ihre Blicke, aber er sah sofort wieder weg. »Bisschen zu groß.«

Mark machte eine genervte Miene. »Nathan?«

»Ja, Mark?

»Irgendwas hast du immer an ihnen auszusetzen, oder?«

»Stimmt nicht«, protestierte Nathan, aber das stimmte nicht, denn es gab tatsächlich an allen etwas auszusetzen. Sie waren eben alle nicht wie Ellie.

Im selben Moment beobachtete Mark, wie Sophie auf der anderen Straßenseite angetrippelt kam und Richtung Firma weiterging. Sie hielt eine Einkaufstüte von Selfridges umklammert, als würden sich ihre sämtlichen Ersparnisse darin befinden. »Und was ist mit Sophie?«

Nathan folgte Marks Blick. »Was soll mit ihr sein?«

»Sie ist doch ganz attraktiv. Und clever. Außerdem ist sie heute Abend auch mit von der Partie.«

»Na und?«

»Und sie ist Single.«

»Kann schon sein, aber …«

»Aber was?«

»Etwas mit einer Frau aus der gleichen Firma anzufangen, finde ich jetzt nicht so toll …« Nathan hielt inne, als er merkte, wie Mark ihn anschaute.

»Vielen Dank für diesen hilfreichen Kommentar!«

»Bei dir ist das was anderes.«

»Was soll das jetzt wieder heißen?«

»Könnten wir bitte das Thema wechseln?«

»Selbstverständlich. Sobald du zugibst, dass du immer noch glaubst, Ellie sei die perfekte Frau, mit der sich keine andere messen kann.«

Nathan rutschte nervös auf seinem Stuhl hin und her. »Natürlich glaube ich, dass sie die perfekte Frau ist. Was meinst du, warum ich ihr einen Heiratsantrag gemacht habe?«

»Aber dann war sie es offensichtlich doch nicht, oder?«

»Warum?«

»Weil sie dich nicht heiraten wollte. Und weil sie sich hinter deinem Rücken mit einem anderen getroffen hat. Das kann man ja wohl nur schwer als perfekte Frau bezeichnen.«

»Na ja …«

»Gib es zu, Nathan. Sie hat dich für jede andere Beziehung verdorben. Selbst für jemanden wie Sophie, die …«

Nathan schnaubte. »Wenn du meinst, dass Sophie so toll ist, warum machst du dich dann nicht an sie ran?«

»Weil ich an Julie interessiert bin.«

»Und ist Julie etwa perfekt?«

Mark schüttelte den Kopf. »Darum geht's mir gar nicht. Ich suche nicht die perfekte Frau, sondern jemanden, der zu mir passt. Das ist ein kleiner Unterschied.«

Nathan verschränkte die Arme. »Ich war im Übrigen durchaus der Meinung, dass Ellie perfekt zu mir passt.«

»Aber du hast dich geirrt.«

»Kann sein«, erwiderte Nathan leicht zerknirscht.

»Meinst du nicht, es wäre allmählich Zeit, darüber hinwegzukommen?«

»Meinst du nicht, dass ich das liebend gern täte?«

»Nein, mein Lieber, danach sieht es für mich nicht aus.« Mark gab dem Kellner ein Zeichen, zwei Espresso zu bringen. »Und die Anti-Valentins-Party ist der beste Beweis dafür.«

»Wofür?«

»Dass du für den Valentinstag dasjenige bist, was Scrooge aus Dickens' Weihnachtsgeschichten fürs Fest ist.«

Nathan schaute ihn etwas verblüfft und ratlos an. »Sorry, Kumpel, klär mich auf. Was Dickens anbelangt, bin ich nicht ganz auf dem Laufenden.«

»Das ist kein Wunder nach drei Jahren.«

»Und wie soll ich das jetzt verstehen?«

»Mach es wie Scrooge«, sagte Mark. »Stell dich deiner Valentinstag-Vergangenheit.«

Sophie Jones lief die Bateman Street hinunter und hielt die Selfridges-Tüte mit vor der Brust verschränkten Armen fest, als wäre sie transparent und der leicht anrüchige Inhalt müsste verborgen werden. Das Intermezzo mit dem Verkäufer bei Selfridges hatte ihr gutgetan, sie fühlte sich geschmeichelt. Schließlich war es schon einige Zeit her, dass ein Mann sie in Unterwäsche gesehen hatte. Die Vorstellung, dass Nathan sich dazu später am heutigen Abend eventuell auch hinreißen lassen würde, war zwar ziemlich gewagt, aber die Szene vorhin wirkte sich definitiv positiv auf ihr Selbstvertrauen aus. Sie drapierte ihren Mantel über der Tüte, betrat möglichst unauffällig das Gebäude von Seek und lächelte Mia-Rose im Vorbeigehen kurz zu. An der Treppe, die ins Untergeschoss führte, ging sie rasch vorbei, denn sie wollte auf keinen Fall, dass Nathan ihren Neuerwerb zu Gesicht bekam, bevor sie ihn nicht am eigenen Leib trug. Sie eilte die Treppe hinauf in ihr Büro, schloss die Tür hinter sich, zog die Tüte unter ihrem Mantel hervor und stellte sie auf dem Schreibtisch ab.

Julie räusperte sich vernehmlich. »Haben Sie bei Selfridges was mitgehen lassen?«

»Wie bitte? Nein! Ich … ich wollte nur nicht, dass man sieht, was drin ist.«

»Was sollte man denn nicht sehen?«

»Es handelt sich um eine Art … Dessous.« Sophie spürte, dass ihr Gesicht die Farbe des Bustiers annahm. »Für heute Abend.«

»Für die Bowling-Party? Ich dachte, dafür brauchen wir nur andere Schuhe.«

»Es ist für Nathan.«

»Und Sie sind sicher, seine Größe erwischt zu haben?«

»Nein, nein. Natürlich werde ich es tragen, aber es ist natürlich auch für Nathan«, stammelte Sophie, bevor sie merkte, dass Julie einen Scherz gemacht hatte. Sie schaute über die Schulter, um sich zu vergewissern, dass die Bürotür auch wirklich geschlossen war, dann reichte sie die Tüte an Julie weiter. »Ich hatte ursprünglich gar nicht vor, heute Abend mitzugehen. Und als ich mich heute Morgen angezogen habe, ist die Wahl nicht gerade auf mein schönstes Ensemble für untendrunter gefallen. Wenn Sie verstehen?«

Julie nickte, obwohl sie es nicht ganz verstand, denn das letzte Mal, als sie ziemlich viel Geld für Unterwäsche ausgegeben hatte, war das für den Kauf eines erstklassigen und dementsprechend teuren Sport-BHs gewesen. Sie hatte eine ganze Reihe von Horrorstorys über Marathonläufe und Trainings gelesen und über die damit verbundenen Risiken. Die einzige Sache, über die sie sich allerdings wirklich Sorgen machte, war die Gefahr, dass ihre Nippel vielleicht irgendwann auf Höhe ihrer Knie baumelten.

»Sehr niedlich«, sagte sie, nachdem sie einen Blick auf den Inhalt der Einkaufstüte geworfen hatte. »Und wenn es seinen Zweck heute Abend nicht erfüllt, dann sicher ein andermal.«

Sophie verzog das Gesicht. »Ich hab's geahnt. Ein bisschen zu nuttig, oder?«

»Ich habe nur Spaß gemacht. Ich bin sicher, dass Nathan es …«, sie wählte ihre Worte vorsichtig, »zu schätzen weiß.«

»Das will ich hoffen.« Sophie musste daran denken, wie viel Geld sie ausgegeben hatte, und bekam augenblicklich Schuldgefühle. Sie ließ sich auf ihren Stuhl fallen. »Ich bin einfach mal davon ausgegangen, dass er auf so was steht.«

Julie lächelte sie aufmunternd an. »Das wird er sicher. Haben Sie sich auch schon einen Plan ausgedacht, wie Sie sicherstellen, dass er auch tatsächlich in den Genuss dieser Neuanschaffung kommt?«

»Äh … bisher nicht.«

»Müsste man sich nicht eine kleine Kampagne überlegen? Wie Sie sicher wissen, geht es beim Marketing vor allem darum, bei den Konsumenten das Bedürfnis nach einem bestimmten Produkt zu wecken, das sie noch gar nicht kennen.«

»Was kennen sie noch nicht, das Bedürfnis oder das Produkt?«

»Beides. Das verführerische Dessous wird wenig bewirken, solange Nathan Sie nicht darin sehen kann.«

»Verstehe.«

Julie überlegte einen Moment und schaute auf ihre Uhr. Auch wenn ihr eigenes Liebesleben im Moment eher desaströs aussah, musste das ja nicht bedeuten, dass sie für Sophie nicht ein bisschen Amor spielen konnte. »Haben Sie eigentlich schon was gegessen?«

Sophie schüttelte den Kopf. Angesichts des Haufen Geldes, den sie eben bei Selfridges gelassen hatte, wollte sie lieber auf ihren Lunch verzichten – und das voraussichtlich für die nächsten Monate.

»Okay, dann kommen Sie mit. Ich lade Sie ein.«

»Können wir denn das Büro einfach unbesetzt lassen?«

Julie lachte und griff nach ihrer Handtasche. »Wir sind die Marketingabteilung, Sophie«, sagte sie und ging voraus, »nicht der Bereitschaftsdienst. Was soll schon passieren? Dass plötzlich ein Kunde anruft, weil er keine Visitenkarte mehr von uns hat?«

Sophie zuckte die Achseln. »Wie Sie meinen.« Damit folgte sie ihrer Chefin die Treppe hinunter und nach draußen.

»Wonach steht Ihnen der Sinn?«, fragte Julie bei den ersten Schritten auf dem Gehsteig. »Sandwich?«

Sophie überlegte einen Moment. »Etwas Heißes wäre mir lieber«, antwortete sie und schlang sich ihren Schal um den Hals.

»Könnten Sie mal für ein paar Minuten aufhören, an Nathan zu denken?«

»Haha.«

»Wie wär's mit einer Suppe? Es gibt da einen neuen Laden in der Old Compton Street.«

»Warum nicht«, erwiderte Sophie.

Sie schlenderten den kurzen Weg durch Soho, bis sie vor einem frisch gestrichenen Haus ankamen. Über der Eingangstür prangte in pinkfarbenem Neon der Schriftzug »Souped Up«.

»Was darf es sein?«, fragte der Mann, als sie in dem schmalen Lokal an die Theke traten.

Sophie überflog rasch die Angebote mit den Tagesgerichten auf der Tafel an der Wand und entdeckte schnell eine ihrer Lieblingssuppen. »Karotte und Koriander«, sagte sie.

»Wollen Sie das wirklich nehmen?«, fragte Julie. »Da ist Knoblauch drin.«

»Na und?«

»Ich dachte, Sie wollten heute Nacht Nathan küssen?«

»Da haben Sie recht.« Sophie studierte die Zutaten der Gerichte etwas sorgfältiger. »Haben Sie auch was ohne Knoblauch?«, fragte sie den Mann.

»Die Suppe mit Wintergemüse.«

»Das hört sich auch gut an«, sagte Sophie.

Julie bestellte dasselbe – woraufhin Sophie leicht die Augenbrauen hob – und wischte die Banknote, die Sophie ihr zum Bezahlen hinhielt, mit einer Handbewegung beiseite. Sophie war dankbar für die Einladung. Sie hatte fast ihr ganzes restliches Bargeld am Vormittag bei Pret A Manger gelassen. Während der Mann an der Theke die Suppenteller füllte, legten Sophie und Julie Brot und Besteck auf ein kleines Tablett und trugen dann alles zusammen zu einem der freien Tische.

»Lassen Sie es sich schmecken«, sagte Julie, nachdem sie hungrig in ein Stück Weißbrot mit Sesamkörnern gebissen hatte, das Sophie bewusst liegen gelassen hatte. Sie wollte nicht riskieren, dass ihr Körner zwischen den Zähnen hängenblieben. »Haben Sie sich schon Gedanken darüber gemacht, wie Sie es schaffen wollen, mit ihm allein zu sein? Ganz zu schweigen von einer Gelegenheit, ihn zu küssen?«

Sophie rührte nachdenklich in ihrer Suppe. »Weiß nicht so recht. Bisher dachte ich, ich verlasse mich ein bisschen auf die Nachhilfe durch Alkohol.«

Julie wäre beinahe ihr Brot aus den Händen in die Suppe gefallen. Sie wusste nur zu gut, dass das funktionieren konnte. Aber angesichts dessen, wie es hinterher mit ihr und Mark weitergegangen war, würde sie es nicht so ohne weiteres als Strategie empfehlen. »Wollen Sie ihn betrunken machen oder alle anderen, so dass nur Sie beide übrig bleiben?«

»So weit habe ich noch nicht vorausgedacht.«

»Aber was lässt sich damit denn erreichen?« Julie blies auf einen Löffel Suppe. »Möglicherweise eine halb betrunkene Knutscherei. Aber das ist nicht unbedingt zielführend.«

»Natürlich nicht«, sagte Sophie, obwohl sie es schon als anständiges Ergebnis empfunden hätte, wenn sie es überhaupt so weit bringen würde.

»Haben Sie und Nathan sich eigentlich schon mal unter vier Augen unterhalten? Einfach nur so?«

»Eigentlich nicht. Jedenfalls nicht über ein bisschen Büroplänkel hinaus.« Die Unterhaltung von heute Morgen, als Nathan die Karte abgeliefert hatte, wollte sie lieber nicht erwähnen. »Aber so funktioniert es doch nicht, oder? Heutzutage bahnen sich die meisten Beziehungen eher umgekehrt an.«

»Umgekehrt?«

Sophie nickte. »Man lernt jemanden in einem Pub oder Club kennen, oft hat man schon reichlich Drinks intus, man trinkt noch mehr, springt miteinander in die Kiste, und dann geht es immer so weiter, bis man einander überdrüssig wird.«

»Was ist denn nur aus der guten alten Beziehungsanbahnung geworden? Als man sich erst einfach kennengelernt und Zeit miteinander verbracht hat, um herauszufinden, welche Gemeinsamkeiten man hat, bevor man … Sie verstehen, was ich meine?«

Sophie lachte. »Ja.«

Julie löffelte eine Weile ihre Suppe. Wenn sie so weitermachte, hörte sie sich noch an wie Sophies Mutter. »Wann geht es heute Abend noch mal los?«

»Halb sechs, glaube ich.«

»Mal angenommen, Sie kriegen es irgendwie hin, eine Weile mit Nathan allein zu sein. Was meinen Sie, wie lange Sie brauchen, um ihn zu bezirzen?«

»Um ihn betrunken zu machen, meinen Sie?« Sophie stellte ein paar Berechnungen im Kopf an. Wenn man die Weihnachtsfeier im letzten Jahr als Maßstab nahm, dann waren die meisten nach ungefähr drei bis vier Cocktails hinüber. Und wenn man für einen Drink eine Viertelstunde veranschlagte … »Weiß nicht so recht. Vielleicht eine Stunde?«

»Okay. Dann wissen Sie jetzt schon mal, dass Sie dieses Zeitfenster auf jeden Fall brauchen und rausschinden müssen.«

Sophie beobachtete erstaunt, wie Julie bereits das zweite Sesambrötchen anbrach. Wenn sie genauso viel aß, musste sie fürchten, hinterher nicht mehr in das Bustier hineinzupassen. »Und wie mache ich das?«

Julie lächelte vielsagend. »Gar nicht«, sagte sie und tunkte ein Stückchen Brot in die Suppe. »Sie lassen die anderen agieren.«

»Wie bitte?«

»Denken Sie daran, wie eine Marketingkampagne aufgezogen wird.«

»Wie meinen Sie das?«

»Nehmen wir mal die Organisation eines Seminars als Beispiel. Was machen wir normalerweise zuerst?«

Sophie fragte sich, ob ihre Chefin eine Art nachgelagertes Bewerbungsgespräch mit ihr führen wollte. »Wir reservieren den Veranstaltungsort.«

»Das hat Nathan erledigt. Was kommt dann?«

Sophie kratzte sich am Kopf. »Wir machen ein Mailing. Damit testen wir, ob genügend Leute Interesse haben.«

»Das haben Sie ebenfalls bereits gemacht.«

»Was?«

»Ihre Valentinskarte.«

»Ah ja! Stimmt!«

»Genau.« Julie lächelte aufmunternd. »Und dann?«

»Na ja ...« Sophie zog die Stirn kraus, aber ihr fiel nichts ein.

»Dann werden die Erfolgsaussichten bewertet. Das haben wir auch schon getan, indem wir festgestellt haben, dass Nathan nicht schwul ist.«

»Stimmt! Na klar!«

»Und bei dem Event selbst?«

Sophie starrte auf ihren Suppenteller, als könnte sie die Antwort dort ablesen. Wenn das Seminar stattfand, hatte sie dafür zu sorgen, dass genügend Kaffee, Knabberzeug und Süßigkeiten bereitstanden. Aber sie konnte sich nicht vorstellen, welche Parallele Julie im Auge hatte. »Äh ...«

»Wir möchten, dass sie etwas kaufen. Dazu muss ein Bedürfnis geschaffen werden.«

»Aber wie?«

»Indem wir unser Produkt so attraktiv wie möglich verpacken.« Julie fischte mit ihrem Löffel ein völlig durchweichtes Stückchen Brot aus der Suppe und schluckte es herunter, ohne zu kauen. »Für die sexy Verpackung haben Sie mit dem Kauf bei Selfridges bereits gesorgt.«

»Aber ich kann ja wohl kaum vor allen anderen nur in meinen Dessous herumlaufen? Wir gehen ja nicht zum Bowling-Striptease.«

Julie musste lachen. »Na hören Sie mal, Sophie. Schließlich sind wir Marketingexpertinnen. Wenn wir die Bedürfnisweckung nicht hinbekommen, wer dann?« Sie lächelte. »Was ist der sicherste Weg zum Verkaufserfolg?«

»Hm ...«

»Die Konkurrenz ausschalten.«

»Ist das nicht ein bisschen übertrieben?«

Julie schüttelte den Kopf. »Keineswegs. Betrachten Sie es mal ganz nüchtern: Was Sie wollen, ist ein Date mit Nathan, aber Sie sind zu schüchtern, um ihn direkt darauf anzusprechen, stimmt's?«

»Stimmt.«

»Und soweit wir wissen, denkt er nicht daran, Sie seinerseits dazu einzuladen.«

Sophie verzog das Gesicht. »Sieht so aus.«

»Und wie würden Sie ›Date‹ genau definieren?«

Darauf wusste Sophie die Antwort sofort: »Zwei Leute, die einen Abend miteinander verbringen«, erklärte sie in vertraulichem Ton.

»Und gehen Sie heute Abend zusammen aus?«

»Das schon. Aber nur gemeinsam, nicht zu zweit, könnte man wohl sagen. Das schränkt meine Entfaltungsmöglichkeiten ziemlich ein.«

Julie lächelte. »Genau darauf wollte ich hinaus.«

»Verzeihung«, sagte Sophie, »jetzt kann ich Ihnen nicht mehr richtig folgen.«

»Sie müssen den Rest der Gruppe ausschalten. Oder wenigstens für eine Verspätung sorgen. Dann haben Sie Nathan wenigstens eine gewisse Zeit für sich.«

Sophies Augen wurden groß vor Bewunderung. Das war ein genialer Schlachtplan. Einen klitzekleinen Haken gab es da allerdings noch. »Und wie soll ich das bitte schön anstellen? Ich kann ja schlecht in der Firma rumgehen und allen anderen erzählen, dass die Party eine Stunde später anfängt. Und selbst wenn mir das gelänge, wie kann ich dann verhindern, dass Nathan davon erfährt?«

Julie hielt ihren Teller schräg, damit sie leichter den Rest der Suppe auslöffeln konnte. »Zäumen Sie das Pferd von hinten auf.«

»Wie das?«

»Statt allen anderen einen späteren Anfang vorzugaukeln, sorgen Sie dafür, dass Nathan früher da ist.«

»Und wie machen wir, äh Entschuldigung, ich meinte, wie mache *ich* das?«

Julie warf einen hungrigen Blick auf Sophies Suppenrest. »Ganz einfach«, erwiderte sie.

Auf dem Weg zurück in die Firma fühlte Sophie sich ein wenig schuldig. Julie half ihr so ausgesprochen selbstlos beim »Unternehmen Nathan«. Und dabei wusste sie nicht einmal, dass sie allem Anschein nach das Ziel des »Unternehmens Julie« von seiner Seite aus war. Doch Sophies Schuldgefühle waren nicht so ausgeprägt, dass sie ihr das offenbart hätte. Sie musste auch mal an sich selbst denken, um nicht immer auf der Verliererseite zu stehen wie schon bei der geplatzten Beförderung, der Handtasche, die ihr vor der Nase weggeschnappt worden war, und dem freien Sitzplatz heute Morgen in der U-Bahn. Immer nur nett zu sein machte sich nicht bezahlt. Jedenfalls heute wollte sie darauf verzichten.

Als Sophie mit Julie auf dem Rückweg durch die Frith Street kam, drehte sie beinahe durch. Da saß er vor der Bar Italia, der Mann ihrer Träume, und trank zusammen mit Mark Webster Espresso. Als sie sich den beiden unweigerlich näherten, geriet Sophie mehr und mehr in Panik. Das Letzte, was sie wollte, war, Nathan die Gelegenheit zu einem direkten Vergleich zwischen ihr und Julie zu geben. Und womöglich hatte sie, bei all dem Pech, das ihr üblicherweise an den Fersen klebte, auch noch Reste von der Suppe im Gesicht. Mark war gerade aufgestanden, deshalb verlangsamte Sophie den Schritt ein wenig in der Hoffnung, dass die beiden aufbrechen und der Kelch an ihr vorübergehen würde. Aber Nathan machte nicht die geringsten Anstalten, sich zu bewegen. Mark verschwand im Innern des Cafés, und Nathan blieb einfach sitzen und nippte abwechselnd an seinem Kaffee und schaute die Straße auf und ab. Was, wenn er sie entdeckte, anfing, sich mit ihnen zu unterhalten, und dabei womöglich auf die Valentinskarte von heute Morgen zu sprechen kam? Sophie fürchtete, sie könnte vor Panik einfach losquasseln und sich dabei um Kopf und Kragen reden. Julie brauchte dann nur noch zwei und zwei zusammenzählen, und das Spiel für Sophie war aus. Sie musste diesem unverhofften Zusammentreffen unbedingt aus dem Weg gehen. Julie hatte die beiden Männer anscheinend noch nicht bemerkt, daher versuchte sie, ihre Chefin auf die andere Straßenseite zu lotsen, wo sie von einem größeren Reparaturwagen von British Telecom, der in der zweiten Reihe parkte, verdeckt würden. Aber als sich Nathans bis dahin eher gleichgültiger Gesichtsausdruck mit einem Mal zu einem Grinsen verzog, war es offensichtlich zu spät. Insbesondere nachdem er ein lautes »Soph!« folgen ließ. Sie wurde rot und tat so, als ob sie sich ganz besonders für irgendeinen Gegenstand im nächstgelegenen Schaufenster interessierte. Aber ihre Strategie, ihn einfach zu ignorieren, wurde in dem Moment durchkreuzt, als Julie sie am Arm packte.

»Möglicherweise kannst du dir die ganzen Umstände sparen. Ich darf doch du sagen, oder?«

»Wie bitte? Äh, ja klar.«

»Jemand hat nach dir gerufen.«

»Aber … Nein, bitte. Ich kann nicht. Ich …«

»Na, komm schon.« Mit einem Lächeln hakte sich Julie bei Sophie unter und führte sie auf dem Gehsteig weiter. Als sie an dem Tisch vor der Bar angekommen waren, deutete Nathan auf die beiden freien Stühle.

»Wollen Sie uns nicht ein bisschen Gesellschaft leisten?«

»Reizende Idee«, sagte Julie. »Was meinst du, Sophie?«

Ohne deren Antwort abzuwarten, schob sie Sophie so energisch in Richtung Stuhl, dass ihr keine andere Wahl blieb, als sich auf dem Platz neben Nathan niederzulassen. Dann wollte Julie sich rasch von den beiden verabschieden, aber das ließ Nathan nicht zu.

»Bitte sehr«, sagte er und schob ihr einen Stuhl zu. »Sie nehmen am besten hier Platz.«

Julie fing Sophies flehentlichen Blick auf. »Wenn Sie meinen«, sagte sie und setzte sich.

»Das ist der Platz zwischen mir und Mark«, fuhr Nathan fort.

»Mark?« Julie fuhr erschrocken zusammen, noch bevor sie sich richtig angelehnt hatte.

»Ja. Er ist auch ...« Nathan verdrehte den Kopf, um ins Innere der Bar zu spähen. »Gerade war er noch da. Vielleicht steht er vor der Toilette Schlange.« Er spähte noch einmal zur Eingangstür, wo sich Mark, der die Neuankömmlinge bereits entdeckt hatte, mit panischem Gesichtsausdruck im Schatten versteckte. Nathan warf ihm einen wütenden Blick zu, dann winkte er ihm mit übertriebenem Armrudern zu. »Da kommt er gerade.«

Da es für Mark nun kein Zurück mehr gab, trat er an den Tisch und setzte sich wieder. Einen Moment herrschte verlegenes Schweigen.

»Na, das ist doch ein netter Zufall«, sagte Nathan schließlich.

»Stimmt.« Julie nickte. »So was machen wir eigentlich viel zu selten, oder, Sophie?«

Sophie schielte zu Mark hinüber. Seinem Aussehen nach zu urteilen und in Anbetracht ihrer momentanen Gefühlslage, entsprach diese Feststellung nicht wirklich der Wahrheit. Sie nickte zögernd, und Nathan lächelte.

»Ich nehme an, alle freuen sich schon auf heute Abend.«

»Aber auf jeden Fall«, bekräftigte Julie. »Nicht wahr, Sophie?«

»Klar«, sagte Sophie leise.

»Großartig«, sagte Nathan. »Ich habe mir übrigens gedacht, dass wir heute Abend zwei Mannschaften bilden.«

»Lassen Sie mich raten«, erwiderte Julie. »Männer gegen Frauen?«

»Genau.« Er nickte. »So funktioniert die Welt nun mal.«

»Trotzdem kommt mir das ein bisschen unfair vor«, widersprach Julie. »Den Männern gegenüber, meine ich.«

Nathan zog die Augenbrauen hoch. »Das klingt ja nach einer echten Herausforderung. Wollen Sie den Abend besonders interessant machen?«

Julie lachte kurz auf. »Wenn man das erreichen wollte, müsste man sich was anderes einfallen lassen als Bowling.«

»Sehr witzig«, kommentierte Nathan in sarkastischem Ton, lächelte sie dabei aber breit an. »Erzählen Sie doch mal, Julie«, fuhr er fort. »Haben Sie diesbezüglich viele Erfahrungen in Ihrer früheren Firma sammeln können?«

»In Bezug auf was?«

»Ein bisschen Geselligkeit unter den Kollegen auch mal außerhalb der Arbeit.«

»Nicht so richtig. Warum?«

»In manchen Firmen ist das so, in anderen nicht. Ich habe mich nur gefragt, ob es Ihnen grundsätzlich gefällt. Wie zum Beispiel die Weihnachtsfeier … Das war doch sehr lustig.«

»Ja«, sagte Julie mit tonloser Stimme. »Die war ganz nett.« Sie gab sich alle Mühe, Mark nicht direkt anzuschauen. Er hätte in dem Moment kein schieferes Gesicht ziehen können, was unter anderem aber auch daher rührte, dass er gleichzeitig versuchte, Nathan unter dem Tisch gegen das Schienbein zu treten.

»Mal abgesehen von der Szene, als die arme Mary mit Tränen in den Augen rausgerannt ist, weil irgendeiner von den besoffenen Kerlen sich über ihre Härchen lustig gemacht hat«, sagte Sophie, die nun unbedingt auch etwas zu dem Gespräch beitragen und Nathan mit ihrer Schlagfertigkeit auf sich aufmerksam machen wollte. Außerdem war es höchste Zeit, diese Privatkonversation zwischen ihm und Julie zu beenden.

»Stimmt. Manche Leute können mit Alkohol einfach nicht richtig umgehen«, sagte Nathan, und nun gab Mark sich alle Mühe, Julie nicht direkt anzuschauen.

»Oder mit Ballons«, plapperte Sophie ungebremst weiter, so dass Julie das Gesicht verzog. »Damit sie nicht platzen, wollte ich sagen.«

»Mary ist wirklich nicht so …« Julie hielt inne, da ihr wieder einfiel, wie fasziniert sie von Marys Bartschatten am Vormittag gewesen war. »Es ist wirklich ein ziemlich gemeiner Spitzname, den man ihr da verpasst hat.«

»Nicht wahr?«, fiel Sophie ein, nur um etwas zu sagen. »Aber eine ganze Reihe von Kollegen in der Firma haben einen Spitznamen.«

»Welche denn?«, fragte Julie.

»Dominic vom Kundendienst wird ›Last minute dot Dom‹ genannt.«

»Warum das?«

»Weil er immer und mit allem zu spät dran ist. Er schiebt immer alles …«

»… bis zur letzten Minute auf«, ergänzte Julie.

»Genau.« Sophie lächelte. »Außerdem wäre da noch Benedict, der Praktikant.«

Mark verzog das Gesicht. »Ist das nicht dieser ungewaschene Typ?«

Sophie nickte. »Er wird ›Eggs Benedict‹ genannt.«

Nathan zuckte zusammen. »Das passt irgendwie gar nicht«, sagte er und sah Sophie so direkt in die Augen, dass sie dem Blick nicht standhalten konnte. »Und wie lautet meiner?«

»Was meinen Sie?«

»Sophie, Sie haben gesagt, eine ganze Reihe von Leuten in der Firma haben einen Spitznamen. Was habe ich für einen?«

»Ich wüsste nicht, dass jemand …«, sie wurde verlegen, »Ihnen einen verpasst hätte. Jedenfalls nicht dass ich wüsste.«

Er lachte. »Und das ist keine Ausrede, Sophie?«

Jetzt schaffte sie es endlich, ihm in die Augen zu schauen. »Ich denke sie mir echt nicht selbst aus.«

Nathan lächelte sie an. »Und wie lautet der von Julie?«

Sophie wurde langsam sauer, weil Nathan schon wieder auf ihre Chefin zu sprechen kam. Als ob es keine anderen Frauen auf der Welt gäbe. Aber wenigstens war keiner darauf gekommen, sie nach ihrem eigenen Spitznamen zu fragen, der ihr auch schon zu Ohren gekommen war. Von den Kolleginnen in der Verwaltung wurde sie nämlich »Bridget« genannt, nach der berühmten Romanheldin Bridget Jones, dem ewigen Single. Aber dagegen wollte sie heute Abend definitiv etwas unternehmen. »Über Julie habe ich bisher auch noch nichts gehört.«

»Gott sei Dank«, sagte Julie.

Nathan beugte sich vor und stupste sie leicht an. »Das ist schon eigenartig.«

»Was?«

»Wie man mit manchen Menschen Tag für Tag zusammenarbeitet, ohne die elementarsten Dinge über sie zu wissen.«

»Meinen Sie?«

Nathan nickte. »Na klar. Nehmen wir zum Beispiel Mark hier.«

Bei der Erwähnung seines Namens wandten sich ihm alle zu, und Mark fing an, unruhig auf seinem Stuhl hin und her zu rutschen.

»Was ist mit ihm?«, fragte Sophie schließlich.

»Wahrscheinlich halten die meisten ihn für einen langweiligen Buchhaltertypen, eben einen typischen Finanzfachmann. Aber unter seinem unauffälligen grauen Anzug …«

»Steckt auch nichts weiter als ein unauffälliger kleiner Angestellter, der offensichtlich im Gegensatz zu dir heute noch einiges zu erledigen hat«, unterbrach ihn Mark, wobei er demonstrativ auf die Uhr schaute und dem Kellner ein Zeichen gab, die Rechnung zu bringen.

»Aber Tage wie dieser sind doch dafür geschaffen, solche oberflächlichen Eindrücke zu widerlegen und uns alle ein bisschen besser kennenzulernen«, sagte Nathan.

»Sie meinen Abende wie der, der uns heute noch bevorsteht?«

»Wenn Sie wollen, gerne beides«, erwiderte Nathan mit einem Lächeln.

Als gleich darauf der Kellner mit der Rechnung erschien, war Mark noch nie so dankbar für eine Unterbrechung gewesen. Und auch wenn er es nicht wissen konnte, aber Sophie erging es ebenso.

Kapitel 6

Sophie legte auf dem Rückweg ins Büro ein so erstaunliches Tempo vor, dass Julie kaum mithalten konnte, obwohl sie wegen des Marathons im Training war. »Sind wir für irgendwas zu spät dran?«, fragte sie, als Sophie verärgert die Tür aufriss. »Haben wir gleich ein Meeting, von dem ich nichts weiß, oder musst du nur dringend aufs Klo?«

Sophie warf ihr einen wütenden Blick zu und stürmte, ohne zu antworten, die Treppe hinauf.

Julie folgte ihr. Sie war bereits völlig außer Atem.

Als sie ihr gemeinsames Büro erreicht hatten, machte Sophie ihrem Frust Luft. »Was sollte das?«

»Ich dachte eher, du würdest dich bei mir bedanken.«

Sophie blieb der Mund offen stehen. »Ich soll mich bedanken? Wofür? Du hast dich doch die ganze Zeit an ihn rangeschmissen!«

»An wen?«

»Nathan!«

»Nathan?«

»Jawohl, Nathan!«, schrie Sophie, marschierte zu ihrem Schreibtisch, griff nach der Selfridges-Tüte und warf sie samt Inhalt in den Papierkorb.

»Was soll denn das?«

»Soeben hat sich ja herausgestellt, dass er sich kein bisschen für mich, sondern in erster Linie für dich interessiert. Und du bist anscheinend auch nicht abgeneigt. Wie konntest du dich nur in aller Seelenruhe hinsetzen und mit ihm flirten, wo du genau wusstest …« Rauchend vor Wut, ließ sich Sophie auf ihren Schreibtischstuhl fallen. »Und ich blöde Kuh habe mich dir auch noch vollkommen anvertraut und erzählt, wie gern ich ihn mag.« Sie kämpfte mit den Tränen. »Dabei dachte ich, wir wären Freundinnen.«

Beim Anblick von Sophies zitternder Unterlippe war Julie etwas ratlos, wie sie reagieren sollte. Erstens war sie nie die Sorte Frau gewesen, die sich etwas aus Zickereien machte, und zweitens brachten Gefühlsausbrüche sie meistens in Verlegenheit. Außerdem war es mittlerweile schon ziemlich lange Zeit her, dass sie mit einem anderen Menschen in engeren körperlichen Kontakt getreten war. Mal abgesehen von der Taxifahrt mit Mark. »Aber wir *sind* Freundinnen«, versicherte sie und versuchte es mit einem Schultertätscheln. »Ich wollte doch nur aus ihm herauskitzeln, ob er Single ist oder nicht.«

»Das hat man gemerkt.«

Julie beugte sich über den Papierkorb und zog die zerknickte Einkaufstüte hervor. »Hier, bitte«, sagte sie und stellte sie wieder auf Sophies Schreibtisch.

»Du könntest mir was vorgemacht haben.«

»Ehrlich, Sophie. Ich habe überhaupt kein Interesse an Nathan.«

»Warum nicht?«

Weil ich Mark mag, ging es Julie spontan durch den Kopf. Doch wenn sie das zugeben würde, beinahe hätte sie laut gelacht, das wäre … Sie hatte keine Ahnung, was das eigentlich wäre. Doch, sie wusste es. »Falsch« lautete der einzig richtige Begriff in Anbetracht der Tatsache, dass sie nach wie vor verheiratet war. Dafür, dass ihr das nicht sofort eingefallen war, schämte sie sich fast ein bisschen.

»Ist egal«, fuhr Sophie fort. »Nicht wichtig.«

Julie lehnte sich an Sophies Schreibtischkante. »Aber warum denn nicht?«

»Hast du mir nicht zugehört? Er fährt auf *dich* ab, nicht auf mich!«

»Nathan?«

»Ja, Nathan!«

»Wie kommst du darauf?«

»Das kann ich dir genau sagen.« Sophie streckte die Finger einer Hand aus und begann mit der Aufzählung: »Weil er dich aufgefordert hat, dich neben ihn zu setzen. Wegen der ganzen Art und Weise, wie er sich mit dir unterhalten hat. Oder sollte ich besser sagen, wie er dich angemacht hat.« Sie sah auf, in ihren Augen brannten Tränen. »Und außerdem hat er dir heute Morgen die Karte hingelegt.«

»Wie bitte?«

»Die Valentinskarte, die auf deinem Schreibtisch lag, hat er vorbeigebracht.«

»Woher willst du das wissen?«

»Weil ich da war, als er hereinkam«, sagte Sophie, unterbrochen von Schluchzern.

Julie ging zu ihrem Schreibtisch und holte eine Kleenex-Box aus der Schublade.

»Aber warum hast du denn nichts gesagt?«

»Weil ...« Sophie schneuzte sich laut. »Weil er mich darum gebeten hat, ihn nicht zu verraten. Und weil ich mir eingeredet habe, dass du dich nicht für ihn interessieren würdest, wenn du davon ausgehst, dass er auch nichts für dich übrig hat.« Sie schüttelte den Kopf. »Aber mittlerweile ist das sowieso alles egal.«

Julie fühlte sich wie vor den Kopf gestoßen. Falls die Karte tatsächlich von Nathan stammte, dann gingen höchstwahrscheinlich auch die Luftballons und die Pralinen auf sein Konto. Und das wiederum bedeutete … nun, dass Mark weit weniger Interesse an ihr hatte, als sie gedacht und gehofft hatte. Damit war sie selbst fast den Tränen nahe. Der einzige Hoffnungsschimmer, der ihr in der letzten Zeit mit der ganzen unausstehlichen Philip-Situation geblieben war … Irgendwie kam es ihr plötzlich so vor, als hätte sie schon längst geahnt, dass es so weit kommen würde. Dass sie sich solchen Illusionen hingegeben hatte, kam ihr jetzt vollkommen idiotisch vor. Aber es war nicht nur das. Sie fühlte sich mit einem Mal einsam und verlassen. Hilflos und hoffnungslos. An eine derartige Gefühlslage war Julie nicht gewöhnt, und sie wollte sie auch ganz bestimmt nicht zur Gewohnheit werden lassen. Aber auch wenn sie im Moment noch nicht wusste, wie sie mit der Situation umgehen sollte, war sie es wenigstens Sophie schuldig, dass sich die Dinge für sie etwas aussichtsreicher entwickelten.

»Hör mir zu, Sophie, wir machen jetzt Folgendes. Und zwar eins nach dem anderen. Sorg zunächst mal dafür, dass Nathan dich auf keinen Fall so verheult zu Gesicht bekommt.« Sie sah auf die Uhr und ging zur Tür. »Wasch dir das Gesicht, in der Zwischenzeit werde ich …«

»Wo gehst du hin?«

»Erst mal zur Toilette. Zu viel Suppe. Anschließend habe ich einen Termin mit unserer Anzeigenagentur. Aber ich verspreche dir, anschließend gehe ich zu Nathan und rede Klartext mit ihm, damit er sich keinerlei Illusionen macht, was mich anbelangt.«

»Und was habe ich dann davon?«

»Nun ja …« Julie überlegte einen Moment. »Wenn du dich weiter an den Plan hältst, den wir uns vorhin ausgedacht haben, dann könnte sich das Blatt durchaus zu deinen Gunsten wenden. Wenn er tatsächlich auf mich steht, wird er heute Abend seine Wunden lecken und womöglich auch etwas unvorsichtiger mit dem Alkohol sein, um darin seinen Kummer zu ertränken. Er wird sicher froh sein, eine Schulter zu haben, an die er sich anlehnen kann. Das ist dann dein Part. Und wenn er dich darin sieht«, sie warf einen Blick auf die Selfridges-Tüte, »dann dürfte eurem Date nichts mehr im Wege stehen.«

Sophies Tränen versiegten allmählich. Sie schöpfte langsam wieder Hoffnung. Sie konnte sich durchaus vorstellen, dass der Plan aufging, und wäre mehr als froh, wenn Nathan sich an ihre Schulter oder wahlweise auch jedes andere Körperteil lehnte. Zwar bekäme sie ihn, wenn Julie ihn wie versprochen abblitzen ließ, sozusagen nur aus zweiter Hand und vielleicht auch nur in angetrunkenem Zustand. Aber immerhin war das alles besser als nichts. Und im Moment hatte sie nichts.

Mark Webster stand vor dem Zeitungsladen in der Frith Street und konnte sich keinen Reim darauf machen, warum Julie sich ihm gegenüber vorhin so distanziert verhalten hatte. Und auch nicht darauf, wenn er es sich recht überlegte, warum sie so viel Interesse für Nathan an den Tag legte.

Nathan wiederum hatte sich sehr viel Mühe gegeben, das Gespräch am Laufen zu halten, und konnte nicht so recht verstehen, warum Mark so hektisch das Zeichen zum Aufbruch gegeben hatte. »Was hast du dir dabei gedacht? Wir hätten sie doch in die Firma zurückbegleiten können.«

»Wenn ich dich so reden höre, habe ich nicht den Eindruck, dass wir beide am gleichen Tisch gesessen haben.«

»Was willst du denn? Es lief doch ganz gut.«

Mark schüttelte den Kopf. »Ich war schon wirklich sehr gespannt darauf, wie du dem Ganzen auch noch etwas Positives abgewinnst.«

»Immerhin hat sie sich endlich mal als einigermaßen gesprächig erwiesen.«

»Ja, dir gegenüber.« Mark seufzte. »Nathan, sei ehrlich. Da schien ja Sophie mehr Interesse an mir zu haben, und die hat kaum ein Wort gesagt.«

»So würde ich das nicht sehen.«

»Man könnte meinen, diese Taxi-Episode wäre nie passiert.«

»Bist du dir denn sicher, dass sie stattgefunden hat?«

Mark verzog das Gesicht. »Inzwischen nicht mehr wirklich.«

Nathan lächelte. »Ich bin sicher, es ist nur eine Fassade, die sie um jeden Preis aufrechterhält. Du hast ja selbst schon mal angedeutet, dass sie nicht gerade ein offenes Buch ist. Also wird sie sich wohl kaum bei einem zufälligen Treffen vor einer Bar in Gegenwart von Sophie und mir an dich ranschmeißen.«

»Aber dich hat sie angegraben.«

»Wie bitte?«

»Ist dir das nicht aufgefallen?«

Nathan zog die Stirn kraus. »Nein, um ehrlich zu sein, gar nicht.«

»Dabei hat es durchaus den Anschein erweckt, als wärst du auch an ihr interessiert.«

»Jetzt mach mal 'nen Punkt.«

»Wenn ich dich nicht besser kennen würde, hätte ich auf jeden Fall angenommen … Ach, vergiss es.«

»Also hör mal! Irgendjemand musste doch die Unterhaltung in Gang halten. Sonst hättet ihr euch alle nur angeschwiegen.«

»Stimmt, aber musstest du dich gleich dermaßen ins Zeug legen?«

»Ich habe nur versucht, Julie aus der Reserve zu locken, um mehr über sie in Erfahrung zu bringen.«

»Das ist dir ja prima gelungen. Was hast du denn am Ende konkret herausgefunden? Das Einzige, was du erreicht hast, war, dass sie keine Silbe mit mir gewechselt hat, sondern lieber mit dir schon mal in den Vorflirtmodus für heute Abend gegangen ist.«

»Das hatte doch nichts mit Flirten zu tun.« Nathan bemerkte, wie wütend Mark ihn von der Seite ansah, und hob beschwichtigend eine Hand. »Okay, okay, vielleicht hat es, oberflächlich betrachtet, so ausgesehen. Aber dann war es doch ein guter Bluff, meinst du nicht? Oder aber …«

»Was?«

»Vielleicht wollte sie dich eifersüchtig machen?«

»Mich eifersüchtig machen? Um Himmels willen, warum sollte sie …?«

Nathan trat vom Gehsteig auf die Straße, um eine alte Frau mit völlig zerzausten Haaren vorbeizulassen, die einen Kinderwagen mit einem Hund darin vor sich herschob. »Denk mal darüber nach. Vielleicht macht sie sich genau die gleichen Gedanken wie du. Allmählich wächst sich dieser angebliche Kuss …«

»Es gab ihn wirklich.«

»Na gut. Dann erwartest du hinterher doch, dass derjenige, mit dem du so wild rumgeknutscht hast, irgendwas dazu sagt oder dich vielleicht mal zum Essen einlädt. Aber stattdessen passiert gar nichts. Keine Reaktion. Im Gegenteil, wenn man sich in der Firma begegnet, geht der Typ mit keinem einzigen Wort darauf ein. Schaut sogar verlegen weg. Ich würde dann denken, das Ganze ist ihm peinlich. Auf jeden Fall wäre ich mir sicher, dass er sich keine Wiederholung wünscht.«

»Ich kann jetzt aber gar nicht mehr erkennen, warum sie mich dann ›eifersüchtig‹ machen wollte.«

»Vielleicht hat sie das Gleiche versucht wie du mit den Luftballons und der Pralinenschachtel. Wollte dich zu irgendeiner Reaktion veranlassen.« Nathan griff in seine äußere Jackettasche und zog eine Handvoll Kleingeld hervor. »Warte mal einen Moment.«

Er verschwand in dem Zeitungsladen, und Mark lehnte sich gegen eine Litfaßsäule. Er ließ sich noch einmal durch den Kopf gehen, was Nathan eben gesagt hatte. Es konnte durchaus sein, dass er Julie gegenüber wegen seiner Schüchternheit und weil er es nicht fertiggebracht hatte, das, was passiert war, irgendwie zur Sprache zu bringen, völlig falsche Signale ausgesandt hatte. Erwarteten Frauen von Männern nicht im Allgemeinen, dass sie selbstbewusst und ziemlich direkt auf das lossteuerten, was sie haben wollten? Im Taxi war sie es gewesen, die die Initiative ergriffen hatte, und seither … Es musste so auf sie wirken, als sei er kein bisschen an ihr interessiert. Mark sah ein, dass es fast an ein Wunder grenzte, dass sie sich überhaupt noch mit ihm unterhielt, nachdem er sie zurückgeküsst und hinterher kein Wort mehr darüber verloren hatte. Da konnte er eigentlich keine andere Reaktion erwarten. Mark war bestimmt kein chauvinistischer Macho, sondern sah sich selbst gerne als Gentleman oder wenigstens als modernen Mann. Und als solcher hätte er das alles nicht auf sich beruhen lassen dürfen. Er hätte die Dinge in die Hand nehmen sollen. »Rückgrat zeigen«, wie sein Chef in den USA zu sagen pflegte.

Als Nathan aus dem Zeitungskiosk kam, hielt er ein Päckchen extra starke Pfefferminzbonbons in der Hand. »Willst du eins?«, fragte er und hielt Mark die Packung hin.

»Schon ein bisschen extrem, meinst du nicht?« Mark nahm sich ein Pfefferminz und steckte es in den Mund. »Falls sie tatsächlich versucht haben sollte, mich eifersüchtig zu machen. Das wäre doch eher was für den Kindergarten.«

»Und anonyme Grußkarten zu verteilen ist kein Kindergarten-Gehabe?« Nathan marschierte zurück in Richtung Firma, Mark trottete hinterher. »Oder Umschläge mit Luftballons ohne Absender ins Postfach legen oder Schoko-Küsse zustellen lassen?«

»Und was hättest du an meiner Stelle getan?«

Nathan blies die Backen auf und stieß dann die Luft aus. »Ich kann nur wiederholen, dass du zu dem Thema den Falschen befragst. Als ich das letzte Mal versucht habe, jemandem etwas zum Valentinstag zu schenken, hat man es mir vor die Füße geworfen.«

»Meinst du …? Nein.« Mark schüttelte den Kopf. »Nein, das kann nicht sein.«

»Was denn?«

»Meinst du, sie könnte so betrunken gewesen sein, dass sie sich nicht einmal mehr daran erinnert, mit wem sie im Taxi gesessen hat, und demzufolge auch nicht weiß, wen sie auf der Fahrt geküsst hat? Vielleicht denkt sie, du bist es gewesen. Und vielleicht hat sie auf diese Weise versucht, es herauszufinden?«

»Warum sollte sie glauben, dass ich es war?« Nathan schüttelte den Kopf. Sie bogen in die Bateman Street ein. »Und wenn, dann hätte sie doch sicherlich inzwischen irgendwas dazu gesagt.«

»Ich dachte dabei an das, was du eben Verlegenheitsreaktion von mir genannt hast. Vielleicht war es ihr auch peinlich.«

»Guter Punkt.«

»Es sei denn ...« Mark blieb unvermittelt stehen. »Bist du dir zu hundert Prozent sicher, dass sie nicht mitbekommen hat, wie du die Karte hingelegt hast?«

Nathan nickte. »Hundertfünfzig Prozent.«

Mark verkniff es sich, den Zahlenmenschen raushängen zu lassen und auf das mathematische Unding einer Prozentzahl über hundert hinzuweisen. »Bist du dir wirklich absolut sicher?«

Nathan nickte. »Und außerdem habe ich Sophie eingeschärft, dass sie dichthalten soll.«

»Wie? Was hat Sophie damit zu tun?«

»Sie war schon da.«

»Wann?«

»Heute Morgen.«

»Na und?«

»Na ja, sie war schon im *Büro*.«

Nathan setzte den Weg fort, Mark rannte hinterher. »In welchem Büro?«

»In ihrem Büro. Du weißt doch, dass sie sich ein größeres Zimmer teilen.«

Inzwischen waren sie vor dem Gebäude von Seek angekommen, weshalb Mark mit gedämpfter Stimme weitersprach: »Lass mich das noch mal klarstellen. Du bist mit der Karte – ich spreche von meiner Karte, die für Julie bestimmt war – in das Büro gegangen, das sie mit Sophie teilt, und hast sie vor Sophies Augen auf Julies Schreibtisch gelegt?«

»Genau.«

»Nathan!«

»Aber es war so, wie ich dir gesagt habe. Julie hat nichts mitbekommen.«

»Aber Sophie!« Mark hätte beinahe laut geschrien.

»Na und?«

»Sophie wird natürlich gedacht haben, dass die Karte von dir kommt.«

»Aber ich ...« Nathan blieb der Mund offen stehen, als er sich die ganze Szene heute Morgen noch einmal ins Gedächtnis rief. »Oh Mann!«

»Und was ist, wenn sie es weitergeplaudert hat?«

»Das hat sie bestimmt nicht«, erwiderte Nathan, wenn auch nicht mehr ganz so überzeugt.

»Meinst du wirklich nicht?«

»Wie ich dir schon gesagt habe, habe ich sie zu Stillschweigen verdonnert«, antwortete Nathan unsicher.

»Und da wir ja wissen, dass Frauen immer brav das tun, was man ihnen sagt ...«

»Ich hab's verstanden.« Nathan grinste verlegen.

»Und du hast natürlich nicht daran gedacht, wenigstens hinzuzufügen, dass sie nicht von dir ist oder du sie nur für jemanden abgibst. Das hätte die Situation wenigstens ein bisschen entschärft.« Mark schüttelte den Kopf, dann zog er die Schlüsselkarte aus der Tasche, und die Tür ging auf.

»Aber Sophie wird bestimmt ...«

»Sie ist eine Frau. Und Julie auch. Frauen reden ständig, und sie haben keine Geheimnisse voreinander. Ausgeschlossen.«

»Tut mir echt leid, Kumpel«, sagte Nathan und folgte Mark ins Haus. »Ich dachte ...«

»Leider zählt nicht das, was du, sondern was sie denkt. Wie soll ich das je wieder geradebiegen?«

Als Mark seine Bürotür öffnete, gab Nathan ihm einen aufmunternden Klaps auf die Schulter. »Ich kümmere mich darum. Überlass das getrost mir.« Dann eilte er die Treppe ins Souterrain hinab. Allerdings hatte er nicht die leiseste Ahnung, wie er das anstellen sollte.

Stöhnend vor Schmerzen humpelte Calum Irwin langsam die Oxford Street entlang. Wie hatte er nur so leichtsinnig sein können, sich ausgerechnet heute auf ein gratis Personal Training mit Debbie einzulassen? Wo es doch von vornherein aussichtslos gewesen war, sich bis zum Abend einen Waschbrettbauch anzutrainieren. Nun hatte er Muskelkater und Schmerzen an Stellen, an denen er niemals Muskeln vermutet hätte, insbesondere am unteren Rücken. Er fluchte vor sich hin. Allein das leichte Anheben des Arms, um einen Blick auf die Uhr zu werfen, glich schon einer Tortur. Wenigstens hatte er noch rund viereinhalb Stunden Zeit bis zu der Verabredung mit Emma, um sich einigermaßen zu erholen. Wahrscheinlicher war allerdings, dass es viereinhalb Tage dauerte, bis sein Körper einigermaßen wiederhergestellt war. Die Ironie bei dem Ganzen war, dass vor allem die Rückenschmerzen gar nicht vom Work-out herrührten. Um Debbie gegenüber nicht als Schwächling dazustehen, hatte er eine schwere Hantel, die ein anderer Sportler auf dem Boden liegen gelassen hatte, auf die Ablage zurücklegen wollen. Calum war wirklich der Letzte, der in so einem Studio die allgemeine Aufmerksamkeit auf sich ziehen wollte, aber kaum dass er die Hantel ein paar Millimeter angehoben hatte, hatte sich ein gellender Schrei aus seiner Kehle gelöst. Er dachte, seine Wirbelsäule sei gebrochen. Dann war er seitwärts auf eine Matte gekippt und hatte vor Schmerz gewinselt. Debbie war losgeflitzt, um die Studioleiterin zu holen. Diese eindrucksvolle Amazone sah aus, als könnte sie mühelos mit einem Arm die fragliche Hantel stemmen und mit dem anderen Calum in die Luft heben. Sie gab sich auf geradezu rührende Weise betroffen, wobei sich allerdings schnell herausstellte, dass ihre Hauptsorge der Frage galt, ob Calum den Club möglicherweise auf Schadensersatz verklagen wollte. Erst als er ihr mit tapferer Miene versicherte, dass »nichts weiter passiert« sei, wirkte sie erleichtert. Quasi als Wiedergutmachung gab sie ihm ein paar Gutscheine für den Zumba-Kurs. Calum nahm sie dankbar entgegen, bis sich herausstellte, dass es sich dabei um eine Art Fitness-Tanz handelte und nicht um einen Cocktail mit tropischen Früchten. Mehr kriechend als gehend, hatte er sich anschließend in die Umkleiden geschleppt. Duschen war nur in Zeitlupe möglich, und das Abtrocknen erwies sich unterhalb der Gürtellinie als so schwierig, dass er dafür einen Föhn vom Frisierspiegel benutzen musste. Einige der umstehenden Sportsfreunde nahmen diese Praktik mit hochgezogenen Augenbrauen zur Kenntnis. Nur mit größter Mühe und unter absurdesten Verrenkungen gelang es ihm schließlich, sich anzuziehen. Nur das Zubinden der Schuhe erwies sich als Ding der Unmöglichkeit, weswegen er jetzt aufpassen musste, nicht über seine eigenen Füße zu stolpern. Als er beim Blick in ein Schaufenster erkannte, was für einen jämmerlich watschelnden Anblick er bot, überlegte er ernsthaft, ob er Emma nicht besser eine SMS schicken und die Verabredung am Abend absagen sollte. Aber vielleicht geschah bis zum Abend ja doch noch ein Wunder und der Zustand seines Rückens besserte sich.

Als Calum an einem Drogeriemarkt vorbeikam, kaufte er sich in der Pharmazeutik-Abteilung eine Schachtel Ibuprofen und suchte nach einer Dose Tigerbalsam, den Debbie ihm empfohlen hatte. Nachdem er daran gerochen hatte, stellte er ihn allerdings sofort wieder ins Regal zurück. So viel Pech auf einmal war wirklich niederschmetternd. Er konnte sich nicht mal mehr ganz aufrichten. Seine angeblichen eins achtzig würde er so erst recht nicht erreichen. Andererseits würden seine schmerzverzerrten Gesichtszüge, die sich bei jedem Atemzug zeigten, und die durch den Sportunfall bedingte Körperkrümmung für eine gewisse Ablenkung von diesem Problem sorgen. Emma fiel wahrscheinlich gar nicht weiter auf, dass ein paar Zentimeter fehlten. So gesehen hatte es also auch wieder sein Gutes. Vielleicht betrachtete sie seinen Sportunfall sogar als eine Art Auszeichnung für Männlichkeit und zeigte sich so besorgt über seinen gesundheitlichen Zustand, dass sie ihm zur Regenerierung eine Massage anbot. Calum ließ sich vorsichtig auf einer Bank im Eingangsbereich des Ladens nieder. Erleichtert stellte er fest, dass Sitzen einigermaßen schmerzfrei möglich war. Solange er und Emma den Abend auf Stühlen verbrachten, wäre er gerettet. Aber alles, was mit Bewegung zu tun hatte, das war Calum mittlerweile klar, konnte er für heute vergessen. Als er in seine Jacketttasche griff, fiel ihm das Päckchen mit den Kondomen in die Hände. Er zog es heraus und warf einen Blick auf das Verfallsdatum. Zwar konnte er sie innerhalb der nächsten drei Jahre noch benutzen, aber wenn es so weiterging, sollte er vielleicht doch besser seine Mutter fragen, ob sie die Quittung aufgehoben hatte, damit er sie umtauschen oder zurückgeben konnte. Seufzend zog Calum die Tabletten aus der Einkaufstüte, riss die Zellophanumhüllung ab und versuchte, eine erste Dosis ohne Wasser herunterzuschlucken. Als sie ihm am Gaumen festklebten, wünschte er sich, er hätte die vier Pence mehr für die Kapsel-Variante ausgegeben. Er erhob sich langsam und schleppte sich aus dem Drogeriemarkt Richtung Seek. »Bleiben Sie in Bewegung«, hatte Debbie ihm geraten, als er das Fitness-Studio verließ. Aber die einzige Bewegungsart, die sein Körper im Moment zuließ, war ein schlurfender Gang, bei dem er den linken Fuß weiter vorsetzte und den rechten nachzog, als sei er gehbehindert. Das würde nicht viel Besserung bringen. Als er die Firma betrat und den Empfang unbesetzt fand, weil Mia-Rose vermutlich erst spät in die Mittagspause gegangen war, war er zunächst ganz froh, keine Erklärungen abgeben zu müssen. Dann warf er einen Blick auf die Treppe nach oben. Das war nun eine echte Herausforderung. Als er vorsichtig einen Fuß auf die erste Stufe setzte, erschien Nathan auf der Treppe, die ins Souterrain führte.

»Was ist denn mit dir passiert?«

»Mein Rücken ist hin.« Calum versuchte, auch den anderen Fuß auf die gleiche Stufe zu ziehen, was einen Schweißausbruch nach sich zog.

»Oh Mann, wie schlimm ist es denn?«

»Auf einer Skala von eins bis zehn? Elf.«

Nathan betrachtete seinen Kollegen mitleidig. »Hast du schon was eingenommen?«

Calum nickte. Selbst das tat weh. »Ibuprofen.«

»Kannst du deine Zehen berühren?«

»Nein«, erwiderte Calum. »Aber das kann ich sonst auch nicht.«

»Was willst du jetzt machen?«

Calum zuckte vorsichtig die Schultern. »Hoffen, dass es besser wird. Was sonst?«

Nathan dachte einen Moment nach. »Das Beste für dich wäre eine Massage.«

»Wie bitte? Hier in der Gegend?« Beinahe hätte Calum angefangen zu lachen, doch er konnte sich gerade noch beherrschen, weil er fürchten musste, dass das in schmerzhaften Krämpfen enden würde. »Ich brauche was für meinen Rücken, damit der nicht so steif ist, nicht das, was du meinst.«

Nathan grinste. »Es gibt hier in der Gegend durchaus auch echte Massagesalons. Gleich in der Nähe des chinesischen Viertels. Das solltest du dir auf jeden Fall gönnen.«

»Meinst du?« Calum schielte auf die Uhr hinter dem Empfangstisch. Bis zu seiner Telefonkonferenz am Nachmittag müsste die Zeit reichen. »Okay.«

»Na super. Ich schau unten noch mal schnell nach, ob mir bei der Arbeit nichts anbrennt, dann begleite ich dich.«

Nachdem Julie Marshall die Tür hinter sich zugezogen hatte, zupfte Sophie ein weiteres Kleenex aus der Box und tupfte sich damit die verschmierte Mascara von den Augen. Sie überließ sich ganz ihren Gefühlen und kam sich einsam und verlassen vor. Warum hatte sie die Sicherheit, die Geborgenheit und, wenn sie ehrlich war, sogar die Bewunderung von Darren aufgegeben, nur um jetzt diese Misere und sonst nichts zu haben? Und nun ließ er sie auch noch endgültig im Stich. Heute Morgen war zum ersten Mal keine Valentinskarte von ihm gekommen. Sie gab ihr Passwort in den Laptop ein und checkte ihren Hotmail-Account. Vielleicht hatte Darren ihr via E-Mail ein paar Grüße geschickt, aber selbst nachdem sie dreimal auf die »Aktualisieren«-Taste gedrückt hatte, blieb ihr Posteingang leer. Nichts. Weder von ihm noch von sonst jemandem, auch nicht im Spam-Ordner oder im Papierkorb. Was auch ziemlich absurd wäre, denn dann hätte sie die Nachricht selbst löschen müssen, ohne sie vorher gelesen zu haben. Ihr kam noch eine Idee. Sie loggte sich rasch bei Facebook ein. Schließlich lebte man inzwischen im einundzwanzigsten Jahrhundert, und Postkarten waren eigentlich völlig altmodisch. Vielleicht hatte sie jemand über das Netzwerk kontaktiert. Sogar eine Aufforderung zu »Valentins-Sex« wäre wenigstens ein Zeichen von Aufmerksamkeit von irgendeiner Seite, aber auch hier machte sie ein langes Gesicht, als sie zur Kenntnis nehmen musste, dass ihr Nachrichteneingang genauso leer war wie ihre Inbox bei Hotmail. Ohne zu zögern, gab sie »Darren« als Suchbegriff ein. Vielleicht fand sie etwas heraus, was sie ein bisschen aufmunterte. Doch als sein Profil erschien, fiel Sophie aus allen Wolken. Sie konnte nicht glauben, was da stand. Wie kam Darren dazu, so etwas zu schreiben, und ausgerechnet an diesem Tag? Sie starrte entsetzt auf den Bildschirm und hatte große Mühe, nicht schon wieder in Tränen auszubrechen. Nun wünschte sie sich, sie hätte erst gar nicht nachgesehen. Es hatte ihr nichts ausgemacht, als Darrens Beziehungsstatus plötzlich »in einer Beziehung« gelautet hatte. Sie hatte sich damals sogar für ihn gefreut. Aber jetzt stand in seiner Statusmeldung »verlobt«! Und wer zum Teufel war Sarah Miller? Sophie klickte ungeduldig auf den Link, aber ihr Profil war nur für Freunde sichtbar. Sie spielte kurz mit dem Gedanken, ihr eine Kontaktanfrage zu schicken, in der Hoffnung, dass sie zu denjenigen gehörte, die wahllos Bekanntschaften ansammelten, um ihr Netzwerk-Prestige zu erhöhen. Vielleicht würde sie die Anfrage ohne weiteres akzeptieren, um noch eine Sophie zu den bereits vorhandenen vierhundertsiebenundsechzig Freunden hinzuzufügen. Dann könnte sie herumschnüffeln und herausfinden, ob sich Darren gut mit Sarah amüsierte. Vielleicht gab es Urlaubsfotos von den beiden. Und, das Wichtigste von allem, sie könnte sehen, ob Sarah Miller besser aussah und schlanker war als sie selbst. Um ein Haar hätte Sophie auf »Senden« gedrückt. Doch dann, als würde der Laptop vor ihr gleich explodieren, stieß sie sich vom Tisch ab und rollte mit dem Bürostuhl in den Raum hinein. Was ging es sie überhaupt noch an, was Darren jetzt machte? Sie war doch fest entschlossen gewesen, nicht mehr zu ihm zurückzukehren. Auch wenn sie jetzt mit leichtem Bedauern erkennen musste, wie kurzsichtig dieser Beschluss gewesen war. Und eigentlich wollte sie seinem Glück auch gar nicht im Weg stehen, wenn der Preis dafür nur nicht ihr eigenes Unglück wäre. Sie seufzte tief. Wenigstens war das die Erklärung dafür, warum seine Valentinskarte ausgeblieben war. Sophie stand auf, öffnete die Tür einen Spalt weit und spähte hinaus in den Flur. Sie wollte sich vergewissern, dass Julie eine Weile im Konferenzzimmer festsaß und nicht plötzlich auf dem Weg zum klärenden Gespräch Nathan hier vorbeikam und sie bei einem pikanten persönlichen Telefonat überraschte. Dann schnappte sie sich ihr Handy, schlüpfte in den Mantel und ging auf die Dachterrasse, nachdem sie sich vergewissert hatte, dass sie raucherfrei war. Bevor sie es sich anders überlegen konnte, wählte sie rasch die von früher so vertraute Telefonnummer.

»Hallo?«, meldete sich eine Stimme mit argwöhnischem Unterton.

»Darren?«

»Wer möchte mit ihm sprechen?«

Sophie verzog das Gesicht. Sie waren fünf Jahre zusammen gewesen, und er erkannte nicht einmal mehr ihre Stimme. »Ich bin's.«

Erst kam gar nichts, dann war zögerlich zu hören: »Sophie?«

»Hey, hallo-ho«, antwortete Sophie in möglichst fröhlichem Ton.

»Ist alles okay?«

»Na klar«, log sie. »Ich dachte mir, ich rufe mal kurz durch, um dir einen schönen Valentinstag zu wünschen. Ich wollte mich telefonisch melden, weil es vielleicht nicht mehr ganz passend wäre, eine Karte zu schicken.«

»Nicht mehr ganz passend, weil du mich hast sitzenlassen, wolltest du wohl sagen?«

»Tja.« Sophie holte tief Luft. »Stimmt. Da ist natürlich was dran. Aber vor allem deswegen …« Sie konnte plötzlich nicht mehr weitersprechen. Als schnürte ihr etwas die Kehle zu.

»Ist wirklich alles okay bei dir?«, fragte Darren noch einmal.

Sie schniefte und wischte sich die Nase am Mantelärmel ab. »Ja klar, warum nicht?«

»Du klingst so komisch. Wo bist du gerade?«

»Auf dem Dach.«

»Auf welchem Dach?«, fragte Darren in leicht alarmiertem Ton. Sie konnte seine Schritte hören und wie er ein Fenster öffnete. »Auf meinem?«

»Ach Quatsch. Auf meinem Dach. Äh, ich meine, auf dem meiner Firma.«

»Aber du hast doch wohl nicht vor runterzuspringen?«

»Wie kommst du denn darauf? Warum sollte ich …?« Sophie hielt inne. Sie fragte sich plötzlich, ob er feststellen konnte, dass sie nach seinem Profil gesucht hatte. »Das ist eine Dachterrasse, wo die Raucher immer hingehen. Ich bin nicht aus dem Fenster geklettert oder so. Und ich habe auch nicht angefangen zu rauchen. Das ist eine schreckliche Angewohnheit. Es ist nur die einzige Stelle weit und breit, wo man mal für einen Moment seine Ruhe hat, verstehst du? Ansonsten ist immer alles hektisch, hektisch …« Sie brach ab und fragte sich, warum sie so nervös war. »Na ja, wie gesagt, ich wollte nur mal kurz anrufen und dir gratulieren. Das sind ja gute Nachrichten.«

Darren blieb wieder einen Moment lang stumm. »Was für gute Nachrichten?«

»Du weißt doch …« Sophie zwang ihre Gesichtsmuskeln zu einem Lächeln. Sie hatte kürzlich gelesen, dass man sehr positiv und fröhlich rüberkam, wenn man das beim Telefonieren machte. Auch wenn einem richtig elend zumute war. »Zu deiner Verlobung.«

»Woher weißt du das?«, fragte Darren mit tonloser Stimme.

»Woher ich das weiß?« Sophie wurde schlagartig wieder unsicher. Sie wollte nicht den Eindruck erwecken, ihn gestalkt zu haben. »Ich, ähm, hab deine neue Statusmeldung auf Facebook gesehen.«

»Warum kannst du das sehen? Wir sind doch gar nicht auf Facebook befreundet.«

Sophie hatte ein Gefühl, als hätte sie jemand in den Magen geboxt. »Ha, ich weiß, das hört sich verrückt an, denn schließlich sind wir … natürlich sind wir … aber … Nein, das ist eine völlig verrückte Geschichte, echt. Du weißt doch, dass Facebook manchmal jemanden vorschlägt, mit dem man sich anfreunden könnte? Und wie es der Zufall so will, war ich vorhin mal wieder auf der Seite. Weißt du, eigentlich bin ich da gar nicht so oft unterwegs. Ich habe einfach immer zu viel zu tun. Du kannst dir ja vorstellen, wie das ist …« Sie hielt inne und holte tief Luft, denn ihr fiel bereits selbst auf, dass sie einfach zu viel plapperte. »Egal. Jedenfalls ist vorhin dann was ganz Witziges passiert. Also in der Mittagspause bin ich seit längerer Zeit mal wieder auf die Seite gegangen. Ich hatte gerade mal fünf Minuten Zeit, eher höchstens zwei, und da wurdest du mir als Freund vorgeschlagen. Das ist doch ein irrer Zufall!« Sie konnte Darren am anderen Ende der Leitung atmen hören, aber er sagte nichts. Sie bedauerte zutiefst, ihn angerufen zu haben. »Wie ich eben schon gesagt habe. Das ist doch wirklich nicht zu fassen.« Auf der Dachterrasse wurde ihr allmählich kalt, und ihre Nase fing an zu laufen, so dass sie wieder schniefen musste. »Echt witzig.«

»Zum Schreien«, erwiderte Darren in denkbar trockenem Ton.

»Deswegen habe ich mir gedacht, ich schaue mal, was der gute alte Darren so macht. Damit will ich nicht sagen, dass du alt bist. Du verstehst schon, was ich meine. Also habe ich mal auf deine Statusmeldung geschaut, und siehe da, du hast … Ich meine, du bist jetzt verlobt. Mit, äh …«, es sollte nicht so wirken, als hätte sie die Angaben genau unter die Lupe genommen, »Samantha, oder?«

»Sarah«, korrigierte Darren.

»Sarah. So hieß sie. Nicht Samantha. Kennst du überhaupt jemanden, der Samantha heißt? Und wenn ja, kennt Sarah sie? Meine Güte, was rede ich da? Das geht mich ja überhaupt nichts an. Insbesondere jetzt nicht mehr.«

Es entstand wieder eine längere Gesprächspause, hauptsächlich deswegen, weil Sophie nichts mehr einfiel, worüber sie noch hätte sprechen können, und Darren offensichtlich nichts mehr sagen wollte.

Schließlich ergriff er aber doch wieder das Wort. »Was ist denn das für ein Lärm?«

»Was meinst du?«

»Wie von einem Maschinengewehr. Wo genau bist du jetzt eigentlich gerade in London?«

Sophie merkte, dass sie laut mit den Zähnen klapperte. Sie sprang von einem Bein aufs andere, um den Kreislauf in Bewegung zu bringen. »Sorry. Hier oben ist es ziemlich kalt. Noch ein guter Grund, mit dem Rauchen gar nicht erst anzufangen. Aber das habe ich sowieso nicht vor. Schreckliche Angewohnheit, wie ich schon sagte.« Dann fiel ihr plötzlich ein, dass sie vielleicht eine unpassende Bemerkung gemacht hatte, falls Darrens Verlobte Raucherin war. Wie peinlich. »Tja, weißt du, das ist eine Sucht. Eigentlich können die Leute gar nicht richtig was dafür …«

»Sophie …«

»Na dann«, fiel sie ihm ins Wort, »auf jeden Fall herzliche Glückwünsche.«

»Danke.«

»Und wann soll die Hochzeit sein?«

Sie hörte, wie Darren sich räusperte. »Wir haben noch keinen Termin angepeilt.«

»Oh, da bin ich aber froh«, erwiderte Sophie. »Ich meine, nicht wegen mir, sondern wegen dir. Und wegen Samantha natürlich.«

»Sarah. Und warum sollten wir darüber froh sein?«

»Weil …« Sophie blickte über die Dächer hinweg und hoffte auf eine rasche Eingebung. Dann sah sie an einem Fenster auf der anderen Straßenseite, wie eine Mutter ein Baby im Arm hielt. »Weil das sicher bedeutet, dass sie nicht schwanger ist. Dann heiratet ihr immerhin nicht unter falschen Voraussetzungen. Oder müsst nichts überstürzen.« Sie hielt abrupt inne und hätte sich für ihr schwachsinniges Gebrabbel ohrfeigen können. »Damit will ich nicht sagen, dass das irgendeine Rolle spielt. Es ist doch schön, wenn du nicht unter Zeitdruck heiraten musst. Nach …«

»Nach unserer Beziehung?« Darren lachte. »Das ist mittlerweile zwei Jahre her, Sophie. Ich weiß nicht, ob es aktuell eine Art Normzeit gibt, um über eine Enttäuschung hinwegzukommen, aber ich bin mir ziemlich sicher, dass es normalerweise nicht *so* lange dauert.«

»Nein, vermutlich nicht. Also …« Sophie versuchte verzweifelt, das Gespräch in Gang zu halten. »Wie ist sie denn so? Was macht sie beruflich?«

»Interessiert dich das wirklich?«

»Ach, du hast recht. Nicht so sehr. Du bist derjenige, der sie heiraten will. Bis dass der Tod euch scheidet und so. Ich wollte nur …«

»Sie ist achtundzwanzig und arbeitet in der Stadtverwaltung. Du würdest sie mögen.«

»Bestimmt«, sagte Sophie und war sich sicher, dass mit ziemlicher Wahrscheinlichkeit das Gegenteil der Fall wäre. »Ist sie … Ähnelt sie mir irgendwie?«

»Was meinst du wohl?«

Woher soll ich das wissen, dachte Sophie. Die dumme Kuh hat ihr Profil ja nur für Freunde zugänglich gemacht. »Keine Ahnung.«

»Doch, ein bisschen schon. Allerdings gibt es auch einen gewaltigen Unterschied.«

»Und der wäre?«

»Sie möchte den Rest ihres Lebens mit mir verbringen.«

Sophie bekam so schlagartig weiche Knie, dass sie sich gegen die Brüstung lehnen musste. Sie gab sich Mühe, sowohl die Kälte des Gitters als auch Darrens eisigen Kommentar zu ignorieren. »Na, das ist ja … Ich meine, es ist …«

»Und wie geht's dir?«, ging Darren über ihre Stammelei hinweg. »Liegt London dir zu Füßen? Du hattest doch so große Träume, als du in die Stadt gezogen bist. Alles würde größer und besser sein als in Eastbourne. Oder jedenfalls größer als du und ich.«

»Es ist …« Sophie suchte nach den passenden Worten. »London ist …« Sie spürte, wie ihr schon wieder die Tränen in die Augen stiegen. »Ich wollte sagen, ich bin …«

»Sophie.«

»Wirklich …«

»Sophie!«

»So froh für dich«, schluchzte sie.

»Sophie!«

»Was?«

»Was ist mit dir los?«

»Was soll mit mir sein? Gar nichts. Ich hab dir doch schon gesagt, dass mir kalt ist.«

»Warum weinst du dann?«

»Ich weine doch gar nicht. Ich muss nur schniefen wegen …«

»Wegen der Kälte. Hast du schon gesagt.« Darrens Stimme klang etwas weicher. »Ach, komm schon, Sophie. Mach mir nichts vor. Ich kenne dich.«

»Ja, stimmt, tut mir leid. Ich muss weinen. Aber es sind Freudentränen, glaub es mir.«

»Stimmt das wirklich?«

»Auf jeden Fall.«

»Und sonst ist bei dir alles so weit in Ordnung?«

Sophie nickte, auch wenn ihr klar war, dass das am Telefon eine nutzlose Geste war. »Diese frohen Neuigkeiten kamen nur … ein wenig überraschend für mich. Das ist alles.«

»Tut mir leid. Aber ich konnte dich doch auch nicht einfach so anrufen und es mal eben durchgeben. Das verstehst du, oder?«

»Klar.«

»Und schon gar nicht heute.«

Sophie schluchzte erneut und konnte nur hoffen, dass Darren diesmal nichts davon mitbekommen hatte. »Ich hätte es mir denken können, als heute Morgen keine Karte von dir im Briefkasten war.«

»Subtiler habe ich es nicht hinbekommen?«

»Die Botschaft ist jedenfalls angekommen.«

Es entstand eine weitere Gesprächspause, dann seufzte Darren. »Hör mal, Sophie. Ich bin noch bei der Arbeit. Also, wenn sonst nichts anliegt …«

»Nur eins noch.«

»Ja?«

»Ich wollte noch …« Sophie hatte daran gedacht, zu sagen, dass es ihr leidtat. Aber warum? So, wie es sich anhörte, hatte sie ihm anscheinend einen Gefallen getan. Sie setzte wieder ein breites Lächeln auf, auch wenn sie vor Anstrengung beinahe ohnmächtig wurde. »Ich wünsche dir viel Glück, Darren.«

Sie konnte förmlich spüren, wie er zurücklächelte. »Ich dir auch«, sagte er. Dann legte er auf.

Sie wischte sich die Tränen mit dem Mantelärmel ab und ließ ihr Telefon in die Tasche gleiten. Auch wenn sie im Moment keinen Anlass für Freudensprünge hatte, merkte Sophie trotzdem, dass sie Darren sein Glück wirklich gönnte. Sie hatte immer Schuldgefühle gehabt, weil sie ihn hatte sitzenlassen. Was hauptsächlich daher kam, dass sie immer gedacht hatte, für ihn wäre nichts geblieben, während sie so viel vorgehabt hatte. Siehe da, wie das ausgegangen war. Und schließlich war an ihm ja nichts schlecht oder gar falsch. Sie hatten nur so wenig gemeinsam, und Sophie hatte immer den Eindruck gehabt, sie hätte etwas Besseres verdient. Sie meinte damit nicht besser als Darren. Sondern etwas Besseres als Darren für sie war. Und das galt auch umgekehrt. Sie holte noch ein paarmal tief Luft. Darren musste sich wirklich keine Sorgen machen, sie könnte sich vom Dach stürzen. Das Gebäude hatte nur zwei Stockwerke, höchstwahrscheinlich wäre sie auf den Müllcontainern im Hof gelandet. Was im Übrigen ganz passend wäre, dachte sie, angesichts der ganzen beschissenen Situation im Moment.

Normalerweise ging man zu Fuß fünf Minuten bis ins chinesische Viertel. Calum brauchte in seinem Schneckentempo eine Viertelstunde. Obwohl Nathan ihn stützte, als wäre er ein Greis. Es war wirklich deprimierend. In diesem Zustand konnte er die Verabredung mit Emma heute Abend unmöglich einhalten. Um ehrlich zu sein, wusste er noch nicht einmal, wie er nach Hause kommen sollte. Als sie endlich die Lisle Street erreichten, blieben die beiden vor dem ersten halbwegs vertrauenswürdig wirkenden Etablissement stehen.

»Was hältst du davon?«, fragte Nathan und deutete auf das Schaufenster, in dem ein Plastik-Skelett ausgestellt war (zumindest hoffte Calum sehr, dass es aus Kunststoff bestand und nicht von einem früheren Kunden stammte). Das Objekt befand sich in einer erfreulich aufrechten Position, die sich deutlich von Calums gegenwärtiger Haltung unterschied. Die Schautafel daneben pries eine Behandlungsmethode namens Shiatsu an.

Calum runzelte die Stirn. »Bist du dir sicher?«

»Inwiefern?«

»Dass dies hier keine Veterinär-Praxis ist?«

»Wieso das?«

»Da befinden sich Knochen im Schaufenster.« Calum deutete außerdem auf die Schautafel. Schon beim Anheben des Arms jaulte er auf. »Und da steht was von Shiatsu.«

»Ja und?«

»Ist das nicht eine Hunderasse?«

Nathan lachte laut. Calum hätte sich gerne der allgemeinen Heiterkeit angeschlossen, aber das ging nicht, die Schmerzen wären zu groß gewesen. »Was meinst du, sollen wir wagen, reinzugehen?«

Unter einigen Verrenkungen drehte sich Calum ein wenig zur Seite und schaute auf beiden Straßenseiten die Lisle Street entlang. Nach allem, was er erkennen konnte, boten hier eine ganze Reihe von Massagesalons ähnliche Behandlungen an. Da er nicht weiter laufen wollte, als unbedingt nötig war, und vermutlich auch nicht sehr viel weiter kommen würde, stimmte er zu. »Wird schon in Ordnung sein.«

»Super.«

Nathan hielt ihm die Tür auf, und als sie den Laden betraten, blickte eine junge Chinesin mit unbeweglichem Gesicht hinter dem Tresen von der Zeitschrift auf, die sie gerade durchblätterte.

»Kann ich Ihnen helfen?«

»Das will ich schwer hoffen«, erwiderte Calum.

»Er hat ein Problem mit seinem Rücken«, sagte Nathan. »Eine Sportverletzung. Und er muss heute Abend wieder fit sein.«

Die junge Frau musterte Calum von oben bis unten. »Ich werde nicht fragen«, sagte sie. Dann drückte sie auf einen Knopf, und kurz darauf erschien eine etwas ältere chinesische Dame, die sehr zart und feingliedrig wirkte und allenfalls halb so viel wog wie Calum.

»Si«, sagte die junge Frau am Tresen.

»Ja, ich bin es, der Schmerzen hat«, erwiderte Calum leicht verwirrt.

»Nein«, antwortete die junge Chinesin. »Sie ist Si.«

Calum zwang sich zu einem höflichen Lächeln. Nathan stieß ihn leicht in die Seite. »Das klingt wie eine uralte chinesische Weisheit«, flüsterte er.

Calum verbeugte sich vor der älteren Chinesin, soweit es sein Rücken zuließ. »Entschuldigung. Hallo, äh, Si.«

Als Si sich daraufhin ebenfalls leicht verbeugte, betrachtete Nathan die beiden etwas skeptisch und wandte sich dann wieder an die junge Frau am Tresen. »Und Sie meinen wirklich, dass Mrs. Si«, er wählte seine Worte sorgfältig, »den Patienten heilen kann?«

»Sie wird ihn gesund machen«, erwiderte die junge Frau und lächelte Calum an. »Kennen Sie Shiatsu schon?«

»Nein«, gab Calum nervös zu. »Tut das weh?«

»Nicht mehr als die Schmerzen, die Sie ohnehin schon haben.«

»Sagen Sie das nur, um mich zu beruhigen?«

»Soll ich hier auf dich warten?«, fragte Nathan und sah sich nach einem Stuhl um.

Calum warf noch einen Blick auf die ältere Chinesin und verzog wieder das Gesicht, als ihn ein heftiger Schmerz vom Rücken her durchzuckte. »Ich glaube, ich komme schon allein zurecht«, keuchte er. »Dank dir für alles.«

»Mach dir keine Sorgen«, sagte Nathan. »Viel Glück.«

»Danke.«

Calum schlurfte hinter Mrs. Si in einen Nebenraum und wunderte sich doch einen Moment lang, in was für einem Etablissement er hier gelandet war. In dem kleinen Raum befand sich lediglich eine Art Bettgestell, und die Chinesin half ihm dabei, sein Hemd aufzuknöpfen. Er legte seine Brille ab und fing an, seinen Gürtel aufzumachen. Er war froh, heute Morgen den Hipster-Slip, seine schickste Unterwäsche, angezogen zu haben.

Aber Mrs. Si hob die Hand. »Die können Sie anlassen«, sagte sie.

»Sie sprechen Englisch?«, erwiderte Calum. Das war ihm nun doch peinlich. »Entschuldigung, es war nicht als Primitiv-Englisch gemeint so wie ›Si – sprechen – Englisch?‹. Ich wollte sagen …«

»Ich weiß, was Sie sagen wollten«, erwiderte Mrs. Si. »Kein Problem.«

Calum sah sich weiter im Raum um und bemerkte ein Seil, das von der Decke hing. »Wofür ist denn das?«, fragte er besorgt.

»Daran kann ich mich festhalten, wenn ich über Sie laufe.«

»Hier hat sich nichts verändert«, meinte Calum scherzhaft und ließ sich vorsichtig auf der Matratze nieder.

Mrs. Si lächelte nachsichtig, als habe sie diese Bemerkung schon tausend Mal gehört. Dann half sie ihm, sich auf den Rücken zu legen. »Gut so. Jetzt muss ich Sie noch auf den Bauch drehen. Das könnte ein bisschen weh tun.«

Calum hätte beinahe laut gelacht. Aus der Nähe sah die Chinesin noch zerbrechlicher aus als vorhin. »Ehrlich gesagt glaube ich nicht, dass Sie … Autsch!«

Die nächsten zwanzig Minuten lag er mit dem Gesicht nach unten und betrachtete durch ein gepolstertes Loch am Kopfende des Gestells den Fußboden. In der Zwischenzeit bearbeitete Mrs. Si ihn systematisch von oben bis unten, indem sie drückte, zog und andere massageähnliche Praktiken anwandte, die ihm das Wasser in die Augen trieben. Nachdem sie ihn ein wenig gelockert hatte, merkte Calum, wie sie auf das Liegegestell stieg. Sie griff nach dem Seil, und er spürte, wie sie sich tatsächlich auf seinen Rücken stellte.

»Sind Sie sicher, dass da nichts passieren kann?«

»Keine Sorge«, antwortete Mrs. Si. »Dafür ist das Seil da, an dem ich mich festhalten kann. Außerdem ist es ja nicht sehr hoch.«

»Ich meinte, dass mir nichts passieren kann«, erwiderte Calum.

»Das war ein kleiner Scherz von mir«, sagte Mrs. Si. »So wie Ihrer vorhin. Aber ein echter Spaß.« Sie gab ein kurzes zwitscherndes Lachen von sich und fing tatsächlich an, rechts und links der Wirbelsäule auf Calums Rücken auf und ab zu gehen. Dabei knetete sie mit den Füßen seine Haut und die darunterliegende Muskulatur. Ihre Zehen waren stark wie Kneifzangen. Auf sein nahezu ununterbrochenes Stöhnen und Jaulen nahm sie dabei keine Rücksicht. Nach weiteren zwanzig Minuten schien die Prozedur, sehr zu Calums Erleichterung, ein Ende zu haben.

Mrs. Si kletterte wieder auf den Boden. »Sie können jetzt aufstehen.«

»Sind Sie sicher?«

»Soll ich Ihnen dabei helfen?«

Calum schüttelte den Kopf. Auf eine Wiederholung ihres Wendemanövers vom Anfang konnte er gut verzichten. Gerade jetzt, nachdem sein Rücken so malträtiert worden war. Vorsichtig rollte er sich zunächst selbst auf die Seite. »Das ist ja unglaublich.«

Mrs. Si lächelte ihn an. »Was spüren Sie jetzt?«

»Gar nichts mehr.«

»Sind Sie gelähmt?«

»Nein. Ich wollte sagen, ich spüre keine Schmerzen mehr. Der Rücken ist zwar noch ein bisschen empfindlich, aber …« Da er sein Schicksal nicht gleich herausfordern wollte, setzte er sich zunächst langsam auf der Liege auf und rutschte vorsichtig herunter, bis er sicher auf beiden Beinen stand. Als er sich in dem großen Spiegel am Ende des Raumes sah, kam es ihm sogar so vor, als sei er ein bisschen größer als vorher. »Das ist ja das reinste Wunder.«

»Das ist Shiatsu.«

»Wie immer es genannt wird, ich würde sagen, das war …« Er suchte nach dem treffenden Ausdruck. Es sollte nicht so klingen, als wollte er es mit den entspannenden Folgen von Sex vergleichen, aber »gigantisch phänomenal« war alles, was ihm dazu einfiel. »Vielen herzlichen Dank … äh, Si.«

Calum spazierte, völlig normal, wie er erfreut feststellte, aus dem Behandlungszimmer und zahlte der jungen Frau am Tresen die bestangelegten vierzig Pfund, die er je für irgendetwas ausgegeben hatte. Dann schwebte er beinahe hinaus auf die Straße und ging federnden Schrittes über die Shaftesbury Avenue zurück zum Büro. Er fühlte sich vollkommen unbeschwert, ein wirklich bemerkenswerter Zustand. Vielleicht war sein plötzlich so positives Gemüt eine rein medizinische Folge der Behandlung, möglicherweise aber auch dem Einfluss des direkten Körperkontaktes mit einer Person des anderen Geschlechts zu verdanken. Dem ersten seit ewigen Zeiten. Und dabei war er nicht einmal vor Scham im Boden versunken, hatte nichts Unangebrachtes gesagt und war nicht völlig unkontrolliert in Schweiß ausgebrochen. Es lag ihm wirklich fern, das Schicksal herauszufordern, doch als er schwungvoll und gut gelaunt die Firma betrat, ging ihm der Gedanke durch den Kopf, dass dies vielleicht ein Vorzeichen für eine glückliche Wende in seinem Leben war.

Kapitel 7

Nathan Field wandte den Blick ab, trat auf dem engen Gehsteig einen Schritt beiseite und ließ das Paar vorbei. Interessanterweise war nicht der Umstand, dass die beiden fröhlich Händchen hielten, das Schlimmste, und auch nicht, dass die junge Frau ihn vom Aussehen an Ellie erinnerte. Es war die Tatsache, dass die beiden mit großen braunen IKEA-Tüten beladen waren, die ihm einen Stich ins Herz gab. Jedes Mal, wenn er Einkaufstüten mit dem blau-gelben Logo sah, hätte er sich den Leuten am liebsten in den Weg gestellt, ihnen die Taschen aus den Händen gerissen und dabei eine Predigt gehalten, dass diese ganze romantische Vorstellung von Liebe und häuslichem Beisammensein, dieser Heile-Welt-Mythos, den das schwedische Möbelhaus in seiner ganzen Kundenansprache schamlos verbreitete, um seine Produkte abzusetzen, nur eine Illusion war. Doch stattdessen trat er, wie gerade eben auch, immer beiseite und ließ sie ihres Weges ziehen. Aber heute brachte er es nicht über sich, einfach ins Büro zu gehen und so zu tun, als wäre nichts geschehen. Also ging er an der Einmündung der Bateman Street vorbei noch ein Stück weiter bis zum Soho Square. Auf dem von schönen Häusern eingefassten, quadratischen und recht idyllischen Platz fand er eine freie

Bank in einer ruhigen Ecke. Er ließ sich schwerfällig darauf nieder, stützte den Kopf in die Hände und zwang sich, bewusst und tief durchzuatmen, bis sich sein Herzschlag wieder einigermaßen normalisiert hatte. Er fragte sich, warum er sich immer wieder so über eine Firma aufregte, die doch eigentlich nichts anderes war als ein Einrichtungsgeschäft.

Als sie noch zusammen gewesen waren, gingen Ellie und er ziemlich regelmäßig einmal im Monat zu IKEA. Sie schien davon nie genug bekommen zu können. Es war eine endlose Jagd nach noch einem Teppich oder Duschvorleger, einem neuen Sechserpack Cocktailgläser oder anderen Kleinigkeiten mit exotisch-nordisch klingenden Namen. Und wenn es nur neue Kerzen waren, die sie immer mitnahm. Sie mochte den Geruch, der ihn eher an billige Duftbäumchen erinnerte. Damals hatte er sich über ihre IKEApathie, wie er es nannte, zwar ein bisschen lustig gemacht, aber alles gutmütig ertragen, weil er davon ausging, dass sie ihr gemeinsames Nest baute. Damit hatte er allerdings völlig falschgelegen. Sie hatte anscheinend nur einen Vorrat für ihre Flucht angelegt.

Er war noch einmal dort gewesen, kurz nach ihrer Trennung. Nicht um der alten Zeiten willen oder aus einer Beziehungs-Nostalgie heraus und bestimmt nicht freiwillig, sondern weil ihm keine andere Wahl blieb, nachdem Ellie die Hälfte der Möbel und fast die gesamte Küchenausrüstung mitgenommen hatte. Sie hatte ihn immer damit aufgezogen, dass er die Wohnung so picobello sauber hielt, dass man vom Fußboden hätte essen können, aber als sich herausstellte, dass sie auch sämtliche Teller mitgenommen hatte, hätte er das beinahe wirklich tun müssen. Er war zwar ein erklärter Anhänger des minimalistischen Einrichtungsstils, aber das ging dann doch ein bisschen zu weit. Also hatte er sich mit dem Roller auf die lange Fahrt bis nach Wembley gemacht, sich eine der gelben Taschen über die Schulter gehängt und mit einem der Messbänder aus Papier ausgerüstet. Die Tatsache, dass er anscheinend der einzige Mann in dem ganzen Riesenladen war, der allein unterwegs war, ignorierte er tapfer und folgte den Pfeilen auf dem Boden. Bis er um eine der vielen Ecken der Verkaufsflächen bog und die beiden vor sich sah. Das Pärchen, ihm völlig unbekannte Leute, mochte ein paar Jahre jünger als er und Ellie gewesen sein. Sie saßen nebeneinander auf einem Sofa mit einem für Nathan unaussprechlichen Namen in einem nachgebauten 45-Quadratmeter-Apartment und schauten sich so überglücklich in dem mit Möbeln und Wohnaccessoires vollgestopften Raum um, als befänden sie sich im Paradies. Dieser kurze Eindruck reichte ihm völlig, um nachvollziehen zu können, was sie sich gerade vorstellten: für den Rest ihres Lebens zusammen zu sein. Als sei eine Beziehung etwas, das man sich so leicht zusammenzimmern könnte wie ein Billy-Regal. Vielleicht funktionierte das sogar ganz gut, solange keine Schraube fehlte und man sich genau an die Anweisungen hielt. Aber Nathan wusste längst, dass es in Wirklichkeit keinen Beziehungsbauplan gab und dass alles in sich zusammenkrachte, wenn der entscheidende Leim fehlte – die Liebe. Am liebsten hätte er die beiden daraufhin angesprochen und ihnen erklärt, wie die Realität aussah. Sie aus ihren Träumen wachgerüttelt, indem er ihnen klipp und klar sagte, dass die Dinge nicht so einfach waren. Aber angesichts ihrer hoffnungsfrohen Mienen und der Verblendung, der sie offensichtlich erlegen waren, war er wie gelähmt gewesen und hätte am liebsten nur geheult. Also hatte er den Rückzug angetreten, die gelbe Tasche in den nächstbesten Behälter geworfen und das Möbelhaus auf dem gleichen Weg verlassen, auf dem er hineingekommen war. Bei IKEA eine Todsünde, wie man an den konsternierten Mienen der Kunden ablesen konnte, die ihm durch den Eingang entgegenfluteten. Wusste er etwa nicht, was die Pfeile auf dem Boden bedeuteten? Aber in diesem Moment und an diesem Ort hatte Nathan ein für alle Mal beschlossen, in seinem Leben keinem Pfeil mehr zu folgen. Denn auch der Amorpfeil, mit dem Ellie sein Herz durchbohrt hatte, hatte sich als äußerst schlechter Wegweiser entpuppt. Seitdem war er zum leidenschaftlichen IKEA-Hasser mutiert. Aber mittlerweile betraf seine tiefe Abneigung nicht nur das schwedische Möbelhaus, sondern alle, die Instant-Illusionen mit demselben unterschwelligen »Und wenn sie nicht gestorben sind«-Slogan verkauften. Das reichte von romantischen Komödien im Kino bis zu Fernsehwerbung, in der perfekte Familien mit ihren durchschnittlichen zwei Komma vier Kindern und dem unvermeidlichen Hund vorgeführt wurden. Nathan wusste, irgendwann stellte sich immer die Alles-oder-nichts-Frage. Und dann half es auch nicht, zig Billys gemeinsam zusammengeschraubt, Hunderte Vorratsbehälter gekauft und unzählige Regale an etlichen Feiertagen zusammen aufgestellt zu haben. Und wenn man noch so oft Matthew McConaughey dabei zusah, wie er mit einer Kollegin knallhart um eine Beförderung konkurriert, bis er erkennt, dass sie die Frau seines Lebens ist, war das alles doch nur wertloser Mist, auf den man getrost verzichten konnte. Aber genauso hatte Ellie anscheinend ihre Beziehung gesehen. Solche Dinge waren ihr Lebenselixier gewesen. In der PR drehte sich alles darum, Phantasiegebilde zu produzieren, und selbst er hatte sich von Kuschelkissen in praktisch jeder freien Ecke ihrer Wohnung etwas vorgaukeln lassen. Und als sie auszog, hatte sie praktisch alles mitgenommen, so dass er ziemlich unsanft auf dem harten Boden der Realität gelandet war.

Das Pärchen mit den IKEA-Tüten war längst im Getümmel der Stadt verschwunden, und Nathan atmete auf. Er blickte sich auf dem parkartig angelegten Platz um und seufzte. Eigentlich war er nicht der Typ, der in frustrierenden Erinnerungen schwelgte, um sich richtig schlecht zu fühlen. Er verstand es normalerweise ganz gut, seine Gefühlslage auf neutral zu schalten. Aber heute gelang ihm das nicht so recht. Vielleicht würde es später besser, wenn er ein paar Drinks gekippt hatte. Etwas widerwillig musste er sich eingestehen, dass Mark wahrscheinlich recht hatte. Er musste etwas an seiner Lage ändern, und zwar bald.

Mit einem Blick auf die Uhr stellte er fest, dass er nun schon eine Stunde unterwegs war. Etwas steif in den Gliedern erhob er sich von der Bank und ging zurück ins Büro. Als er den Empfangsbereich durchquerte, nickte er Mia-Rose kurz zu. Auf dem Weg zur Treppe ins Souterrain hörte er, wie Mark seinen Namen rief. Also machte er kehrt und streckte seinen Kopf durch dessen Bürotür. »Na, was gibt's?«

»Wo warst du?«

»Ich habe Calum zu einem Mass… Er musste was erledigen.«

»Du warst stundenlang weg.«

»Na und, bist du jetzt etwa mein Chef?«

»Na ja, von der Hierarchie her gesehen schon. Im strengen Sinn natürlich nicht, aber das … Egal.« Mark winkte ihn hinein. »Mach mal die Tür zu.«

Nathan trat in den Raum und zog sie hinter sich zu.

Mark verschränkte die Arme vor der Brust. »Also?«

Nathan runzelte die Stirn. »Also was?«

»Überlass alles mir, hast du gesagt. Falls du es nicht bemerkt haben solltest, rennt uns inzwischen die Zeit davon.«

»Entschuldige, mein Lieber. Ich wurde aufgehalten, weil ich Calum helfen musste.«

»Er ist nicht der Einzige, der hier ein Problem hat und auf deine Hilfe angewiesen ist. Was soll ich denn jetzt machen?«

Nathan überlegte einen Moment. »Mach einfach so weiter wie bisher.«

»In der Hoffnung, dass sich später alles zum Guten wendet oder was?«

»Warum sollte es das nicht?« Nathan grinste. »Hör mal, ich dachte, *ich* bekomme heute von *dir* ein bisschen Zuspruch zu hören.«

»Würdest du überhaupt hinhören, wenn ich was sage?«

Nathan seufzte resigniert. »Keine Ahnung. Wahrscheinlich nicht.«

Mark schüttelte verständnislos den Kopf. »Soll es jedes Jahr so weitergehen? Dass sich ein Teil von unserer Truppe bei dieser Anti-Valentins-Party einfindet, die du organisiert hast, und das Ganze damit endet, dass du im Laufe des Abends immer betrunkener und schlechter gelaunt wirst, nur weil du Angst hast, noch einmal so einen Fehlgriff zu machen wie damals mit Ellie.«

»So einfach ist es auch wieder nicht.« Nathan ließ sich auf den Besucherstuhl fallen und legte seine Hand über dem Herzen auf die Brust. »Es kommt mir so vor, als sei nach ihrem Abgang irgendwas hier drin hängengeblieben, das mich daran hindert, ein Risiko einzugehen, das mir neue Enttäuschungen und Schmerzen bereiten könnte. Wie ein automatischer emotionaler Stressvermeidungsmechanismus, der alles blockiert, was negative Auswirkungen haben könnte.«

»Nun ja …« Mark dachte einen Moment lang nach. »Betrachte es mal ganz nüchtern, von einem technischen Standpunkt aus.«

»Was soll das denn heißen?«

»Du bist doch unser Computerexperte. Wie gehst du die Sache an, wenn du ein Problem mit der Hardware hast?«

Nathan fuhr sich mit der Hand durch die Haare. »Ich gehe in den Sicherheitsmodus. Dann kann ich nach und nach einzelne Komponenten durchchecken und herausfinden, was funktioniert und was nicht. Aber das lässt sich nicht auf Beziehungsprobleme übertragen. Außerdem ist mit meiner Hardware alles in bester Ordnung.«

Mark hob eine Augenbraue. »Das glaube ich dir gerne. Und was machst du bei Software-Schwierigkeiten?«

»Ich entferne das alte Programm komplett und installiere ein neues, das hoffentlich besser funktioniert«, erklärte Nathan, aber er wusste, dass seine Probleme auf diese Weise nicht gelöst werden konnten. Bei Computern konnte man leicht einen Reset durchführen, um eine überholte Software zu ersetzen, aber bei Menschen war das nicht so einfach. Was immer auch geschehen mochte, es würde immer eine Erinnerung an Ellie bleiben. »Und wie soll ich mich deiner Meinung nach neu programmieren?«

Mark zuckte die Schultern. »Du könntest einen Versuch starten, indem du dich einfach mit der erstbesten Frau verabredest, die dir halbwegs gefällt.«

Nathan wollte gerade widersprechen, als es klopfte. Sie schauten beide zur Tür.

Sie wurde geöffnet, und Julie streckte ihren Kopf hindurch. »Hätten Sie mal einen Moment Zeit, Nathan?«

Mark tat so, als müsse er dringend etwas auf seinem Bildschirm lesen, und Nathan stemmte sich von seinem Stuhl in die Höhe. »Vielleicht besser doch nicht gleich die Erstbeste, oder was meinst du?«, sagte er zu Mark und folgte Julie nach draußen.

Calum lehnte sich in seinem Bürosessel zurück und ließ den Blick Richtung Fenster wandern. Er hörte nur mit halbem Ohr bei der wöchentlichen Telefonkonferenz mit den Amerikanern zu. Im Augenblick hätte er am liebsten einen Kaffee getrunken, so wie normalerweise immer um diese Zeit am Nachmittag. Aber heute wollte er sich lieber keinen selbst zubereiten, weil er Angst hatte, sich einen Fleck aufs Hemd zu machen, das bisher, und zu seinem eigenen Erstaunen, immer noch blütenweiß war. Angesichts der Tatsache, dass er sich nach seiner Shiatsu-Behandlung wieder blendend fühlte, waren die Aussichten auf heute Abend wieder bestens. Die Verabredung stand, daran wurde nicht gerüttelt, und das war das Wichtigste. Er überlegte mittlerweile sogar, ob er Emma im Anschluss an das Essen zum Tanzen einladen sollte. So könnte er sie mit einer gekonnten kleinen Einlage beeindrucken, und wenn langsame Musik gespielt wurde …

Aus dem Lautsprecher drang die dröhnende Stimme seines Kollegen Mike Peters, dem Verkaufschef von Seek in den USA, der ihn direkt ansprach und Calum damit abrupt aus seinem Tagtraum weckte.

»Sorry«, sagte Calum, »die Verbindung ist etwas wackelig. Könnten Sie die Frage noch einmal wiederholen?«

»Ich hatte nach Ihren Perspektiven gefragt.«

Calum überlegte kurz, dann musste er lächeln. »Die sehen ganz gut aus.«

»Na prima«, sagte Mike Peters. »Könnten Sie das noch ein bisschen näher erläutern?«

»Wir haben hier eine sehr vielversprechende Sache angeleiert, an der ich schon seit Wochen kontinuierlich arbeite.«

»Und wann soll das Ganze unter Dach und Fach sein?«

Calums Grinsen wurde noch breiter. »Heute Abend.«

Nach dem Ende der Telefonkonferenz blieb er an seinem Schreibtisch sitzen. Wenn er sich von jetzt an bis gegen sechs Uhr am Abend nicht mehr aus dem Büro bewegte, konnte eigentlich nicht mehr viel schiefgehen. Das waren nur noch wenige Stunden, in denen er am besten die Füße stillhielt, keine Getränke mit Fleckenrisiko zu sich nahm und auch keinen Versuch mehr startete, mit Emma in Kontakt zu treten. Nein, er würde jetzt nur noch ein paar Angebote fertig machen, die er versprochen hatte, später loszuschicken. Dann würde er sich frisch machen, rasieren und anschließend ins Old Amsterdam aufbrechen. Er wollte rechtzeitig dort sein, um noch einen guten Tisch zu erwischen und … Alles Weitere lag in den Händen des Schicksals beziehungsweise in denen von Emma.

Er drehte sich mit seinem Bürostuhl einmal um die eigene Achse und wiederholte das Ganze noch einmal in die Gegenrichtung. Mit seinem Rücken gab es offenbar keine Probleme mehr, und als er gerade überlegte, ob er einen Gang zur Toilette riskieren konnte, streckte Sophie den Kopf zur Tür herein.

»Wie geht's so? Alles in Ordnung?«

»Ja, danke der Nachfrage. Alles klar.« Calum erhob sich langsam. »Ich denke nur ein bisschen nach.«

»Wirst du allmählich nervös?«

Er nickte. »Ja, schon. Aber eher auf eine positive Art, weißt du? Und wie steht es bei dir?«

Sie zuckte die Achseln. »Ach, du weißt ja. Julie hat mich auf diese Kampagne angesetzt.«

»Enger Abgabetermin, was?«

Sophie nickte. »Heute Abend.«

»Falls ich dir irgendwie dabei helfen kann?«

Sophie schüttelte den Kopf. Doch dann schien sie es sich noch einmal anders überlegt zu haben und machte einen Schritt in Calums Büro. »Da gibt es doch etwas, wobei du mir helfen könntest.«

»Und das wäre?«

»Ich möchte jemandem einen Streich spielen. Zwei Leuten, um genau zu sein.«

»Der erste April ist aber erst in sechs Wochen.«

»Nein, heute Abend schon. Nathan und Mark haben … Egal, was sie gemacht haben, ist nicht weiter relevant. Aber das, was ich vorhabe, ist sehr wichtig. Und es verlangt äußerste Diskretion.«

»Muss ich mich dafür körperlich betätigen oder irgendwas … Schmutziges anfassen?«

»Hm … nein.«

»Dann ist ja gut.« Calum grinste. »Du kannst auf mich zählen.«

»Das ist toll. Aber denk daran: höchste Geheimhaltungsstufe!«

»Klingt ja sehr aufregend.«

»Wir brauchen eine Ablenkung. So gegen Viertel vor vier.

Calum nickte eifrig. »Kein Problem«, versicherte er. Was Ablenkungen betraf, kannte er sich aus.

Julie Marshall schlenderte so lässig wie möglich hinter Nathan in sein Büro und bemühte sich um eine unbewegte Miene, als er sich an seinen Schreibtisch setzte. Sie schloss die Tür hinter sich, überlegte es sich dann aber anders und ließ sie einen Spaltbreit offen stehen. Sie wollte nicht, dass die Sache irgendwie ausartete, und wenn Nathans Temperament auch nur entfernte Ähnlichkeit mit dem von Philip hatte, dann war es besser, den Fluchtweg nicht zu verbarrikadieren. Sie schalt sich selbst, nicht so ungerecht zu sein, denn nüchtern betrachtet ging es ja wirklich nicht an, alle Männer über einen Kamm zu scheren, bloß weil sich Philip als Reinfall erwiesen hatte. Aber auch bei Mark Webster hatte sie zunächst gedacht, dass er anders sei, aber nun sah man auch hier, was dabei herauskam. Als Nathan sie von seinem Platz aus jungenhaft anlächelte, überlegte sie kurz, ob sie sich doch auf einen Flirt mit ihm einlassen sollte. Schließlich war er ausgesprochen gutaussehend, und wenn er sich wirklich in sie verguckt haben sollte, dann war das mehr als schmeichelhaft. Unter dem Aspekt hatte sie ihn sich nie näher angeschaut, aber sie konnte in der Tat verstehen, was Sophie ... Sophie! Ihr fiel wieder ein, warum sie überhaupt hier war.

»Was kann ich für Sie tun?«

»Tja ...« Julie überlegte kurz, ob sie sich hinsetzen sollte, aber dann blieb sie doch lieber stehen, um notfalls rasch weglaufen zu können. »Die Angelegenheit ist ein bisschen delikat.«

Nathan sah sie verwundert an. »Ach ja?«

»Ja, ich ...« Julie holte tief Luft. »Jemand in dieser Firma hat ...«, sie räusperte sich, »einer anderen Person etwas geschickt.«

»Mit einem Anhang?«

»Nein, ich meine keine E-Mail. Es ist, wie soll ich sagen, *etwas* verbreitet worden.«

»Hoffentlich kein Virus?« Nathan sah sie verdutzt an. »Ich habe doch alle eindringlich davor gewarnt, diese Ketten-E-Mails weiterzuleiten. Oder handelt es sich wieder um eins von den Viagra-Angeboten? Das ist gefälschtes Zeug. Obwohl ich nicht annehme, dass Sie sich mit so was beschäftigen.« Er lachte. »Oder das Zeug kaufen würden.«

»Nein, nein, darum geht es nicht. Keine E-Mail, und es hat sich auch niemand mit einem Virus angesteckt. Was ich sagen wollte, ist«, sie wurde ein wenig rot, »dass jemand hier jemand anders eine Karte geschickt hat.«

»Eine E-Card?«

»Nein, eine richtige Valentinskarte.« Julie konnte Nathan nicht in die Augen sehen. »Heute Morgen.«

»Da heute Valentinstag ist, wüsste ich nicht, was daran auszusetzen ist.«

»Äh ja, natürlich. Aber in diesem Fall …«

Nathan lehnte sich in seinem Bürosessel zurück und verschränkte die Finger hinter dem Kopf. Spielte Julie auf die Karte an, die er heute Morgen erhalten hatte? »Ich kann Ihnen nicht ganz folgen.«

»Verzeihung.« Julie wünschte, sie hätte sich doch hingesetzt. »Was ich sagen wollte …« Sie überlegte kurz, um sich selbst noch einmal zu vergewissern, was sie eigentlich sagen wollte. Sie fühlte sich auf einmal sehr an das Gespräch mit Mark am selben Vormittag erinnert. »Genau das ist es, was ich sagen wollte. Äh, um genau zu sein, das Gegenteil. Dass es nämlich, äh … nicht akzeptabel war.«

»Die Karte oder die Person, die sie überreicht hat?« Nathan verschränkte die Arme vor der Brust. »Oder geht es dabei um den Empfänger oder die Empfängerin?«

Julie griff sich verlegen an den Kopf. »Oh nein, die Karte war ganz reizend. Und derjenige, von dem sie stammt, ist auch ein ganz und gar sympathischer Mensch. Aber, wie ich schon gesagt habe, war es …«

»Irgendwie nicht akzeptabel?«

»Genau.« Julie nickte. »Und es ist schwer zu sagen, ob der Absender den Eindruck hat, dass … äh, die Empfängerin sich in einer Art und Weise verhalten hat, die zu solch einer – wie soll ich sagen? – Mitteilung ermutigt. Aber wenn das der Fall gewesen sein sollte, dann geschah das bestimmt nicht mit Absicht. Daher liegt mir viel daran, klarzustellen, dass die Person, welche die Karte erhalten hat …«, sie suchte nach den richtigen Worten, um Nathans Gefühle nicht zu verletzen, »sich zwar sehr geschmeichelt fühlt, aber leider außerstande sieht, etwaige Gefühle zu erwidern.«

»Verstehe.« Nathan entspannte sich ein wenig. Er war sich jetzt sicher, dass sie nicht über die Karte sprach, die er heute Morgen auf seinem Schreibtisch vorgefunden hatte. Schließlich hatte sie eine »Empfängerin« erwähnt. Er warf einen kurzen Blick auf den Bildschirm seines Laptops, wo ein Ping gerade das Eintreffen einer E-Mail angekündigt hatte. Sie kam von Mark, aber er konnte sich schon denken, was der Inhalt war, und brauchte sie im Moment nicht zu öffnen. »Und Sie sind gekommen, um mir das zu sagen, weil …«

»Nun, weil ich mir dachte, die Person, welche die Karte geschickt hat, sollte vielleicht besser wissen, dass …« Julie hielt erneut inne. Sollte was genau wissen? Sie entschied sich aber, es lieber bei dieser Aussage zu belassen: »Ich wollte nur sagen, sie sollte das wissen.«

Nathan musste sich zwingen, sein Grinsen einzustellen. Dieses Gestammel sah Julie überhaupt nicht ähnlich. Das Wichtigste, was er ihren Andeutungen entnahm, war, dass sie wohl nicht annahm, dass die Karte von ihm kam. Leider hatte sie diese mehr als umständliche Art gewählt, um ihm mitzuteilen, dass sie wusste, die Karte stammte von Mark, und dass sie sicherstellen wollte, dass er erfuhr, dass sie kein Interesse an ihm hatte, um ihnen beiden später unangenehme Szenen beim Bowling zu ersparen. Angesichts ihrer offenkundigen Nervosität konnte man ermessen, wie peinlich ihr das alles war. Er sah sie wieder an, und Julie konnte nicht eindeutig erkennen, ob er sich betroffen oder gar angegriffen oder nichts von beidem fühlte. »Und Sie sind sich Ihrer Sache sicher?«

»Welcher Sache?«

»Dass die Gefühle des Absenders nicht erwidert werden.«

Julie nickte, dann schüttelte sie den Kopf. »Es geht nicht darum, ob sie erwidert werden oder nicht, sie können nur nicht …«

»Sie können nicht akzeptiert werden.«

»Genau.«

»Das ist wirklich schade«, sagte Nathan, der sich bereits Gedanken darüber machte, wie er Mark die schlechten Neuigkeiten beibringen sollte.

Wirklich schade, dachte auch Julie, denn schließlich war es in ihren Augen nicht Mark, von dem die Karte gekommen war. Auch wenn sie durchaus geschmeichelt war, dass Nathan sich so lebhaft für sie zu interessieren schien, überwog bei dem Ganzen doch das Gefühl der Enttäuschung über Marks Desinteresse. Einen kurzen Moment dachte sie daran, Nathan zu verstehen zu geben, dass Sophie überglücklich wäre, wenn sie sozusagen ihre Nachfolge antreten könnte, aber das schien ihr doch nicht der rechte Zeitpunkt dafür zu sein. Das wäre ungefähr so wie diese Karte bei Monopoly, auf der stand, man hätte den zweiten Platz bei einem Schönheitswettbewerb gemacht. Ein Trostpreis war nie ein Grund zum Feiern. »Habe ich mich ausreichend verständlich gemacht?«

»In aller gewünschten Deutlichkeit, Madam.« Nathan salutierte zum Spaß, und Julie war ein wenig überrascht, dass er kein bisschen eingeschnappt zu sein schien. »Aber Sie kommen doch trotzdem heute Abend?«

»Heute Abend?« Julie überlegte schnell. Sie könnte ohne weiteres hingehen. Selbst wenn ein bisschen Spannung in der Luft lag, würde die Stimmung sicher immer noch weit besser sein als zu Hause. Aber sie wollte auf keinen Fall, dass Nathan ihr den ganzen Abend mit Stielaugen beim Bowling zusah, während Sophie sie mit eifersüchtigen Blicken durchbohrte. Und obwohl sie wirklich gerne einen Abend in der Gesellschaft von Mark verbracht hätte und vielleicht sogar eine winzige Aussicht auf eine Wiederholung der Ereignisse von der Weihnachtsfeier bestand, war ihr klar, dass es das Beste für alle Beteiligten war, wenn sie darauf verzichtete. »Sorry, es tut mir aufrichtig leid, aber ich kann nicht. Nicht wegen der gerade erläuterten Geschichte, sondern ... Es ist etwas dazwischengekommen. Sachen, die dringend erledigt werden müssen. Für die Arbeit. Sie kennen das sicherlich.«

Nathan lächelte dünn. »Wie schade.«

Und bereits zum zweiten Mal innerhalb weniger Minuten stellte Julie fest, dass sie darin vollkommen mit ihm übereinstimmte.

Ein kurzes Läuten erinnerte Calum daran, dass es Viertel vor vier war. Er speicherte das Angebot, an dem er gerade schrieb, nahm seine Brille ab und wischte die Gläser mit seinem Krawattenzipfel sauber. Dann ging er nach unten zum Empfangstresen. Aus welchem Grund Sophie Mark und Nathan einen Streich spielen wollte, wusste er nicht. Vermutlich hatte es etwas mit der Anti-Valentins-Party zu tun. Aber da er sowieso nicht mit zum Bowling ging, fand er es besser, nicht allzu viele Fragen zu stellen. Mia-Rose telefonierte gerade, also wartete er, bis sie fertig war, und räusperte sich dann. »Wenn ab jetzt das Telefon klingelt, dann geh bitte nicht dran.«

Sie sah ihn mit großen Augen an. »Klingt aufregend.«

»Ist es aber nicht. Es geht nur um eine Übung für den Feueralarm. Wir machen einen Test und wollen sichergehen, dass alle aufpassen.«

»Soll das jetzt gleich stattfinden?«

»In ungefähr fünf Minuten. Kannst du dich noch an das Prozedere erinnern?«

»Du sorgst dafür, dass alle das Gebäude verlassen, und ich überprüfe, ob auch wirklich alle raus sind.«

Calum wurde rot im Gesicht. »Hast du alle Namen da?«

»Klar.« Mia-Rose drückte ein paar Tasten auf ihrem Computer und druckte die aktuelle Anwesenheitsliste aus. Darin waren alle erfasst, die sich laut dem mit den Schlüsselkarten verbundenen Erfassungsgerät momentan im Gebäude aufhielten.

»Danke.« Calum nahm die Liste, strich sich selbst und Sophie aus und reichte sie Mia-Rose zurück. »In Ordnung«, sagte er.

Gemeinsam gingen sie zum Alarmschalter in der Ecke hinüber.

»Wir proben den üblichen Ablauf, wobei ich möchte, dass du heute die Sirene einschaltest.«

»Oh«, erwiderte Mia-Rose. »Bist du sicher, dass ich diese große Verantwortung übernehmen kann?«

Calum nickte, die Ironie in ihren Worten war ihm entgangen. »Als Erstes musst du dafür sorgen, dass die Verbindung zur Feuerwehr unterbrochen ist.«

»Warum?«

»Die Feuerwehr soll nicht hier aufzukreuzen.«

»Spielverderber.«

Calum seufzte übertrieben, dann griff er nach oben und legte den Schalter um. »Dann drückst du den hier.« Er deutete auf den großen roten Knopf direkt daneben.

Mia-Rose schaute sich die Schalttafel genau an. »Also den, auf dem ›Test‹ steht?«

»Genau«, erwiderte Calum ernst, bevor er kapierte, dass sie sich über ihn lustig machte.

»Ich glaube, ich habe es verstanden.«

»Super.« Er zog die Hemdmanschette zurück, um auf seine Armbanduhr zu schauen. Dann deutete er auf den Zeiger. »Um Punkt vier Uhr …«

»Wenn also der große Zeiger auf zwölf steht und der kleine …«

»Sehr witzig. Ganz genau. Dann drückst du auf den Knopf. Verstanden?«

Mia-Rose zog übertrieben die Stirn kraus. »Jetzt?«

»Nein. Um vier …« Calum hielt inne und fragte sich, warum er sich Frauen gegenüber immer so verdammt begriffsstutzig verhielt.

»Man kann dich so leicht hinters Licht führen!«, bemerkte Mia-Rose lächelnd. »Aber mach dir keine Sorgen. Ich werde auf die richtigen Knöpfe drücken, wenn die Zeit dafür gekommen ist.«

Calum wurde schon wieder rot. Er konnte nur hoffen, dass ihm das mit den Knöpfen auch heute Abend bei Emma gelang.

Zum hundertsten Mal, seit Julie sein Büro verlassen hatte, nahm Nathan den Hörer in die Hand, wählte Marks Telefonnummer und legte wieder auf, bevor das Rufzeichen ertönte. Irgendetwas an ihrem ganzen Auftritt passte nicht so recht ins Bild. Er konnte aber nicht den Finger darauflegen und sagen, was es war. So viel Erfahrung mit Frauen hatte er dann auch wieder nicht, und was sollte er Mark eigentlich sagen, so vage und indirekt, wie sich Julie ausgedrückt hatte? Soweit er es verstanden hatte, wollte sie, dass er Mark von weiteren Flirtversuchen abhielt. Und Nathan war der Ansicht, es sei besser, seinen Freund darüber so schnell wie möglich in Kenntnis zu setzen, damit er sich nicht weiter in romantischen Hoffnungen verlor und schon mal innerlich darauf einstellen konnte, dass sie bei der Party heute Abend nicht dabei sein würde. Bisher hatte er allerdings die Unterhaltung vor sich hergeschoben, indem er sich ausgiebig mit einem technischen Problem des Servers beschäftigt hatte, das gar nicht so dringend war. Nun wurde es allerdings höchste Zeit, dass er sich um Mark kümmerte. Er beantwortete noch rasch ein paar E-Mails, die hereingekommen waren, als er mit Calum unterwegs gewesen war, ging anschließend auf die Toilette und gönnte sich einen Schluck aus dem Wasserspender im Treppenhaus. Dann gingen ihm die Ideen aus, den Gang in Marks Büro noch weiter hinauszuzögern. So schwungvoll und scheinbar gut gelaunt wie möglich betrat er Marks Zimmer und machte die Tür hinter sich zu. Noch bevor er irgendetwas sagen konnte, deutete Mark aufgeregt auf eine Einkaufstüte auf seinem Schreibtisch.

»Sieh dir das an!« Er zog einen Schokoriegel in Autoform hervor, der in blaue Folie eingewickelt war, und reichte ihn Nathan. »Das ist ein Taxi.«

»Die habe ich ja ewig nicht mehr gesehen. Wo hast du das her?«

»Aus einem Retro-Laden in der Floral Street. Du hast doch gesagt, ich soll weitermachen, also bin ich auf gut Glück mal schnell nach draußen gegangen und habe das hier gefunden.« Er grinste breit und war offensichtlich sehr stolz auf sich. »Vielleicht ergibt sich nachher noch eine Gelegenheit, bei der ich ihr in der Teeküche ›zufällig‹ über den Weg laufen und es ihr anbieten kann. Ich könnte sie fragen, ob wir es uns teilen wollen.«

»Wie bitte?«

»Ob wir uns ein Taxi teilen sollen! Mann, verstehst du nicht, wo das hinführen soll?«

»Unter Umständen vors Arbeitsgericht, wenn du nicht aufpasst.«

Nathan beäugte den Schokoriegel. Bevor Mark ihn aufhalten konnte, riss er die Verpackung auf und biss ein Stück davon ab.

»Bist du verrückt?« Mark nahm ihm den Riegel aus der Hand, und einen Moment lang sah es so aus, als ob er die Folie irgendwie wieder zusammenkleben wollte. »Das war der letzte, den sie noch hatten.« Er klopfte auf sein Jackett, um zu überprüfen, ob er seine Brieftasche bei sich hatte, dann stürmte er wutentbrannt Richtung Tür. »Ich muss sehen, ob ich woanders noch einen finden kann.«

»Darüber würde ich mir an deiner Stelle keine Gedanken mehr machen.«

Mark hatte die Hand schon am Türgriff, aber jetzt blieb er wie angewurzelt stehen. »Warum nicht?«

»Weil …« Nathan holte tief Luft. »Der Grund, warum Julie vorhin bei mir vorbeigeschaut hat …«

»Ja?« Mark ahnte nichts Gutes.

»Möchtest du zuerst die gute oder die schlechte Nachricht hören?«

»Keine Ahnung.« Er hob beide Arme und machte eine wegwerfende Geste. »Gibt es überhaupt eine gute Nachricht?«

»So was in der Art.«

»Dann die zuerst.«

»Schön. Also, sie glaubt mit an Sicherheit grenzender Wahrscheinlichkeit nicht, dass die Karte von mir stammt.«

»Woher willst du das wissen?«

»Sie hat es mir praktisch gesagt.«

»Praktisch oder tatsächlich?«

»Praktisch.«

»Und nimmt sie stattdessen an, dass sie von mir kommt?«

Nathan nickte. »Ja, zumindest bin ich mir ziemlich sicher.«

»Ziemlich sicher? Aber nicht ...« Mark überlegte kurz. »Aber nicht hundertfünfzig Prozent sicher?«

»Das ist doch egal! Du hast gesagt, deine Befürchtung ist, dass sie glaubt, die Karte kommt von mir. Das denkt sie nicht. Du solltest dich freuen.«

»Stimmt, du hast recht. Sorry.« Mark setzte sich wieder an seinen Schreibtisch. »Moment mal. Du hast auch gesagt, es gäbe noch eine schlechte Nachricht.«

»Ach ja, das. Sie hat gesagt, dass sie heute Abend doch nicht mitkommt.«

»Was?« Mark wirkte völlig geknickt. »Warum nicht?«

Nathan zuckte die Schultern. »Keine Ahnung.«

»Um Himmels willen, Nathan!« Mark stand auf und tigerte nervös im Zimmer auf und ab. »Was genau hat sie gesagt?«

»He, ich bin nur der Bote! Du musst mich nicht gleich köpfen. Sie hat mir einen etwas merkwürdigen Vortrag in der dritten Person gehalten, bei dem herauskam, dass sie die Valentinskarte für inakzeptabel hält und dass sie heute Abend doch nicht teilnehmen will.«

Mark starrte ihn an. »Inakzeptabel?«

»Das waren ihre Worte.«

»Und was meint sie damit?«

Marks Umhergelaufe wurde immer hektischer. Nathan packte ihn an den Schultern und dirigierte ihn zurück auf seinen Platz. »Äh, ich würde sagen, sie meint das Gegenteil von ›akzeptabel‹.«

»Vielen Dank für diese profunden Einsichten.« Mark lehnte sich zurück und starrte an die Decke. »Verdammt, so langsam wünschte ich, sie würde tatsächlich annehmen, dass die Karte von dir stammt.«

»Tut mir echt leid, Kumpel.«

»Und du bist sicher, dass sie das nicht doch glaubt?«

Nathan nickte. »Sie hat eine Anspielung auf eure Nacht gemacht, zumindest indirekt.« Er griff nach dem Rest der Verpackungsfolie. »Auf die Taxifahrt.«

Mark sah Nathan durchdringend an. »Ich vermute, die war nicht besonders schmeichelhaft.«

»Wie man's nimmt. Sie sagte, sie wüsste, dass sie etwas getan hat, das als Ermutigung aufgefasst werden könnte. Aber das sei nicht ...« Nathan räusperte sich. »Das sei keine Absicht gewesen.«

Mark starrte ihn ungläubig an. »Keine Absicht?«

»Das waren ihre Worte. Und dann hat sie nur noch gesagt, dass sie für heute Abend absagen muss.«

»Hast du wenigstens noch versucht, sie umzustimmen?«

Nathan zuckte mit den Schultern, schob sich den Rest des Schokoriegels in den Mund und kaute so langsam, dass Mark fast verrückt vor Ungeduld wurde, bis er das Stück hinuntergeschluckt hatte. »Das hätte nicht viel gebracht angesichts der sehr bestimmten Art und Weise, wie sie über die Karte gesprochen und gesagt hat, sie sei ...«

»Inakzeptabel. Ich hab's verstanden.« Mark sah Nathan wütend an. »Es ist also vollkommen ausgeschlossen, dass sie heute Abend dabei ist?«

»Ja. Sie hat behauptet, dass sie hierbleiben muss. Sie hätte noch sehr viel zu tun.«

»Na, das hört sich ja alles ganz toll an.« Mark sackte in seinem Stuhl zusammen. »Der Gegenstand meiner Zuneigung …«

»Ist deiner Zuneigung abgeneigt.«

»Herzlichen Dank, Nathan.« Mark schüttelte langsam den Kopf und griff zum Telefon.

»Wen willst du anrufen?«

»Was meinst du wohl?«

»Die Samariter?«

»Julie. Ich muss mich wenigstens bei ihr entschuldigen.«

Nathan streckte den Arm aus und hielt Marks Handgelenk fest. »Warte einen Moment! Ist das wirklich eine gute Idee?«

Mark legte den Hörer beiseite und stützte den Kopf auf die Hände. »Was soll ich denn sonst noch tun?«

Als Nathan ihm antwortete, konnte Mark ihn nicht mehr verstehen. Die Sirene hatte angefangen zu heulen.

Calum trat am Fuß der Treppe beiseite, als ihm die Mitarbeiter der Firma in unterschiedlichen Stadien von Aufgeregtheit entgegenströmten. »Immer mit der Ruhe!«, ermahnte er seine Kollegen und machte sich auf das übliche Gemecker gefasst, vor allem da es draußen gerade angefangen hatte zu schütten. »Das ist nur eine Übung.«

»Ach, tatsächlich?«, sagte Aisleen in sarkastischem Ton, als sie auf der letzten Stufe beinahe gestolpert wäre. Dann hakte sie sich bei der schnaufenden und keuchenden Mary unter.

»Super Timing«, bemerkte diese ebenso verärgert im Vorbeigehen. Sie balancierte eine Henkeltasse mit heißem Wasser und Zitrone, aus der einiges überschwappte, als Aisleen ihren Arm ergriff.

Als Benedict an ihm vorbeilief, hielt Calum kurz den Atem an, dann wartete er, bis alle draußen waren. Zum Schluss betrat er schwungvoll Marks Büro. Mark und Nathan waren völlig in eine Unterhaltung vertieft, also räusperte er sich vernehmlich, und die beiden sahen mit müdem Blick zu ihm hin. »Habt ihr den Alarm nicht gehört?«

»Wie bitte?«, rief Nathan. »Ich kann dich wegen dieses nervigen Läutens nicht verstehen.«

»Ich sagte … Haha, sehr witzig.«

»Es ist doch bestimmt nur eine Übung?«

Calum verschränkte die Arme vor der Brust. »Das hast du nicht zu entscheiden. Laut Gesetz müssen wir den Test viermal im Jahr durchführen.«

»Von mir aus, aber muss das jetzt im Februar sein?« Nathan sah ihn flehend an. »Könntest du die Übung nicht auf die Sommermonate verlegen?«

»Das ist eine tolle Idee, weil es im Winter ja nie zu Bränden kommt«, erwiderte Calum.

»Aber würdest du in Zukunft wenigstens darauf verzichten, wenn es regnet? Denn dann macht es ja wirklich keinen Sinn, weil Feuer und Wasser …«

»Raus mit euch! Und zwar sofort.«

»Okay, okay.« Nathan seufzte.

Widerstrebend erhoben sie sich. Als Mark nach seiner Aktenmappe greifen wollte, räusperte sich Calum erneut. »Lassen Sie alles hier. Es wird nicht lange dauern.«

Mark ließ die Mappe liegen. Nathan ging voraus und wollte die Treppe hinunter ins Souterrain nehmen.

»Wo willst du hin?«

»Mein Handy holen. Es liegt auf meinem Schreibtisch.«

»Lass es liegen«, sagte Calum. »Wir wollen keine Grabinschrift lesen, auf der steht ›Er verbrannte, weil er sein iPhone retten wollte‹.«

»Aber es ist das neueste Modell.«

»Nichts zu machen, tut mir leid.« Er hielt die Eingangstür auf und folgte Nathan nach draußen. Dann schaute er den Gehsteig entlang, wo sich sämtliche Mitarbeiter unter der Markise eines Ladens zusammendrängten und ungeduldig warteten, dass sie wieder reingehen konnten. Er lächelte verlegen, als Mia-Rose ihm von dort mit erhobenem Daumen signalisierte, dass alle Anwesenden draußen waren. Dann wandte er sich an Nathan, der an der Eingangstür stehen geblieben war. »Gibt es ein Problem, Nathan?«

»Kommst du nicht mit?«

Calum schüttelte den Kopf. »Jemand muss sich vergewissern, dass alle in Sicherheit sind.«

Nathan verdrehte die Augen. »Calum, das ist eine Übung. Das Gebäude brennt nicht wirklich.«

»Trotzdem …«

Er überließ es Mia-Rose, auf der Liste einen Namen nach dem anderen abzuhaken, und verschloss die Eingangstür von innen. Als Erstes schaltete er die Sirene aus, dann ging er rasch in Marks Büro und fand dessen iPhone in der Aktenmappe. Hastig zog er es aus der Lederhülle und tippte auf das Display. Gut, dass man für einige Einstellungsänderungen keinen PIN-Code brauchte … Dann rannte er damit hinunter in Nathans Zimmer, wo dessen Handy auf dem Schreibtisch lag. Er zog es aus dem schwarzen Etui heraus und steckte stattdessen Marks hinein. Dann ließ er Nathans Telefon in Marks Lederhülle gleiten. Jetzt musste er das nur noch in Marks Büro zurückbringen, bevor …«

»Wessen Handy ist das?«

Calum erstarrte regelrecht, als er völlig unerwartet eine Stimme hinter sich hörte, aber als er sich umdrehte, stand dort Sophie, und er entspannte sich wieder.

»Das von Mark.«

»In Nathans Etui?«

»Ja.«

»Super.« Sophie nahm das Telefon in die Hand, tippte auf den Bildschirm und strahlte. »Danke dir, Calum.« Sie legte es auf den Schreibtisch und setzte sich dann vor Nathans Laptop. Dank der Kenntnisse, die sie sich während der letzten halben Stunde aus ›Windows für Dummies‹ angeeignet hatte, klickte Sophie mit der rechten Maustaste ein paarmal in die rechte Ecke des Bildschirms. Dann war alles erledigt, was sie sich vorgenommen hatte.

»Kann ich sie jetzt wieder reinlassen?« Calum linste durch das Fenster nach oben auf den Gehsteig, wo die Kollegen in der Kälte zitterten. »Die holen sich sonst noch eine Erkältung.«

Sophie überprüfte mit einem schnellen Blick, dass in dem Büro tatsächlich keine Uhren an den Wänden hingen. Perfekt. Sie ging davon aus, dass ihr Plan, beziehungsweise der von Julie, funktionieren würde. »Klar.« Sie deutete noch auf Calums Hand. »Aber das solltest du vorher noch dorthin bringen, wo es hingehört.«

Calum bemerkte mit einem überraschten Blick, dass er immer noch Nathans Telefon in Marks Hülle in der Hand hielt. Er sauste nach oben und verstaute es in Marks Aktenmappe. »Bist du so weit?«, rief er nach unten.

»Vollkommen bereit«, erwiderte Sophie.

Während Calum die Eingangstür wieder öffnete, stand Sophie von Nathans Schreibtisch auf, stellte ihre Armbanduhr ein und ging dann hinaus ins Treppenhaus, wo sie sich in eine Ecke drückte, bis sie hörte, dass Nathan in sein Arbeitszimmer zurückgekehrt war. Dann zählte sie langsam bis fünf, zog sich ihren Mantel über und steckte wie beiläufig den Kopf durch seine offene Tür.

»Na, dann«, sagte sie betont fröhlich, »sehen wir uns später.«

Nathan warf einen Blick auf die Omega an seinem Handgelenk und sah sie dann lächelnd an. »Sie seilen sich schon mal ein bisschen früher ab?«

Sophie sah übertrieben umständlich auf ihre Armbanduhr. »Wenn ich mich recht erinnere, sollen wir um halb sechs dort sein?«

Nathan nickte. »Stimmt. Aber es ist erst …«

»Fünf nach fünf«, sagte Sophie in unschuldigem und möglichst nüchternem Ton.

Nathan blicke noch einmal auf seine Uhr. »Nein, es ist fünf nach vier.«

»Fünf nach fünf«, insistierte Sophie. »Schauen Sie hier.«

Sie streckte ihm ihr Handgelenk entgegen und konnte nur hoffen, dass ihm nicht auffiel, dass es sich um eine billige Casio handelte. »Ihre Uhr muss stehengeblieben sein.«

Nathan runzelte die Stirn. Dann blickte er auf die Zeitangabe auf der unteren Leiste seines Bildschirms und danach – genau wie Julie es vorhergesagt hatte – überprüfte er die Uhrzeit auch noch einmal auf seinem iPhone. »Aber …« Er tippte mit dem Finger auf das Glas seiner Omega. »Verdammte Scheiße«, sagte er, sprang auf und wurde rot. »Entschuldigen Sie meine Ausdrucksweise, Soph.«

»Macht nichts.«

»Dann muss ich mich wirklich beeilen«, sagte er und griff nach seinem Jackett. »Ich habe allen versprochen, dass ich frühzeitig dort sein werde, damit wir eine gute Auswahl an Schuhen bekommen. Könnten Sie noch so nett sein, den anderen zu sagen, dass sie sich nicht zu beeilen brauchen?«, bat Nathan und stülpte sich seinen Helm über. Er rannte schon die Treppe hinauf, als Sophie nickte.

»Aber gern«, sagte sie noch. Aber das würde nicht nötig sein.

Nathan fuhr mit der Vespa die Oxford Street entlang. Immerhin regnete es inzwischen nicht mehr, aber ansonsten verfluchte er sein Pech mit der Uhr. An dem einzigen Tag im Jahr, an dem er wirklich mal pünktlich sein sollte, ließ ihn seine ansonsten so verlässliche Omega im Stich. Sie war das einzige Geschenk von Ellie, das er nicht zu einem Secondhandladen gebracht oder bei eBay verkauft hatte. Wenn man es sich recht überlegte, steckte eine Riesenironie dahinter, dass sie ausgerechnet heute aussetzte. Er war bestimmt nicht abergläubisch, aber wenn das nicht was von einem bösen Zauber hatte … Er wusste, dass man die Uhren ab und zu überprüfen lassen sollte, aber in all den Jahren war sie nicht einmal stehengeblieben. Weil es sich um eine Automatik handelte, musste man sie noch nicht einmal aufziehen. Als Ellie sie ihm geschenkt hatte, erklärte sie ihm, dass sich die Uhr durch Bewegungen der Hand oder des Arms von selbst aufzog. Er hatte daraufhin gesagt, dass sie ihn niemals verlassen dürfe, da er sie sonst überdrehen würde. Sie beide hatten sich vor Lachen gebogen. Ein paar Monate später hatte sie dann tatsächlich Schluss gemacht, und er fand den Scherz überhaupt nicht mehr witzig. Die Uhr war ziemlich teuer gewesen. Als sie beide einmal auf dem Weg zum Abendessen durch The Strand geschlendert waren, hatte er sie zufällig im Schaufenster eines Juwelierladens entdeckt und beiläufig erwähnt, wie sehr sie ihm gefiel. Dann hatte er sie vergessen und war völlig überrascht, als sie ihm die Uhr ein paar Tag später zum Geschenk machte. Inzwischen konnte er sich denken, dass damals ihrerseits schon Schuldgefühle im Spiel waren, aber seinerzeit hielt er es natürlich für ein Zeichen ihrer großen Liebe. Er glaubte so fest an ihre gemeinsame Zukunft, dass er darin mehr sah als nur ein Geschenk. Und ausgerechnet heute war sie stehengeblieben. Wie passend.

Immerhin kam er gut durch den Verkehr. Die Rushhour, die sonst um diese Zeit herrschte, schien noch nicht eingesetzt zu haben. So konnte er bei der Ausfahrt aus dem Kreisverkehr bei Marble Arch, wo ebenfalls erstaunlich wenig Autos unterwegs waren, richtig Gas geben. »Yes«, murmelte er triumphierend, als er dabei zwei Taxis den Weg abschnitt. Dann rollte er weiter am Nordrand des Hyde Parks entlang Richtung Lancaster Gate. Er sah in den Rückspiegel, um zu schauen, ob ihn die Taxifahrer wutentbrannt und getrieben von dem Wunsch nach Vergeltung verfolgten, aber sie waren Richtung Süden in die Park Lane abgebogen, also konnte er sich wieder entspannen und etwas vom Gas gehen. Es hätte ihm gerade noch gefehlt, jetzt von der Polizei angehalten zu werden. Er fuhr ein Stück weiter, dann bog er nach rechts ab, bis er beim Whiteleys-Einkaufszentrum im Stadtteil Bayswater ankam. Er hielt vor dem Art-déco-Palast aus der Jahrhundertwende, der früher einmal ein Nobelkaufhaus gewesen war. Zum Glück fand sich ein Stellplatz für die Vespa gleich vor dem Haupteingang. Er klappte den Ständer aus, schloss den Helm am Lenker an und vergewisserte sich, dass der Deckel des Stauraums am hinteren Teil des Rollers verschlossen war. Dann schaute er auf seine Uhr und erinnerte sich, dass sie eine Stunde nachging. Kopfschüttelnd betrat er das Whiteleys und lief gleich ins Untergeschoss, wo er etwas atemlos bei der Bowlingbahn ankam.

»Hallo«, begrüßte ihn die junge Frau am Empfang. »Kann ich Ihnen behilflich sein?«

»Ich habe reserviert.«

»Auf welchen Namen?«

»Field. Ich habe es ein bisschen eilig.«

»Wie Sie meinen.« Die junge Frau schaute auf den Bildschirm. »Für halb sechs. Das stimmt doch? Wenn Sie wollen, können Sie auch schon früher anfangen. Das kostet nichts extra. Sind Ihre Freunde auch schon da?« Sie sah sich übertrieben aufmerksam in der ausgedehnten, höhlenartigen Halle um. Außer einer japanischen Familie, die bei einer der Bahnen am anderen Ende aufregt durcheinanderschnatterte, war weit und breit jedoch kein Mensch außer Nathan zu sehen.

»Nein, ich bin der Erste.« Er nestelte einen Zettel aus seiner Jacketttasche, den er der Empfangsdame reichte. »Meine Kollegen haben es vielleicht ein bisschen eilig, wenn sie hier ankommen. Hier stehen die Schuhgrößen drauf. Wenn Sie inzwischen so freundlich wären …«

Die junge Frau setzte ein Gesicht auf, als hätte sie sich heute Abend auf nichts mehr gefreut. »Wird erledigt.«

»Vielen Dank«, sagte Nathan. »Hat nach uns noch eine weitere Gruppe reserviert? Ich wollte nur schon mal nachfragen, falls meine Leute sich arg verspäten und wir überziehen wollen.«

Die junge Frau schob die Lippe vor und sah ihn erstaunt an. »Heute ist Valentinstag, und das hier ist ein Bowlingbetrieb. Ich wundere mich, dass wir überhaupt aufhaben.«

Nathan zog seine Schuhe aus und gab sie der jungen Frau, die sie mit ausgestrecktem Arm vor sich hertrug und im Regal hinter sich verstaute. Dafür händigte sie ihm ein Paar rotweiße Bowlingschuhe aus. Als er sie anzog, vermied er es, zu tief einzuatmen. Dann ging er zur Bar hinüber, holte sich schon mal einen Drink und trug das Glas hinüber zu der reservierten Bahn. Dort setzte er sich, um auf die anderen zu warten.

Kapitel 8

Sophie wartete so lange, bis sie sicher war, dass Nathan die Firma verlassen hatte, dann rannte sie nach oben in ihr Büro und zog die Einkaufstüte von Selfridges aus dem Aktenschrank hervor.

Julie schaute von ihrem Laptop hoch. »Läuft alles nach Plan?« Ihr Kostüm war nach der Feuerübung mit Regentropfen besprenkelt, was Sophie ein wenig peinlich war, schließlich war sie daran schuld.

»Bis jetzt ja.«

»Und, bist du bereit?«

Sophie hielt die Tüte in die Höhe und schüttelte sie. »Fast.«

»Na dann, viel Glück!«

»Danke«, sagte Sophie auf dem Weg zur Tür. »Und versteh es bitte nicht falsch, aber ich hoffe, wir sehen uns heute nicht mehr.«

»Mach dir keine Sorgen. Ich habe mich sowieso entschieden, nicht hinzugehen.«

»Nein?« Sophie blieb an der Tür stehen. »Warum?«

Julie wandte ihre Aufmerksamkeit wieder dem Bildschirm zu. »Ich muss heute noch arbeiten, ein paar Dinge fertigmachen. Und da du nicht da sein wirst, habe ich auch wenig Lust auf einen Abend allein mit dem angetrunkenen Rest der Truppe.«

Sophie verzog das Gesicht. »Ich wünschte, ich hätte die gleiche Zuversicht wie du, was Nathan und mich heute Abend anbelangt. Schließlich bleibt mir nicht mehr als eine Stunde.«

»Dann verschwende keine Zeit damit, hier mit mir zu quatschen.«

Sophie zögerte dennoch. »Du bist dir sicher, dass du nicht hingehen willst?«

Julie schüttelte den Kopf. »Wie gesagt, ich habe zu arbeiten.«

»Aber Mark geht hin.«

»Wie bitte?«, erwiderte Julie in scharfem Ton.

»Mark Webster. Er ist auf jeden Fall mit von der Partie.«

»Und was hat das mit mir zu tun?«

Sophie wurde rot. »Ich dachte nur …« Sophie machte die Tür zu. »Wegen der Weihnachtsfeier. Ich wollte sagen, am Ende der Weihnachtsparty …«

Julie gab sich Mühe, nicht aufzuschauen, und konzentrierte sich auf den Bildschirm. »Was war da?«

»Da habe ich gesehen … Ich wollte sagen, ich dachte, gesehen zu haben … Ich meine, es geht mich ja nichts an, aber Mark und du …«

»Es gibt kein ›Mark und ich‹, Sophie.«

»Ich wollte natürlich überhaupt nichts unterstellen. Aber …«

»Aber was?«

»Meinst du nicht, das könnte etwas bedeuten?«

Julie drehte sich in ihrem Bürostuhl zu Julie und verschränkte die Arme. »Nein, Sophie, das denke ich ganz und gar nicht. Vor allem weil …« Sie hielt gerade noch rechtzeitig inne, denn jetzt war wirklich nicht der richtige Zeitpunkt, ihre Mitarbeiterin in ihre häuslichen Verhältnisse einzuweihen, zumal Sophie unter Zeitdruck stand. »Vor allem weil er mir keine Karte zum Valentinstag geschickt hat.«

»Aha«, antwortete Sophie. »Okay. Sorry.«

Julie zwang sich zu einem Lächeln. »Mach dir darüber keine Gedanken!«, sagte sie in möglichst fröhlichem Ton und tippte auf ihre Uhr. »Geh jetzt!«

»Jawohl, Chefin.«

»Sophie.«

»Ja?«

»Ich hoffe, du bekommst, was du dir wünschst.«

»Danke. Das wünsche ich dir auch.«

Julie verbiss sich ein höhnisches Lachen, und Sophie begab sich zur Damentoilette, wo sie sich in der geräumigsten Kabine einschloss. Mit großer Vorsicht, damit es nicht auf den Boden fiel, zog sie das Bustier aus der Tüte und versuchte, nicht auf das Preisschild zu schauen, als sie es heraustrennte. Immerhin konnte man es als Investition betrachten, so wie der Lottoschein, den sie jeden Samstag ausfüllte. Doch wenn sie vor die Wahl gestellt würde, ob sie den Jackpot oder Nathan knacken wollte, dann wüsste sie, was ihr lieber wäre. Sie hängte das Bustier am Haken an der Innenseite der Tür auf, zog sich aus und ließ ihre Unterwäsche in die Selfridges-Tüte fallen. Der Gedanke, so nackt vielleicht bald einem halbwegs fremden Menschen gegenüberzustehen, machte sie ein wenig nervös. Über solche Dinge hatte sie sich seit langem keine Gedanken mehr gemacht. Sie und Darren waren so ewig zusammen gewesen, dass er nicht einmal mehr davor zurückgescheut war, das Klo in ihrer Anwesenheit zu benutzen. Nicht gerade eine von Sophies Lieblingserinnerungen an ihre Beziehung. Wenn man einmal diesen Grad von Vertrautheit erreicht hatte, dann war Nacktheit gegenüber dem Partner überhaupt kein Problem mehr. Aber der Gedanke, dass sie vielleicht schon in wenigen Stunden einem noch fast Unbekannten völlig unbekleidet gegenüberstehen würde und er ihr … Sophies Herz schlug schneller. Jetzt war sie für die Anziehprobe, die wohl eher eine Ausziehprobe gewesen war, heute Mittag bei Selfridges ganz dankbar. Die Reaktion war schließlich sehr positiv gewesen. Sie zitterte vor Vorfreude, inzwischen aber auch vor Kälte. Deswegen schlüpfte sie rasch in das Bustier, wobei sie darauf achtete, sich zu merken, wo genau die Haken angebracht waren, so dass sie es leicht ausziehen konnte, ohne es zu zerreißen, falls später Eile geboten sein sollte. Auch wenn die Vorstellung ziemlich verlockend erschien, hatte Sophie durchaus ihre Zweifel, ob sie heute Nacht schon mit Nathan schlafen sollte. Solche Schnellschüsse waren sonst eher nicht ihr Ding. Außer einigen wenigen Ausrutschern im eindeutigen Zustand der Trunkenheit hatte sie sich nie auf One-Night-Stands eingelassen. Aber vielleicht änderte sich das heute. Schließlich bereitete sie sich gerade darauf vor, Nathan in diesem Aufzug zu beeindrucken, und das Ziel der ganzen Aktion war eindeutig sein Bett. So funktionierte das Leben in London nun mal, und dafür war sie hierhergekommen. Die jungen Frauen hier waren modern, unabhängig. Sie folgten ihren eigenen Regeln. Wenn ihnen der Sinn danach stand, konnten sie sich genauso verhalten wie Männer. Und wenn es sich ergab, dass sie mit Nathan schon beim ersten Date im Bett landete, dann war das eben so. Sophie musste beinahe über sich selbst lachen. Ob sie sich überhaupt noch daran erinnern konnte, was zu tun war, wenn es so weit war? Zwei Jahre waren schließlich eine lange Zeit. Aber sie hatte inzwischen so lange gewartet, dass es auf ein paar Tage mehr oder weniger auch nicht mehr ankam. Vielleicht würde sie Nathan mit diesem neuen Outfit erst mal nur heißmachen. Ihn reizen, bis er vor Aufregung und Erwartung zitterte. Dann hätte sie ihn da, wo sie ihn haben wollte. Im Augenblick zitterte sie selbst allerdings aus ganz anderen Gründen. Sie strich das Bustier mit den Händen glatt. Die Spitze fühlte sich großartig an. Sie hatte keine Zweifel mehr, dass dieses Textilwunder sie zu allem befähigte. So etwas kam einem nicht in den Sinn, wenn man in braven Hausfrauenschlüpfern steckte. Wie lautete der berühmte Leitsatz? Wenn man sich innerlich gut fühlt, dann sieht man auch nach außen gut aus. Das galt auf jeden Fall auch, wenn man untendrunter gut aussah.

Sie sah auf die Uhr, zog sich rasch wieder an und verließ die Kabine. Nachdem sie sich vergewissert hatte, dass sie allein war, probte sie die Haltung beim Anschieben der Bowlingkugel vor dem Spiegel und öffnete die oberen Knöpfe der Bluse gerade so weit, dass man einen Blick auf den Ansatz des Bustiers erhaschen konnte, wenn sie sich vorbeugte. Nachdem sie das Resultat als zufriedenstellend eingestuft hatte, verließ Sophie hoch erhobenen Hauptes die Toilettenräume und nickte selbstbewusst den Kolleginnen von der Verwaltung zu. Auf dem Weg durch den Flur stopfte sie die Tüte mit der alten Unterwäsche in den nächsten Abfalleimer. Von jetzt an würde sie nicht mehr in biederen Schlüpfern von Marks & Spencer durch die Gegend laufen. Diese Zeiten waren ein für alle Mal vorbei, unter Spitzenwäsche würde nichts mehr laufen. Vielleicht musste sie sich darüber bald auch keine Gedanken mehr machen, wenn sie ihre Dessous in Zukunft von Nathan geschenkt bekam. Sie stolzierte nach draußen, ging die Bateman Street entlang und bahnte sich ihren Weg durch die Raucher vor dem Pub. Mit

Genugtuung registrierte sie, wie einige die Köpfe nach ihr umdrehten. Was sollten diese ganzen Ratschläge von wegen Lächeln beim Telefonieren? So wie jetzt ließ sich weibliches Selbstbewusstsein am besten hervorlocken, und man fühlte sich gleichzeitig auch noch richtig sexy. Sie warf jegliche Vorsicht über Bord und zog trotz ihres erbärmlichen Kontostands die letzten noch vorhandenen zwanzig Pfund aus dem Geldautomaten an der Ecke. Dann winkte sie wild gestikulierend ein vorbeifahrendes Taxi heran.

»Wohin soll's denn gehen, meine Liebe?«, wollte der Fahrer wissen.

Sophie lächelte. »Genau dorthin«, erwiderte sie nonchalant.

Nathan saß im SuperBowl und starrte verärgert auf sein Handy. Es war immer das gleiche Problem in diesen unterirdischen Lokalitäten: kein Empfang. Vor allem nicht mit dem iPhone. Und aus irgendeinem unerfindlichen Grund ließ es sich noch nicht einmal entsperren. Was der Grund dafür war, darauf konnte er sich im Moment auch keinen Reim machen. Ob es sich um eine neue Funktion bei diesem brandneuen Modell handelte, die er aus Versehen aktiviert hatte, wusste er im Moment ebenso wenig. Aber er wollte auf keinen Fall das Risiko eingehen, ein Reset ohne verfügbares Backup durchzuführen. Es war immer das Gleiche mit diesen Apple-Geräten, dachte er. Styling war wichtiger als Substanz. Er kannte auch einige Leute, die so waren. Eine davon hätte er beinahe geheiratet. Außerdem wunderte er sich, wo die Kollegen blieben. Bis jetzt war niemand aufgetaucht. Immerhin funktionierte die Zeitangabe auf seinem Smartphone. Demnach müssten sie schon seit ungefähr zehn Minuten hier sein und bereits die Schuhe gewechselt haben. Das Dümmste war, dass er keine Möglichkeit hatte, jemanden anzurufen. Ins Büro zurückzufahren wäre absurd gewesen, und auch hier im Whiteleys einfach nach oben zu gehen, wo er wieder Empfang hätte, hätte nichts gebracht, wenn er sein Gerät nicht entsperren konnte. Dazu hätte er außerdem noch einmal die Schuhe wechseln müssen. So blieb ihm nichts anderes übrig, als zu warten und zu hoffen, dass bald jemand auftauchte. In gewisser Hinsicht war das vielleicht aber auch ein gutes Zeichen. Nathan sollte sich für jeden Einzelnen freuen, der vielleicht doch noch ein richtiges Valentinstag-Date zustande gebracht hatte und deswegen nicht zum Bowling kam. Allerdings wäre es doch ein sehr großer Zufall, wenn das allen gelungen sein sollte. Und er würde hier weiterhin ganz allein sitzen wie ein besonders trauriges Mauerblümchen. Und das war das absolut Letzte, was er an diesem Abend wollte. Er hatte sich außerdem richtig aufs Bowling gefreut, obwohl, oder vielleicht gerade weil, Ellie es immer gehasst hatte. Sie konnte auch mit Karaoke nichts anfangen oder mit Schlittschuhlaufen oder Freizeitparks. Gegen alle Dinge, bei denen sich normale Menschen bestens amüsierten, war Ellie ziemlich allergisch. So gesehen fragte sich Nathan, was sie eigentlich gerne zusammen unternommen hatten, wenn man mal von den regelmäßigen Shopping-Touren zu IKEA absah. Hatte er sich möglicherweise immer nur eingebildet, dass sie viele Gemeinsamkeiten hätten? Wäre es theoretisch denkbar, dass er am Ende ohne Ellie doch besser dastand? Aber natürlich nicht völlig ohne Freundin. Ärgerlich war außerdem, dass er so überstürzt hierhergefahren war. Jetzt hatte er die Vespa am Hals, die er auf keinen Fall über Nacht vor dem Whiteleys stehen lassen wollte. Das Risiko, dass der Roller von irgendwelchen Vandalen beschädigt werden könnte, war in dieser

Gegend einfach zu groß. Damit zurückzufahren bedeutete aber wiederum, dass er sich mit dem Alkohol zurückhalten musste. Das war wirklich kein guter Start in einen gelungenen Partyabend.

Nathan griff nach seinem Bier und überlegte, ob er das Glas austrinken und dann einfach gehen sollte. Nach einem Drink konnte er immer noch sicher nach Hause fahren, und vermutlich war es besser, das möglichst bald zu tun, bevor er sich seinen Weg durch das Gewühl verliebter Paare auf den Straßen bahnen musste. Doch gerade als er so weit war, seinen Entschluss in die Tat umzusetzen, tippte ihm jemand auf die Schulter.

»Soph!« Nathan stellte sein Glas ab und stand auf. »Ich könnte Sie küssen!«

Sophie wurde rot. »Nur zu« wäre ihre liebste Antwort gewesen, die sie aber nicht laut auszusprechen wagte. »Wo sind die anderen?«, fragte sie stattdessen so scheinheilig wie möglich.

Nathan zuckte die Achseln. »Keine Ahnung.«

Sophie schaute übertrieben deutlich auf ihre Armbanduhr. Sie war bereits vor zehn Minuten hinter dem Cola-Getränkeautomaten in Deckung gegangen, wo sie den richtigen Moment abgepasst hatte. Obwohl sie es kaum erwarten konnte und sehr nervös war, entschied sie erst in dem Moment, als sie den Eindruck hatte, dass Nathan im Aufbruch begriffen war, die zehn Meter bis zu seinem Sitzplatz rüberzugehen. »Sollen wir noch länger warten, was meinen Sie?«

Nathan schüttelte den Kopf. »Ich glaube nicht, dass das noch viel Sinn hat. Wenn es Ihnen nichts ausmacht?«

Sophie sah auf ihre Füße. »Nachdem ich mir extra die Mühe gemacht habe, diese schicken Schuhe anzuziehen? Überhaupt nicht!«

Nathan strahlte sie so breit an, dass ihr fast das Herz stehengeblieben wäre. »Wie es aussieht, sind wir dann aber nur zu zweit.«

»Ist doch auch super. Ich meine, wenn es Ihnen – oder darf ich sagen, dir – nichts ausmacht?«

»Klar, wir können uns gerne duzen. Aber was meinst du mit ›nichts ausmacht‹?«

Sophie lächelte ihn breit an, ging zur Ballaufnahme herüber und griff nach der erstbesten Bowlingkugel. »Zu verlieren.«

Julie speicherte den Bericht ab, an dem sie seit über einer Stunde schrieb, und zog die unterste Schublade ihres Schreibtisches auf, wo sie eine Garnitur Sportklamotten und Laufschuhe aufbewahrte. Sie verschloss die Bürotür von innen und zog sich um. Eigentlich hatte sie nicht vorgehabt, heute Abend noch einmal zu joggen, aber irgendwie war ihr jetzt nach einer zweiten Trainingseinheit. Für solche Gelegenheiten hatte sie das Reserve-Outfit im Büro. Das war manchmal auch ganz praktisch, wenn die Londoner U-Bahn wieder mal streikte. Dann konnte sie nach Hause laufen und so das Nützliche mit dem Notwendigen verbinden. Dass sie den Bowlingabend mit den Kollegen verpassen würde, ärgerte sie inzwischen. Nach dem ganzen unerwarteten Auf und Ab des Tages hätte sie gut ein paar Drinks gebrauchen können. Als sie noch angenommen hatte, dass Mark hinter der ganzen Valentinstag-Umwerbungs-Kampagne stand, war sie wahnsinnig angetan und geschmeichelt gewesen, was er sich vermeintlich alles hatte einfallen lassen. (Sie konnte sich nicht erinnern, wann sie zuletzt eine Marketingkampagne so einfallsreich und zielorientiert durchgeführt hatte.) Aber als sich dann herausstellte, dass die Karte, die Luftballons und die Schokoladenküsschen von

Nathan stammten ... Sie konnte sich wohl immer noch geschmeichelt fühlen, aber das gute Gefühl wurde von einer gewissen Enttäuschung beeinträchtigt. Erstens, weil Mark nicht der Absender gewesen war, und zweitens, weil das heißen musste, dass er doch über ihre Taxifahrt nach der Weihnachtsfeier getratscht hatte. Warum hätte Nathan ihr sonst so anspielungsreiche Dinge zukommen lassen sollen? Die Schoko-»Kisses« hatte sie im Lauf des Nachmittags schon gegessen, ein weiterer guter Grund für eine zweite Joggingrunde am Abend. Julie hatte es sehr amüsant gefunden, wie Sophie sich mit der Begründung, sie wolle heute Abend in ihrem Dessous »nicht zu fett« aussehen, geweigert hatte, auch nur eine von den angebotenen Pralinen zu nehmen. Sophie hatte eine tadellose Figur, und selbst wenn das nicht der Fall wäre, hätte das aufwendig gearbeitete Bustier allein schon ein paar Kleidergrößen wettgemacht.

Nachdem sie ihre Nikes zugebunden hatte, zog Julie ihre Fleecehandschuhe an und begann mit ein wenig Stretching zum Aufwärmen. Es kam ihr immer noch merkwürdig, fast rätselhaft vor, dass Nathan sich für sie interessierte. Ihr war in dieser Hinsicht nie das mindeste aufgefallen. Aber andererseits hatte sie auch nicht mitbekommen, dass Philip eine Affäre hatte. Und von Mark hatte sie in der Tat angenommen, dass er sich in sie verguckt haben könnte, aber das schien ja nun auch nicht der Fall zu sein. Vielleicht lag sie einfach immer falsch, was die Einschätzung von Männern anging. Aber es war auch eine nicht von der Hand zu weisende Tatsache, dass Menschen sich änderten. Philip war inzwischen mit Sicherheit nicht mehr genauso wie zu dem Zeitpunkt ihrer Hochzeit, und Julie musste sich eingestehen, dass auch sie nicht mehr die Gleiche war wie früher. Wer hätte gedacht, dass sie jemals mit einem

Kollegen aus der Firma herumknutschen und ihn anschließend auf die sanfte Tour abblitzen lassen würde. Und das alles innerhalb weniger Wochen. Vor einigen Monaten wäre es völlig unvorstellbar für sie gewesen, regelmäßig Joggen zu gehen, und inzwischen trainierte sie bereits für einen Marathonlauf, während sie sich normalerweise mit kaum schweißtreibenden Freizeitaktivitäten amüsiert hätte. Sie stellte eine Ferse auf den Schreibtisch und stretchte ihr Bein bis an die Schmerzgrenze. Was in der näheren Zukunft wohl noch alles auf sie zukam? Sollte oder wollte sie versuchen, das Verhältnis zu Philip wieder geradezubiegen, indem sie so tat, als sei nichts geschehen? Aber vergeben und vergessen war nie ihre Stärke gewesen, und in seinem Fall müsste sie wirklich großen emotionalen Aufwand betreiben. Außerdem hatte sie bis jetzt noch keine rechte Erklärung dafür gefunden, warum Philip ihr das angetan hatte. Er hatte ihr die Schuld gegeben, aber hatte sie wirklich Fehler gemacht? Julie musste zugeben, dass sie sich ziemlich stark auf ihren Beruf und ihre Karriere konzentriert hatte. Aber das hatte er genauso getan, als er noch als Anwalt gearbeitet hatte, und in gewisser Weise tat er das auch jetzt noch, wenn man bedachte, wie er sich in seine Schriftstellerei verbiss. Allerdings konnte man trotz seiner Anstrengungen bei ihm nicht gerade von Erfolg sprechen. Aber Philip schien die zahllosen Absagen von literarischen Agenturen und Verlagen ziemlich gut zu verkraften, wohingegen Julie an seiner Zurückweisung, mit der er ihr zu signalisieren schien, dass sie nicht gut genug für ihn war, sehr zu knabbern hatte. Das war mit einer der Gründe, warum sie mit dem Laufen angefangen hatte. Um gut in Form zu sein und sich dadurch wieder begehrenswerter zu fühlen. Vielleicht funktionierte das ja. Mark hatte sich immerhin so weit für sie interessiert, dass er sie ausgiebig zurückgeküsst hatte. Und selbst der sehr gutaussehende Nathan hatte ihr eine Valentinskarte geschickt. Bis jetzt hatte zwar weder das eine noch das andere zu einem greifbaren Ergebnis geführt, aber sie konnte daraus wohl mit einigem Recht etwas Mut und Zuversicht schöpfen. Vielleicht sollte sie die Situation mit Philip so nehmen wie das Marathontraining: Bisweilen war es etwas schmerzhaft, aber wenn man die Zähne zusammenbiss, konnte man es überstehen.

Mit einem Seufzer verließ sie ihr Büro, zog die Pudelmütze über die Ohren und schaltete ihren iPod ein. Dann lief sie in zügigem Tempo Richtung Themseufer.

Calum wartete in seinem Büro, bis so gut wie alle weg waren, dann griff er nach seinem Kulturbeutel und verschwand in der Herrentoilette. Noch vor wenigen Tagen hatte er sich darüber Gedanken gemacht, dass er nicht genug Zeit haben würde, nach der Arbeit nach Hause zu fahren, um sich umzuziehen und rechtzeitig für sein Date wieder in der Stadt zu sein. Dann war ihm eingefallen, dass es vielleicht gar nicht so schlecht war, im Anzug zu der Verabredung zu erscheinen. Damit musste er sich keine Gedanken machen, was das passende Outfit für die Gelegenheit war. »Smart casual« (was immer das zu bedeuten hatte) lautete die Antwort auf der FAQ-Seite von London-Date. Noch am letzten Wochenende war er extra losgezogen, um sich etwa Neues zum Anziehen zu kaufen. Als Inspiration hatte er einige Seiten aus der neuesten Ausgabe von *Gentlemen's Quarterly* herausgerissen und zur Sicherheit eingesteckt. Doch er war mit leeren Händen nach Hause gekommen. Lediglich um die Erkenntnis reicher, dass man schmal geschnittene Jeans nur tragen konnte, wenn man schmale Hüften und keinen Bauchansatz hatte. Und alles andere, was die Magazinseiten hergaben, war für Typen wie ihn entweder zu schrill oder zu teuer. Wenn er den Anzug anbehielt und lediglich die Krawatte auszog, war das für seine Verhältnisse »smart casual« genug, hatte er entschieden. So »lässig« wie zu Hause, nämlich in ausgebeulten Trainingshosen, konnte er natürlich nicht in einem Restaurant aufkreuzen, so viel war auch ihm klar.

Mit einem Blick auf die Uhr stellte er fest, dass er noch eine knappe Stunde Zeit hatte. Er zog den Reißverschluss des Kulturbeutels auf, holte alles heraus, was er brauchte, und verteilte es auf dem Waschbeckenrand: Elektrorasierer, Aftershave, Zahnbürste, Zahnpasta, Zahnseide, Mundspülung und Deo. Dann begutachtete er sein Gesicht im Spiegel. Im grellen Licht der Neonleuchte sah man, dass sein Bartwuchs kräftig, aber ungleichmäßig war. Er hatte mit der Rasur bis zum Schluss gewartet, damit am Abend keine Stoppeln zu sehen waren. Nur kurz hatte er erwogen, »ganz natürlich« zu gehen. Vielleicht hatte Emma ja etwas für Dreitagebärte übrig. Aber wegen der kräftigen roten Farbe sah er damit doch eher fieberkrank als cool aus. Er schaltete den Rasierer ein und begann sorgfältig unterhalb der linken Kotelette, fuhr dann über die ganze Wange und hinunter zu den vereinzelten Härchen am Halsansatz. Danach war die linke Kinnhälfte dran und die Partie unterhalb der Nase. Anschließend trat er einen Schritt zurück und fuhr mit der Hand über die rasierte Gesichtshälfte. Glatt wie ein Kinderpopo, wie seine Mutter gesagt hatte. Falls es heute Abend zum Austausch von Küssen kommen sollte – und er hatte wenigstens ein Küsschen auf die Wange bei der Begrüßung fest eingeplant –, dann würde nichts kratzen, insbesondere wenn er die Haut anschließend noch mit Aftershave einrieb. Früher hatte sich seine Hautpflege auf das Notwendigste beschränkt, von »Grooming« hatte er keine rechte Vorstellung gehabt. Er hatte den Begriff nur mit der Fellpflege von Pferden, Hunden und Katzen in Verbindung gebracht oder allenfalls noch mit Pädophilen. Aber seit er regelmäßig GQ las, wo ständig die Rede davon war, stellte sein Toilettenschrank zu Hause den von David Beckham wahrscheinlich locker in den Schatten. Zu schade, dass er nicht das Gleiche über seine Bauchmuskulatur behaupten konnte. Er hob das Kinn an, so dass er im Licht die Rasur überprüfen und sicherstellen konnte, dass er auf der linken Seite nichts übersehen hatte. Dann nahm er die rechte Gesichtshälfte in Angriff. Aber plötzlich verlangsamte sich das Brummen des Rasierers, und noch bevor er richtig anfangen konnte, erstarb das Geräusch vollkommen. Calum erstarrte. Er schaltete das Gerät ein paarmal aus und wieder an, aber es gab keinen Mucks mehr von sich. Bevor er vollends in Panik geraten konnte, durchwühlte er seine Kulturtasche von oben bis unten, schüttete den gesamten Inhalt über dem Waschbecken aus und stülpte sogar das Innenfutter nach außen in der Hoffnung, doch noch das Stromkabel zu finden. Doch dieses steckte, wie ihm plötzlich glasklar vor Augen stand, im Badezimmer in der Steckdose. Entsetzt betrachtete er sich im Spiegel und fragte sich, was er als Nächstes tun sollte. Die Zeit reichte nicht, um nach Hause zu fahren, und bei dem Minisupermarkt um die Ecke schnell Rasierklingen und -schaum zu kaufen war auch keine gute Alternative, weil er vom Nassrasieren immer Ausschlag bekam. Er hatte eine Pinzette dabei und probierte, die Haare auf der rechten Seite damit herauszureißen. Aber das tat so weh, dass ihm sofort die Tränen in die Augen schossen. Das ging also auch nicht. Calum zwang sich, tief durchzuatmen und in Ruhe zu überlegen, welche Optionen er jetzt hatte. Bevor er versuchte, den Rasierapparat auszuleeren und die gerade abgeschnittenen Barthaare irgendwie wieder anzukleben, konnte er sich vielleicht auch damit behelfen, den ganzen Abend dazusitzen und mit einer Hand die unrasierte Seite abzudecken. Er könnte auch versuchen, im Old Amsterdam einen der Ecktische zu ergattern, damit er sich so plazieren konnte, dass Emma nur die rasierte Seite sah. Aber auch dabei war fraglich, wie lange er das durchhalten konnte, vor allem falls Emma ihm schon bei der Begrüßung ein Küsschen auf beide Wangen geben wollte, wie es die Europäer auf dem Kontinent machten. Er könnte behaupten, dass der halb rasierte Bart das Kennzeichen einer Wohltätigkeitsaktion war, bei der Geld für einen guten Zweck wie Waisenkinder oder kranke Hunde gesammelt wurde. Da Emma eine Hundenärrin war, würde sie das sicher rühren, und er konnte als großzügiger und engagierter Spender Pluspunkte bei ihr sammeln. Der Haken an all diesen Ideen war nur, dass er dabei nach wie vor lächerlich aussah. Doch inmitten seiner allergrößten Verzweiflung kam Calum die rettende Idee. Schließlich war die Tottenham Court Road nur fünf Minuten entfernt, und auf dieser belebten Einkaufsstraße gab es Dutzende von Geschäften für Elektrobedarf. Bei irgendeinem würde das passende Kabel sicher zu finden sein. Wenn er sich beeilte, konnte er in fünf Minuten dort sein, benötigte fünf Minuten für den Kauf und wäre in einer Viertelstunde wieder hier. Dann blieben ihm immer noch fünfzehn Minuten zum Rasieren und anschließend ein Zeitpuffer von einer halben Stunde bis zu seinem Date.

Er stopfte den Elektrorasierer in die Hosentasche und schob alle übrigen Toilettenartikel zurück in den Kulturbeutel. Dann rannte er in sein Büro, griff sich seinen Mantel vom Haken an der Innenseite der Tür, sprang die Treppe hinunter und verließ das Bürogebäude.

Mark ließ die Jalousien an seinem Bürofenster herab und verpasste so um wenige Sekunden den Anblick von Julie Marshall, die in ihrem eng anliegenden Trainings-Outfit auf dem Gehsteig vorbeijoggte. Trotz übermäßiger Abnutzung des Teppichbodens lief er wieder in seinem Zimmer auf und ab und versuchte zu begreifen, was heute alles schiefgelaufen war und vor allem warum. Sein sorgfältig ausgetüftelter Plan war jedenfalls nicht aufgegangen. Jetzt könnte er sich dafür ohrfeigen, dass er nicht offener und direkter auf sie zugegangen war oder nicht gleich Nägel mit Köpfen gemacht hatte, als die Gelegenheit dafür günstig gewesen war. Möglicherweise lag es daran, dass er kein Verkäufer war, sondern ein Finanzfachmann. Vielleicht versuchte er einfach zu sehr, das Unkalkulierbare zu kalkulieren. Irgendwie war er noch nicht ganz überzeugt, dass Julie ihn wirklich abblitzen lassen wollte. So, wie Nathan ihm von dem Gespräch mit ihr erzählt hatte, hatte er eher den Eindruck, dass sie glaubte, die Karte käme von Nathan. Warum hätte sie Nathan gegenüber sonst nicht Marks Namen erwähnen und damit unmissverständlich zum Ausdruck bringen sollen, dass seine Avancen bei ihr nicht auf Gegenliebe stießen? Genau das hatte sie aber nicht getan. Im Gegenteil, in seinen Ohren hörte es sich eher so an, als hätte sie Nathan von weiteren Zudringlichkeiten abhalten wollen. Und das passte auch besser zu der Tatsache, dass sie damals im Taxi die Initiative ergriffen hatte. Aber all das ließ ihr Verhalten heute nicht weniger rätselhaft erscheinen. Je länger er darüber nachdachte, desto mehr kam Mark zu der Überzeugung, dass an der Sache irgendwas nicht ganz stimmen konnte. Als sie vor der Bar Italia saßen, hatte Julie nicht die geringsten Bedenken oder Widerstand gezeigt, sich zu ihnen zu setzen. Dabei wäre es leicht für sie gewesen, das abzubiegen. Oder sie hätte die Situation nutzen können, um ihm ohne umständliche Winkelzüge und Andeutungen alles zu sagen. Da sowohl er als auch Nathan da waren und außerdem noch Sophie, sozusagen als Zeugin. Stattdessen war sie hinterher zu einem Vieraugengespräch zu Nathan gegangen. Das ließ nur den Schluss zu, dass sie glaubte, Nathan sei der Absender der Karte an sie. Da sie außerdem wusste, wie gut Mark und Nathan befreundet waren, musste sie fest damit rechnen, dass er von ihrer »Verwarnung« gegenüber Nathan erfuhr. Das konnte man durchaus als Signal, wenn auch als ein sehr indirektes, an ihn verstehen, dass sie Interesse an ihm hatte. Wenn es tatsächlich ein Zeichen von ihr gewesen war, dann musste er sie bezüglich der Knutscherei im Taxi endlich zur Rede stellen, und zwar bald. Er musste wissen, ob er sich alles nur eingebildet oder ob es eine Bedeutung gehabt hatte. Er schnappte sich sein Jackett von der Stuhllehne, zog es über und rückte die Krawatte gerade. Dann verließ er sein Büro und schloss sorgfältig ab. Das Gebäude war inzwischen ziemlich verlassen. Er entdeckte oft noch Licht in Julies Büro, wenn Sophie und viele andere bereits gegangen waren. Aber bisher war er immer zu schüchtern gewesen, einfach bei ihr hereinzuschauen. Stattdessen hatte er lieber selbst so getan, als würde er, bei wohlweislich offener Bürotür, noch arbeiten, aber sie rief nie mehr als ein flüchtiges »Bye«, wenn sie mit gesenktem Kopf an seinem Zimmer vorbeieilte. Auch heute Abend waren etliche von den Mitarbeitern schon weg, weil sie sich noch ein Bier genehmigten, bevor sie dann zu Nathans Party weiterfuhren. Und der Rest wollte sicherlich auch schnell zu Hause sein, um den Valentinsabend in dieser oder jener Weise mit seiner besseren Hälfte zu verbringen. Das bedeutete, dass vermutlich niemand mehr da war, der ihn und Julie stören konnte.

Im Treppenhaus hörte er ein gewaltiges Poltern und dann ein atemloses »Entschuldigung«. Er trat rasch zur Seite und ließ Calum vorbeirennen, der eigenartigerweise nur zur Hälfte rasiert zu sein schien. Dann stieg Mark die Treppe hinauf, und mit jeder Stufe wuchs seine Nervosität. Er musste nur wie jeder normale erwachsene Mann mit ihr sprechen und offen und ehrlich sein. Ihr sagen, was er fühlte. Er sollte sich nicht gleich entschuldigen, sondern könnte sie zunächst einfach fragen, ob sie sich durch seine Vorstöße heute von ihm bedrängt gefühlt hatte. Das Wichtigste aber war, dass er sie zum Essen einlud. Aber als er vor Julies Büro stand, war die Tür fest verschlossen, und kein Licht schimmerte darunter hindurch auf den Flur. Mark musste sich eingestehen, dass das ziemlich gut zu seinem heutigen Pech zu passen schien.

Sophie konnte nicht beurteilen, ob Nathan absichtlich ein bisschen ungeschickt gespielt hatte, um ihr ein gutes Gefühl zu geben, aber im Moment führte sie mit dreißig Punkten. Das Ganze hatte damit angefangen, dass sie so tat, als wäre sie noch nie beim Bowling gewesen. Als Nathan ihr daraufhin den richtigen Armschwung in besonders körpernaher Haltung zeigte, wäre sie beinahe in Ohnmacht gefallen. Anschließend hatte sich ihr Spiel wie durch ein Wunder rasant verbessert. Einmal warf sie sogar einen Strike, erwischte also alle zehn Pins auf einmal, was Nathan begeistert mit einer Umarmung quittierte und Sophie in höchst freudige Erregung versetzte. Am liebsten hätte sie Darren auf der Stelle eine SMS geschickt und sich für die vielen Stunden bedankt, in der er sie zum Mitspielen bei der Nintendo-Version genötigt hatte. Das »echte« Bowling war jedoch im Gegensatz zu der elektronischen Version ziemlich anstrengend. Aber da Sophie eine gute Figur machen wollte, verkniff sie es sich, beim Aufnehmen der schweren Kugel und beim Schwung über die Schulter zu jammern, und gab sich redlich Mühe, ihren immer schwächer werdenden Arm zu ignorieren. Um sich für die Lehrstunden bei Nathan erkenntlich zu zeigen, gab sie die erste Runde Drinks aus, in der Hoffnung, dass er sich nach dem Spiel revanchierte. Dann war hoffentlich die Zeit reif, zu ihrem großen Schlag auszuholen. Das Eisen zu schmieden, solange es heiß war. Und ein heißer Typ war Nathan tatsächlich. Je mehr Zeit sie mit ihm verbrachte, desto mehr war sie davon überzeugt. Zwischendurch spähte er immer mal wieder zur Tür. Sophie nahm an, dass er hauptsächlich darauf wartete, dass weitere Kollegen aufkreuzten, und nicht nach einem Fluchtweg Ausschau hielt. Aber sie war sich auch darüber im Klaren, dass es nicht mehr lange dauern konnte, bis die anderen eintrudelten. Was wiederum bedeutete, dass ihr Zeitfenster immer kleiner wurde. Vielleicht machte der Gedanke sie so nervös, oder sie schwitzte, weil das Anheben der Kugeln wirklich schwer oder ihr Handgelenk zu schwach war oder ihre Finger vom Kondenswasser des Cocktailglases zu glitschig, aber was immer der Grund für den nachfolgenden Ausrutscher im wahrsten Sinne des Wortes war: das Einzige, was Sophie für diesen Abend definitiv nicht geplant hatte, war, dass ihr eine Bowlingkugel aus Schulterhöhe vor die Füße fiel beziehungsweise genau auf einen ihrer Füße. Im ersten Moment war sie dermaßen schockiert, dass sie gar nicht wusste, wie sie reagieren sollte. Die Schmerzen waren so unerträglich, dass nicht einmal der Umstand, dass Nathan sie umgehend hochhob und eigenhändig zur Sitzbank trug, für Ablenkung oder gar Linderung sorgte. Auch als er sich neben sie kniete und vorsichtig die Schnürsenkel öffnete, sah sie immer noch Sterne.

»Wo tut's denn weh?«

»Am Fuß«, wimmerte sie und versuchte, die Tränen zurückzudrängen. Mittlerweile war sie trotz ihrer Qualen immerhin wieder so weit bei Verstand, dass sie sich wegen ihrer Trampeligkeit hätte ohrfeigen können. »Oben am Fuß, gleich hinter den Zehen.«

Überaus behutsam zog Nathan ihr den Schuh vom Fuß. Allein schon wegen der alten Socken, die sie trug, geriet Sophie sofort in Verlegenheit, aber das war noch harmlos im Vergleich zu den Gefühlen, die folgten, als Nathan als wahrer Samariter Hand anlegte. Als er vorsichtig ihren Fuß hin und her bog, lief sie vollends rot an.

»Spürst du das?«

»Oh ja«, reagierte Sophie auf seinen sanften Druck.

»Und was ist mit den Zehen?«

»Was soll mit denen sein?« Sophie fürchtete, Nathan könnte eine flapsige Bemerkung über den abgestoßenen Nagellack machen oder die Hornhaut, die sich vom Tragen der dummen Schuhe gebildet hatte, die sie sich im Ausverkauf bei Russell & Bromley geleistet hatte, die aber eine Nummer zu klein waren.

»Wackel doch mal bitte ein bisschen mit den Zehen.«

Sophie tat wie geheißen. »Autsch.«

»Immerhin lassen sie sich bewegen.«

»Wieso verstehst du so viel von Erster Hilfe?«

Nathan zuckte die Achseln. »Vermutlich habe ich zu viele Arzt- und Krankenhausserien im Fernsehen angeschaut.« Er umfasste sanft ihre Ferse. »Was ist damit?«

»Da tut nichts weh«, erwiderte Sophie und wünschte, sie hätte mehr auf ihre Pediküre geachtet oder das Spezialangebot, das per Prospekt in ihrem Briefkasten gelandet war, in Anspruch genommen. Darauf warb ein Schönheitsstudio damit, dass man die Füße in eine Art Aquarium steckte, wo die Hornhaut von irgendwelchen Fischen abgenagt wurde. Damals kam ihr die Vorstellung geradezu grotesk vor (und sie hatte sogar überlegt, ob sie an das Studio schreiben und anfragen sollte, ob man etwas dafür bezahlt bekam, wenn man die eigene Haut als Fischfutter bereitstellte). Aber jetzt wäre sie sogar bereit gewesen, in einem Haifischbecken zu schwimmen, wenn Nathan das von ihr verlangt hätte. Immerhin hatte sie sich heute Morgen wenigstens die Beine rasiert, und sie konnte nur hoffen, dass das Bustier Nathan später von solch kleinen Unvollkommenheiten ablenken würde. Es würde wahrscheinlich richtig sexy wirken, wenn sie später darin herumhumpelte …

In diesem Augenblick erschien die junge Frau von der Rezeption. »Soll ich einen Krankenwagen rufen?«, fragte sie und schaute Nathan ängstlich über die Schulter.

»Danke, ich werde es schon überleben«, antwortete Sophie und ließ sich von Nathan wieder auf die Beine helfen. Aber sobald sie nur ein bisschen Gewicht auf den Fuß verlagerte, fing sie unweigerlich an zu winseln.

»Bist du sicher, dass du keinen Arzt brauchst?«, fragte Nathan besorgt. »Ich komme natürlich mit, wenn du willst.«

Sophie dachte einen Augenblick darüber nach. Trotz ihrer Schmerzen konnte sie sich sehr gut vorstellen, wie Nathan mitfühlend ihre Hand hielt, während sie behandelt wurde, und vielleicht begleitete er sie anschließend nach Hause. Sie würde ihn noch auf einen Kaffee hereinbitten, und anschließend würde er sie vielleicht die Treppe in ihr Schlafzimmer hochtragen und ihr beim Ausziehen helfen … Der Rest wäre dann Sache des Schicksals. Und ihrer teuren Dessous.

»Vielleicht wäre das doch das Beste«, sagte sie mit möglichst leidender Stimme.

Kapitel 9

Sophie Jones konnte ihr Glück kaum fassen. Sie schlang die Arme um Nathans warmen Körper, schmiegte sich fest an ihn und presste ihr Gesicht an seinen breiten, muskulösen Rücken. Wenn ihr Fuß nicht so höllisch weh getan hätte, wäre die Fahrt mit ihm auf der Vespa sicher die reinste Freude gewesen. Bisher hatte er sich in vorbildlicher, geradezu ritterlicher Weise als Frauenretter erwiesen, indem er darauf bestanden hatte, sie selbst mit dem Roller ins Krankenhaus zu fahren, statt auf die Ambulanz zu warten. Dann hatte er sie auf Händen nach draußen getragen und ihr seinen eigenen Helm überlassen, weil ihr der Ersatzhelm nicht richtig passte. Und nun fuhren sie mit allem, was die Vespa hergab, Richtung Notaufnahme. Das Dröhnen des Motors wurde bisweilen von eisigen Windstößen übertönt, die gelegentlich über die Straße fegten. Sophie stellte sich vor, dass es Leo und Kate vorn am Bug der Titanic ähnlich ergangen sein musste. Am liebsten hätte auch sie die Arme ausgestreckt, als würde sie fliegen. Aber dafür hätte sie Nathan loslassen müssen, und das wollte sie auf keinen Fall. Lieber kostete sie jede Sekunde in dieser Position aus. Und so, wie er den Roller durch den Verkehr schlängelte, hätte sie außerdem Angst gehabt, herunterzufallen. Als sie merkte, dass er ihr etwas zurufen wollte, drehte sie den Kopf von seiner Schulter weg. »Was hast du gesagt?«

»Ich wollte wissen, ob dein Fuß noch sehr weh tut.«

»Schon noch ein bisschen«, schrie sie zurück. »Warum?«

»Weil du dich wahnsinnig eng an mich klammerst, das ist alles.«

»Entschuldige.« Sophie lockerte die Umarmung ein wenig. »Ist es noch weit?«

»Bis zum Krankenhaus?« Nathan schüttelte den Kopf. »Weniger als ein Kilometer. Wir sind gleich da.«

Sophie seufzte enttäuscht. Die Fahrt ging viel zu schnell zu Ende. Andererseits war es aber auch ganz gut, so, wie der Fuß immer noch schmerzte.

Nathan lenkte die Vespa fast mit Vollgas um die nächste Ecke, so dass sich der Roller in einem gefährlichen Winkel neigte. Sophie klammerte sich wieder fester an Nathan und schloss die Augen. Erst als er die Vespa an einem Stellplatz nahe am Eingang des Krankenhauses zum Stehen brachte, machte Sophie die Augen wieder auf. Mit einem Ruck stellte Nathan das Gefährt mitsamt Sophie auf den Ständer. Dann bot er ihr den Arm an. »Bitte sehr.«

Sophie stützte sich dankbar auf seine ausgestreckte Hand, aber bei dem Versuch, möglichst elegant abzusteigen, stieß sie mit dem kaputten Fuß an den Auspuff und stolperte, so dass Nathan sie auffangen musste. Zum zweiten Mal heute Abend fand sie sich in seinen starken Armen wieder.

»Kannst du laufen?«

Sophie überlegte schnell. Wenn sie nein sagte, dann blieb ihm fast nichts anderes übrig, als sie mannhaft hineinzutragen. Aber auch wenn *Ein Offizier und Gentleman* mit Richard Gere zu ihren Lieblingsfilmen zählte, war sie nicht sicher, ob sie dann nicht vor lauter Aufregung ausflippen würde. »Ich denke schon«, erwiderte sie zögernd.

»Sicher?«

Sie belastete den Fuß vorsichtig und fragte sich, wem sie hier eigentlich etwas vormachen wollte. »Vielleicht doch nicht.«

»Okay. Warte einen Moment.«

Als Nathan sie hochhob, schloss sie die Augen und machte sich auf einen längeren Weg gefasst, aber Nathan plazierte sie einfach wieder auf den Sitz des Rollers. Als sie die Augen öffnete, hatte er sie bis vor das Foyer des Krankenhauses geschoben und war selbst hineingegangen. Sophie stützte sich auf dem Lenker ab und fragte sich, was er als Nächstes vorhatte. Sie wollte schon abspringen und hinter ihm herhumpeln, da erschien er mit einem Rollstuhl.

»Bitte Platz nehmen und die Sicherheitsgurte schließen!«

Sophie rang sich ein kurzes Lächeln ab und kletterte umständlich von der Vespa herunter, wobei sie aus Versehen den verletzten Fuß wieder zu stark belastete. Wie erhofft, griff Nathan auch diesmal unterstützend ein, aber leider nur, um sie in den Rollstuhl zu setzen.

»Bist du bereit?«

Sophie nickte und hoffte sehr, dass niemand, den sie kannte, beobachtete, wie Nathan sie über die Rampe und durch die automatischen Türen ins Innere der Klinik bis zum Empfangstisch rollte.

»Hallo«, sagte er, als die mürrisch wirkende Krankenschwester endlich von ihrem Bildschirm aufzusehen geruhte.

»Was kann ich für Sie tun?«

»Wir haben vielleicht einen gebrochenen Fuß.«

»Sie sehen nicht so aus, als ob Sie einen gebrochenen Fuß hätten.«

»Nicht ich.« Nathan deutete auf Sophie, die in dem Rollstuhl so tief saß, dass die Schwester sie über den Empfangstresen hinweg nicht sehen konnte. Sie stand auf und beugte sich vor.

Sophie gab ein möglichst wimmerndes Geräusch von sich und deutete auf ihren Fuß.

»Wie heißt die Patientin?«

»Jones«, antwortete Nathan.

Sophie lächelte geschmeichelt. Heute Vormittag hatte sie noch befürchtet, dass er nicht einmal ihren Vornamen kannte, und jetzt wusste er sogar ... Aber dann fiel ihr ein, dass Nathan als Systemmanager sicherlich Vor- und Nachnamen jedes einzelnen Mitarbeiters kennen musste. Schließlich hatte er für jeden das E-Mail-Postfach eingerichtet.

»Okay«, fuhr die Krankenschwester fort und gab Nathan ein Clipboard und einen Stift. »Sie soll das hier ausfüllen.«

»Ich habe lediglich einen verletzten Fuß«, rief Sophie aus dem Rollstuhl. »Ich bin nicht taub.«

Die Schwester verdrehte bloß die Augen, und Nathan grinste sie an. Dann rollte er Sophie in den Wartebereich, ließ sich auf einen freien Stuhl sinken und wartete, bis sie das Formular ausgefüllt hatte. Dann brachte er es zurück an den Empfangstresen, und als er zurückkam und sich wieder neben sie gesetzt hatte, verkündete er: »Leider schlechte Nachrichten. Wir müssen mit einer halben Stunde Wartezeit rechnen.«

»Oh nein«, erwiderte Sophie. Sie hatte zwar mittlerweile pochende Schmerzen im Fuß, die sich kaum ignorieren ließen. Andererseits saß er nun so nahe neben ihr, dass sie den Duft seines Aftershaves riechen konnte. So gesehen handelte es sich also nicht ausschließlich um schlechte Nachrichten.

Calum eilte über den Soho Square zurück zur Firma. Nun war er wieder zuversichtlicher, dass sich doch noch alles einrenkte. Er hatte das zu seinem Rasierer passende Kabel schließlich in einem Geschäft am anderen Ende der Tottenham Court Road gefunden. Da er sich aber nicht sicher war, ob sich im Toilettenraum in der Firma auch eine Steckdose für Rasierapparate befand, hatte er sicherheitshalber gleich noch einen Adapter erstanden. Das Ganze hatte ihn fast zehn Pfund gekostet, aber das spielte jetzt keine Rolle mehr. Hauptsache, er hatte die Ausrüstung. Und was viel wichtiger war, er hatte noch eine gute halbe Stunde Zeit. Das reichte, um sich zu Ende zu rasieren und weitere Erfrischungsmaßnahmen durchzuführen. Dann schaffte er es locker bis um sechs Uhr ins Restaurant. Als er in die Bateman Street einbog, überhörte er das Gekicher und die hämischen Bemerkungen der versammelten Raucher vor dem Pub und setzte seinen Weg zum Büro unbeirrt fort. Wer zuletzt lacht, lacht am besten. Diese traurigen Gestalten standen heute, am Valentinstag, wie an jedem anderen Tag auch mit ihren Kumpels beisammen, wohingegen er sich auf ein Date vorbereitete. Und obwohl er diesen Satz im Geiste schon so oft wiederholt hatte, dass die Worte kaum noch eine Bedeutung hatten, gefiel ihm der Klang nach wie vor. Automatisch griff er in die Jackentasche, wo er seine Schlüsselkarte aufbewahrte, dann blieb er unvermittelt stehen. Er hatte das Jackett gar nicht angezogen. Es hing an seinem Bürostuhl in der Firma. In Eile und in Gedanken daran, wo er das Elektrokabel bekommen könnte, hatte er nur den Mantel übergezogen und war so kopflos die Treppe hinuntergestürzt, dass er beinahe Mark Webster umgerannt hätte. An die Karte hatte er überhaupt nicht mehr gedacht. Kaltes Grausen erfasste ihn, als er durch die Glasscheibe in der Eingangstür im Innern etwas zu erkennen versuchte. Im Empfangsbereich war kein Licht mehr an, und er sah auch keinen Schimmer aus irgendeinem der Bürofenster leuchten. Soweit er wusste, würde der Reinigungsdienst erst in circa einer Stunde eintreffen. Ohne die Karte war Calum aufgeschmissen. Er sah ängstlich auf die Uhr, aber ihm fiel nichts Besseres ein, außer noch einmal sämtliche Taschen abzusuchen, obwohl er wusste, dass das vergeblich war. Immerhin hatte er sein Handy bei sich. Wenn es also zum Äußersten kam und er sich wirklich verspätete, könnte er Emma immer noch anrufen. Aber das würde er erst tun, wenn es unbedingt notwendig war. Sonst musste er eben so zu dem Date aufkreuzen, wie er war. Zum Glück hatte er seine Brieftasche bei sich. Aber unrasiert beziehungsweise halb rasiert, ohne die Zähne geputzt zu haben und ohne die Rose, die er den ganzen Tag über so sorgfältig verwahrt hatte, musste er fürchten, dass er einen noch schlimmeren Eindruck machen würde, als wenn er komplett absagte. Er zog sein Telefon aus der Tasche und wählte die Nummer der Telefonzentrale von Seek, falls wie durch ein Wunder Mia-Rose doch noch in Reichweite war. Aber dann fiel ihm ein, dass sie ja gar nicht am Empfang saß. Durch die Glasscheibe konnte er sogar erkennen, wie die Lampe an ihrem Telefon wegen eines entgangenen Anrufs aufleuchtete. Nun blieb ihm nur noch die Hoffnung, dass sich noch irgendjemand im Büro aufhielt, das Klingeln hörte und ihn hereinließ. Aber nach einer Weile brach Calum die Verbindung ab. Wo waren denn heute nur alle, fragte er sich. Aber fast gleichzeitig fiel ihm die Antwort darauf ein. Auf der Anti-Valentins-Party. Er scrollte durch seine E-Mails und fand die Nachricht, die Nathan ihm geschickt hatte. Super-Bowl lag im Stadtteil Bayswater. Er musste nur dorthin, sich von jemandem die Karte ausleihen und … Calum erstarrte erneut. Zur Rushhour würde er mit dem Taxi eine halbe Stunde brauchen, und mit der U-Bahn musste er es erst gar nicht versuchen. Es war einfach nicht zu schaffen, in der verbleibenden Zeit hin- und herzufahren und noch pünktlich zum Abendessen mit Emma zu kommen. Die einzige Rettung wäre, wenn jemand von dort hierherkäme oder die Schlüsselkarte mit einem Taxi schicken würde. Vielleicht sollte er Nathan anrufen und ... Er fluchte vor sich hin, als ihm einfiel, dass er Sophies dummen Streich mitgespielt und Nathan deswegen Marks Telefon dabeihatte. Dessen Telefonnummer kannte Calum nicht. Außerdem konnte er sich vage daran erinnern, dass die Anlage von SuperBowl im Kellergeschoss des Whiteleys lag, wo es höchstwahrscheinlich ohnehin keinen Empfang gab.

Calum stemmte sich gegen die Tür und rammte ein paarmal seine Schulter dagegen, aber das nützte natürlich nichts. Dann trat er ein paar Schritte zurück und schaute am Gebäude hoch, ob vielleicht irgendwo ein Fenster offen stand, aber die lächerliche Idee, an einer Regenrinne die Fassade hochzuklettern, ließ er gleich wieder fallen. Erstens konnte er überhaupt nicht klettern, was bei jemandem, der behauptet hatte, er interessiere sich für Abenteuersportarten, eine gewisse Ironie barg; zweitens hatte er keine Lust, sich seine Hose zu ruinieren, und drittens wäre es später sicher nicht ganz leicht, Emma nachvollziehbar zu erklären, warum er wegen Einbruchs verhaftet worden war. Calum seufzte laut und zog Bilanz angesichts seiner Situation: Er stand vor verschlossener Tür, halb angezogen, halb rasiert, und hatte nur noch eine halbe Stunde Zeit, bis das wichtigste Date in seinem bisherigen Leben an dem für Dates wichtigsten Tag im Jahr stattfinden sollte. Er fragte sich, ob dies vielleicht eine Art Strafe dafür war, dass er auf LondonDate nicht immer die Wahrheit gesagt hatte und weil er Sophies Komplizen bei ihrem blöden Vertauschungsmanöver gespielt hatte. Schon mit dem Besuch des Fitness-Studios am Mittag hatte er heute das Schicksal herausgefordert, genauso wie mit der dämlichen Entscheidung, mit der Rasur bis zur letzten Minute zu warten. Er schaute in den Nachthimmel, wo die Sterne funkelten, und war froh, dass es wenigstens nicht regnete. Allerdings fragte er sich langsam trotzdem, was noch alles schiefgehen konnte. Als er sich mit einer letzten verzweifelten Anstrengung noch einmal heftig gegen die Tür warf, bekam er mit seinem sofort wieder schmerzhaft verkrampften Rücken postwendend die Antwort auf seine Frage.

Julie Marshall joggte die South Bank entlang, die breite Promenade am Südufer der Themse zwischen London Bridge und Westminster Bridge mit ihren vielen Sehenswürdigkeiten und dem phantastischen Blick auf die Skyline der Londoner Innenstadt. Mit einem Blick auf ihre GPS-Armbanduhr, die sie sich zum Geburtstag selbst gegönnt hatte, prüfte sie ihre Trainingsfortschritte. Die Durchschnittsgeschwindigkeit reichte zwar nicht für eine Olympiaqualifikation, aber ganz sicher, um schneller zu sein als die Leute, die in irgendwelchen Verkleidungen am Marathonlauf teilnahmen. Sie war bereits im vergangenen November bei einem Zehn-Kilometer-Fun-Run in Chiswick an den Start gegangen. Wobei sich der Spaß für sie in Grenzen gehalten hatte, weil sie sich nur mit Mühe über die gesamte Strecke hatte schleppen können. Dabei war sie im Schlussspurt von einem Mann in einer Gorilla-Verkleidung überholt worden. Damals hatte sie sich geschworen, dass ihr das nie wieder passieren würde. Vor allem, als sich nach Überqueren der Ziellinie und nachdem er seine Gorilla-Maske abgesetzt hatte, herausstellte, dass der Mann schon fast sechzig war.

Meistens hielt sie den Blick beim Laufen gesenkt, um Augenkontakt mit anderen Läufern, besser gesagt Männern, die ihr entgegenkamen, zu vermeiden. Julie wusste, dass sie ihre Blicke auf sich zog, wenn sie joggte. Das ließ sich angesichts der Schwerkraft in Verbindung mit weiblichen Brüsten leider nicht vermeiden. Sie war froh, dass sie in den teuren, aber strapazierfähigen Sport-BH investiert hatte, obwohl es auch etwas Deprimierendes hatte. Natürlich würde sie wie Sophie liebend gerne Geld für teure Spitzen-Dessous von Selfridges ausgeben, statt für ein Produkt mit Nike-Logo, das in der Zeitschrift *Runner's World* fünf Sterne in der Kategorie »Stützfunktion« erhalten hatte. Die Ironie der Sache lag wohl vor allem darin, dass Sophies Hoffnung darin bestand, dass ihre Unterwäsche so schnell wie möglich auf dem Boden lag, wohingegen Julie ihre gekauft hatte, damit ihr Busen dort auf keinen Fall landete.

Wie nicht anders zu erwarten, joggten heute Abend deutlich weniger Läufer als sonst an der riesigen Ausstellungshalle der Tate Modern vorbei. Die meisten jüngeren Leute ließen das Training am großen Date-Tag sicherlich ausfallen oder sparten sich ihre Energie für andere körperliche Aktivitäten später am Abend. Julie hatte heute nur die Wahl zwischen Bowling und Laufen gehabt, und sie hatte sich leider für Letzteres entschieden. Sie konnte sich immer noch überlegen, anschließend trotzdem zu der Anti-Valentins-Party zu gehen, auch wenn zwischen ihr, Nathan und Mark eventuell leichte Verlegenheit aufkommen würde. Das war besser, als heute allein in einem Restaurant zu sitzen. Aber falls Nathan sich tatsächlich für sie interessierte (und gesetzt den Fall, dass Julies Dessous-Zauber nach einer Stunde seine Wirkung verloren hatte und sie immer noch dort waren), dann wäre es Sophie gegenüber unfair zu kommen. Und falls Mark sich nicht für sie interessierte, dann wäre es sowieso umsonst. Sie hätte zu gern gewusst, ob Nathan Mark gesagt hatte, dass sie nicht zur Party kommen würde. Und falls ja, wie er darauf reagiert hatte. Aber es war ihm wohl egal, wenn sie bedachte, wie er sich im Café heute Mittag gelassen zurückgelehnt hatte, um Nathans Ambitionen im Hinblick auf sie nicht in die Quere zu kommen.

Julie musste ein wenig hin und her hüpfen, um sich ihren Weg durch die Massen von Touristen zu bahnen, die aus der Tate Modern strömten, und trat den Rückweg über die Millennium Bridge an. Die moderne Fußgängerbrücke zwischen Tate und St. Paul's wurde von den Londonern wegen ihrer gelegentlichen Schwingungen auch Wackelbrücke genannt. Während sie Richtung City über die Themse lief, genoss sie den Anblick von St. Paul's Cathedral, die sich mit ihrer Riesenkuppel prächtig beleuchtet gegen den klaren Nachthimmel abzeichnete. Der Anblick raubte Julie mehr den Atem als die eisige Nachtluft. Sie überholte rasch ein händchenhaltendes Paar vor ihr am anderen Ende der Brücke und sprintete dann leichtfüßig die Treppen zur Kathedrale hinauf, verzichtete auf die Triumphgeste aus *Rocky* und sprang wieder treppabwärts in Richtung Zielgerade zum Büro. Sie wusste, dass sie sehr gut in Form war. Das sollte auch so sein, schließlich waren dies die besten Jahre ihres Lebens. Schade nur, dass ihr das positive Gefühl dafür fehlte. Aber war das wirklich ihr Fehler? Schließlich war es Philip gewesen, der sich verändert und sie hintergangen hatte. Aber warum war sie dann diejenige, die Schuldgefühle hatte?

Sie entfernte sich immer weiter von der Themse, lief an der Untergrundstation Embankment vorbei, überquerte Strand und anschließend den Trafalgar Square, wo sie die Tauben aufscheuchte, und hätte im Vorbeilaufen beinahe übermütig den eintreffenden Theaterbesuchern in der St. Martin's Lane zugewunken. Julie liebte es, mitten im Herzen von London zu joggen, weil man hier so viel mehr von dem aufregenden Leben in der Stadt spürte, im Gegensatz zu dem sehr viel grüneren, durchaus hübschen Chiswick, das sich aber in den letzten Jahren in einen wie ausgestorben wirkenden Vorort verwandelt hatte. In der Frith Street legte sie einen Endspurt ein und bog völlig euphorisiert in die Bateman Street ein, wo sie auf ihre Stoppuhr drückte und die Länge der gelaufenen Strecke und die Durchschnittsgeschwindigkeit ablas. Dabei wäre sie beinahe über Calum gestolpert, der wie ein Häufchen Elend vor der Firma auf dem Gehsteig hockte. Sie zog die Kopfhörer aus den Ohren und schaltete den iPod aus. »Calum? Was ist mit Ihnen?«

»Julie!« Etwas mühsam stand er vom Boden auf. »Gott sei Dank!«, rief er und hätte sie beinahe umarmt.

»Was ist denn los mit Ihnen?«

»Ich habe ein Date. In einer Viertelstunde.«

»Aber das soll doch nicht etwa hier im Rinnstein stattfinden?«

»Nein. Ich ...« Calum trat von einem Fuß auf den anderen, als müsste er dringend zur Toilette. »Ich habe mich aus Versehen ausgesperrt. Ich muss dringend ins Büro, mich fertig rasieren, die Zähne putzen und mir die Rose schnappen, die ich ...«

Julie bemerkte jetzt erst den halb rasierten Bart und legte ihm eine Hand auf den Arm, um ihn zu beruhigen. »Ist schon gut.« Sie öffnete den Klettverschluss des Täschchens an ihrem Oberarm und zog ihre Schlüsselkarte heraus. »Wo treffen Sie sich denn mit Ihrem Date?«

»Im Old Amsterdam.« Calum folgte ihr zur Eingangstür. »In der Charlotte Street.«

»Gut. Das ist ja nur zwei Minuten entfernt. Es bleibt also noch genügend Zeit. Kommen Sie rein.« Sie öffnete die Tür und hielt sie weit auf. Calum eilte hindurch. »Kann ich Ihnen noch mit irgendwas helfen?«

Calum drehte sich zu ihr um. »Weiß nicht!«, sagte er atemlos und starrte Julie mit großen Augen an.

Sie stellte sich vor ihn und legte beide Hände auf seine Schultern. »Jetzt atmen Sie erst mal ganz tief durch!«, sagte sie. »Entspannen Sie sich.«

Calum folgte ihrem Rat. »Sorry«, sagte er ein paar Sekunden später. »Jetzt geht es mir wieder besser.«

»Okay, dann rasieren Sie sich erst mal zu Ende. Was brauchen Sie sonst noch?«

»Es ist alles in meiner Aktenmappe im Büro«, erklärte Calum. »Und mein Jackett hängt über dem Stuhl.«

Julie lächelte ihn an. »Ich hole die Sachen und warte dann hier auf Sie. Aber jetzt machen Sie sich erst mal in Ruhe fertig. Und schneiden Sie sich nicht beim Rasieren.«

»Kein Problem. Ich habe einen Elektrorasierer.« Calum verzog das Gesicht. Das hätte ihm jetzt gerade noch gefehlt.

Er verschwand in der Herrentoilette, und Julie ging inzwischen nach oben und nahm seine Sachen mit nach unten. An der Rezeption holte sie ein leichtes Stretching nach, während sie auf Calum wartete. Als er schließlich ankam, schwitzte er mehr als sie nach ihrer Joggingrunde. Sie half ihm in sein Jackett und gab ihm die Mappe.

Calum öffnete sie und schaute hinein. »Rote Rose ...« Dann klopfte er von außen gegen die Innentaschen seiner Jacke. »Kon...« Er brach ab und hoffte, dass Julie sich das Wort nicht zusammenreimte. Dann räusperte er sich. »Kontaktlinsen. Ich denke, ich habe alles.«

»Wunderbar.«

»Wie sehe ich aus?«

»Gleiche Antwort.« Julie lächelte ihn aufmunternd an. »Jetzt haben Sie noch fünf Minuten Zeit. Wie heißt die Dame?«

»Emma.«

»Okay, denken Sie daran, da es eine Frau ist, wird sie sich wahrscheinlich ein bisschen verspäten. Sie müssen also nur noch runterkommen, langsam dorthin gehen und sich einen schönen Tisch aussuchen. Und, Calum ...«

»Ja?«

Julie drückte freundschaftlich seinen Arm. »Ich wünsche Ihnen viel Glück«, sagte sie zum zweiten Mal am heutigen Abend. Sie hielt Calum die Eingangstür auf und sah ihm lächelnd nach, doch ihr Lächeln verschwand schnell wieder. Heute hatte sie schon Sophie zu einem Date mit Nathan verholfen und nun auch noch Calum bei seiner Verabredung mit Emma. Und worauf konnte sie sich freuen? Dinner for one. Und anschließend miserable Stimmung zu Hause.

Sie schaute bei Marks Büro vorbei, aber die Chance, dass er noch in der Firma war, ging gegen null. Wie erwartet, war seine Tür verschlossen. Da sie im Moment nichts weiter vorhatte, ging sie mit ihren Kleidern in die Damentoilette und nahm sich Zeit für eine ausgiebige Dusche. Sie musste sich eingestehen, dass sie sich letztlich selbst in diese Lage manövriert hatte. Als es so weit war, hatte sie es nicht geschafft, über ihren eigenen Schatten zu springen und die im Taxi begonnene Sache mit Mark in seinem Schlafzimmer weiterzuführen. Und statt den Faden wenigstens hinterher wiederaufzunehmen und alles einzurenken, als es noch möglich schien, hatte sie sich einmal mehr selbst blockiert. Innerlich wälzte sie die Schuld daran gerne auf Philip ab, aber mittlerweile wusste sie, dass es ihr Problem war und niemandes sonst.

Julie sah auf ihre Armbanduhr. Viertel nach sechs. Eine sehr angemessene Zeit, um sich am Feierabend einen ersten Drink zu genehmigen. Aber für sie bedeutete das, allein in eine der vielen Bars oder Pubs in der Umgebung zu gehen. Und das an einem Abend, an dem die glücklichen Paare sicherlich alle trunken vor Glückseligkeit waren und die deprimierten Singles hinüber vom Happy-Hour-Bier. Vielleicht war es doch besser, gleich in ein Restaurant zu gehen, um etwas zu essen, statt auf nüchternen Magen zu trinken. So bestand keine Gefahr, dass sie etwas Unbedachtes tat. Am Valentinstag betrunken und gefühlsduselig zu sein war keine gute Kombination, wenn man den Abend damit verbringen musste, einen Ehemann zu ignorieren, der fremdging. Trotzdem munterte sie der Gedanke an die Happy Hour durchaus auf. Seit sie hinter Philips Affäre gekommen war, hatte sie nicht besonders viele miterlebt, und wenn sie genauer darüber nachdachte, hatte es vorher auch nicht so viele gegeben, an denen sie teilgenommen hatte. Was für eine traurige Bilanz. All die Menschen, die ihr gesagt hatten, der Tag ihrer Hochzeit würde der schönste Tag ihres Lebens, hatten recht behalten – und zwar insofern, als dass es seither immer schlimmer geworden war. Interessanterweise war sie in gewisser Hinsicht sogar erleichtert, als sie hinter Philips Beziehung zu der anderen Frau gekommen war. Es hatte schon seit einer ganzen Weile nicht mehr richtig zwischen ihnen beiden funktioniert. Und dass er mit einer anderen geschlafen hatte, war der beste Beweis dafür. Julie hätte jetzt gerne die Initiative ergriffen und Mark angerufen, um ihm vorzuschlagen, sich auf einen Drink zu treffen. Aber dann fiel ihr ein, dass sie keine Nummer von ihm hatte. Außerdem amüsierte er sich wahrscheinlich inzwischen bestens beim Bowling. Inzwischen hatte sie wirklich Hunger. Sie zog sich fertig an und verließ mit einem letzten Blick auf Marks Bürotür das Gebäude, um etwas essen zu gehen.

Mark Webster ging die Oxford Street entlang. Wegen der Kälte hatte er die Hände tief in den Manteltaschen vergraben. Er überlegte, ob er ein Taxi anhalten und zum Rest der Truppe zu der Anti-Valentins-Party fahren sollte. Aber eigentlich hatte er heute Abend keine Lust auf andere Leute. Er bog in die Tottenham Court Road ein und ging weiter bis zum Eingang der riesigen U-Bahn-Station, wo er sich den Weg durch die Pendlermassen bahnte und die aufdringlichen Verteiler von Gratiszeitungen beiseitedrückte. Als er sich der Sperre näherte, wäre er beinahe über einen dicken Mann in verdreckten und abgewetzten Kleidern gleich neben dem Eingang gestolpert.

»Pass doch auf, wo du hintrittst!«, rief der Mann.

»Pass du lieber auf, wo du rumgammelst!«, erwiderte Mark erbost, bereute seinen unfreundlichen Ton aber sofort. »Sorry«, schob er nach.

Der Mann sah zu ihm hoch. »Das ist okay. Anstrengenden Tag gehabt?«

Mark nickte. »So könnte man sagen.«

»Na ja, was immer bei Ihnen vorgefallen ist, schlimmer als an einem kalten Februartag am Eingang einer U-Bahn-Station von Fremden Geld für eine Tasse Tee erbetteln zu müssen, kann es nicht sein.« Der Mann hielt ihm einen zerdrückten Starbucks-Becher entgegen und ließ die wenigen Kupfermünzen darin klimpern. »Ich sagte, man hofft auf eine milde Gabe von Fremden …«

»Okay, okay.« Mark nickte, angelte ein Fünfzig-Pence-Stück aus seiner Manteltasche und ließ es in den Pappbecher fallen.

Der Mann sah hinein und schaute dann wieder Mark an. »Ist wohl 'ne Weile her, seit Sie zuletzt 'ne Tasse Tee bezahlt haben.«

»Was? Ach so, Entschuldigung.« Mark fand noch eine Pfundmünze und warf sie ebenfalls hinein.

Der Mann lächelte zufrieden. »Danke. Und machen Sie sich weiter keine Sorgen. Wird sich alles wieder bessern.«

»Schön wär's.« Mark seufzte und wollte weitergehen, aber der Mann verdrehte die Augen und zog sich am Geländer auf die Füße.

»Sie brauchen mir nichts zu erzählen. Beziehungsprobleme?«

Mark blieb stehen. »Woher wissen Sie das?«

»Ich habe mediale Fähigkeiten.«

»Ach, wirklich?«

Der Mann hob die Hände in die Höhe. »Ich weiß, ich weiß. Wahrscheinlich halten Sie mich bloß für einen fetten, alten Mann. Aber im Ernst. Ich hab's mit dem Übersinnlichen.«

Mark sah ihn skeptisch an. »Und, waren Sie damit auch schon im Fernsehen?«

»Beinahe.« Der Mann zwinkerte ihm zu. »Aber ganz im Ernst, Sie haben doch ein Lady-Problem, stimmt's?«

»Na ja …« Mark sah sich um, weil ihm die ganze Situation inzwischen mehr als peinlich war, aber die Massen der Leute, die vorbeiströmten, zeigten nicht das geringste Interesse an ihnen. »Mal ganz im Ernst. Woher konnten Sie das wissen?«

Der Mann senkte den Blick, wahrscheinlich um ein bisschen geheimnisvoller zu wirken. »Wie ich schon gesagt hab, mediale Fähigkeiten. Und außerdem kann man sich das denken, wenn ein Mann wie Sie am Valentinstag allein Richtung U-Bahn geht und ein Gesicht wie drei Tage Regenwetter macht.«

»Okay«, erwiderte Mark. »Herzlichen Dank für die nette Unterhaltung, aber jetzt muss ich wirklich weiter.« Er wollte zur Rolltreppe weitergehen, aber der Mann hielt ihn am Arm fest.

»Wie heißen Sie?«

Mark runzelte die Stirn. »Ich dachte, das hätten Sie längst auf meiner Stirn gelesen.«

»Soll ich Ihnen nun weiterhelfen oder nicht?«

»Tja, also …« Mark sah den Mann an und seufzte resigniert. Nach allem, was an diesem Tag schiefgelaufen war, konnte ihn nichts mehr erschüttern.

Der Mann deutete mit einem Nicken auf ein handgeschriebenes Pappschild an dem Platz, wo er eben noch gesessen hatte: »Ihr Blick in die Zukunft, für nur zwei Pfund. Üblicherweise wird im Voraus bezahlt.«

»Ich soll Ihnen noch mehr Geld geben?«

»So in der Art.«

»Als Nächstes erzählen Sie mir sicher, dass Sie die Zukunft in einer Kristallkugel erkennen können.«

»Nein, eher am Schnitt Ihrer Hosen.«

»Sehr witzig.« Mark schüttelte nachdenklich den Kopf und fand noch ein Fünfzig-Pence-Stück. »Hier, bitte.«

»Was soll das?«

»Fünfzig Pence.«

»Wahrsagen kostet aber zwei Pfund.«

»Ich habe Ihnen doch schon ein Pfund fünfzig gegeben.«

»Das war eine freiwillige Spende.«

»Langsam artet das hier zu einem Raubüberfall am helllichten Tag aus.«

»Stimmt überhaupt nicht«, widersprach der Mann. »Außerdem ist es schon dunkel.«

Mark verdrehte die Augen. »Na los, geben Sie mir mein Geld zurück. Das ist doch offensichtlich …«

»Es geht um eine Frau, stimmt's?«

»Das habe ich Ihnen schon gesagt«, erwiderte Mark und wollte sich endgültig abwenden.

»Sie sind nicht verheiratet und haben auch keine feste Freundin.«

Mark drehte sich wieder zu ihm um. »Woher wissen Sie das?«

Der Mann zuckte die Achseln. »Sie tragen keinen Ehering, und Sie sind offenbar auf dem Nachhauseweg, aber ohne Blumenstrauß oder Pralinenschachtel.«

»Also hören Sie mal zu. Das mag ja alles ganz interessant sein, aber ich muss jetzt wirklich …«

»Beantworten Sie mir noch eine Frage, bevor Sie gehen. Glauben Sie ans Schicksal?«

Mark überlegte einen Moment. »Was meinen Sie damit?«

»Glauben Sie, dass die Dinge vorherbestimmt sind? Dass Sie letztlich selbst gar keine Kontrolle darüber haben, was mit Ihnen geschieht? Dass Ihr Leben einen bestimmten Lauf nimmt und Sie absolut nichts dagegen tun können? Das ist Schicksal.«

»Das wäre eine Diskussion, bei der man nicht gewinnen kann. Was immer ich sage – was passiert, passiert eben. Deswegen könnte ich auch nie beweisen …«

»Das ist nicht die Antwort auf meine Frage«, sagte der Mann. »Ich fragte Sie, ob Sie daran glauben.«

»Worin liegt der Unterschied?«

»Wenn es so ist, wie Sie sagen, dann kann man nichts an dem ändern, was passiert. Aber wenn es nicht so ist … Tja, dann kann man was daran ändern, oder? Man hat zumindest die Kontrolle über das, was passiert.«

»Wie? Was?«

»Ich vermute, es gibt da jemanden, den Sie sehr mögen. Und ich vermute weiterhin, dass die Lady nicht so reagiert hat, wie Sie sich das gewünscht haben?«

»Es geht Sie zwar überhaupt nichts an, aber es stimmt, sie hat nicht so wie erhofft reagiert.«

»Und was haben Sie daraufhin gemacht?«

Mark überlegte einen Moment, in welch einer absurden Situation er sich gerade befand. Hier stand er, am Abend des Valentinstags in der Rushhour vor der Rolltreppe, die zur Untergrundstation Tottenham Court Road führte, und erörterte seine Julie-Probleme mit einem wildfremden Menschen, dem er gerade fast zwei englische Pfund dafür bezahlt hätte, damit er ihm die Zukunft voraussagte. Andererseits, was hatte er zu verlieren? »Wir haben uns nach der letzten Firmenweihnachtsfeier geküsst, aber am darauffolgenden Tag hat sie so getan, als sei sie betrunken gewesen und könne sich an nichts erinnern. Heute habe ich ihr den ganzen Tag über kleine Geschenke zukommen lassen, um sie an den Abend zu erinnern, aber es stellte sich heraus, dass sie glaubte, sie kämen von jemand anderem. Dieser ganze Plan, diese ganzen Vorbereitungen, diese ganzen …«

»Ausgaben?«

»Da Sie es erwähnen, ja, in der Tat. So, wie es aussieht, war das alles umsonst.«

Der Mann nickte verständnisvoll. »Und jetzt denken Sie, es hat eben nicht sein sollen?«

»So sieht es aus.«

»Noch mal, glauben Sie ans Schicksal?«

»Nein«, erwiderte Mark. »Nicht wirklich.«

»Und warum verhalten Sie sich dann so?«

»Tue ich gar nicht.«

»Oh doch! Sie haben gerade gemeint, dass es nicht hat sein sollen. Worüber grämen Sie sich dann noch? Sie hätten ja doch nichts daran ändern können, es war eben unabwendbar …«

»Nein, es ist … Ach, das ist einfach lächerlich.«

»Glauben Sie nach wie vor, Sie und die Lady könnten eine gemeinsame Zukunft haben?«

Mark lachte kurz auf. »Ist das nicht die Frage, die ich *Ihnen* stellen sollte?«

»He, ich mache hier die Witze.« Der Mann setzte zum Spaß ein beleidigtes Gesicht auf.

Mark schenkte ihm im Gegenzug ein Lächeln. »Was soll ich jetzt machen? Vielleicht können Sie für mich ein gutes Wort bei den geheimnisvollen Mächten des Schicksals einlegen?«

Der dicke Mann schüttelte den Kopf. »Ich bin zwar eine Art Wahrsager, aber kein Wunderheiler. Dennoch kann ich Ihnen zumindest sagen, was mit Ihnen passiert, wenn Sie die Dinge laufen lassen und nichts unternehmen.«

»Was?«

»Nichts.«

Mark starrte den Mann einen Moment verblüfft an, dann spürte er, wie sich ihm die Nackenhaare sträubten.

»Sie werden mir verzeihen, aber ich denke nicht daran, mir Ratschläge von jemandem anzuhören, der … höchst zweifelhafte Geschäfte an der Straßenecke betreibt. Machen Sie doch lieber was Ordentliches, anstatt … diesen Mist von sich zu geben. Verkaufen Sie lieber *Big Issue*, die Obdachlosenzeitschrift.«

»Was wollen Sie denn? Ich habe keine Probleme, aber Sie offensichtlich ein riesengroßes!«

Mark blies die Backen auf und stieß die Luft aus. »Stimmt schon, irgendwie. Inzwischen wäre es mir fast lieber, den Rest des Valentinstags weiter hier rumzustehen, aber ich muss jetzt trotzdem weiter.«

»Wohin?«

»Nach Hause.«

Der Mann zuckte die Achseln. »Ganz wie Sie meinen. Aber glauben Sie nicht, es wäre viel besser, Sie würden zu dieser Frau gehen und ihr erzählen, was Sie mir gerade erzählt haben?«

»Und was qualifiziert Sie, mein Lieber, dazu, mir solche Ratschläge zu erteilen? Sind Sie verheiratet?«

»Dreimal war ich verheiratet«, antwortete der Mann.

»Und darauf kann man wohl mächtig stolz sein?«

Der Mann nickte. »Es ist besser, die Liebe einmal gewonnen zu haben, auch wenn man sie wieder verloren hat und so weiter und so fort. Korrigieren Sie mich bitte, wenn ich falschliege. Aber das dürfte dreimal so oft gewesen sein wie bei Ihnen.«

Mark fiel regelrecht die Kinnlade herunter. Dann stieß er einen frustrierten Seufzer aus und ging kopfschüttelnd zur Rolltreppe.

Calum saß im Old Amsterdam und blickte abwechselnd auf sein Smartphone und die Eingangstür. Er hatte unbedingt etwas früher da sein wollen, um einen guten Tisch auswählen zu können. Obwohl die Rasurproblematik seinen ursprünglichen Zeitplan bis zum Äußersten strapaziert hatte, war er doch noch pünktlich gewesen. Aber das Old Amsterdam schien kein besonders angesagter Platz für Valentinstag-Dates zu sein, so dass er reichlich Auswahl hatte und sich für einen Tisch mit ungehindertem Blick auf die Tür entschied. Gleichzeitig war er durch die Fenster von außen nicht einzusehen. Dank dieses cleveren Arrangements war Emma gezwungen, das Amsterdam auf jeden Fall zu betreten (er wollte nicht wegen eines vorzeitigen Blicks durch das Fenster allein hier sitzen bleiben); dann wollte er sie zu sich winken. Der einzige Nachteil bei dieser Konstellation war allerdings, dass er nicht wusste, wem er zuwinken sollte. Aber wenn eine einzelne Frau das Lokal betrat und sich, gleich nachdem sie ihn entdeckt hatte, auf dem Absatz wieder umdrehte und hinausging, dann wusste er wenigstens, woran er war.

Als er wieder auf das Display blickte, um nachzusehen, ob irgendwelche Nachrichten eingetroffen waren, hätte er das Handy vor Schreck beinahe auf die Tischplatte fallen lassen, weil es genau in dem Moment zu klingeln anfing. »Hallo«, antwortete er mit tiefer Tonlage und so cool wie möglich.

»Calum? Hier spricht deine Mutter.«

»Mum!« Er sah sich erschrocken um und hoffte, dass ihn niemand hörte. Es hätte ihm gerade noch gefehlt, dass ausgerechnet jetzt Emma zur Tür hereinkam und ihn bei einem Telefonat mit seiner Mutter überraschte, von der sie nicht wissen konnte und sollte, dass er noch bei ihr lebte. »Ist alles in Ordnung?«

»Alles bestens, alles bestens. Wie läuft es denn so?«

»Sie ist noch nicht hier.«

»Oh, Calum!«

»Sie muss auch noch nicht da sein. Es ist gerade erst sechs Uhr.«

»Dann bin ich ja froh, dass ich dich erwischt habe. Hör zu, ich muss dir noch etwas sagen.«

»Muss das jetzt sein? Ich habe nicht viel Zeit.«

»Mir bleibt auch nicht mehr viel Zeit, Calum.«

»Sprich nicht so, Mum!«

»Es ist nur die Realität. Aber was ich dir eigentlich sagen wollte: Wenn du mit ihr zusammen bist, denk gar nicht an mich.«

»Mum, das ist vollkommen verrückt.«

»So verrückt auch wieder nicht. Es ist an der Zeit, dass du dein Leben selbst in die Hand nimmst, mehr an dich denkst. Ich werde schon zurechtkommen, wenn es so weit ist. Denke also daran, dass du dich von jetzt an nicht mehr für mich verantwortlich fühlen musst.«

»Aber …«

»Ich meine es so, wie ich es gesagt habe, Calum. Ich liebe dich, mein Sohn, und ich bin stolz auf dich, aber je eher du dein eigenes Leben lebst, dich niederlässt …«

»Mum, was redest du da?«

»Desto eher bekomme ich Enkelkinder!«

Calum wusste, dass seine Mutter das eigentlich als Scherz gemeint hatte, aber er konnte hören, wie ihre Stimme zitterte und sie scheinbar den Tränen nahe war. Er musste schlucken. »Mum, bitte!«

»Du bist ein guter Junge, Calum. Du hast es verdient, glücklich zu sein. Und wenn diese junge Frau das nicht begreift …« Er hörte ein Schniefen. Dann herrschte ein paar Sekunden Stille in der Leitung. Schließlich sprach seine Mutter weiter. »Ich lege jetzt auf. Ich wünsche dir viel Glück!«

»Bis bald, Mum. Danke dir. Und …« Er schielte zum Tisch nebenan und senkte die Stimme. »Ich liebe dich auch«, sagte er, aber sie hatte in der Tat schon aufgelegt.

Calum lächelte vor sich hin und sah sich dann etwas verlegen um. Bei den anderen Gästen in der Nähe handelte es sich um ein paar Familien und eine Gruppe von drei jungen Frauen. Niemand schien von seinem Telefongespräch Notiz genommen zu haben, und er war erleichtert. Schräg gegenüber saß ein einzelner Herr, und er konnte nur hoffen, dass sie am Ende des Abends nicht zwei einzelne Männer im Lokal waren. Er merkte, dass seine Serviette auf den Boden gerutscht war, und ohne weiter nachzudenken, bückte er sich hinunter und hob sie auf. Wenigstens hatten sich die Schmerzen in seinem Rücken, nach dem vergeblichen Versuch, die Tür aufzusprengen, wieder einigermaßen zurückgezogen. Da er nichts riskieren wollte, hatte er eben trotzdem die beiden letzten Ibuprofen genommen in der Hoffnung, dass sie ihn über den Abend retten würden. Calum schob das Handy beiseite, nahm die überdimensionierte Speisekarte in die Hand und linste über den oberen Rand zu den drei jungen Frauen hinüber. Allmählich kam ihm der Verdacht, dass eine von ihnen Emma sein könnte. Vielleicht hatte sie ihre Freundinnen zur Unterstützung (oder als Tarnung) mitgebracht für den Fall, dass sie sein Aussehen nicht mochte. Aber dann sagte er sich, dass das doch ziemlich unwahrscheinlich war. Die drei hatten gerade etwas zu essen bestellt. Wenn sie sozusagen nur als Spähtrupp unterwegs waren, hätten sie sich sicherlich mit ein paar Drinks begnügt. Außerdem, rief er sich wieder ins Gedächtnis, wusste sie vom Foto, wie er aussah. Das einzig Problematische war die Angabe seiner Höhe und Breite, denn Letztere war auf dem Porträtfoto nicht zu sehen. Vielleicht konnte er den ganzen Abend einfach sitzen bleiben. Allerdings gebot Calums gute Erziehung ihm, aufzustehen, wenn eine Frau an den Tisch kam.

Die Eingangstür flog auf, und Calum setzte rasch seine Brille auf, um sehen zu können, wer hereingekommen war. Doch es handelte sich nur um ein paar Teenager, die sich möglichst unauffällig Richtung Toilette verdrückten. Dann überlegte er, ob er sein Jackett ausziehen konnte. In dem Lokal war es inzwischen ziemlich warm geworden. Aber er hatte vorhin zu stark geschwitzt, und feuchte Flecken unter den Achseln waren nie ein erfreulicher Anblick.

»Möchten Sie was bestellen?«

Die Stimme der Kellnerin überraschte ihn so sehr, dass er zusammenzuckte. »Nein. Jetzt noch nicht. Ich, äh …«

»Sie warten noch auf jemanden, das sagten Sie bereits.«

Die Kellnerin trug eine ziemlich eigenartige Dienstkleidung, von der Calum annahm, dass es sich um eine Art holländische Tracht handeln sollte. Sie war eine Frau im mittleren Alter und blickte ihn skeptisch an, was er witzig fand, denn mittlerweile war er selbst etwas skeptisch, was den weiteren Verlauf des Abends anbelangte. Als sie sich mit klappernden Clogs wieder von seinem Tisch entfernte, checkte Calum erneut sein Smartphone, verglich die Zeitangabe auf dem Display mit der seiner Armbanduhr und überprüfte beides mit der Uhr an der Wand des Lokals. Es war fünf nach sechs, plus/minus eine Minute. Er überlegte, ob er auch noch die Zeitansage anrufen sollte, um ganz sicherzugehen, aber er befürchtete, Emma könnte sich genau dann melden, um ihm mitzuteilen, dass sie sich etwas verspäten würde. Er würde den Anruf verpassen und … Möglicherweise hatte sie auch schon angerufen, während er mit seiner Mum telefonierte. Vielleicht hatte er die Benachrichtigung von der Mailbox verpasst. Ängstlich sah er noch einmal auf das Display, und obwohl dort kein Benachrichtigungs-Icon zu sehen war, rief er sicherheitshalber den Anrufbeantworter an, brach aber mitten im Wählvorgang ab, falls Emma sich vielleicht genau in dem Moment meldete. Er zwang sich dazu, ruhig durchzuatmen, und nippte vorsichtig an seinem Sprudel, den er bestellt hatte, gleich nachdem er sich an den Tisch gesetzt hatte. Er wollte auf keinen Fall zu viel trinken, um nicht noch früher auf die Toilette gehen zu müssen, als es seine zunehmende Nervosität ohnehin schon verlangte. Am liebsten hätte er ein Bier getrunken, aber das hätte er womöglich zu schnell in sich hineingeschüttet, was erstens zu dem gleichen Toiletteneffekt geführt und zweitens einen schlechten Eindruck auf Emma gemacht hätte. Und drittens wollte er keine Bierfahne haben, falls es zum Austausch von Begrüßungsküssen kam. Eine Cola wäre seine zweite Wahl gewesen, aber da musste er befürchten, dass er vom Koffein noch aufgeregter würde, als er es ohnehin schon war. Also hatte er ein Glas Sprudel bestellt, aber mittlerweile sah er ein, dass stilles Wasser besser gewesen wäre, weil er von der Kohlensäure ab und zu leicht aufstoßen musste. Meine Güte, war denn gar nichts mehr sicher? Wenn er ehrlich zu sich war, dann hätte er das Lokal mittlerweile am liebsten wieder verlassen, bevor Emma ankam. Auf diesem Abend lastete inzwischen ein immenser Druck, und die Vorzeichen und Vorbereitungen waren alles andere als positiv gewesen, geschweige denn glatt verlaufen. Mittlerweile befand er sich in einer derart desolaten Verfassung, dass er wahrscheinlich den ganzen Abend hindurch nur vor sich hin schwitzen und stammeln würde. Und wenn das passierte, wäre es kein Wunder, wenn Emma sich unter irgendeinem Vorwand entschuldigte und das Date schon vor dem Dessert beendete. Calum ging der Gedanke durch den Kopf, dass er von Beruf Verkäufer war, und zwar ein ziemlich erfolgreicher. Wenn es ihm so gut gelang, Software per Kaltakquise zu vertreiben, dann müsste es doch ein Leichtes sein, seine persönliche Hardware an den Mann beziehungsweise an die Frau zu bringen, insbesondere da er das Produkt in- und auswendig kannte. Und wie lautete der klassische Grundsatz erfolgreichen Marketings? Verkaufe das Brutzeln, nicht das Steak. Daran könnte er sich leicht halten, wenn er wüsste, was bei ihm das Brutzeln war, mit dem er Emma von dem Steak an seinen Hüften ablenken konnte. Und bei dem Date heute Abend konnte wohl kaum von Kaltakquise die Rede sein. Emma und er hatten zweihundertsieben E-Mails ausgetauscht (er hatte sie gezählt) und sich mehr als einmal bis tief in die Nacht im Live-Chat unterhalten. Sie hatten gemeinsame Interessen, wozu Fernsehserien wie *The Wire* und *Modern Family* gehörten, und sie waren vor einigen Jahren sogar beim gleichen Keane-Konzert gewesen, auch wenn sie damals natürlich noch nichts voneinander gewusst hatten. Daraus konnte es nur die eine Schlussfolgerung geben: dass sie seelenverwandt waren.

Er sah wieder auf die Uhr – zehn nach sechs – und beschloss, ihr noch zwanzig Minuten Verspätung einzuräumen, bevor er ging. Doch dann musste er sich eingestehen, dass er sich selbst etwas vormachte. Wenn nötig, würde er den ganzen Abend warten. Er sah sich die rote Rose in seiner Mappe an, die allmählich schlappmachte. Calum hätte zu gerne gewusst, wie sich Nathans Party im Bowlingcenter entwickelte. Bei den letzten beiden Anti-Valentins-Veranstaltungen hatten sich alle großartig amüsiert, allerdings war auch ziemlich viel Alkohol im Spiel gewesen. Im vergangenen Jahr waren sie zum Abschluss noch in einem Nobel-Hotel in der Berners Street gelandet, wo die Cocktails zwölf Pfund kosteten. Er hatte sich gleich drei genehmigt. Auf der anschließenden Heimfahrt im Nachtbus war er eingeschlafen. Aber wie durch ein Wunder hatte er den Abend ohne Kater überstanden. Vermutlich hatte ihn der lange Rückweg vom Busdepot bis zu seiner Wohnung ausgenüchtert.

Ein eigenartiges Rumpeln von unter dem Tisch ließ ihn aufmerken, dann wurde ihm klar, dass das Geräusch von seinem Magen kam. Das Mittagessen ausfallen zu lassen war keine gute Idee gewesen, schon allein deswegen, weil ihm nicht daran gelegen sein konnte, Emma mit Geräuschen aus seiner Körpermitte zu unterhalten, aber auch, weil er deswegen keine Spur schlanker wirkte (was er insgeheim gehofft hatte). Und auf nüchternen Magen hatte er außerdem Bedenken, dass ihm der erste Drink vielleicht zu sehr und zu schnell in den Kopf stieg. Vielleicht sollte er heute Abend ganz auf Alkohol verzichten. Andererseits war es aber sehr wichtig, möglichst authentisch rüberzukommen, und Calum trank nun mal gerne einen Drink. Allerdings sollte er aufpassen, dass er diesen Satz nicht gleich beim ersten Treffen mit Emma unbedacht hinausposaunte. Die Kollegen in der Firma, die sich auch gerne mal »einen Schluck genehmigten«, verschwanden bisweilen schon in der Mittagspause in einem der Pubs in der Umgebung und kamen erst am späteren Nachmittag ins Büro zurück – wenn überhaupt. Aber mit denen wollte Calum nicht in einen Topf geworfen werden.

Erneut schaute er auf die Armbanduhr und dann wieder zum Eingang, durch den im selben Augenblick eine junge Frau hereinkam, und schon bei dem, was er ohne Brille erkennen konnte, stockte ihm der Atem. Sie wirkte sehr hübsch, die ausgesprochen weibliche Figur zeichnete sich unter dem von einem Gürtel zusammengehaltenen Mantel deutlich ab, die eher kurzen Haare waren teilweise von einer grauen Wollmütze verdeckt. Der Rest war noch leicht verschwommen, aber irgendwie kam sie Calum bekannt vor. Immerhin bemerkte er, dass sich ein Lächeln auf ihrem Gesicht abzeichnete, das er sicherheitshalber erwiderte, vor allem da es tatsächlich ihm zu gelten schien. Doch als sie näher kam, erkannte er, dass es sich lediglich um Mia-Rose handelte. Calum machte ein langes Gesicht, und als sie an seinen Tisch trat, wurde er unruhig.

»Hallo, Calum!«

»Äh … hallo.«

Mia-Rose ließ den Mantel von den Schultern gleiten und deutete auf die Sitzecke an seinem Tisch. »Darf ich?«

Vollkommen überrumpelt nickte Calum, aber als Mia-Rose es sich bequem machte, geriet er in Panik. Wenn Emma jetzt hereinkam und ihn zusammen mit einer anderen Frau am Tisch sah … Er sprang unwillkürlich von seinem Stuhl auf, wusste jedoch nicht, was er als Nächstes tun sollte, und stand etwas hilflos in der Gegend rum.

Mia-Rose sah leicht amüsiert zu ihm hoch. »Normalerweise steht der Herr auf, wenn sich die Dame dem Tisch nähert, nicht, wenn sie sich setzt.«

»Entschuldigung.« Calum hätte sich wegen seines Fauxpas ohrfeigen können. Als er sich wieder setzte, plazierte er die übergroße Speisekarte so, dass sie den Blick zum Tisch teilweise behinderte, und duckte sich sogar ein wenig dahinter.

Mia-Rose sah ihn etwas verwundert an. »Spielst du verstecken?«

»Nein.« Calum legte die Karte wieder flach auf den Tisch. »Es ist nur so, dass ich … äh, auf jemanden warte, mit dem ich verabredet bin.«

»Ich auch«, erwiderte Mia-Rose. »Dann können wir ja zusammen warten, oder?«

»Ähm …«

»Was ist?«

»Na ja, es könnte ein bisschen heikel sein. Verstehst du, wenn sie dich sieht. Mit mir zusammen, meine ich.«

»Es ist also eine Frau?« Mia-Rose hob die Augenbrauen. »Und darf man fragen, um wen es sich bei der geheimnisvollen Verabredung handelt?«

Calum zögerte. »Ach, um eine Bekannte von mir.«

»Hat sie auch einen Namen?«

»Emma.«

Mia-Rose sah sich ein wenig im Restaurant um. »Wie sieht sie denn aus?«

»Warum willst du das wissen?«

»Reine Neugier.«

Calum räusperte sich. »Das weiß ich gar nicht«, sagte er verlegen.

»Das weißt du nicht?«

Calum sah ein, dass ihm nichts anderes übrigblieb, als die Sache zu erklären, wie sie war. »Wir haben uns im Internet kennengelernt und bis jetzt noch nicht persönlich getroffen.«

»Ach, und heute findet das erste Rendezvous statt? Wie romantisch.«

»Findest du?«, sagte er, obwohl »wie dämlich« mittlerweile die angemessenere Beschreibung für diesen ganzen Plan zu sein schien.

»Auf jeden Fall! Ich finde es sogar richtig aufregend.« Mia-Rose sah sich noch einmal unauffällig unter den übrigen Gästen um. »Vielleicht befindet sie sich bereits hier im Lokal.«

Calum brach der Schweiß aus. Wenn sie doch eine von den drei jungen Frauen war, die mittlerweile ihren Hauptgang vor sich stehen hatten? Eventuell hatte Emma ihre Freundinnen mitgebracht, um sich gegebenenfalls tarnen zu können, falls er ihr nicht gefiel oder falls sie noch eine zweite (oder dritte) Meinung einholen wollte. Und nun sah sie ihn zusammen mit Mia-Rose hier sitzen … Calum wollte sich lieber nicht vorstellen, was sie gerade dachte. »Hör mal, Mia-Rose, es tut mir leid, und ich möchte wirklich nicht unhöflich sein, aber …«

»Es wäre dir lieber, wenn ich mich an einen anderen Tisch setze?« Mia-Rose nickte. »Mann, deine Emma muss ja wirklich was ganz Besonderes sein.«

»Ist sie auch«, bestätigte Calum.

»Und was ist an dieser Frau, die du noch nie gesehen hast, so toll?«

Calum tat so, als würde er vage in die Runde blicken und dabei überlegen, was er antworten sollte, dabei schaute er hauptsächlich verstohlen auf die Wanduhr. Es war inzwischen zwanzig nach sechs, und er hegte die Befürchtung, dass Emma doch schon hier gewesen und wieder gegangen sein könnte, ohne dass er es mitbekommen hatte. Warum nur war er aufgestanden, als Mia-Rose sich hingesetzt hatte? Vielleicht war sie gerade in dem Moment hereingekommen, hatte gesehen, wie klein geraten er in Wirklichkeit war, und war wortlos und enttäuscht wieder gegangen. »Es ist einfach so, dass wir sehr ähnlich ticken.«

Mia-Rose lachte. »Das ist ja echt witzig.«

»Wieso?«

Sie streckte den Arm aus und tätschelte sanft seine Hand. »Ihr habt euch online kennengelernt, und ihr tickt und klickt gleich! Verstehst du, was ich meine?«

Calum setzte ein gezwungenes Lächeln auf. Normalerweise hätte er ihre Bemerkung witzig gefunden, aber im Moment hatte er keinen Sinn dafür. Wo steckte sie bloß? Unter anderen Umständen wäre er liebend gern mit einer hübschen Frau wie Mia-Rose ausgegangen und hätte sich mit ihr amüsiert, aber jetzt dachte er nur daran, dass irgendein Missverständnis seine Chancen bei Emma völlig zunichtemachen könnten. Und falls die Verabredung von Mia-Rose zuerst eintraf, dann wäre er vor den Augen einer Kollegin aus der Firma bis auf die Knochen blamiert, weil er versetzt wurde.

»Was ist es denn konkret«, fuhr Mia-Rose fort, »worin ihr ähnlich tickt? Was weißt du über sie?«

Calum atmete vollkommen erschöpft aus. Er wünschte sich inzwischen nichts sehnlicher, als dass er wenigstens ein ordentliches Glas Bier bestellt hätte. »Na ja, so viel ist es auch nicht. Ich weiß, dass sie in London lebt, dass sie besonders gerne Hunde mag, lange Spaziergänge und knisterndes Kaminfeuer. Aber darum geht es eigentlich gar nicht. Es ist viel eher, dass ich das Gefühl habe, dass wir einfach …«

»Dass ihr gut miteinander auskommt?«

»Genau.« Calum sah auf seine Armbanduhr. »Zumindest dachte ich das bis jetzt.«

»Und warum hast du dich mit ihr gerade hier verabredet?«

Calum zuckte die Achseln. »Weil sie darauf bestanden hat, dass wir getrennt bezahlen, wie die sparsamen Holländer. Deshalb dachte ich, wir könnten gleich auch holländisch …«

Mia-Rose warf den Kopf in den Nacken und brach in lautes Gelächter aus. »Das ist ja echt superlustig.«

»Meinst du nicht, dass es am Ende nur ein ziemlich lahmer Witz war?«

»Nicht im Geringsten. Das ist einfach umwerfend. Frauen lieben Männer mit Sinn für Humor.«

Ermuntert von ihrem Kommentar lächelte Calum nun auch. Dabei sah er zufällig in einem großen Spiegel an der gegenüberliegenden Wand, wie er mit einer hübschen Frau gut gelaunt und fröhlich am Tisch saß. Das musste bei weitem der beste Eindruck sein, den Emma von ihm bekommen konnte – ein Mensch in bester Stimmung.

Kapitel 10

»Bitte fühle dich nicht verpflichtet, bei mir zu bleiben und zu warten«, sagte Sophie mit schuldbewusstem Blick, als sie den verletzten Fuß auf ein Kissen bettete, um das Nathan bei einer der vorbeilaufenden Krankenschwestern gebeten hatte. »Schließlich ist heute Valentinstag, und du musst dich um deine Partygäste kümmern.«

Nathan beobachtete aufmerksam, was sich im Warteraum abspielte, der sich trotz der noch relativ frühen Abendstunde nach und nach mit der üblichen Mischung aus Betrunkenen und Junkies füllte, die abends und nachts in fast jeder Notaufnahme zum Stammpublikum gehörten. »Kein Problem«, antwortete er und begann, in einer abgegriffenen Ausgabe des Regenbogenblatts *Hello!* zu blättern. Dann entdeckte er einen ziemlich ramponierten Getränkeautomaten in einer Ecke. »Wie wär's mit einem Kaffee?«

Sophie zuckte die Achseln. »Gern. Einen Cappuccino, bitte. Nein, warte. Ich hol ihn schon.«

»Nein«, sagte Nathan. »Jetzt bin ich an der Reihe, einen auszugeben. Und du würdest vielleicht auch was verschütten.«

Er zog etwas Kleingeld aus seiner Hosentasche und ging zu dem Automaten.

Das war nicht die Art von Getränk, zu der Nathan sie heute Abend hätte einladen sollen, wenn alles so gelaufen wäre, wie sie gehofft hatte, überlegte Sophie. Und natürlich schon gar nicht in so einer Umgebung.

Als Nathan einen Moment später mit zwei dampfenden Pappbechern in den Händen zurückkam, zögerte er, welchen er ihr geben sollte. »In einem ist Cappuccino, im anderen ein Caffè Latte«, sagte er etwas ratlos, »aber ich hab mir leider nicht gemerkt, welcher was ist.«

»Danke.« Sophie nahm einfach den erstbesten Becher.

»Gern geschehen. Milch, Süß…« Sophie hielt die Luft an, als sich Nathan bückte, um das kleine Tütchen aufzuheben, das ihm aus der Hand gefallen war. Würde er sie tatsächlich mit dem Kosewort »Süße« ansprechen? Aber dann bemerkte sie, wie er ihr ein weißes Beutelchen mit Zucker auf der offenen Handfläche entgegenstreckte. »Süßstoff?«

»Äh, nein danke.«

»Wahrscheinlich schon süß genug, was?«

»So ungefähr.« Sie lächelte ihn an, dann nippten beide schweigend an ihrem Kaffee. Sophies Blick fiel auf die große Uhr, die hinter Nathan im Wartebereich an der Wand hing. »Bist du sicher, dass du nicht doch zurückfahren willst?«, sagte sie, weil sie fürchtete, was passieren würde, wenn er plötzlich merkte, wie spät es wirklich war. Wie sollte sie ihm das erklären?

»Was soll das noch bringen?« Nathan sah auf seine Uhr und schüttelte den Kopf. »Ich kann immer noch nicht glauben, dass kein Einziger von den anderen aufgekreuzt ist.«

»Tja, vielleicht sind sie …« Sophie sprach lieber nicht weiter, aus Angst, sie könnte sich verplappern. »Das wundert mich auch. Aber so sind die Leute manchmal, oder?«

Nathan verdrehte die Augen und lehnte sich dann auf dem Stuhl zurück. »Erzähl mir doch mal ein bisschen was über dich, Soph.«

»Über mich?« Der pochende Schmerz im Fuß wurde gerade wieder stärker. Das geschah ihr wohl recht, dachte sie. »Über mich gibt es nicht viel zu erzählen.«

»Wirklich nicht?«

Sophie zuckte die Achseln. »Nein, ich denke, ich bin einfach völlig durchschnittlich und normal.«

»Sophie, das bist du mit Sicherheit nicht.«

Sie blickte ihn erstaunt an. »Was meinst du damit?«

»Du bist clever, du bist witzig. Du arbeitest für ein modernes, führendes Internetunternehmen im Herzen einer Weltmetropole, und obendrein bist du sehr hübsch …« Er nippte an seinem Kaffee, und Sophie hoffte, dass der Satz damit zu Ende war. »Und du räumst auf einen Schlag zehn Pins beim Bowling ab.« Er lehnte sich vor und stupste sie augenzwinkernd an. »Ich würde nicht sagen, dass irgendwas daran durchschnittlich und normal ist.«

»Ich weiß nicht so recht …«

Nathan sah sich geistesabwesend im Warteraum um und richtete den Blick eine Weile auf eine flackernde Neonröhre an der Decke. »Es ist doch wirklich merkwürdig, nicht?«

»Was?«

»Ich dachte an das, was ich heute Mittag schon mal gesagt habe, als wir draußen vor der Bar Italia saßen. Wie kommt es, dass man mit manchen Menschen Tag für Tag zusammenarbeitet, ohne wirklich zu wissen, wie sie sind oder für was sie sich interessieren.«

Oder *für wen* sie sich interessieren, ergänzte Sophie im Geiste. Sie atmete tief ein. »Und was ist mit dir?«

»Mit mir?«

»Ja. Du hast meine Frage noch nicht richtig beantwortet.«

»Welche Frage?«

»Die ich dir gestellt habe, als wir uns im Büro unterhalten haben. Was dir am Valentinstag so missfällt.«

Nathan schaute sie einen Moment verblüfft an. Sein erster Gedanke war, vom Thema abzulenken, doch dann fiel ihm auf, dass er (abgesehen von seiner Mutter) noch nie mit einer anderen Frau darüber gesprochen hatte, was passiert war. Und vielleicht wäre es ganz hilfreich, das Ganze mal aus weiblicher Perspektive zu betrachten. Er öffnete den Mund und fragte sich, wo er überhaupt anfangen sollte, aber dann strömte die ganze Geschichte regelrecht aus ihm heraus. Er sprach über Ellie und unter welchen Umständen sie seinen Heiratsantrag ausgerechnet am Valentinstag abgelehnt hatte. Darüber, wie er sich seitdem fühlte, warum er IKEA hasste, was heute Morgen in dem polnischen Café geschehen war und wie ihn die zufällige Begegnung mit dem Pärchen am Nachmittag getroffen hatte. Als er fertig war, wirkte er ziemlich geknickt, und auch Sophie hatte die Geschichte deprimiert. Wenn er noch so sehr an Ellie hing, hatte sie sicher keine Chance. Aber als er die Bemerkung fallenließ, er sei zu dem Schluss gekommen, dass sich nun dringend etwas ändern müsse, schöpfte sie neue Hoffnung.

»Und warum? Beziehungsweise wie?«

Nathan zuckte die Achseln. »Weil mir heute jemand diese Karte geschickt hat.«

Sophie war wie elektrisiert. »Ja, und?«

»Ich wusste nicht so recht, wie ich das in meinem Gefühlshaushalt einordnen sollte.«

»Wegen der Karte an sich oder wegen der Person, die sie geschickt hat?«

»Beides.« Nathan war auf seinem Stuhl zusammengesunken, als hätten seine ganzen Bekenntnisse ihn all seine Kraft gekostet. »Ich weiß nicht so recht.«

»Wie war denn deine spontane Reaktion darauf?«

Für Nathan war es offensichtlich schwierig, die richtigen Worte zu finden. »Keine Ahnung. Ich fühlte mich geschmeichelt. Einerseits. Andererseits hat es mir auch Angst eingejagt. Irgendwas dazwischen, würde ich sagen.«

»Wieso Angst eingejagt?«

»Weil Liebe weh tun kann, Soph. Und ich möchte nicht mehr in dieser Weise verletzt werden.«

Er sah ihr direkt in die Augen, und sie musste sich beherrschen, um nicht den Blick abzuwenden. »Nathan, es gibt im Leben immer wieder Dinge, die einem weh tun, angefangen bei Bowlingkugeln, die einem auf den Fuß fallen. Aber irgendwann hört der Schmerz auch wieder auf. Und ich werde wegen des Unfalls auch nicht für immer auf Bowling verzichten. Ich sollte es vielleicht nur nicht mehr mit feuchten Händen spielen.«

»Das ist eine sehr tiefgründige und kluge Antwort, Soph. Ich bin mir gar nicht sicher, ob ich die Tragweite schon voll erfasse.«

Sophie lächelte. Darüber war sie sich auch nicht ganz im Klaren. »Was wirst du also als Nächstes machen?«

»Ich weiß es nicht.« Er zuckte die Achseln. »Leider sind Menschen nicht wie Computer. Man kann sich nicht einfach abschalten und alles vergessen. Menschen haben ein Gedächtnis.«

»Na ja, PCs speichern auch alles.«

»Willst du meinen Job machen?«

Sophie musste lachen. »Das wohl kaum. Aber ich weiß eine gute Methode, wie man eine schlechte Erinnerung beseitigen kann. Das gilt sowohl für Computer wie für Menschen.«

»Lass hören!«

»Überschreib sie einfach mit einer guten.«

Nathan sah sie verblüfft an und grinste breit. »Das ist wirklich ein sehr guter Ratschlag. Allerdings ist das leichter gesagt als getan.«

Sophie musste schlucken. Sie könnte ihm genau erklären, was er tun müsste. Und vor allem *mit wem*. Aber da gab es noch etwas, was sie unbedingt wissen wollte. »Darf ich dich noch was fragen?«

»Klar.«

»Warum hast du Julie dann diese Karte hingelegt?«

»Hä?«

»Wenn dir das ganze Valentinstag-Getue so zuwider ist?«

»Welche Karte?«

»Die Karte, die du ihr heute früh auf den Schreibtisch gelegt hast.«

Nathan runzelte die Stirn. »Aber die kam von Mark. Ich war sozusagen nur der Bote.«

»Von Mark?«

Nathan nickte zur Bestätigung. »Na klar. Sag ihm um Himmels willen nicht, dass ich es dir verraten habe, aber er ist schon seit ziemlich langer Zeit in sie verknallt.« Er grinste. »Aber du hast ihr auch nicht verraten, dass ich sie hingelegt habe, oder?«

Sophie spürte, dass sie rot anlief. »Äh …«

Nathan lehnte sich in seinem Stuhl zurück und fing wieder an, sich im Raum umzusehen. Dabei fiel sein Blick auf die Uhr. »Merkwürdig.«

»Was ist?«, fragte Sophie leicht nervös.

Er sah auf seine Armbanduhr und dann auf sein iPhone. »Wie spät ist es eigentlich?«

Sophie starrte ihn entsetzt an, dann wusste sie sich nicht mehr zu helfen und brach in Tränen aus. »Nathan, es tut mir so leid.«

»Was denn?«

»Es ist meine Schuld«, schluchzte sie. »Ich habe dir den ganzen Abend ruiniert.«

»Aber wieso denn? Wenn, dann ist das die Schuld der anderen, die einfach nicht gekommen sind.« Er beugte sich zu ihr und schlang einen Arm um ihre Schultern, um sie zu trösten, aber Sophie hatte ein zu schlechtes Gewissen, um es zu genießen.

Sie wischte sich die Augen am Ärmel ab. »Auch das tut mir sehr leid.«

Nathan schaute sie an. »Was meinst du denn damit?«

»Ich … ich habe die Zeitangabe auf deinem Computer verstellt. Und die auf Marks iPhone. Und dann habe ich Calum dazu überredet, deines und Marks Handy zu vertauschen. Und schließlich habe ich auch meine Armbanduhr verstellt und dir vorgemacht, du wärst für deine Anti-Valentins-Party zu spät dran.«

»Wie bitte?« Nathan zog sein Telefon aus der Tasche und schaute ungläubig darauf. »Aber wozu denn das Ganze?«

»Weil …« Sophie schniefte und setzte nun ihrerseits zu einem längeren Geständnis und Bekenntnis an, indem sie Nathan alles über ihre Beziehung zu Darren erzählte, warum sie nach London gezogen war und wie peinlich ihr im Nachhinein ihre Flirtaktion ihm gegenüber gewesen war, als er ihr E-Mail-Problem gelöst hatte. Und wie ihr seitdem so vieles im Leben fehlte und sie heute Morgen beschlossen hatte, dass dies der Tag sein sollte, an dem sich alles für sie änderte. »Deshalb dachte ich mir«, sagte sie schließlich, »wenn wir nur mal etwas

Zeit für uns hätten, nur wir beide allein, um uns etwas näher kennenzulernen, dann würdest du mich vielleicht mögen. Und mich zum Essen einladen. Nachdem ich gesehen hatte, dass meine Karte nichts bewirkt hat.«

»Die Karte kam von dir?«

Sophie nickte. »Ja«, sagte sie fast unhörbar.

Nathan starrte sie sprachlos an. Es kam ihr wie eine Ewigkeit vor. Dann öffnete er den Mund, weil er etwas erwidern wollte, aber genau in dem Moment hörte Sophie vom Empfang der Notaufnahme her, wie ihr Name gerufen wurde. Sie überlegte, ob sie es einfach ignorieren sollte, aber ihr Fuß tat inzwischen wirklich höllisch weh.

»Du bist dran«, sagte Nathan in nüchternem Ton und machte ein Zeichen Richtung Empfang.

»Nathan ...«

Aber bevor sie noch irgendetwas sagen konnte, kam ein sehr gutaussehender, athletischer Pfleger an und rollte sie davon. Unter anderen Umständen hätte sie ihm ihre volle Aufmerksamkeit geschenkt und eine solche Fügung als den Höhepunkt des Abends genossen, aber so warf sie nur einen letzten Blick über die Schulter auf Nathan, der noch immer ziemlich verdattert dasaß. Sie konnte gerade noch rechtzeitig daran denken, ihr Smartphone aus der Jackentasche zu ziehen und schnell noch eine SMS einzugeben.

Mark Webster musste an der U-Bahn-Station Bank umsteigen und ließ sich von den Pendlermassen mitschieben. Er folgte den Richtungshinweisen zum Bahnsteig der Northern Line und stieg mehr als lustlos in die nächste Bahn. Den heutigen Abend hatte er sich so toll ausgemalt und dafür so viel vorbereitet, aber es hatte sich alles in Luft aufgelöst, und mittlerweile dachte er, es geschah ihm nur recht. Wenn es so weiterging, dann würde er im kommenden Jahr die Anti-Valentins-Party organisieren. Wie in Trance stieg er in London Bridge aus. Von dort aus ging er durch die Tooley Street, vorbei an dem bekannten Gruselkabinett London Dungeon und an der Ausstellung über den Zweiten Weltkrieg, unter der Eisenbahnüberführung durch und gelangte in die Bermondsey Street. Er liebte das Viertel von London, in dem er wohnte. Es gab eine große Auswahl verschiedenster Restaurants, und viele Londoner Sehenswürdigkeiten lagen praktisch um die Ecke. Aber Mark wusste, dass all diese Dinge nur dann wirklich Spaß machten, wenn man sie mit einem Menschen teilen konnte. Als er in seiner Wohnung ankam, hörte er schon vom Flur aus das Telefon klingeln. In der Hoffnung, es könne Julie sein, sprintete er mit wenigen Sätzen hin und stieß vor lauter Schwung das Gerät aus der Halterung. Als er es endlich unter dem Heizkörper hervorgezogen hatte, vernahm er allerdings statt Julies freundlicher Stimme nur Nathans.

»Hallo, Kumpel! Habe ich dich gerade bei irgendwas unterbrochen?«

»Nein«, antwortete Mark enttäuscht. »Leider nicht.«

»Umso besser«, fuhr Nathan fort. »Hör zu, ich muss mich kurzfassen, ich bin gerade im Krankenhaus …«

»Im Krankenhaus? Was ist passiert?«

»Mit mir nichts. Alles in Ordnung. Es ist wegen Sophie.«

»Was ist mit Sophie?«

»Na ja, sie … Ach, das ist jetzt völlig unwichtig. Ich telefoniere hier von so einem blöden Münzautomaten, und mir geht bald das Kleingeld aus. Also halt die Klappe und hör mir zu.«

»Ja, in Ordnung. Sorry.«

»Es geht um Julie.«

»Was ist mit ihr?«

»Sie …«

Der Anruf wurde unterbrochen, und Mark starrte verdutzt den Hörer an. »Was?«, rief er. »Nathan! Nathan!« Wie ein Besessener hämmerte er Nathans Handynummer in die Tastatur und bekam fast einen Herzschlag, als gleichzeitig sein Smartphone zu klingeln begann. Doch als er dranging, hörte er lediglich ein merkwürdiges, hohles Echo. Er legte wieder auf und wartete einfach ab in der Hoffnung, dass Nathan sich zurückmeldete. Dann fiel ihm ein, dass damit nicht zu rechnen war, wenn Nathan tatsächlich kein Kleingeld mehr hatte und anscheinend auch gar nicht sein Handy dabei, sonst hätte er sicher von dem aus angerufen. Also gab er auf dem Festnetztelefon eilig die Nummer für Rückrufe ein, und zu seiner großen Erleichterung hob Nathan bereits nach dem ersten Läuten ab.

»Endlich!«

»Was heißt hier endlich?«

»Ich musste mich gegen zwei Besoffene und eine alte Dame mit einem Krückstock zur Wehr setzen, um das Telefon zu verteidigen. Sie hatte den Krückstock, wollte ich sagen, nicht ich. Ich habe ihn auch nicht benutzt, um sie in Schach zu halten.«

»Oh Mann, Nathan, das interessiert mich nicht. Was wolltest du eben über Julie sagen?«

»Ach ja, sorry.« Nathan lachte. »Um es kurz zu machen: Du hattest recht. Sophie hat Julie in der Tat erzählt, dass die Karte, die ich heute Morgen auf Julies Schreibtisch gelegt habe, von mir sei. Wenn man darüber nachdenkt, kommt man schnell dahinter, dass sich daraus ihr ganzes übriges Verhalten erklärt, einschließlich der Absage für die Anti-Valentins-Party. Vermutlich hat sie befürchtet, sie könnte mir nicht widerstehen …«

»Nathan! Bitte!«

»Egal. Ich wollte dich nur wissen lassen, dass sie nicht dich zurückweisen wollte, sondern mich.«

»Aber das bedeutet …«

»Genau!«

»Und sie weiß nicht …«

»Nein.«

Mark schüttelte den Kopf, als sich auf einmal alles zusammenfügte. Kein Wunder, dass Julie am Nachmittag kaum zwei Worte an ihn gerichtet hatte. Sie musste angenommen haben, dass er kein Interesse an ihr hatte und Nathan alles über die Ereignisse im Anschluss an die Weihnachtsfeier weitergetratscht hatte. Was musste sie von ihm halten? »Und warum erzählst du mir das erst jetzt?«

»Weil ich es auch gerade erst erfahren habe. Und übrigens hast du mein iPhone und ich deins.«

»Wie bitte? Wie ist denn das passiert?«

»Das erkläre ich dir morgen. Im Moment ist nur wichtig, dass du freie Bahn bei ihr hast.«

»Aber ich bin inzwischen zu Hause.«

»Na und?«

Mark schaute auf seine Armbanduhr. »Es ist jetzt halb sieben.«

»Also dauert der Valentinstag noch fünfeinhalb Stunden …« Mark hörte tumultartige Geräusche im Hintergrund, dann war Nathan wieder am Apparat. »Hör zu, Kumpel, hier wird es allmählich ungemütlich, ich lege jetzt besser auf. Und du hängst dich an dein Handy. Oder vielmehr an meins.«

»Okay. Großartig. Danke dir, das mache ich. Und zwar gleich.«

»Dann los!«

»Sorry. Na klar.«

Mark legte auf und griff zum Smartphone, um Julie anzurufen, aber dann fiel ihm ein, dass er ihre Nummer auf seinem eigenen Gerät gespeichert hatte, nicht auf dem von Nathan. Er fluchte laut vor sich hin. Dann gab er auf dem Festnetz noch einmal die Rückrufnummer zu dem Apparat ein, von dem aus Nathan eben telefoniert hatte, um ihn nach Julies Nummer zu fragen. Aber wie nicht anders zu erwarten, war der Anschluss mittlerweile besetzt. Völlig frustriert rammte er das Telefon in die Ladestation. Dann tigerte er im Wohnzimmer auf und ab und überlegte, was er am besten machen sollte. Er hätte ihr zwar von seinem Laptop aus eine E-Mail schicken können, aber die sah sie wahrscheinlich erst morgen früh, und was hätte er ihr außerdem schreiben sollen? Er überlegte weiter und dachte daran, mit der U-Bahn zu ihr zu fahren. Er musste über sich selbst lachen. Solche Aktionen waren überhaupt nicht sein Ding. Da war es viel besser, in aller Ruhe den nächsten Tag abzuwarten, um sie vielleicht in der Teeküche zu erwischen und dieses Riesenmissverständnis von heute mit Humor aufzuklären. Er sah im Kühlschrank nach, was er noch zu trinken da hatte. Beim Anblick der unerwarteten Leere fiel ihm ein, dass er die letzte Flasche Wein gestern Abend ausgetrunken hatte, als er den Text für Julies Valentinskarte ausgebrütet hatte. Daher klaubte er den Schlüsselbund vom Boden, wo er ihn bei seinem Sprint zum Telefon hatte fallen lassen, und machte sich auf den Weg zum nächstgelegenen Supermarkt am Bermondsey Square.

Die Bar gegenüber vom Supermarkteingang schien gerammelt voll mit händchenhaltenden Paaren zu sein. Mark beschloss, besser nicht hinzusehen. Im Supermarkt griff er sich einen Drahtkorb und lief durch die Gänge auf der Suche nach etwas Ansprechendem zu essen. So hatte er sich den Abend nicht vorgestellt, dachte er, als er eine Tiefkühlpizza mit dem Schriftzug »Der Geschmack macht den Unterschied« aussuchte. Wenn es nach ihm gegangen wäre, würde er Julie jetzt in einem schnuckeligen Restaurant in Soho in die Augen schauen. Aber das war nun mal leider schiefgegangen. Mal ganz abgesehen von dem Unsinn über den Glauben an das Schicksal, den dieser selbsternannte Wahrsager an der U-Bahn-Station von sich gegeben hatte. Seine Sprüche waren gar nicht so weit entfernt von »Heute ist der erste Tag von dem, was Ihnen im Rest Ihres Lebens noch zu tun bleibt« und ähnlichem Gequake aus Amerika, das sogenannte Motivationstrainer in Seminaren von sich gaben, zu denen sie ab und zu von Seek geschickt wurden. Selbst wenn dem so wäre, konnte man auch noch bis morgen warten. Und dann konnte er sich heute Abend auch etwas Herzhaftes ... Seine Hand schwebte bereits über der letzten Peperoni-Pizza, als ein kleiner, bulliger Banker-Typ, der zum dunklen Anzug eine Baseballkappe der New York Yankees trug, an ihm vorbeilangte und sie ihm vor der Nase wegschnappte. Mark holte bereits Luft, um sich zu beschweren, doch der Typ grinste nur.

»Tut mir leid, Nachbar«, sagte er. »Wer rastet, der rostet.«

Mark starrte den Mann einen Moment lang sprachlos an. Dann stellte er seinen Drahtkorb auf dem Boden ab, ging gemessenen Schrittes Richtung Ausgang, um beim Wachpersonal keinen falschen Verdacht zu erregen, und sprintete zur nächsten U-Bahn-Station.

Julie Marshall saß im There's No Place Like Rome nahe der U-Bahn-Station Embankment vor einem großen Teller Spaghetti Carbonara. Sie hatte den Fast-Food-Italiener mit Plastiktischen, festgeschraubten Sitzen, Neonbeleuchtung und quietschbuntem Dekor, eine typische Touristenfalle, am frühen Abend zufällig im Vorbeilaufen entdeckt. Und sie hatte sich für das Abendessen hier in der Annahme entschieden, dass kein normaler Mensch für ein romantisches Valentinstag-Dinner in solch ein Lokal gehen würde. Ihre Vermutung hatte sich als richtig erwiesen. Außer einer Gruppe junger Männer, offenbar Touristen, und einem alten Herrn in einer Ecke, der neben dem Essen in einem Buch las, war sie der einzige Gast. Bei der Bestellung der klassischen Spaghetti Carbonara war sie davon ausgegangen, dass damit nichts schiefgehen könnte. Doch der Koch hatte es tatsächlich fertiggebracht, die obligatorischen Schinkenspeckstreifen zu kohleartigen Röllchen zu verbrutzeln, die sie unmöglich essen konnte. Obwohl sonst kaum Gäste da waren, war es ihr noch nicht gelungen, den gelangweilt dreinschauenden Kellner mit slawischem Akzent auf sich aufmerksam zu machen, um sich zu beschweren. Daher blieb ihr nichts anderes übrig, als den verkohlten Teil des Gerichts auf die Seite zu schieben und sich mit den Spaghetti zu begnügen. Zusammen mit dem inzwischen zweiten Glas Rotwein. Das Ganze war wahnsinnig deprimierend, aber immer noch besser, als einen Abend mit Philip verbringen zu müssen. Vor allem diesen Abend. Da hätte sie sich lieber erschossen. Oder vielleicht besser ihn, angesichts dessen, was er ihr angetan hatte. Sie schaute auf ihre Armbanduhr und fragte sich, wie Sophie wohl inzwischen in Sachen Nathan vorangekommen war. Beziehungsweise ob eine Stunde ausreichte, um Nathan zu bezirzen und seine zunächst wohl auf sie selbst gerichteten schwärmerischen Affektionen auf die nunmehr nächste erreichbare Person umzulenken. Allzu enttäuscht hatte er nicht gewirkt, als sie ihm eröffnet hatte, dass er nicht unnötig Zeit und Energie damit verschwenden sollte, ihr den Hof zu machen. Außerdem war er ein Mann, und Männer hatten oft noch eine Alternative auf dem Radarschirm, offenbar selbst dann, wenn sie verheiratet waren. Und was Mark anbelangte ... Nun, da musste sich Julie eingestehen, dass sie es wohl gründlich vermasselt hatte. Wenn er sich von ihr abgewiesen fühlte, konnte sie ihm das nicht verübeln, so, wie die Dinge gerade heute gelaufen waren. Vielleicht hatte er mit Nathan darüber gesprochen, ihm erzählt, was damals passiert war und wie sie anschließend desinteressiert getan hatte, so dass Nathan sich vielleicht gedacht hatte, er könnte es ja mal probieren. Lief es nicht so unter Männern? Von Loyalität keine Spur. Immer nur hinter dem einen her. So schien es jedenfalls bei denjenigen zu sein, die sie kannte.

Während Julie noch überlegte, ob sie ein drittes Glas Wein bestellen sollte, trat der Kellner an den Tisch in ihrer Nähe, wo die Gruppe junger Männer saß, die allesamt sehr blond waren und sich schon die ganze Zeit angeregt in einer Sprache unterhielten, die Julie nicht erkannte. Der Kellner blickte auf die zum Teil nur halb aufgegessenen Teller auf dem Tisch und räusperte sich. Die Männer sahen zu ihm hoch. »Fin... finito?«, stotterte der Kellner undeutlich und mit starkem Akzent.

»Ob wir Finnen sind?« Der größte der jungen Männer grinste den Kellner an. »Nein, wir kommen aus Schweden«, sagte er in akzentfreiem Englisch, und alle anderen brachen in wildes Gelächter aus.

Auch Julie konnte nicht mehr an sich halten und musste kichern. Dabei fiel ihr auf, dass es schon eine ganze Weile her war, dass sie so herzhaft gelacht hatte. Als der Kellner anfing, die Teller abzuräumen, piepste ihr iPhone. Vermutlich war es Philip, der wissen wollte, wo sie steckte. Auf diese Weise checkte er immer noch gerne, wo sie war und was sie machte, wenn sie länger als gewöhnlich ausblieb, obwohl ihn das eigentlich nichts mehr anging. Aber als sie auf das Display schaute, sah sie, dass es eine Nachricht von Sophie war. Einerseits hoffte Julie, dass es gute Neuigkeiten gab, andererseits machte sie sich auf das Schlimmste gefasst. Sophie würde sich sicher nicht melden, wenn nicht alles ziemlich rasch über die Bühne gegangen wäre. Der Einsatz der aufregenden Dessous hatte sich also entweder schon gelohnt oder seine Wirkung vollkommen verfehlt. Sie öffnete die Nachricht und musste sie zweimal lesen, um sie zu begreifen. »Die Karte war nicht von Nathan«, stand da. »Sie kam von Mark.«

Calum warf erneut einen heimlichen Blick auf seine Uhr, obwohl er nicht damit rechnen musste, dass Mia-Rose ihn dabei ertappte, da sie inzwischen am Nebentisch saß. Zwischen ihnen ragte eine Art Wandschirm aus Glas in den Raum hinein. So konnten sie sich weiter unterhalten, aber wenn (und falls überhaupt) Emma auftauchte, würde sie ihn nicht zusammen mit einer anderen Frau an einem Tisch sitzen sehen und dadurch abgeschreckt. Es war ihm ziemlich peinlich gewesen, Mia-Rose um dieses Arrangement zu bitten, aber sie hatte vollstes Verständnis gezeigt. Doch als es nun immer später wurde und sich nichts tat, fühlte er sich im Nachhinein noch verlegener. Inzwischen war er sich sogar ziemlich sicher, dass Emma gar nicht mehr auftauchen würde, und er befürchtete, Mia-Rose könnte denken, er habe die Verabredung bloß erfunden, weil er nicht an einem Tisch mit ihr sitzen wollte. Plötzlich hörte er ein klirrendes Geräusch wie von zerbrechendem Glas, dachte aber noch rechtzeitig daran, sich wegen seines Rückens nicht zu schnell umzudrehen. »Was ist passiert?«, rief er über die Schulter hinweg.

»Gar nichts«, erwiderte Mia-Rose. »Das war nur das Signal von meinem Handy, dass eine SMS angekommen ist.«

»Sie stammt nicht zufällig von Emma, oder?«, fragte Calum in sarkastischem Ton.

Mia-Rose lachte. »Nein, von meiner Mutter. Kannst du dir das vorstellen, sie will wissen, wann ich nach Hause komme.« Mia-Rose lachte wieder. »Also ehrlich!«

»Wohnst du noch bei ihr?«

»Es ist doch wohl nichts dagegen zu sagen, wenn man noch zu Hause wohnt, Calum«, erwiderte Mia-Rose in vorwurfsvollem Ton.

»Nein, so habe ich das gar nicht gemeint … Ich wollte sagen … ich lebe auch mit meiner Mum zusammen. Es geht ihr nicht besonders gut.«

»Tut mir leid, das zu hören.«

»Danke. Sie ist nicht schwer krank. Es sei denn, sie spricht selbst darüber. Dann klingt es so, als wäre sie todkrank. Eigentlich muss man nur hin und wieder nach dem Rechten sehen. Und das ist so einfacher.«

»Ich finde das sehr süß von dir«, sagte Mia-Rose.

Calum entspannte sich ein bisschen. Vielleicht würde Emma genauso reagieren. Vorausgesetzt es ergab sich jemals eine Gelegenheit, ihr davon zu erzählen. Dabei musste er immer noch damit rechnen, dass sie auch von ihm unbemerkt gekommen und gleich wieder gegangen sein könnte. Vielleicht hatte ihr sein Aussehen nicht gefallen, obwohl er die ganze Zeit über darauf geachtet hatte, gerade zu sitzen, damit sie nicht gleich sehen konnte, dass er nicht so groß war, wie er behauptet hatte. Vielleicht hatte sie ihn auch schon mit Mia-Rose zusammen am Tisch gesehen und sich gedacht, er sei eben so wie alle anderen Männer auch. Bei einem allerletzten Blick zur Eingangstür, auf seine Armbanduhr, auf sein Display und schließlich auf die Wanduhr gab er einen schweren Seufzer von sich.

»Was ist?«, fragte Mia-Rose.

»Sie kommt nicht mehr.«

»Woher willst du das wissen?«

Calum drehte sich so abrupt herum, dass er kurz aufjaulte. Dann schob er noch einmal seine Manschette zurück, um auf die Armbanduhr zu sehen. »Weil es jetzt achtzehn Uhr dreißig ist und wir bereits vor einer halben Stunde verabredet waren.«

»Und du bist dir sicher, dass sie nicht schon hier ist?«

»Höchst unwahrscheinlich.«

»Dann kann ich mich ja wieder zu dir setzen.« Mia-Rose stand auf und ließ sich ihm gegenüber in die Sitzecke plumpsen. Calum war froh, dass er nicht mehr allein dasitzen musste. »Was willst du nun tun?«

Er zuckte die Achseln. »Keine Ahnung. Ich dachte wirklich …«

»Was?«

»Ich hatte gehofft, dass mir so was nicht noch mal passieren würde.«

»Vielleicht ist sie nur sehr schüchtern. Oder es ist ihr peinlich, wie ihr in Kontakt gekommen seid. Vielleicht sitzt sie an einem der Tische hier und hofft, von dir erkannt zu werden und dass du den ersten Schritt machst.«

Calum sah sich niedergeschlagen im Restaurant um. Es hatte sich inzwischen gut gefüllt, auch mit einigen Pärchen und zwei, drei Gruppen jüngerer Frauen, von denen aber keine Einzige in seine Richtung zu sehen schien. »Aber wie sollte ich das machen? Ich kann doch wohl schlecht zu jeder jüngeren Frau hier im Lokal gehen und sie fragen, ob sie Emma heißt. Und selbst wenn ich das täte, könnte sie sich immer noch verleugnen.«

Mia-Rose überlegte kurz. »Hast du eigentlich ihre Telefonnummer?«

»Ja.«

»Dann schick ihr doch einfach eine SMS. Und sobald eine von den jungen Frauen auf ihr Handy schaut ... Bingo, dann hast du sie!«

»Nein, das könnte ich nicht. Das wäre wie ...«

»Wie den ersten Schritt machen?« Sie nickte aufmunternd in Richtung seines Smartphones auf dem Tisch. »Na los!«

Calum betrachtete das Telefon und dann die Leute im Lokal. Allmählich fand er die Idee gar nicht so schlecht. »Okay. Und was soll ich ihr schreiben?«

»Das ist doch ganz leicht.« Mia-Rose griff nach dem Handy. »Wie lautet ihre Nummer?«

»Die ist auf Kurzwahl gespeichert. Eins-vier-zwei.«

»Eins-vier-zwei?«

»Das Datum von heute.«

»Ach, wie nett.« Sie tippte einige Sekunden lang etwas ein, dann gab sie es ihm zurück. Bitte sehr.«

»Und jetzt?«

»Absenden musst du schon selbst, meinst du nicht?«

Calum las den Text. Mia-Rose hatte lediglich ein einziges Wort geschrieben. »Überraschung?«

Sie lächelte ihn an. »Ich garantiere dir, dass es eine Überraschung wird.«

Calum hielt den Atem an und drückte auf »Senden«. Sekunden später ertönte wieder das Geräusch von klirrendem

Glas aus Mia-Rose' Handtasche. Wortlos beobachtete er, wie sie mit einer Hand nach dem Handy tastete, es herauszog und zufrieden auf das Display schaute. »Aber …« Calum brach sofort wieder ab. Er hatte die Initialen auf der Rückseite ihres Telefon-Etuis erkannt. Zwei Buchstaben in Silber: MA. Emma.

Mit leicht verlegenem Lächeln streckte Mia-Rose die Hand aus und strich über seine frisch rasierte, sorgfältig mit Aftershave behandelte Wange.

Julie las die SMS zum dritten Mal, nur um sicherzugehen, dass sie nichts falsch verstanden hatte. Dann wählte sie rasch Sophies Nummer.

»Bist du dir sicher?«

»Absolut. Er hat es mir eben gestanden.«

»Und das war nicht nur so eine Art …«, Julie suchte nach der richtigen Formulierung, »Bettgeflüster?«

Sophie beschloss, Julie gegenüber erst einmal nicht zuzugeben, dass das einzige fremde Bett, das sie heute womöglich noch zu erwarten hatte, in einem Krankenhaus stand. »Schön wär's! Nein, ich habe mich irgendwie ziemlich blöd angestellt, und schließlich habe ich ihm mein Herz ausgeschüttet und alles gebeichtet, und er … Na ja, sagen wir mal so, er hat mich ins Bild gesetzt, was heute wirklich gelaufen ist.«

»Oh, das tut mir leid, Sophie. Aber was Mark angeht, bist du dir sicher, dass die Karte von ihm kam?«

»Ja.«

»Und die Luftballons und die Pralinen?«

»Ich würde sagen, wir können mit ziemlicher Sicherheit davon ausgehen, dass die auch nicht von Nathan stammen. Die Wahrscheinlichkeit, dass Mark sie dir geschickt hat, ist also hoch. Nathan hat auch gesagt, dass Mark schon seit längerer Zeit ein Auge auf dich geworfen hat.«

»Wirklich?« Diese Information musste Julie erst einmal verarbeiten. Im Hintergrund hörte sie an Sophies Ende der Leitung das Heulen einer Sirene, das von einem Krankenwagen zu kommen schien.

»Ich muss jetzt leider Schluss machen, Julie.«

»Wo bist du eigentlich? Es hört sich alles so merkwürdig an.«

»In einem Krankhaus.«

»Im Krankenhaus?«

»Das ist eine längere Geschichte. Ist jetzt nicht wichtig. Ich wollte dir nur gleich Bescheid sagen wegen Mark. Und dir sagen, wie leid es mir tut.«

»Weswegen?«

»Weil ich dir falsche Informationen gegeben habe. Ich hoffe, ich habe dir damit nicht den Tag und vor allem den Abend ruiniert.«

»Nicht im Geringsten«, antwortete Julie höflich, obwohl eigentlich das genaue Gegenteil zutraf. Sie legte auf und starrte auf ihren halb leeren Teller. Also hatte Mark durchaus etwas für sie übrig. Und sie hatte Nathan im Verdacht gehabt und sich deswegen auf dieses heikle und im Nachhinein unglaublich peinliche Gespräch mit ihm eingelassen, um seine vermeintliche Zuneigung abzuweisen. Sie hatte sich ihm gegenüber komplett zum Narren gemacht. Aber noch viel schlimmer war, dass Nathan das als Botschaft an Mark missverstanden haben könnte, wie sie beim zweiten Nachdenken erkannte. Sie schaute auf die Uhr. Halb sieben. Vermutlich würde sie Mark noch im Bowlingcenter erwischen, aber wenn Nathan auch dort war, könnte das immer noch ein bisschen peinlich werden. Oder nicht? Vielleicht würden sie auch gemeinsam darüber sprechen und lachen. Anschließend könnte sie Mark vorschlagen, noch zusammen auf einen Drink …« Ihre Gedanken wurden unterbrochen, als am Nebentisch die Desserts serviert wurden. Julie linste hinüber, und ihr lief das Wasser im Mund zusammen, während der Kellner sich zu sortieren versuchte, weil er sich nicht mehr genau erinnerte, wer was bestellt hatte.

Aber sie wollte auf keinen Fall noch einmal solche Schuldgefühle mit sich herumschleppen wie nach der Weihnachtsparty. Da war noch etwas, beziehungsweise jemand, mit dem sie sich zuerst auseinandersetzen musste. Zwischen ihr und Philip hatte es nie eine richtige Aussprache im Hinblick auf eine Scheidung gegeben, und der Valentinstag war sicherlich nicht der passendste Tag dafür, aber inzwischen war ihr klar, dass sie keine andere Wahl hatte. Und zwar hauptsächlich deswegen, weil sie Mark sonst vielleicht ein für allemal vergraulen würde. Und das, sie spürte es ganz genau, wäre ein großer Fehler. Sie konnte nur hoffen, dass Philip sie als gewiefter Anwalt nicht bis aufs Hemd auszog. Aber vorläufig beruhigte sie sich mit dem Gedanken, dass das nicht sehr wahrscheinlich war. Das hatte er immerhin seit ziemlich langer Zeit nicht mehr getan, dachte sie zynisch. Sie verstaute all ihre Sachen in der Handtasche, drehte sich um und versuchte, den Kellner auf sich aufmerksam zu machen, der in einer entfernten Ecke saß und intensiv die Abendzeitung studierte. Sie räusperte sich vernehmlich, was ihn aber auch nicht dazu brachte, zu ihr hinzusehen. Schließlich holte sie tief Luft und rief: »He!«

Widerstrebend hob der Mann den Kopf.

»Hallo?«, sagte sie und hob den Arm. »Hier bitte.«

Er legte die Zeitung auf einen Tisch in der Nähe und trottete herbei. »Sie wünschen noch was?«

Julie nickte. »Die Rechnung. Bitte schnell.«

Der Kellner bedachte sie mit einem Blick, als hätte sie gerade von ihm verlangt, seinen Erstgeborenen zu opfern. Dann schlurfte er in Richtung Theke, und Julie suchte in der Zwischenzeit ihren Geldbeutel heraus. Einige Minuten später war der Kellner immer noch damit beschäftigt, irgendetwas in die Kasse einzugeben, wobei er in einer Julie unbekannten Sprache vor sich hin fluchte. Sie fand einen Zwanzig-Pfund-Schein im Portemonnaie, legte ihn auf den Tisch und verließ schleunigst das Lokal.

Draußen drängte sie sich zwischen den Passanten und Pendlern Richtung U-Bahn und überlegte dabei, was sie alles sagen und wie sie die Unterredung heute Abend überhaupt beginnen sollte. Vielleicht hatte Philip schon etwas getrunken. Aber selbst wenn er nüchtern war, da war sie sich ziemlich sicher, würde das Ganze in einen hässlichen Streit ausarten, so wie fast jedes Gespräch in der letzten Zeit. Und wenn er sie aufforderte, auszuziehen, dann würde sie das eben tun. Wohin sie gehen sollte, darüber würde sie sich Gedanken machen, wenn es so weit war. Wie üblich war das Gedränge in der U-Bahn-Station auf dem Höhepunkt der abendlichen Rushhour riesengroß. Julie wusste aus Erfahrung, dass der erste Zug so überfüllt sein würde, dass sie mindestens auf den nächsten würde warten müssen. Pech nur, dass ausgerechnet der gerade eintreffende bis Chiswick fuhr. Den würde sie unmöglich nehmen können. Die dicht gedrängte Menge auf dem Bahnsteig vor ihr schob sich nur schrittweise in die ohnehin schon gut gefüllten Waggons. Sie versuchte es trotzdem, schaffte es auf dem Bahnsteig aber nur bis auf wenige Schritte an den Zug heran, als das Signal zum Schließen der Türen ertönte. Sie warf einen wütenden Blick auf die Passagiere, die bereits die Reise in den Feierabend antreten konnten. Dann seufzte sie und machte sich schicksalsergeben darauf gefasst, zehn Minuten warten zu müssen, bis die nächste Bahn kam, die bis zu ihr nach Hause durchfuhr. Vielleicht war es ja gar nicht so schlecht, noch ein paar Minuten in Ruhe nachdenken zu können, bevor sie Philip gegenübertrat. Entspann dich, ermahnte sie sich selbst. Das war das Wichtigste bei dem, was ihr zu Hause bevorstand. Das Ganze in ruhiger, vernünftiger Art und Weise angehen. Nur nicht gereizt agieren oder reagieren. Cool bleiben. Doch als sie in einem der langsam anfahrenden Waggons Mark Webster mit grimmig entschlossener Miene entdeckte, wäre sie fast in Ohnmacht gefallen.

Kapitel 11

»Es ist gleich hier drin«, sagte der gutaussehende Pfleger und rollte Sophie durch die Station in die Ecke eines Zimmers, die rundherum mit blauen Vorhängen abgeteilt war. »Der Doktor wird gleich kommen und es sich ansehen. Anschließend werden wir Sie sicher röntgen.«

Sophie nickte, und der junge Mann verschwand wieder. Sie saß allein in ihrem Rollstuhl und wartete. Ein grüner Krankenhauskittel aus sehr dünnem Material hing über einem Stuhl und sie fragte sich, ob sie ihn anziehen sollte. Sie stand behutsam auf und spähte vorsichtig durch die Vorhänge. Die beiden anderen Patienten, die sie sehen konnte, trugen dieselben grünen Kittel, also fing sie an, sich auszuziehen. Mit einigen Balancierkünsten auf ihrem gesunden Fuß gelang es ihr, sich des Rocks und der Bluse zu entledigen, die sie sorgfältig zusammenfaltete und über die Lehne hängte. Das Bustier, das bei Selfridges noch so überaus anziehend gewirkt hatte, war hier eine eher lächerliche Aufmachung und wirkte in der nüchternen Umgebung der Notaufnahme mehr als deplaziert. Beinahe hätte sie wieder angefangen zu weinen. Das war wirklich nicht das, was sie sich von diesem Abend erhofft hatte. Sie betrachtete den grünen Kittel argwöhnisch. Er sah aus, als ob er sich nicht ganz schließen lassen würde, und sie überlegte, ob der Spalt vorn oder hinten hingehörte.

Mit einem »Wusch« wurde der Vorhang zurückgezogen. Sie drehte sich um, und in dem Vorhangspalt erschien der behandelnde Arzt, der bestaussehende Inder, den sie je zu Gesicht bekommen hatte. Höchst peinlich berührt stand Sophie in ihrer Unterwäsche da, während er sie von oben bis unten musterte. Zu ihrer vollkommenen Überraschung gab er dem Vorhang dann einen kräftigen Ruck und zog ihn ganz auf. Hinter ihm stand eine Gruppe weiterer Kollegen oder Studenten oder Krankenhauspersonal, das konnte Sophie vor lauter Schreck nicht so schnell erkennen.

»Sehr witzig«, sagte er.

Seine Kollegen starrten sie nur vollkommen verblüfft an.

Der Arzt trat näher. »Wie heißen Sie, meine Liebe?«

»Sophie.« Sie versuchte hektisch, sich mit dem Kittel zu bedecken.

»Aha, Sophie.« Der Doktor drehte sich mit wissendem Blick zu seinen Kollegen um. »Und wo haben Sie Schmerzen, Sophie?«

»Die habe ich …«

Der Arzt hob die Hand. »Sagen Sie nichts. Aller Wahrscheinlichkeit nach in der Brust.«

»In der Brust?« Sophie schüttelte den Kopf. »Nein, mein Fuß ist vielleicht gebrochen.«

»Ihr Fuß?« Der Arzt grinste. »Und Sie mussten sich bis auf dieses reizende … Etwas ausziehen, nur damit Sie mir Ihren verletzten Fuß zeigen können?«

»Ich dachte nur …«, protestierte Sophie.

»Ich kann mir denken, was Sie dachten.« Der Doktor wandte sich wieder den anderen Ärzten zu, von denen die meisten verlegen irgendwohin schauten, nur nicht auf Sophie, wofür sie sehr dankbar war. »Also, wer war das?«

Alle starrten den Doktor verständnislos an, lediglich ein sehr großer, pickeliger Mann, der jünger wirkte als sie, räusperte sich und fragte: »Wer war was?«

»Sie wissen schon, was ich meine. Wer hat diese Stripperin hierherbestellt?«

»Welche Stripperin?«

»Diese Stripperin hier«, erwiderte der Doktor und drehte sich wieder zu Sophie um. »Diese reizende junge Dame mit der angeblichen …« Er sah nun zum ersten Mal auf Sophies Fuß hinunter und erkannte die dunkel verfärbte Schwellung, die sich mittlerweile auf dem Mittelfuß gebildet hatte. Augenblicklich wurde er bleich. »Oh, mein Gott. Es tut mir sehr leid.« Seine Kollegen schienen große Mühe zu haben, um vor Lachen nicht laut loszuprusten. Der Arzt trat einen Schritt hinter den Vorhang zurück und zog ihn ruckartig zu.

Sophie nutzte die Gelegenheit, allein zu sein, um in den Kittel zu schlüpfen. Als sie hörte, wie der Arzt laut »Klopf, klopf« sagte, saß sie bereits auf der Behandlungsliege. »Ja, bitte.«

»Sind Sie jetzt … äh, salonfähig?«, hörte sie seine Stimme jenseits des Vorhangs.

Sophie sah an sich herab. Wenn sie daran dachte, wie sie noch vor kurzem versucht hatte, Nathan rumzukriegen, war das gewissermaßen Ansichtssache. »Den Umständen entsprechend.«

Der Arzt zog den Vorhang nur ein paar Zentimeter weit auf, schlüpfte herein und schloss ihn sorgfältig hinter sich. »Das tut mir außerordentlich leid«, sagte er verlegen. »Also es ist so … ich habe heute Geburtstag.« Er deutete mit dem Daumen über seine Schulter nach hinten. »Und ich habe was läuten hören, dass mir die Kollegen irgendeinen Streich spielen wollen. Deswegen dachte ich eben, als Sie in dem, äh … Outfit vor mir standen, dass Sie …«

Er konnte ihr nicht direkt in die Augen sehen, und obwohl Sophie wusste, dass sie jedes Recht hatte, empört zu sein, fand sie das nach allem, was an diesem Abend bereits passiert war, eher komisch. Außerdem fühlte sie sich durchaus ein wenig geschmeichelt. Natürlich wäre es schade und rausgeworfenes Geld, wenn ihr die Investition bei Selfridges nicht mehr einbrachte, als für eine Stripperin gehalten zu werden. Aber immerhin hatte sie Grund zu der Annahme, dass sie bei ihm keinen allzu schlechten Eindruck hinterlassen hatte. »Das ist schon in Ordnung«, sagte sie. »Es macht ja sicherlich nicht viel Spaß, wenn man an seinem Geburtstag arbeiten muss. Beziehungsweise wenn der Geburtstag gleichzeitig der Valentinstag ist.«

»Wie meinen Sie das?«

»Na ja, dann müssen Sie heute auch Karten verschicken, statt, wie an einem Geburtstag üblich, nur welche zu bekommen.«

»Ach, ich habe gar keine Karten verschickt …« Der Doktor brach mitten im Satz ab. »Entschuldigen Sie«, fuhr er schließlich fort. »Dann wollen wir uns mal Ihren Fuß anschauen, nicht wahr?«

»Gerne«, antwortete Sophie lächelnd. »Nur meinen Fuß.«

Er kniete sich vor ihr auf den Boden, und Sophie konnte nicht anders, als kurz laut aufzulachen.

»Was ist so witzig?«

»Tut mir leid. Aber es ist genau das: der Traum der meisten jungen Frauen.«

»Was denn?«

»Ein gutaussehender junger Doktor, der am Valentinstag vor einem auf die Knie sinkt.«

Der Arzt wurde noch verlegener und widmete nun seine ganze Aufmerksamkeit der Untersuchung. Sophie musste sich unterdessen zusammenreißen. Das war der Stoff, aus dem Mädchenträume gemacht waren. Wenn da nicht dieser pochende Schmerz im Fuß wäre, hätte sie sich fast in einem Traum gewähnt.

»Wir werden das auf jeden Fall röntgen«, sagte der Arzt, dessen Name Dr. Jonesh lautete, wie Sophie inzwischen dem Namensschildchen an seinem Kittel entnommen hatte.

Sie hielt den Atem an. Wenn das nicht ein Zeichen war, eine Schicksalsfügung. Ihre Nachnamen waren fast identisch. Sie wiederholte seinen ein paarmal im Stillen, und der Klang gefiel ihr außerordentlich. Es wäre doch toll, wenn sie nach der Hochzeit immer noch (fast) Sophie Jones hieße. Sie brauchte fürs Erste nicht einmal neue Visitenkarten. Sie könnte auf ihrer jetzigen einfach von Hand ein ›h‹ anhängen.

»Werden Sie von jemandem begleitet?«

Die Stimme von Dr. Jonesh weckte Sophie aus ihrem Tagtraum, und sie bekam schlagartig Schuldgefühle. Noch vor einer Viertelstunde wäre sie überglücklich gewesen, wenn zwischen ihr und Nathan irgendetwas gelaufen wäre, und nun machte sie sich Gedanken darüber, wie es wäre, die Frau eines Arztes zu sein. »Ja. Er wartet im … Sie wissen schon.«

»Im Warteraum.«

»Genau.«

»Okay. Dann bereiten Sie ihn besser darauf vor, dass das hier noch eine Weile dauern wird.«

Sophie ließ sich wieder in den Rollstuhl fallen. »Wird gemacht«, sagte sie, obwohl sie nicht damit rechnete, dass

Nathan nach allem, was heute Abend vorgefallen und gesagt worden war, noch geblieben war.

Dr. Jonesh rief nach dem Pfleger, der Sophie zum Röntgen bringen sollte. Als sie wieder durch den Aufnahmebereich kamen, war von Nathan weit und breit nichts zu sehen. Wahrscheinlich war er bereits auf dem Weg zurück ins Bowlingcenter. Sie konnte es ihm nicht verdenken. Dann hörte sie, wie jemand hinter ihr angerannt kam.

»Sorry, Soph. Ich musste schnell mal telefonieren. Oh, nettes Outfit.«

»Vielen Dank!«, erwiderte Sophie in leicht sarkastischem Ton. Sie hatte einhundertdreißig Pfund in den Sand gesetzt. Alles, was Nathan von ihr zu sehen bekam, war dieser grüne Kittel.

Während er neben ihrem Rollstuhl herging, deutete er auf ihren Fuß. »Was hat der Arzt gesagt?«

Sophie lächelte ihn tapfer an. »Jetzt geht's erst mal zum Röntgen.«

»Soll ich hier auf dich warten? Ich kann dich anschließend nach Hause bringen, wenn du möchtest.«

Sophie überlegte einen Moment. Die Aussicht, Nathan heute noch einmal vierzig Minuten lang bis Harrow zu umarmen, war zwar sehr verlockend, aber sie hatte ihm gegenüber sowieso schon Schuldgefühle und wollte ihn nicht länger in Anspruch nehmen als nötig. Und falls ihr Fuß tatsächlich gebrochen war, dann wäre die Fahrt auf einer Vespa vielleicht nicht das sicherste Fortbewegungsmittel. »Danke nein. Du hast dir so viel Mühe gegeben. Ich kann mir ein Minicab bestellen.«

»Es würde mir nichts ausmachen. Ehrlich.«

»Geh nur, Nathan. Das Ganze ist mir ohnehin schon peinlich genug.«

»Meinst du das im Ernst?«

»Ganz im Ernst.« Sophie zwang sich zu einem Lächeln. »Was ich noch sagen wollte ...«

»Ja?«

»Es tut mir alles sehr leid.«

»Ach, nicht weiter der Rede wert.«

»Kannst du mir verzeihen?«

»Ich habe dir doch nichts zu verzeihen, Soph.« Er lächelte, dann nahm er ihre Hand und drückte sie zum Abschied. »Wir sehen uns morgen in alter Frische.«

Sophie nickte enttäuscht. »Dann bis morgen.« Als Nathan sich abwandte und davonging, bat sie den Pfleger, noch einen Moment zu warten. »Nathan!«, rief sie ihm hinterher.

Er drehte sich um und kam noch einmal zurück. »Ja?«

»Ich wollte nur ...« Sophie erhob sich aus dem Rollstuhl, stellte sich auf dem einen Bein auf die Zehenspitzen und gab ihm einen Kuss auf die Wange.

»Wofür war der denn?«

»Dafür, dass du dich so reizend um mich gekümmert hast«, sagte sie und schaute zu ihm hoch. »Wie ein echter Gentleman.«

Er lächelte sie an, beugte sich herunter und gab ihr seinerseits einen Kuss auf die Stirn.

Sophie hätte am liebsten die Arme um ihn geschlungen, um ihn richtig zu küssen. Doch sie wusste, dass es dazu zwischen ihnen beiden nie kommen würde. Das musste sie akzeptieren, und sie hatte nichts anderes verdient. Sie ließ sich wieder in den Rollstuhl fallen, und als der Pfleger sie weiterschob, wusste sie nicht, was mehr weh tat, ihr Fuß oder der Schmerz in ihrer Brust.

Im ersten Moment wäre Calum am liebsten aufgestanden und gegangen. Nicht weil er Mia-Rose nicht leiden konnte, sondern weil er das Gefühl hatte ... Im Grunde konnte er gar nicht richtig definieren, was für ein Gefühl er hatte. »Überrascht« war in der Tat das erste Stichwort, das ihm in den Sinn gekommen war, »hintergangen« folgte gleich als Nächstes. Andererseits musste er zugeben, dass sie ihn nicht in böser Absicht hintergangen oder betrogen, sondern sich lediglich bis jetzt nicht zu erkennen gegeben hatte. Und wenn von hintergehen und falschen Angaben die Rede war, dann brauchte sie ihn bloß nach seinen Auskünften bezüglich Körpergröße und Abenteuersport zu fragen. Also blieb er am Tisch sitzen und starrte sie wortlos an, bis er schließlich herausbrachte: »Aber ... warum das alles?«

»Weil ...« Mia-Rose wurde von der Kellnerin abgelenkt, die am Tisch erschienen war, und bestellte ein Glas Weißwein. »Möchtest du auch noch was haben?«

»Ein Bier!«, antwortete Calum voller Inbrunst und nickte heftig.

Als die Kellnerin wieder weg war, lehnte sich Mia-Rose näher zu ihm. »Einfach weil du ein witziger Typ bist, höflich und freundlich. Und weil ich dich, ob du es glaubst oder nicht, attraktiv finde. Du warst mir immer schon sympathisch, und ich dachte mir, dass du mich auch gut leiden kannst. Ich habe so oft arrangiert, dass wir uns ›zufällig‹ bei Pret A Manger über den Weg laufen, und versucht, bei den Feueralarmübungen mit dir zu flirten, aber du bist nie auf die Idee gekommen, mich mal zum Essen einzuladen. Deswegen dachte ich mir lange Zeit, du hättest eine Freundin, auch wenn du nie von einer gesprochen hast. Als ich eines Tages alle Männer-Vorschläge von London-Date durchgegangen bin, die mit den Angaben auf meinem

Profil übereinstimmten, ist mir dein Foto aufgefallen. Das ist einer der Vorteile von deinen ... du weißt schon ...« Sie warf einen Blick auf seine Haare. »Wie nennst du es noch mal? Erdbeerblond? Egal. Ich dachte, da habe ich ja echt einen Treffer gelandet, und habe dir die erste Nachricht geschickt.« Sie lächelte ihn an. »Ich dachte mir dann, sich auf diese Weise halb anonym kennenzulernen und vorab zu checken, ob man zueinander passt, ist gar nicht so schlecht. Und wenn es online nicht geklappt hätte ... Da zumindest du nicht wusstest, wer ich bin, wäre schlimmstenfalls nichts passiert. Keine peinlichen Begegnungen im Kopierraum. Und ich hätte mich nicht jedes Mal unterm Schreibtisch verstecken müssen, wenn du am Empfang aufkreuzt.«

»Aber ...« Calum fühlte sich immer noch ziemlich überrumpelt, und ihm war klar, dass er im Moment nur einsilbige und nicht ganz höfliche Sätze hervorbringen würde. Die Art, wie Mia-Rose die Sache angegangen war, hatte zwar einiges für sich, aber es kam ihm trotzdem nicht ganz fair vor.

Die Kellnerin erschien und setzte ein Glas Weißwein von der Größe eines Goldfischglases vor Mia-Rose ab. Calum bekam eine Flasche holländisches Bier, dessen Namen er nicht hätte aussprechen können. Er betrachtete stirnrunzelnd das Etikett, woraufhin ihn die Kellnerin mit einem irritierten Gesichtsausdruck bedachte. »Glas?«

Etwas verwirrt nahm Calum die Flasche in die Hand und schnippte mit dem Fingernagel dagegen. »Fühlt sich nicht wie Plastik an.«

»Ich wollte fragen, ob Sie ein Glas dazu möchten?«, fragte die Kellnerin, und Calum schüttelte den Kopf.

Mia-Rose brach in Gelächter aus. »Siehst du, was ich meine? Du kannst ziemlich witzig sein.«

Er wandte sich Mia-Rose zu. Um den Verlauf des Abends zu beschreiben, war »witzig« wohl kaum das richtige Wort.

»Möchten Sie auch was zum Essen bestellen?«, fragte die Kellnerin.

Calum schüttelte den Kopf. »Nein«, erwiderte er schroff.

Als die Kellnerin weg war, sah Mia-Rose ihn verständnislos an. »Was ist los mit dir?«

»Mir geht diese geplante Heuchelei gegen den Strich.«

»Hör mal, das Einzige, was nicht gestimmt hat, war mein Name. Und der war gar nicht mal ganz aus der Luft gegriffen. Calum, du weißt doch, wie es auf solchen Webseiten zugeht. Man muss sich auch ein bisschen schützen. Aber alles andere, der Mensch, den du kennengelernt hast, das war alles vollkommen ehrlich und authentisch. Außerdem hat jeder schon mal Situationen erlebt, in denen er ein bisschen schummeln und Sachen schönen musste.«

Calum konnte ihr nicht in die Augen schauen. Damit hatte sie einen wunden Punkt getroffen. »Es tut mir leid. Ich hatte mir den Abend eigentlich ganz anders vorgestellt. So finde ich das alles ziemlich ...«

»Wie?«

»Merkwürdig.«

»Merkwürdig? Das klingt nicht gut.« Mia-Rose trank einen großen Schluck Wein, dann stopfte sie ihr Handy zurück in die Handtasche. Calum wurde nervös. »Ich glaube, dann gehe ich jetzt besser.«

»Wie bitte? Warum?«

»Was glaubst du wohl, warum?«

Es war offensichtlich, dass Mia-Rose den Tränen nahe war, und Calum fühlte sich schlagartig mies. Sie stand bereits auf, und ihm war klar, dass er schnell reagieren musste. Er erhob sich ebenfalls von seinem Stuhl. »Bitte«, sagte er und streckte einen Arm nach ihr aus. »Bleib noch.«

»Das sagst du jetzt nur, weil du Mitleid mit mir hast«, erwiderte sie mit feuchten Augen.

»Nein.« Calum holte ein Taschentuch aus seiner Jacketttasche. »Hier, nimm das«, sagte er, doch er hatte nicht daran gedacht, dass die Kondome in derselben Tasche steckten, und beim Herausziehen des Taschentuchs fiel die Packung in Mia-Roses Weinglas. Er stand da wie ein begossener Pudel, aber statt wortlos das Lokal zu verlassen, brach Mia-Rose in schallendes Gelächter aus.

»Calum, du bist wirklich ein echter Romantiker!«

»Wie?«

»Man hat ja schon davon gehört, dass Männer ihren Freundinnen am Valentinstag einen Verlobungsring in einem Glas Champagner präsentieren, aber das ...«

»Es tut mir unendlich leid. Wirklich. Meine ...« Calum hielt inne. Wenn er Mia-Rose jetzt auch noch erzählte, dass er die Kondome nur deshalb dabeihatte, weil seine Mutter sie ihm heute Morgen gegeben hatte, würde das die Sache nur noch schlimmer machen. Er fischte das ungebetene Objekt aus dem Glas und steckte es wieder in die Jackentasche. »Wir bestellen jetzt als Erstes mal ein frisches Glas. Ich lade dich natürlich ein.«

Mia-Rose zögerte. »Du bist mir nicht mehr böse?«

Calum schüttelte den Kopf. »Ich hoffe, du bist mir nicht böse. Ich bin in diesen Dingen sehr ungeschickt, und ich war ... verwirrt und ... äh ...«

Sie lächelte schwach: »Überrascht?«

»Und sehr geschmeichelt. Ich hätte mir nie vorstellen können, dass ein so reizender Mensch wie du ...« Calum beschloss, es dabei zu belassen. Wenn es einen Grund gab, endlich mal damit aufzuhören, sich selbst schlechtzumachen, dann stand er jetzt vor ihm. »Können wir nicht noch einmal von vorn anfangen?«

Zu seiner großen Erleichterung setzte sich Mia-Rose wieder hin. »Ja, gern.«

Calum winkte der Kellnerin und bestellte ein neues Glas Wein. Dann entfernte er sich ein paar Schritte vom Tisch, machte kehrt und ging auf Mia-Rose zu. »Hi«, sagte er und streckte ihr die Hand entgegen. »Ich bin Calum Irwin.«

»Und ich bin Mia-Rose Andrews«, sagte sie und streichelte kurz über seine Hand. »Meine Freunde sagen Emma zu mir.«

Und obwohl es sicherlich nur mit einer statischen Aufladung, die vom Teppichboden herrührte, zu tun hatte, hätte Calum schwören können, dass es zwischen ihnen beiden knisterte.

»Sehr erfreut, dich kennenzulernen.«

Mark Webster saß angespannt in einem Wagen der District Line nach Chiswick. Er versuchte, sich innerlich auf das Gespräch vorzubereiten, indem er sich selbst gut zuredete und die eine oder andere Gesprächsstrategie überlegte. Wobei ihm eigentlich nur eine einfiel, die plausibel erschien. Er würde Julie endlich ohne weitere Umschweife über seine Gefühle ins Bild setzen, komme, was wolle. Tief in seinem Innern erhob sich zwar eine leise warnende Stimme mit den Worten: »Tu das nicht« (mit Julie sprechen oder nach Chiswick fahren?), aber Mark fiel sonst nichts ein, was er noch hätte tun können. Und im Übrigen verlor er allmählich die Geduld. Er wollte endgültig wissen, worauf Julie eigentlich hinauswollte. Falls sie überhaupt auf irgendetwas hinauswollte.

Er stieg bereits an der Haltestelle Gunnersbury aus. Von der U-Bahn-Station aus ging er Richtung Fairfax Road weiter und betrachtete dabei aufmerksam die Umgebung. Chiswick unterschied sich ziemlich stark von der Gegend, in der er lebte. Der Reiz an Bermondsey war der trendige Mix aus modernen Apartmentblöcken und zu Wohn- oder Bürokomplexen umgewandelten Lagerhäusern. Kurz, das ausgesprochen urban wirkende Milieu. Im Gegensatz dazu gab es in Chiswick breite, von Bäumen gesäumte Straßen, die Gesamtanmutung war eher die einer Villengegend. Sehr nobel und konservativ. Das Einzige, was hier an ein Lagerhaus erinnerte, war der hallenartige Supermarkt, an dem er gerade auf der High Street vorbeigegangen war. Julies Adresse hatte er noch gut im Kopf, weil er im Vorfeld des Valentinstags erwogen hatte, ihr einen Blumenstrauß ins Haus schicken zu lassen. Davor war er aber dann doch wieder zurückgeschreckt. Da er sich den Weg und die Umgebung auf Google Street View bereits mehrfach ausgiebig angesehen hatte, fand er sich leicht zurecht. Allerdings war der Gehweg an vielen Stellen verstellt von überdimensionierten Kinderwagen und Buggys. Überall waren Mütter damit beschäftigt, ihre Kleinkinder in massive SUVs ein- oder auszuladen, die ebenfalls unter rücksichtsloser Ausnutzung des Gehsteiges kreuz und quer geparkt waren. Bei dem Versuch, die Hindernisse zu umgehen, stieß er sich ein paarmal das Schienbein oder die Knöchel an. Was ihm besonders auffiel, war, wie wenige Singles es hier zu geben schien. Wohin man auch schaute, überall sah man nur Paare oder Mütter mit Kindern. Anders als sein Viertel mitten in London, war Chiswick sicher viel eher ein Domizil für junge Familien. Er fragte sich, was Julie wohl hierhergetrieben haben könnte. Dabei wurde ihm bewusst, wie wenig er eigentlich über sie wusste. Bei dem Gedanken daran wäre er am liebsten wieder umgedreht und nach Hause gefahren. Vielleicht wohnte sie aber auch einfach deswegen hier, weil die Gegend zum Joggen gut geeignet war. Oder sie war hier aufgewachsen und nie weggezogen. Mark überlegte, ob es völlig idiotisch von ihm war, hier aufzukreuzen, nur weil er sie vor vielen Wochen einmal geküsst hatte. In seinem ganzen Leben hatte er (er zählte an den Fingern ab) vierzehn Frauen richtig geküsst, aber mit keiner war es so intensiv und gefühlvoll gewesen wie mit Julie. Er war zwar nicht so naiv, sich einzubilden, dass das eine ausreichende Basis für eine Beziehung war, aber es war bestimmt auch kein schlechter Ausgangspunkt.

Mark bog in die Fairfax Road ein und ging die Straße bis zur Nummer dreiundzwanzig hinunter. Wie bei den Gebäuden daneben handelte es sich um ein relativ schmales, zweieinhalbstöckiges Reihenhaus aus roten Ziegelsteinen. Seit es von Google Street View aufgenommen worden war, war der Efeu an der einen Seite beträchtlich gewachsen. Mark betrat das Grundstück, machte einige Schritte auf das Haus zu und musterte die weiß lackierte Eingangstür. Auf der einen Seite war er ziemlich nervös, auf der anderen hatte er auch nichts zu verlieren – außer vielleicht seinen Stolz. Er atmete tief durch und drückte auf den Klingelknopf. In diesem Augenblick wusste er eigentlich immer noch nicht, was er zu ihr sagen wollte, aber mangels besserer Einfälle wäre die Wahrheit wohl die beste Variante. Und wann, wenn nicht heute, war der geeignetste Tag, mit einem anderen Menschen über Gefühle zu sprechen, vor allem über die romantischer Art. Er wartete eine Weile, aber niemand öffnete die Tür. Dann drückte er noch einmal auf die Klingel und überlegte, ob er so weit gehen konnte, in den Garten einzusteigen und durchs Fenster zu sehen. Aber das könnte von Nachbarn beobachtet werden, die eventuell falsche Schlüsse zogen und die Polizei riefen. Außerdem würde Julie es als Aufdringlichkeit missverstehen oder glauben, er sei inzwischen vollkommen verzweifelt. Und obwohl das durchaus zutraf, wollte er keinesfalls, dass sie es merkte.

Er fragte sich, wo sie sein könnte. Sie hatte die Firma einige Zeit vor ihm verlassen, da war er sich sicher. Aber warum war sie dann nicht gleich nach Hause gefahren? Vielleicht hatte sie in letzter Minute ihre Ansicht über die Anti-Valentins-Party geändert und war doch noch hingegangen. Aber das hätte Nathan sicherlich erwähnt. Oder sie hatte ein Date, was allerdings eine Variante war, über die Mark wirklich nicht weiter nachdenken wollte. Er drückte ein letztes Mal auf den Summer und wartete noch ein paar Sekunden. Dann drehte er sich um und ging durch den kleinen Vorgarten zur Straße zurück. Als er das offene Gartentor erreichte, hörte er, wie drinnen ein Riegel zurückgeschoben wurde. Also machte er wieder kehrt und setzte ein breites Lächeln auf. Vielleicht war Julie ja unter der Dusche gewesen und erschien jetzt nur mit einem Frotteetuch um den Körper und einem Duschturban auf dem Kopf an der Tür. Und wenn sie die Arme ausstreckte, um ihn zu begrüßen, fiel das Handtuch …

»Ja, bitte?«

Marks Lächeln gefror, als er den mürrisch wirkenden Mann im Bademantel im Türrahmen stehen sah.

»Ich … äh …« Er trat einen Schritt zurück und vergewisserte sich noch einmal wegen der Hausnummer. Es wäre wieder mal typisch für ihn gewesen, wenn er die falsche Klingel erwischt hätte. »Bin ich hier richtig bei Hausnummer dreiundzwanzig?«

»Ja«, antwortete der Mann in abweisendem Ton.

»Die Erdgeschosswohnung?«

»Ja.«

»Und dies ist die Fairfax Road?«

Der Mann äffte Mark nach und zog den Gürtel des Bademantels enger. »Was wollen Sie?«

»Ich … äh …« Er schaute auf seine Uhr. »Habe ich Sie geweckt?«

»Machen Sie eine Umfrage über Schlafgewohnheiten?«

»Nein, das nicht. Entschuldigung. Ist Julie zu Hause?«

»Was wollen Sie von ihr?« Der Mann musterte Mark skeptisch. »Wer sind Sie überhaupt?«

»Ich bin Mark. Ein Kollege aus ihrer Firma.«

»Wenn das so ist, dann sollten Sie doch am besten wissen, dass sie anscheinend noch dort ist.«

Der Mann war drauf und dran, ins Haus zurückzugehen, aber Mark hob die Hand und fragte schnell noch: »Sorry, und wer sind Sie eigentlich?«

Der andere sah ihn verächtlich an. »Ihr Mann, wer sonst?« Dann schlug er Mark die Tür vor der Nase zu.

Er stand wie vom Donner gerührt da. Die Messingklappe über dem Briefschlitz hörte allmählich auf zu klappern. Julie war verheiratet? Wer hätte das ahnen können? Sie hatte nie ein Wort von einem Ehemann gesagt, und soweit er sich erinnern konnte, trug sie auch keinen Ring. Mark wurde ein bisschen schwindlig, und er musste die Hand ausstrecken, um sich an der Wand abzustützen. Langsam, aber sicher zog er die naheliegenden Schlussfolgerungen. Jetzt ergab natürlich alles einen Sinn. Sie musste ziemlich betrunken gewesen sein, als sie ihn im Taxi geküsst hatte, und hinterher hatte sie es bereut. Da nun mit einem Mal alles völlig klar zu sein schien, wurde er wütend und kam sich regelrecht missbraucht vor. Die vergangenen sieben Wochen waren reine Zeitverschwendung gewesen. Warum hatte sie ihm das mit ihrem Ehemann nicht einfach sagen können? Er verstand es nicht. Und noch schleierhafter war ihm, wieso Julie mit einem Menschen wie diesem verheiratet war. Kopfschüttelnd ging er den kurzen Gartenweg zurück zur Straße und machte sich auf den Weg zur U-Bahn-Station.

Nathan grinste in sich hinein, als er seine Vespa vom Parkplatz des Krankenhauses auf die Straße rollte. Was Sophie da wegen ihm inszeniert hatte, schmeichelte ihm durchaus. Er war weit davon entfernt, sich darüber zu ärgern. Dass jemand solche Verrenkungen auf sich nahm, um sich ihm an den Hals zu schmeißen … Das konnte man mindestens als große Zuneigung verbuchen. So viel Schub für sein Selbstvertrauen vonseiten einer Frau hatte es für ihn lange schon nicht mehr gegeben. Er warf einen Blick auf seine Uhr und stellte sie erst einmal wieder um eine Stunde zurück. Dann überlegte er, wie er den weiteren Abend verbringen sollte. Die Kollegen aus der Firma, die zu seiner Party ins Bowlingcenter gegangen waren, wunderten sich bestimmt, wo er abgeblieben war. Sie würden sicher annehmen, dass er sie versetzt hatte. Wahrscheinlich waren sie dementsprechend angepisst und vermutlich auch schon angetrunken. Also keine gute Idee, jetzt noch dort aufzukreuzen. Er beschloss, noch einen kurzen Zwischenstopp in der Firma einzulegen, um seine E-Mails zu checken, und anschließend mit einem Take-away-Essen einfach nach Hause zu fahren.

Er steuerte den Roller Richtung Westend und musste dabei wegen der vielen Einbahnstraßenregelungen einen kleinen

Umweg Richtung Strand in Kauf nehmen. Plötzlich wurde ihm bewusst, dass er gerade durch die Straße fuhr, in der Ellies Büro lag. Nach ihrer Trennung hatte er sich mehrmals hier herumgetrieben und hinter dem großen Briefkasten auf der gegenüberliegenden Straßenseite gewartet, um sie vielleicht zu Gesicht zu bekommen. Das war immer in Phasen passiert, in denen er ziemlich deprimiert gewesen oder sich einsam und verlassen vorgekommen war oder beides (insbesondere an den Valentinstagen der beiden vorangegangenen Jahre). Er hatte sie beobachtet, wenn sie zum Mittagessen außer Haus ging. Neugierig, ob sie ihren Wie-war-noch-mal-sein-Name in der Tapas-Bar um die Ecke traf, wie Nathan und sie es in all den Jahren zuvor so oft gemacht hatten. Er konnte sich noch gut erinnern, wie er im letzten Jahr hier gestanden und zu ihrem Bürofenster hinaufgesehen hatte. Ihm war flau im Magen gewesen, als er ihre langen, blonden Haare entdeckt hatte, die ihm so vertraut waren wie sonst keinem (das hatte er damals zumindest geglaubt). Ganz wie es dem Klischee ihres Jobs entsprach, telefonierte sie sehr angeregt mit jemandem, wobei sie das Telefon zwischen Ohr und Schulter einklemmte und gleichzeitig auf der Computertastatur etwas eingab. Ellie war eine typische Multitaskerin, die nur glücklich war, wenn sie zwei Sachen auf einmal machen konnte. Wovon allerdings auch er selbst unmittelbar betroffen war, wie sich herausgestellt hatte. Nachdem er sie eine Weile beobachtet hatte, hatte er wieder den Klang ihrer Stimme im Ohr und erkannte mit einem unfreiwilligen Lächeln ihre typische Art, den Kopf beim Lachen zurückzuwerfen. Anschließend strich sie sich immer die Haare aus dem Gesicht. Das war eines dieser Dinge, die er an ihr besonders geliebt hatte. Aber wenn er heute darüber nachdachte, dann erkannte er klarer als bisher, worum es sich dabei handelte: nostalgische Erinnerungen, die nichts mit der Gegenwart zu tun hatten.

Als er sich jetzt ihrem Bürogebäude näherte, verlangsamte er die Fahrt. Die Vorstellung, dass sie sich tatsächlich zufällig über den Weg laufen könnten, machte ihn immer ein bisschen nervös, aber heute Abend war das sehr unwahrscheinlich, also konnte er ganz entspannt sein. Inzwischen war es schon nach sieben Uhr, und kein Mensch, der in einer intakten Beziehung lebte, war um die Zeit am Valentinstag noch bei der Arbeit. Erst als er fast den Zebrastreifen vor dem Gebäude erreicht hatte, bemerkte er eine Gruppe Fußgänger, die gerade auf die Straße treten wollte. Mit einer Vollbremsung brachte er die Vespa gerade noch rechtzeitig vor den schwarz-weißen Streifen zum Stehen. Die vorderste Person machte vor Schreck einen kleinen Sprung rückwärts. Nathan setzte einen entschuldigenden Gesichtsausdruck auf und nickte ihnen zu, dass sie die Straße überqueren sollten. Und plötzlich blickte er Ellie direkt ins Gesicht. Nathans Herz fing an, wie wild zu schlagen, und er musste sich zwingen, nicht unwillkürlich Gas zu geben und davonzufahren. Wofür es ohnehin zu spät war. Sie hatte ihn erkannt und wirkte im ersten Moment genauso überrascht und erschrocken wie er. Doch zu seiner Überraschung verwandelte sich ihr Gesichtsausdruck schnell in ein freundliches Lächeln. Sie wartete, bis die anderen Leute sich in Bewegung gesetzt hatten, und kam dann auf ihn zu.

»Hallo, Fremder!«

»Hallo!« Nathan versuchte, sein Herzrasen zu ignorieren.

»Du siehst …«, begannen beide gleichzeitig. Sie mussten lachen, dann legte Ellie ihre Hand auf seinen Arm. »Schön, dich zu sehen. Wie geht es dir?«

»Gut. Danke. Und dir?«

»Ich bin …« Ein Hupen ließ Nathan zusammenzucken. Er stand immer noch mitten auf der Fahrbahn und blockierte den Verkehr. »Warte einen Moment«, sagte er und bugsierte den Roller auf den Gehsteig.

»Das ist doch gar nicht deine übliche Route.«

Nathan schaltete die Zündung aus und nahm den Helm ab. »Nein, ich komme gerade aus dem Krankenhaus.«

Ellies Lächeln machte einem besorgten Gesichtsausdruck Platz. »Aus dem Krankenhaus? Ist etwas Schlimmes passiert?«, fragte sie, und Nathan freute sich über ihre ehrliche Anteilnahme.

»Keine Sorge. Jemand hatte vorhin einen kleinen Unfall. Dummes Missgeschick. Sollte man aber wohl besser röntgen. Deswegen habe ich …«, er überlegte, ob er »sie« sagen sollte, »das arme Opfer schnell hingebracht.«

»Verstehe«, sagte Ellie und betrachtete ihn einen Moment lang ernst, als ob sie über etwas nachdachte, dann lächelte sie ihn wieder an. »Hast du Zeit für einen Kaffee?«

Er tat so, als müsste er erst auf die Uhr sehen. Der Gedanke, ausgerechnet heute Zeit mit Ellie zu verbringen, selbst wenn es nicht für lange war, verunsicherte ihn ein bisschen. Aber andererseits könnte es einen – wie würde Mark es nennen? – kathartischen Effekt haben.

»Eigentlich wollte ich noch mal zurück ins Büro, aber ich denke, ich kann schon ein paar Minuten erübrigen.«

»Na prima.«

Er schloss den Roller ab und folgte Ellie in die Starbucks-Filiale an der nächsten Ecke. Auf dem Weg zur Theke musste er sich zwingen, nicht darüber nachzudenken, wie umwerfend sie aussah und wie perfekt ihr schmal geschnittenes dunkles Business-Outfit ihre Figur betonte.

»Einen doppelten Espresso für mich, bitte«, sagte sie zum Barista. »Und was nimmst du, Nathan?«

»Einen Latte«, sagte er. »Koffeinfrei, bitte.«

Ellie hob die Augenbraue. »Koffeinfrei? Echt?«

»Warum nicht?«

Sie drückte dem jungen Mann hinter der Theke ein paar Pfundmünzen in die Hand und tat Nathans Angebot zu bezahlen mit einer Geste ab. »Das ist mir neu, dass du auch koffeinfrei trinkst.«

Nathan zuckte die Schultern. Früher, als sie noch zusammen gewesen waren, gehörte koffeinfreier Kaffee für ihn in die gleiche Liga wie alkoholfreies Bier, Diät-Cola oder Wangenküsschen statt einem echten Kuss. Seiner früheren Meinung nach waren alle diese Dinge ohne ihre charakteristischste Zutat einfach nur fade. Aber inzwischen war er nicht mehr so streng und sah durchaus ein, dass man manchmal nur den Geschmack haben wollte, ohne die Risiken, Neben- oder Nachwirkungen.

»Also?«, fing Ellie an, während sie auf ihre Bestellung warteten. »Wie ist die Lage?«

Nathan überlegte, was er antworten sollte. Zweifellos war ihre Frage völlig harmlos, aber ob die Antwort das auch war … Er entschied sich für das Einfachste: »Bestens. Und bei dir?«

»Ganz gut. Wir haben echt viel zu tun. Kürzlich haben wir den Zuschlag für einen großen Etat bekommen, und der Klient erwartet von uns, dass wir ein Riesen…« Sie lächelte. »Ich bin sicher, die PR-Details sind für dich nicht so interessant.«

Nathan zuckte die Achseln. »Oh, erzähl nur. Im Gegenzug schildere ich dir anschließend, wie ich am vergangenen Wochenende für die gesamt Firma das Upgrade auf Windows sieben bewerkstelligt habe.«

»Verstehe.« Ellie verdrehte die Augen. »Du und deine Computer. Diese Sache mit Facebook damals, als du einfach meinen Account geknackt hast, habe ich weder vergessen noch vergeben. Das habe ich echt nicht ›geliked‹.«

Als der Barista ihnen den Kaffee hinstellte, betrachtete Nathan Ellie skeptisch. Es wirkte so, als würde sie ein Lächeln unterdrücken, so dass er nicht sagen konnte, ob sie über die Sache mit Facebook eben einen Scherz gemacht hatte oder nicht. Aber das war nichts Neues. Es war ihm auch früher immer schon schwergefallen, zu entscheiden, ob sie etwas ernst meinte, wenn sie sich über die albernsten Sachen und Themen stritten. Und auf jeden Fall hatte er sich in der Hinsicht getäuscht, dass sie es mit ihm ernst meinte. Aber sie konnte doch wohl nicht der Meinung sein, seine kleine Manipulation an ihrem Beziehungsstatus auf Facebook sei schlimmer als ihre eigene Untreue ihm gegenüber gewesen? »Und ich habe nach wie vor weder vergessen noch vergeben, dass du mich mit diesem Wie-war-noch-mal-sein-Name betrogen hast«, erwiderte er, nahm ihre beiden Kaffeebecher und trug sie an einen freien Tisch. »Damit sind wir wohl quitt.«

»Viele Leute, die ich kenne, haben damals meinen Beziehungsstatus gesehen. Mein Chef. Und einige Kunden auch.«

»Was war falsch daran?«

»Nathan! Ich bitte dich!«

»Ich meine die Fakten. Es hat doch gestimmt?«

»Lass es gut sein, das ist Schnee von gestern.«

»Für dich vielleicht.«

»Für dich auch.«

»Du hast leicht reden. Wenigstens hast du ja …« Nathan überlegte, als sie sich setzten. »Wie war noch mal sein Name?«

Ellie konnte ihm nicht in die Augen sehen. »Nein, nicht mehr.«

»Was willst du damit sagen?«

Sie wandte sich ab und schaute zum Fenster hinaus. »Wir haben uns getrennt.«

»Wann?«

»Ist schon ein paar Monate her«, sagte sie, riss ein Tütchen mit Süßstoff auf und schüttete ihn in den Kaffee.

»Oh.« Nathan gab sich Mühe, ganz neutral zu klingen, als er ihr ein Rührstäbchen reichte. »Tut mir leid, das zu hören.«

»Er …«, Ellie sah ihm jetzt direkt in die Augen, »hat eine andere kennengelernt.«

»Aber Ellie, das ist ja …«, Nathan suchte schnell noch nach einem anderen Wort als »phantastisch«, »schrecklich. Bist du okay?«

Sie nickte. »Ich nehme an, du findest das ziemlich witzig?«

»Nein, das ist nicht komisch. Echt. Ich würde eher sagen …« Nathan wusste auf Anhieb gar nicht so genau, wie er die Sache einordnen sollte. Auf der einen Seite war das die beste Vergeltung. Und es bestand nicht einmal die Gefahr, dass er deswegen ein schlechtes Gewissen haben musste wie bei seiner Sabotageaktion auf Ellies Facebook-Seite. Aber er wusste auch, wie sehr einen solche Dinge verletzen konnten, und diesen Schmerz wünschte er wirklich niemandem. »Ich würde sagen, es liegt eine gewisse Ironie darin.«

Ellie rührte langsam ihren Kaffee um. »Ist das der Grund, warum du ausgerechnet heute vor meinem Büro auftauchst? Um alles wieder aufzuwühlen?«

Nathan schüttelte den Kopf. »Überhaupt nicht. Ich bin wirklich nur rein zufällig auf der Rückfahrt vom Krankenhaus hier vorbeigekommen. Ich hatte mit Sicherheit angenommen, dass du längst das Büro verlassen hast. Außerdem darf ich dich daran erinnern, dass du mit dem Thema angefangen hast.«

Sie stupste ihn in die Seite. »Ich bitte um Entschuldigung. Das solltest du allerdings auch tun. Dafür, dass du auf Facebook hinausposaunt hast, ich hätte eine Affäre.«

»Du willst mir doch damit nicht etwa zu verstehen geben, dass ich dich um Verzeihung bitten soll?«

Sie streifte ihn mit einem flüchtigen Blick. »Ich denke nicht.«

Nathan nahm seinen Kaffeebecher in die Hand und nippte nachdenklich daran. »Soll ich dir mal was sagen? Ich glaube, es war nicht einmal so sehr die Tatsache, dass du mich hintergangen und belogen hast, die mich auf die Palme gebracht hat.«

Ellie sah ihn erstaunt an. »Was denn sonst?«

»Na ja, das natürlich auch. Aber es war auch noch was anderes. Die Tatsache, dass ich so falschliegen konnte.«

»Wie meinst du das?«

»Ich wollte dich damals schließlich heiraten, weil ich dachte, das wäre auch dein Wunsch. Wie konnte ich die Zeichen nur übersehen?«

Ellie lächelte und nahm seine Hand in ihre. Nathan musste sich beherrschen, nicht zurückzuzucken. »Wenn du dich recht erinnerst, dann gab es gar keine Zeichen.«

»Ja, aber ...«

»Nathan, da war nichts, was du hättest ignorieren können. Vielleicht war es einfach schlechtes Timing. Wir waren noch so jung. Die Menschen verändern sich. Ich wusste damals jedenfalls, dass ich mich noch verändern wollte.«

»Aber wieso hast du dich mit ihm eingelassen? Du wusstest doch, dass ich dich liebe. Dass ich immer mit dir zusammen sein wollte. Für immer.«

»Ich glaube, ich hatte ein bisschen Angst.«

»Angst?«

Ellie nickte heftig. »Vor der eigenen Courage, vor einer festen Bindung. Für immer, das ist eine ziemlich lange Zeit. Ich war mir nicht sicher, ob du der Richtige für mich bist, und außerdem wusste ich nicht, ob du dir wirklich sicher warst. Was hätte ›sicher sein‹ denn damals bedeutet? Einfach ja zu sagen und zu hoffen, dass nichts schiefgeht?« Sie seufzte. »Und dann habe ich Chas kennengelernt.«

Chas, dachte Nathan. Vielen Dank für die Erinnerung.

»Und ich gebe zu, ich war sehr geschmeichelt, wie viel Aufmerksamkeit er mir geschenkt hat. Außerdem, auch wenn du das natürlich für völlig pervers halten wirst, hatte ich irgendwie gehofft, wenn ich mich darauf einlasse, bekomme ich auch eine sicherere Einschätzung meiner Gefühle für dich. Für uns.«

»Das scheint ja gut funktioniert zu haben.«

»Du wirst lachen, aber das hat es tatsächlich. Du wolltest mich für immer haben. Chas wollte Spaß, etwas Lockeres. Damals stand mir mehr der Sinn nach etwas weniger Festem.«

»Aber wir haben uns doch immer gut amüsiert. Und wenn wir verheiratet gewesen wären, hätten wir noch viel mehr Spaß miteinander haben können. Allein die Ehe wäre doch etwas ganz Neues, Aufregendes gewesen.«

Ellie beugte sich vor. »Vielleicht aber auch nicht. Und das hat mir doch sehr zu denken gegeben. Schon aus dem Grund, dass es für immer sein sollte.«

Nathan hob seinen Becher zum Mund, stellte ihn aber wieder hin. »Du bist also mit ihm auf und davon, weil du Bedenken wegen unserer Beziehung hattest?«

Ellie schüttelte den Kopf. »Nein, Nathan, Bedenken hatte ich nur wegen mir.«

»Aber dich einfach so mit ihm einzulassen und mich dabei ziemlich unvermittelt einfach sitzenzulassen …«

»Was wäre dir denn lieber gewesen? Dass ich mich mit Chas weiterhin hinter deinem Rücken treffe? Das Einzige, worüber ich mir damals wirklich im Klaren war, war die Tatsache, dass ich nie und nimmer den Richtigen finden würde, solange ich mit dem Falschen rumhänge.«

»Autsch.«

»So habe ich das auch wieder nicht gemeint.«

»Was du eigentlich zum Ausdruck bringen willst: Das Problem war ich. Stimmt's?«

Ellie sah ihn beinahe flehentlich an, als ringe sie um sein Verständnis. »Es betraf uns beide, Nathan. Menschen sind nun einmal komplexe Wesen. Sie sind sehr unterschiedlich. Wie groß sind da die Chancen, jemanden zu finden, der einem die gleichen Gefühle entgegenbringt wie du ihm. Und der auch noch alles andere in gleicher Weise betrachtet wie du selbst?«

»Massen von Leuten können das. Oder sie bilden es sich zumindest ein.«

»Und mehr als die Hälfte von ihnen wird wieder geschieden. Was hast du von mir erwartet? Dass ich dich in dem Wissen heirate, dass wir uns eines Tages gegenseitig unglücklich machen und nur ein weiterer Fall für die Scheidungsstatistik werden? Und dann hätten wir auch noch die besten Jahre vergeudet für etwas, von dem wir gleich hätten wissen müssen, dass es irgendwann in Tränen endet?« Sie seufzte. »Ich war damals siebenundzwanzig. Ich wollte nicht verheiratet sein.«

»Mit mir.«

»Mit niemandem. Jedenfalls bis vor kurzem. Aber da war er es, der nicht wollte. Ich denke, das geschieht mir nur recht.«

Ellie starrte auf ihren Kaffeebecher, und Nathan stellte überrascht fest, dass sie ihm leidtat. »Wenn das ein Trost für dich ist: Man kommt darüber hinweg. Wie heißt es so schön? Die Zeit …«

»Und hast du eine Ahnung, wie lange das dauert?«

Nathan sagte lieber nichts dazu, auch wenn er selbst das ziemlich bestimmte Gefühl hatte, dass drei Jahre ein angemessener Zeitraum waren.

»Es ist wirklich eigenartig«, fuhr Ellie fort. »Ich war mir immer sicher, dass du Verständnis für meine Situation haben würdest.«

»Das hat wahrscheinlich damit zu tun, dass du mir mal das Gleiche angetan hast. Erinnerst du dich?«

»Ja, Nathan«, erwiderte sie. »Ich erinnere mich.«

Einen Augenblick lang sahen sie einander an, dann griff Nathan nach seinem Kaffeebecher und streckte ihn ihr entgegen. »Schönen Valentinstag, Ellie!«

Ellie erwiderte die Geste, und sie stießen an. »Einen schönen Valentinstag«, sagte sie und schien einen Moment lang zu überlegen. »Hör mal, hast du … Nein. Vergiss es.«

»Was?«

»Ich habe nur gerade gedacht, da ich heute Abend aus bekannten Gründen nichts weiter vorhabe, und falls du nicht …«

Nathan sah Ellie an, und plötzlich spürte er eine große innere Ruhe. Drei Jahre lang hatte er sich fast täglich gefragt, wie er reagieren würde, wenn sie eines Tages anklopfen und ihn zurückhaben wollte. Das war jetzt zwar nicht vergleichbar, sie wollte nur einen Abend mit ihm verbringen, aber er war dennoch überrascht, dass er nicht bedenkenlos die Chance ergriff, Zeit mit ihr zu verbringen. »Geht leider nicht«, sagte er schließlich. »Ich habe noch zu tun.«

»Wirklich?« Er konnte die Enttäuschung in ihrer Stimme deutlich hören. »Was gibt es denn jetzt noch zu arbeiten?«

»Entschuldige, das war vielleicht ein bisschen missverständlich ausgedrückt. Es hat nichts direkt mit dem Büro zu tun. Ich bin mit ein paar Kollegen aus der Firma verabredet.« Er überging die Tatsache, dass es sich um eine Veranstaltung mit Anti-Valentinstag-Motto handelte. »Zum Bowling.«

»Ach, Bowling?«

»Dein Lieblingssport.«

Ellie verzog das Gesicht und trank die letzten Tropfen von ihrem Espresso. »Dann ist es vermutlich Zeit für dich, aufzubrechen.«

Er schaute auf die Uhr. »Stimmt.«

»Schöne Uhr übrigens.«

»Danke. Habe ich von einer Freundin geschenkt bekommen.«

Sie sah ihn mit großen Augen an. »Heißt das, dass wir jetzt Freunde sind?«

Nathan nickte, beugte sich über den Tisch zu ihr hinüber und küsste sie auf die Wangen. Zum ersten Mal seit drei Jahren roch er ihr Parfum, ohne dabei von Wehmut befallen zu werden. »Freunde«, sagte er.

Er begleitete Ellie noch zur Bushaltestelle, dann bestieg er seinen Roller und fuhr davon, ohne sich noch einmal umzudrehen. Sie hatten sich zwar als Freunde getrennt, aber Nathan ging davon aus, dass sie sich niemals wiedersehen würden. Es gab Zeiten in seinem Leben, da wäre das für ihn die schlimmste Horrorvorstellung gewesen, aber jetzt stellte er fest, dass er damit eigentlich ganz gut leben konnte.

Sophie Jones saß im Korridor vor dem Röntgenzimmer. Sie musste noch warten, bis sie an der Reihe war, und versuchte, die betrunkene Anmache eines alten Mannes mit struppigen Haaren zu ignorieren, der ihr gegenüber auf einer Bank saß. Sie trug immer noch den grünen Krankenhauskittel, den sie jetzt noch einmal fester vor dem Körper zusammenzog, damit niemand ihre Dessous sah. Ihr Fuß tat im Moment nicht mehr ganz so weh, aber sie traute sich trotzdem noch nicht, ihn zu belasten. Endlich holte sie der Radiologe nach drinnen und plazierte ihren Fuß behutsam für die Aufnahme auf einer Bank. Dann verschwand er hinter einer Art Panzerglasscheibe. So weit war es inzwischen also schon gekommen, dass Männer vor ihr hinter Sicherheitsglas in Deckung gingen. Morgen in der Firma würde allerdings sie es sein, die sich in Acht nehmen musste, und zwar vor Nathan. Vielleicht musste sie gar nicht ins Büro gehen, falls der Fuß gebrochen war. Mit einem Gips hätte sie eine gute Entschuldigung. Sie würde sich krankmelden. Sophie seufzte. Aber irgendwann musste sie sowieso wieder zur Arbeit gehen. Die Sache mit Nathan war unausweichlich. Und wer würde sich schon um sie kümmern, wenn sie allein in ihrer Wohnung war.

Als der Radiologe sie wieder in den Krankenhauskorridor zurückbrachte, überlegte Sophie, ob sie nach Hause nach Eastbourne fahren und bei ihren Eltern bleiben sollte, bis ihr Fuß wieder in Ordnung war. Es würde ihr sicher guttun, mal einige Zeit aus London rauszukommen. Eventuell würde Darren vorbeikommen, um sie zu besuchen. Vielleicht konnten sie auch Freunde in der realen Welt sein, nicht nur auf Facebook. Der Plan hatte nur einen Nachteil. Sie könnte sich überlegen zu bleiben. Nachdem der Radiologe wiedergekommen und ihr einen braunen Umschlag mit dem Röntgenbild gegeben hatte, brachte der Pfleger sie wieder in die Notaufnahme zurück. Die Ironie des Schicksals entging ihr keineswegs. Für sie war dies am Valentinstag der einzige Umschlag, den sie in Empfang nahm, und der Inhalt war sicher nicht das, was sie sich für diesen Tag gewünscht hatte. In der Notaufnahme überlegte sie, ob sie sich sofort umziehen sollte, aber sie wollte nicht noch einmal in ihrer Unterwäsche überrascht werden, deshalb blieb sie lieber vorerst so, wie sie war.

Wenige Augenblicke später hörte sie dann tatsächlich auch schon Dr. Joneshs: »Klopf, klopf!« Vorsichtig spähte er zuerst durch den Vorhang und trat dann neben sie. »Wie fühlen Sie sich?«

Sophie dachte einen Moment nach. »Einsam« war das Erste, was ihr spontan einfiel, gefolgt von »verzweifelt«, aber der Arzt meinte sicher nur ihren Fuß. »Ein bisschen besser. Natürlich tut es immer noch weh.«

Der Doktor deutete mit dem Kopf auf den Umschlag. »Ist das für mich?«

»Das ist mein Röntgenbild.«

»Ich dachte mir schon, dass keine Geburtstagskarte drin ist.« Er zog das Foto aus dem Umschlag und klemmte es vor einen Leuchtkasten an der Wand. »Wie ist das passiert?«, fragte er und betrachtete die Schwarzweißaufnahme.

»Beim Bowling.«

»Am Valentinstag? Das kommt mir aber nicht sehr romantisch vor.«

Sophie zuckte die Achseln. »Das war so eine Art Betriebsausflug mit Kollegen.«

»Sie erwähnten, dass jemand Sie hergebracht hat. War das Ihr Freund?«

»Nein. Nur ein Bekannter.« Sophie beobachtete aufmerksam die Reaktion von Dr. Jonesh in Bezug auf das, was sie gerade gesagt hatte. Er war wirklich verdammt attraktiv … Nach allem, was heute passiert war, konnte sie Nathan wirklich nicht mehr als Freund bezeichnen. Allerdings war er das auch schon vorher nicht gewesen.

»Das ist gut«, sagte der Doktor nach einer längeren Pause.

Sophie hatte das Gefühl, inzwischen blau angelaufen zu sein. Sie holte tief Luft. »Ja, tatsächlich?«, fragte sie voller Hoffnung. Vielleicht hatten die Dessous ihre Wirkung am Ende doch nicht verfehlt. Dann eben bei einem anderen.

»Ja, wenn Sie hier mal schauen wollen, an dem Metatarsalknochen …« Dr. Jonesh sprach von einem Areal auf dem Röntgenbild, stellte Sophie enttäuscht fest, und brachte keineswegs sein Interesse an ihrem gegenwärtigen Beziehungsstatus zum Ausdruck. »Der Mittelfußknochen. Wie Sie hier sehen können, ist nichts gebrochen.«

»Nichts gebrochen. Aha.« Sophie tat so, als würde sie sich für die in ihren Augen ziemlich diffuse Aufnahme interessieren. Wenn das ein Röntgenbild ihres Herzens wäre, wäre der Befund mit Gewissheit dramatischer. »Und wie lautet jetzt genau die Diagnose?«

Dr. Jonesh nahm das Röntgenfoto von der Leuchtbox ab und ließ es wieder in den Umschlag gleiten. »Nur eine Prellung«, sagte er. »Ich verschreibe Ihnen was gegen die Entzündung und ein Schmerzmittel, das Sie in den nächsten Tagen einnehmen können. Ach ja, und Sie sollten kein Gewicht …«

»Sie meinen, ich müsste eine Diät machen?«

»Sie sollten den Fuß nicht mit Gewicht belasten, wollte ich sagen. Machen Sie sich aber weiter keine Gedanken. Nach allem, was ich gesehen habe … Ich meine, Sie sehen …« Dr. Jonesh wurde rot.

Sophie lächelte ihn aus dem Rollstuhl an, und für einen kurzen Augenblick sprang vielleicht zwischen ihnen beiden ein Funke über. Allerdings wusste sie inzwischen, dass ihre Rezeptoren bei dieser Art von Elektrizität nicht sehr zuverlässig funktionierten.

»Miss Jones … wegen dieses kleinen Zwischenfalls am Anfang … äh, dieses Missverständnis … Das tut mir aufrichtig leid.« Dr. Jonesh griff in seine Jacketttasche und reichte ihr seine Visitenkarte.

»Wofür ist die?«, fragte sie, erstaunt über seine Direktheit.

»Falls Sie eine Beschwerde einreichen möchten.« Er griff nach dem Clipbrett mit ihren Daten und machte einige Notizen darauf. »Dafür gibt es Formulare am Empfang der Notaufnahme. Sie müssen sie nur ausfüllen und bei der Schwester abgeben.«

»Oh.« Sophie war enttäuscht. »Das möchte ich nicht. Es ist ja nichts passiert. Außerdem ist heute doch Ihr Geburtstag.«

Dr. Jonesh lächelte sie dankbar an. »Nur noch ein paar Stunden. Gott sei Dank.«

»Mögen Sie Ihren Geburtstag nicht?«

»Nicht, wenn ich an dem Tag arbeiten muss.«

Sophie wendete die Karte in ihrer Hand hin und her. Dabei kam ihr ein Gedanke. Wenn das die einzige war, die sie an diesem Valentinstag bekam, dann wollte sie die Gelegenheit auf keinen Fall verpassen. Das war einer jener Momente im Leben, wo man seine Möglichkeiten am sprichwörtlichen Schopf packen musste. Und sie wusste, dass dieser Moment jetzt gekommen war. »Na, wenn dem so ist …« Sophie holte tief Luft. »Wann ist denn heute Ihre Arbeit hier zu Ende?«

Dr. Jonesh schaute zu der Wanduhr hoch. »Noch eine halbe Stunde. Warum?«

»Weil ich Sie dann gerne zu einem kleinen Geburtstagsumtrunk einladen würde, falls Sie sonst noch nichts vorhaben. Und natürlich nur, wenn das nicht hypokritisch ist.«

Er schaute sie leicht irritiert an. »Oh«, sagte er, »Sie meinen, falls es nicht gegen den hippokratischen Eid verstößt.«

»So ungefähr.«

Der Arzt musterte sie einen Moment lang, dann nickte er. »Das wäre sicher sehr nett«, sagte er und lächelte.

Als er wieder hinter den Vorhang getreten war, räusperte sich Sophie. »Kann ich mich jetzt wieder anziehen?«

Er zögerte einen klitzekleinen Moment, dann sagte er: »In dem grünen Kittel-Aufzug sollten Sie wohl besser nicht auf einen Drink gehen. Und Sie bekommen auch keinen Gips. Ich schicke Ihnen noch eine Schwester vorbei, die Ihnen einen kleinen Stützverband macht. Den können Sie gegebenenfalls ganz leicht … äh …«

»Entfernen?«

»Genau.«

In diesem Augenblick wusste Sophie, dass Nathan mit seiner Bemerkung von heute Morgen doch noch recht behalten könnte. Vielleicht war der heutige Abend der Beginn von etwas ganz Besonderem.

Als Julie Marshall bemerkte, dass Mark Webster ihr auf dem Gehsteig entgegenkam, wäre sie am liebsten irgendwo in Deckung gegangen, wie sie sich zu ihrer Schande eingestehen musste. Sie fluchte und sah sich nach einer Möglichkeit um, unbemerkt zu bleiben. Derartige Versteckspiele waren kindisch, schalt sie sich jedoch sofort, gerade weil sie sich schon nach der Weihnachtsfeier Mark gegenüber nicht gerade wie eine selbst- und verantwortungsbewusste erwachsene Person verhalten hatte. Sich hinter ein geparktes Auto zu ducken, kam also nicht in Frage. Andererseits machte Mark einen so niedergeschmetterten Eindruck, und sein Blick war so starr auf den Boden fixiert, dass sie ohne weiteres hätte stehen bleiben und zuschauen können, wie er an ihr vorbeilief, ohne dass er sie bemerkt hätte. Da nun aber alles so weit gekommen war, konnte sie die Sache nicht mehr einfach auf sich beruhen lassen. »Mark!«, rief sie zunächst noch etwas verhalten und, als er näher herankam, etwas lauter: »Mark!«

Als er sie ansah, hatte sie sofort eine Vermutung, was vorgefallen war und wie sehr es ihn bestimmt verletzt hatte. Mark blieb nicht stehen, sondern drehte sich auf dem Absatz um und ging in die andere Richtung.

Nach kurzem Zögern lief Julie ihm nach und holte ihn ein. Zuerst fiel ihr nichts ein, was sie hätte sagen können, also gingen sie eine Weile stumm nebeneinanderher. Erst als sie sich dem U-Bahnhof näherten, wurde ihr klar, dass ihr schnell etwas einfallen musste. »Kann ich es dir erklären?«

»Ist wohl nicht mehr nötig.« Mark brachte es nicht fertig, sie direkt anzusehen. »Dein Mann hat mir bereits alles gesagt, was ich wissen muss.«

Julie fluchte innerlich, dass Mark ausgerechnet auf Philip getroffen war. »Mark, er ist … Ich will damit sagen … Philip und ich …« Sie schüttelte den Kopf. Bevor sie nicht genau wusste, was Philip gesagt hatte, konnte sie keine vernünftige Erklärung abgeben.

»Ganz im Ernst, du brauchst dir keine Mühe mehr zu geben.« Mark sah stur auf den Boden und fragte sich nach wie vor, wie es zu so einem riesigen Missverständnis hatte kommen können. Ohne Julie zu beachten, überlegte er, welche Optionen es im Augenblick gab. Hier gab es nichts mehr für ihn zu holen, das war klar. Er konnte also nur allein in seine leere Wohnung zurückkehren, was zwar nicht besonders verlockend war, aber wohin sollte er sonst gehen? Weil er das Gefühl hatte, dass er etwas Distanz brauchte, lief er einfach los. Allerdings hatte er nicht daran gedacht, dass Julie schon seit längerem für den Marathon trainierte. Sekunden später erschien sie neben ihm.

»Ich halte das länger durch als du«, sagte sie nach einer kurzen Weile.

Mark atmete bereits schwer, aber sie hatten die U-Bahn-Station auch fast schon erreicht. Ein paar Meter weiter blieb er stehen, holte seine Oyster Card aus der Tasche und drehte sich zu ihr um. »Ich wünsche noch viel Vergnügen für den restlichen Valentinstag«, keuchte er und ging durch das Drehkreuz, ohne sich noch einmal umzusehen.

Julie stand einen Moment wie vor den Kopf geschlagen da. Dann zog sie ihr Portemonnaie aus der Handtasche und tastete nach ihrer eigenen Karte, die ihr vor Nervosität aus den Händen fiel. »Verdammter Mist!«, fluchte sie laut und deutlich, bückte sich und hob sie vom Boden auf. »Mark!«, schrie sie, öffnete die Sperre mit der Karte und folgte ihm auf den Bahnsteig. »Warte doch!«

Der nächste Zug war zur Abfahrt bereit. Mark war eingestiegen, und sie musste einen Sprint hinlegen. Damit schaffte sie es gerade bis zum hintersten Abteil, dessen Türen sich gerade schlossen. Im Zug merkte sie, dass sie sich in verschiedenen Waggons befanden, also ging sie nach vorn zur Verbindungstür und schaute durch das schmutzige Fenster. Mark befand sich ein paar Sitzbänke weit entfernt. Sie schob das Fenster nach unten und klopfte gegen die Scheibe des nächsten Wagens.

Nach einer Weile stand ein in der Nähe sitzender, hoch aufgeschossener Rastafari auf und zog die Scheibe hinunter. »Was ist?«

»Ich muss mit dem Mann da sprechen«, sagte Julie und deutete auf Mark, der mit leerem Blick nach draußen starrte.

»He!«, rief der Rastafari so laut, dass Mark zusammenzuckte. »Sie will mit Ihnen reden!«

Mark sah in die Richtung, in die der Rastafari deutete, und zuckte erschrocken zusammen. »Verfolgst du mich etwa?«

»Nein, Mark. Ich fahre oft nur so zum Spaß abends auf der District Line hin und her.«

»Was willst du?«

»Ich …« Julie sah sich in dem Waggon um. Er war ziemlich gut besetzt, und man konnte dieses Gespräch nicht vor allen Leuten führen. »Könntest du bitte hierherkommen?«

Mark blies die Backen auf, erhob sich dann aber und trat an das Fenster. Seine Sturheit war mit einem Mal verflogen. »Warum hast du mir das alles nicht längst schon mal erzählt?«

»Entschuldige.« Julie seufzte. »Es ist einfach … eine komplizierte Geschichte.«

»So kompliziert sah es für mich aber gar nicht aus.«

»Wir leben getrennt.«

»So getrennt anscheinend nicht.«

Durch die offenen Fenster fuhr der Fahrtwind in die Waggons und zerzauste ihre Haare, als würden sie auf einem Berggipfel stehen. »Mark, das ist alles eine lange Geschichte«, fuhr Julie fort und strich sich eine Strähne aus den Augen. »Aber eines musst du mir bitte glauben. Wir haben schon seit langem nicht mehr …« Sie wurde rot. »Du weißt schon.«

»Wie lange? Seit Weihnachten?«

»Vor allem seit Weihnachten«, sagte sie, und Mark musste schwer schlucken. »Wir wohnen nur noch zusammen.«

»Hast du ihm das von uns erzählt?«

»Um Himmels willen, nein. Nicht nur, weil ich ihn nicht verletzen wollte. Er hat schwere Zeiten hinter sich, und ich …«

»Hast du auch mal daran gedacht, wie du mich verletzt hast? Erst hast du mich gnadenlos geküsst, und dann …« Er hielt inne, als er merkte, wie pathetisch das klang.

»Das tut mir alles sehr leid. Ich weiß, was für einen Eindruck das auf einen Außenstehenden machen muss.«

»Warum hast du es dann überhaupt getan? Ich meine, warum hast du mich geküsst?«

»Weil ich …« Julie wurde knallrot im Gesicht. »Weil ich es wollte. Und weil ich dachte, dass du es auch wolltest. Und dann ist es einfach passiert. Mich hat seit langer Zeit niemand mehr geküsst, und ganz sicher nicht so. Und danach konnte ich an nichts anderes mehr denken, als es wieder zu tun.«

»Warum hast es dann nicht getan?«

»Wo denn? Im Kopierraum?« Sie hob die Hände. »Und wie hätte das weitergehen sollen angesichts …«

»Angesichts deines Ehemanns zu Hause.«

»Er wird sehr bald mein Ex-Ehemann sein«, sagte Julie und hielt inne, als habe sie sich selbst bei etwas ertappt. Zum allerersten Mal hatte sie das Wort laut ausgesprochen, und sie war erstaunt, wie leicht es ihr über die Lippen gegangen war. »Sobald es so weit ist, werde ich ihm auch das von uns erzählen.«

»Von uns?«, wiederholte Mark. Trotz seines augenblicklichen Gefühlsaufruhrs gefiel ihm der Klang dieser Worte außerordentlich. »Es gibt also ein Uns?«

»Ich hoffe sehr, dass das eines Tages so sein wird«, sagte Julie, als der Zug ratternd in die nächste Station einfuhr. »Aber zuerst muss ich mit Philip darüber sprechen. Wenn es so weit ist, können wir herausfinden, wo wir stehen.«

Mark sah seitlich zum Fenster hinaus. »Turnham Green.«

»Es ist mir mittlerweile egal, wie eifersüchtig er wird.« Julie lächelte ihn an.

Mark streckte seine Hand durch das Fenster und streichelte ihre Wange. »Es tut mir leid, Julie. Ich habe mich ziemlich idiotisch benommen.«

Julie griff nach seiner Hand. »Der Idiot bin ich. Weil ich nie etwas gesagt habe.«

»Warum eigentlich nicht?«

»Ich dachte, du würdest es nicht verstehen.«

»Wie kommst du darauf?«

»Vielleicht, weil ich es teilweise selbst nicht verstehe.«

Mark schüttelte den Kopf. »Versuch es doch mal.«

»Das möchte ich gerne. Aber wie gesagt. Die Dinge sind kompliziert.«

»Das kann man über Bilanzbuchhaltung auch sagen. Trotzdem verstehe ich sie gut.«

Julie überlegte, wo sie anfangen sollte. Inzwischen war der Zug zum Stehen gekommen. Sie drückte Marks Hand, dann drehte sie sich schnell um und sprang aus dem Waggon.

Mark blieb am Fenster stehen und fragte sich, ob er ihr folgen sollte, aber wahrscheinlich brauchte sie etwas Abstand. Und auch er musste sich über das eine oder andere klarwerden. Dann ertönte das Pfeifsignal zum Schließen der Türen, und damit war es sowieso zu spät. Als er merkte, dass jemand dicht hinter ihm stand, drehte er sich um.

»Hi«, sagte er, unfähig, ein Lächeln zu unterdrücken. »Freut mich sehr, dich hier zu sehen.«

»Das könnte ich auch sagen«, erwiderte Julie, und als die U-Bahn mit einem Ruck anfuhr, verlor sie das Gleichgewicht und fiel in seine Arme.

Eine kleine Weile sahen sie einander in die Augen, und Julie hielt den Atem an. So nahe waren sie einander seit der Nacht im Taxi nicht mehr gekommen. Dann stellte sie sich auf die Zehenspitzen, und bevor ihr wieder irgendwelche Gedanken in die Quere kommen konnten, küsste sie ihn. »Kannst du auf mich warten, bis ich alles geklärt habe?«, fragte sie schließlich etwas atemlos.

Mark nickte. Er hatte schon so lange auf Julie gewartet, da machten ein paar Wochen auch nichts mehr aus.

Und obwohl sie in einer U-Bahn zur Rushhour wirklich nicht so allein und ungestört waren wie in dem Taxi nach der Weihnachtsfeier, küssten sie sich wieder. Aber das schien hier niemanden zu stören. Vielleicht weil Valentinstag war.

Nathan Field steuerte die Vespa mit einem breiten Lächeln im Gesicht durch die Frith Street. Es war großartig gewesen, dieses zufällige Zusammentreffen mit Ellie. Ganz phantastisch. Er fühlte sich befreit und nicht mehr wie ein Trottel. Wie viele andere Menschen war er lange Zeit ein Opfer seiner eigenen falschen Erwartungen gewesen. Im Grunde konnte er dankbar dafür sein, dass Ellie seinen Antrag damals nicht angenommen hatte. Gleichzeitig erkannte er, wie dumm er gewesen war und dass Mark recht hatte. Die ganzen drei Jahre hatte er Ellie auf einen Sockel gestellt, hatte sie als perfekte Frau vergöttert und damit völlig falschgelegen. Sie hatte ihn hintergangen, getäuscht und sogar betrogen. Eine Göttin tat so etwas nicht. Und wenn es noch eines Beweises von anderer Seite bedurfte, dann war die Tatsache, dass der nächste Typ sie hatte fallen lassen, genug. Es war natürlich traurig für sie, aber er musste zugeben, dass eine enorme Last von seinen Schultern abgefallen war, nachdem sie ihm die Geschichte erzählt hatte. Es hatte nicht nur an ihm gelegen. Und noch etwas verstand er jetzt erst. Er musste sich von der fixen Idee befreien, die eine perfekte Frau zu finden, und, wie Mark immer schon gesagt hatte, einfach die beste Frau für sich selbst finden, und das ging nur, wenn er anfing zu suchen. Vielleicht war es nur nicht besonders klug, gleich um die Ecke in der Old Compton Street, der Londoner Hauptstraße der Schwulenszene, damit anzufangen. Einen Moment lang trauerte er noch den vielen verpassten Gelegenheiten der vergangenen Jahre nach. Aber genauso schnell schüttelte er die Erinnerung wieder ab und entschied, dass die Vergangenheit nicht mehr zählte. Es kam nur noch darauf an, was er von jetzt an aus seinem Leben machte. Also würde er keinem Augenkontakt mehr ausweichen und sich jedem Flirtversuch stellen. Er würde zum Sammler werden. Zum Trophäenjäger. Und zwar ab sofort.

Nathan bog mit der Vespa in die Bateman Street ein und stellte sie vor der Firma ab. Das Gebäude war hell erleuchtet, sicherlich war die Putzkolonne drinnen unterwegs. Er schlüpfte hinein, nickte kurz dem Mann zu, der mit einem lärmenden Staubsauger im Empfangsbereich sein segensreiches Werk tat, flitzte hinunter in seinen Arbeitsbereich und fuhr den Laptop hoch. Sechzehn Nachrichten befanden sich im E-Mail-Eingang, die Hälfte davon von den Kollegen im SuperBowl, die wissen wollten, wo er steckte. Mit ein paar Mausklicks stellte er die Uhr wieder richtig ein und fragte sich, was Mark wohl gerade trieb und ob er ihn anrufen sollte. Aber mal abgesehen von den Komplikationen wegen der vertauschten iPhones, war er sicherlich und hoffentlich gerade in ein Tête-à-tête mit Julie verstrickt, und da wollte er wirklich nicht stören. Er loggte sich wieder aus und ging nach draußen. In Soho war immer noch die Hölle los, allein aus dem Pub an der Ecke strömten ständig Leute auf die Straße. Im Moment kam Nathan der Valentinstag aus Single-Sicht gar nicht mehr so schlimm vor. Er dachte an Ellie, die mittlerweile wohl schon zu Hause war und allein herumsaß. Zum ersten Mal in den letzten drei Jahren hatte er so etwas wie Mitleid mit ihr. Es war nicht ihre Schuld, dass sie nicht das war, was er wollte. Es war auch nicht sein Fehler. Es war einfach so, wie es war. Und im Übrigen genauso, wie sie gesagt hatte. Es hätte am Ende nicht viel gebracht, wenn sie damals im Valentinstag-Rausch halbherzig in eine Verlobung eingewilligt und dann die nächsten Monate hauptsächlich darüber nachgedacht hätte, wie sie sich wieder aus der Affäre ziehen konnte. Auch wenn er ihr das Verhältnis mit Chas vermutlich nie vergeben würde, konnte er sie mittlerweile besser verstehen. Die Menschen gingen mit diesen Dingen auf jeweils ganz verschiedene Weise um, oder sie hatten ihre eigene Einschätzung, was für eine Beziehung normal war, ihre eigene Art und Weise, um mit Einsamkeit fertigzuwerden oder jemanden kennenzulernen. Man musste sich nur ansehen, wie sich Sophie verhielt. Oder Mark. Julie. Und nicht zuletzt Calum. Das Old Amsterdam lag gleich um die Ecke, und spontan entschied Nathan vorbeizuschauen. Vielleicht konnte er mit einem Blick durchs Fenster erkennen, wie Calum bei seinem Date vorankam.

Als er in die Charlotte Street einbog, meinte er zu erkennen, wie Mia-Rose mit einer roten Rose in der Hand von jemandem aus dem Restaurant hinausbegleitet wurde. Hoffentlich hatte es Calum nicht in Verlegenheit gebracht, dass sie dort anscheinend auch ein Date gehabt hatte, dachte Nathan. Aber dann erkannte er, dass es Calum selbst war, der ihr die Tür aufhielt. Nathan fragte sich, ob er versetzt worden war und Mia-Rose ihn quasi gerettet hatte. Aber nach allem, was man seinem glückseligen Gesichtsausdruck entnehmen konnte, schien das kein größeres Problem zu sein. Die beiden hatten ihn bisher nicht gesehen, daher ging er vorsichtshalber im nächstgelegenen Ladeneingang in Deckung. Er beobachtete, wie sie den Gehsteig entlangschlenderten. Wenn sie eine Idee enger nebeneinander gegangen wären, hätten sie sich berührt. Wären sie ein kleines Stück weiter voneinander entfernt gewesen, hätte es sich um zwei beliebige Leute handeln können, die zufällig auf gleicher Höhe gingen. Der Unterschied schien winzig zu sein, doch er war bedeutend. Kurz bevor sie die Straße überquerten, lehnte sich Calum zu Mia-Rose und flüsterte ihr etwas ins Ohr, woraufhin sie in schallendes Lachen ausbrach und den Kopf in den Nacken warf. Dann hakte sie sich bei ihm ein. Nathan war sich nicht sicher, ob es eine Lichtspiegelung war oder ob an der Stelle der Boden etwas anstieg, aber er hätte schwören können, dass Calum ein paar Zentimeter gewachsen war.

Nathan kehrte zu seinem Roller zurück und kam dabei an dem polnischen Café vorbei, wo er morgens immer seinen Kaffee holte. Drinnen war noch alles erleuchtet, also drückte er die Tür auf und ging hinein. Er hatte nicht damit gerechnet, Kasia um diese Uhrzeit noch anzutreffen, aber so war es eine angenehme Überraschung. »Hey«, sagte er.

Sie sah ihn zuerst überrascht, dann breit lächelnd an. »Hallo, Nathan. Wie geht es meinem Lieblingskunden?«

Nathan sah sich kurz um. Das Café war leer, er war der einzige Gast. »Ich wette, das sagst du hier zu jedem. Und woher weißt du, wie ich heiße?«

»Stimmt«, erwiderte Kasia grinsend. »Das bringt mehr Trinkgeld. Aber ehrlich meine ich es nur bei einem. Und deinen Namen schreibe ich fast jeden Morgen auf einen Kaffeebecher, wenn du etwas bestellst.«

Nathan lachte. »Um deine Frage zu beantworten, es geht mir ausgesprochen gut heute Abend.« Er lehnte sich an einen der Barhocker an der Theke. »Aber ich bin etwas müde. Heute war ein langer Tag. Deswegen brauche ich jetzt dringend einen Kaffee.«

»Ich hätte angenommen, dass du ein Date hast.«

Nathan schüttelte den Kopf. »Nein, ich bin überhaupt kein Freund von diesem Valentinstag-Getue.«

»Ach.« Kasia zog die Augenbrauen hoch. »Dann würde es dir in Polen gefallen. Da wird das so gut wie nicht gefeiert.«

»Warum nicht?«

Kasia zuckte die Achseln, und ohne ihn zu fragen, was er wollte, bereitete sie ihm einen Caffè Latte zu. »Bei uns ist Valentin der Heilige der Menschen, die ein bisschen verrückt sind.«

Nathan lachte. »Das ist hier genauso. Es ist der Tag für die Menschen im Beziehungswahn, die romantisch Verzückten, die Liebesverrückten.«

»Nein.« Kasia schüttelte den Kopf. »Er ist für die anderen Verrückten.« Sie zog ihr Smartphone aus der Tasche und gab auf dem Display etwas ein. »Warte, ich habe den Google-Übersetzer.«

Nathan fand es süß, wie sie das sagte. Er wollte ihr gerade ein Kompliment machen, als sie ihm das Handy vor die Nase hielt. »Epileptiker?«

Kasia nickte. »Wie ich dir gesagt habe. Er ist der Heilige für die Verrückten.«

»Soso, dann ist es also nicht so ein romantischer Tag wie hier in England?«

»Nun, wir haben auch ein paar romantische Sitten und Gebräuche.«

»Zum Beispiel?«

»Wir haben diese Sitte, Zuckerwürfel zu werfen in …« Sie tippte wieder ein Wort ein. »Wie spricht man dieses Wort aus?«

»Attraktiver Junggeselle.«

»Ja, in das Getränk von unserem attraktiven Junggesellen.«

»Das ist ja sehr romantisch«, meinte Nathan in etwas sarkastischem Ton.

Kasia lächelte. »Ja, findest du nicht auch? Denn wir müssen dieses Stück Zucker neun Tage lang unter der Achsel mit uns herumtragen. Das ist die Garantie, dass er sich in uns verliebt. Das sind Sitten und Gebräuche in Polen.«

Nathan verzog das Gesicht. »Konntest du schon feststellen, ob es wirkt? Hast du es schon ausprobiert?« Skeptisch betrachtete er die Zuckerschale auf der Theke.

»Hat dein Kaffee heute Morgen nicht irgendwie besonders geschmeckt?«

Er musste lachen. »Ich bin immerhin zurückgekommen, um noch einen zu trinken, oder etwa nicht?«

»Gut. Du siehst selbst. Es funktioniert.« Sie lachte.

Als sie ihm seinen Kaffee zuschob, spazierte ein junges Paar händchenhaltend in das Café. Die Frau grinste über beide Ohren und hob immer wieder die Hand, um den Ring daran zu bewundern. Man musste kein Hellseher sein, um zu erraten, was bei den beiden heute Abend passiert war. Nathan pustete auf seinen Kaffee, um ihn abzukühlen, und beobachtete sie dabei unauffällig. Sie kicherten, die Frau schaute ihren Verlobten immer wieder verliebt an. Nathan stellte fest, dass er so ein Verhalten zum ersten Mal seit langer Zeit nicht mehr für albern und verblendet hielt. Er schlürfte ein wenig von seinem Kaffee und überlegte, ob das auf seine Aussprache mit Ellie zurückzuführen war oder auf die Szene mit Calum und Mia-Rose vorhin. Vielleicht lag es auch an dem, was zwischen ihm und Sophie vorgefallen war. Nathan war sich nicht sicher, doch er hoffte, es war ein Fortschritt. Er zog sich an einen Tisch an der Seitenwand zurück und lehnte sich an, während Kasia das junge Paar bediente. Irgendwie hatte er gar keine Lust zu gehen. Als die beiden wieder weg waren, ging er zurück an die Theke. »Na dann …«

Kasia warf ihm einen Blick zu, während sie die Espressomaschine auf Hochglanz brachte. »Na dann …«

Nathans Herz schlug schneller als sonst, aber er glaubte nicht, dass das von der frischen Koffeinzufuhr kam. »Ich habe gerade überlegt …«

»Was hast du gerade überlegt?«

»Dass ich dich gerne mal zum Kaffee einladen würde, aber dann ist mir eingefallen, dass das ja wohl eher ein Witz wäre.«

Kasia ging zur Eingangstür, drehte das Schild auf »Geschlossen« und schob den Riegel vor. »Nicht wirklich«, sagte sie, nahm eine Packung Fruchtsaft aus dem Kühlschrank und setzte sich an den nächstbesten Tisch.

»›Nicht wirklich‹ wie in ›Das ist wirklich nicht besonders verlockend‹ oder wie in ›Lieber nicht mit dir‹?«

»Das Erste«, sagte Kasia lächelnd und bedeutete ihm, sich zu ihr zu setzen.

Leicht nervös folgte Nathan der Aufforderung. »Also, worauf hättest du denn jetzt noch Lust?«

»Mit dir?« Kasia löste den Plastikstrohhalm von der Packung, durchstieß die Folie auf der Oberkante und trank einen Schluck. »Auf vieles, denke ich.« Sie lächelte kurz und blickte dann scheu auf den Tisch.

Erst viele Monate später wurde Nathan klar, dass er sich genau in diesem Augenblick in sie verliebt hatte.

MATT DUNN

Aus. Ende. Gelände.

Roman

»Du hast dich gehen lassen, so lasse ich dich gehen.« Mit diesen harten Worten hat Jane Edward den Laufpass gegeben. Zugegeben – er hat ein paar Pfunde zugelegt, und der letzte romantische Abend zu zweit liegt Jahre zurück. Aber ist es wirklich zu spät, um Jane zurückzugewinnen?

Mit der Hilfe seines besten Freundes, des Frauenschwarms Dan, macht sich Edward an eine Rundumerneuerung, von A wie Abnehmen bis Z wie Zahnreinigung. Von nun an heißt es: keine Pizza, kein Alkohol, keine Zigaretten, dafür Sit-ups, Liegestützen und frühmorgendliche Joggingrunden. Doch reichen ein durchtrainierter Körper, eine neue Frisur und ein schöner Sportwagen zum perfekten Liebesglück?

KNAUR

ANDREW CLOVER

Die Liebe ist eine heimtückische Herausforderung

Roman

Für Polly ist Arthur der Ikea-Schrank unter den Männern – auf Fotos sieht er gut aus, aber wenn man ihn bittet, etwas zu halten, bricht er zusammen. Die beiden sind seit zehn Jahren verheiratet und haben drei reizende, aber nervenaufreibende Kinder. Ihre Gefühle füreinander wurden längst im Familienalltag und unter Wäschebergen erstickt, in Geschirrspülmaschinen ertränkt und in Familienkalendern totorganisiert. Als Arthur für ein Magazin über den Online-Kurs *Learn Love in a Week* schreibt, fragt er sich, ob seine Ehe noch zu retten ist. Und wenn man die Liebe tatsächlich in einer Woche lernen kann, verliebt man sich dann auch noch einmal in den eigenen Partner?

»Der Roman ist in einem humorvollen Stil geschrieben, der mit der liebenswert-chaotischen Familie und den diversen Verwicklungen an so manche Sitcom erinnert.« *LoveLetter*

KNAUR

Wenn ich ihn kriege – darf ich ihn behalten?

JANE COSTELLO

Traumtyp to go

Roman

Dauersingle Abby ist frustriert: Ihre Blaubeermuffinsucht macht sich so langsam auf den Hüften bemerkbar, und potenzielle Traumtypen scheinen im Moment so weit entfernt wie Astronauten im Weltall. Doch dann läuft ihr Tom buchstäblich vor die Füße, und Abbys bisheriges Leben wird völlig auf den Kopf gestellt …

»Wenn ihr Fans von Sophie Kinsella seid, werdet ihr dieses Buch lieben.«
Cosmopolitan